REVIEW

열일곱 살에, 학교 도서관에서 처음 캐드펠 수사 시리즈를 읽었는데 완전히 푹 빠지고 말았다. 어떻게 21세기 한국의 고등학생이 12세기 영국의 수도사에게 친밀감을 느낄 수 있었을까? 책을 펼치면 캐드펠 수사가 가꾸는 허브밭의 싱그러운 향이 미풍에 실려 오는 것만 같았고, 부지불식간에 이웃처럼 정이 든 마을 사람들이 삶의 우여곡절을 겪을 때는 함께 탄식했다. 그 생생한 경험을 통해 역사와 문학을 동시에 사랑하게 되었는지도 모르겠다.

서른다섯 살이 되어 캐드펠 시리즈를 다시 읽고 싶어졌는데, 혹시 두 번째로 읽었을 때의 감회가 예전만 못할까 걱정했었다. 기우 중의 기우였다. 열일곱 살에 발견하지 못했던 부분들을 잔뜩 발견하며 읽을 수 있었고, 역사추리소설을 추천하는 자리에서 매번 자신 있게 추천하곤 했다. 소박하고 담백하게 시작해 역사의 큰 톱니바퀴와 힘 있게 맞물려 들어가는 이 놀라운 이야기에 대해 말할 때 한없이 행복했다.

엘리스 피터스가 육십대 중반에 이처럼 대단한 시리즈를 시작했다는 것을 떠올리면 마음에 환한 빛이 든다. 먼 길을 다녀와 켜켜이 쌓인 지혜를 품고 유적지를 직접 걸으며 작품을 구상했을 작가를 상상하고 만다. 멋진 일은 언제든 시작될 수 있고, 심혈을 다해 빚은 이야기는 시간과 공간을 뛰어넘는다는 것을 보물 같은 작품들을 통해 믿게 되었다.

정세랑
소설가

REVIEW

엘리스 피터스는
가장 뛰어난 추리소설 작가다.
UMBERTO ECO
움베르토 에코

캐드펠 수사는 한 세기를
완벽하게 구가한 셜록 홈스에
비견되는 창조물이다.
LOS ANGELES TIMES
BOOK REVIEW
LA 타임스 북 리뷰

이보다 더 매력적이고 인상적인 탐정은
찾기 어려울 것이다.
SUNDAY TIMES
선데이 타임스

서스펜스와 역사소설이 혼합된
유쾌하고 독창적인 작품.
LONDON EVENING
STANDARD
런던 이브닝 스탠더드

시리즈가 추가될 때마다 기쁨을 느낀다.
연대기 시리즈가 계속 이어지기를 바란다.
USA TODAY
USA 투데이

캐드펠 수사는 분명 범죄소설의
컬트적 인물이 될 것이다.
FINANCIAL TIMES
파이낸셜 타임스

엘리스 피터스의 미스터리는 역사적 디테일,
마을과 수도원의 중세 생활상, 생생한
캐릭터 묘사, 우아하고 문학적인 문체 등
이야기 그 자체로 즐거움을 선사한다.
THE WASHINGTON POST
워싱턴 포스트

스타일과 격조를 갖춘 미스터리로
멋지게 포장된 뛰어난 역사소설.
THE CINCINNATI POST
신시내티 포스트

엘리스 피터스는 중세인들의 삶을 상세하고
설득력 있게 재현함으로써, 독자들을
강력하게 흡인하여 교묘하게 짜여진
중세의 어두운 미로 속으로 데려간다.
YORKSHIRE POST
요크셔 포스트

고전적인 의미의
선과 악이 격투를 벌이는 역작.
CHICAGO SUN-TIMES
시카고 선 타임스

죽은 자의 몸값

DEAD MAN'S RANSOM

죽은 자의 몸값

엘리스 피터스 장편소설
송은경 옮김

북하우스

CADFAEL

중세 웨일스

1 아를레흐웨드

2 아르본

3 흘레인

4 흐로스

5 디프린 클루이드

6 마일로르

7 컨흘라이스

8 펜흘린

9 메카인

10 아르수이스틀리

11 마일리에니드

12 엘바일

CADFAEL

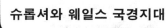

슈롭셔와 웨일스 국경지대

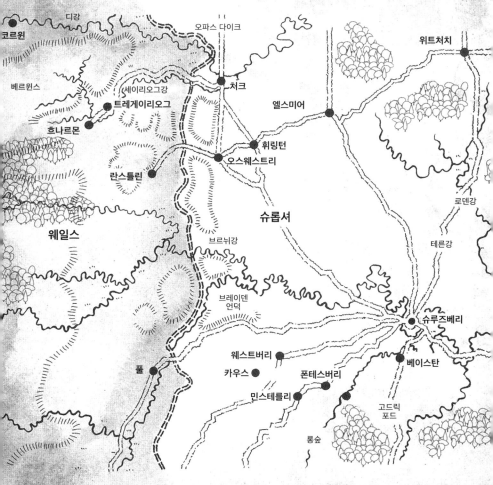

디강
코르윈
오파스 다이크
위트처치
베르윈스
세이리오그강
처크
엘스미어
트레게이리오그
흐나르몬
휘링턴
오스웨스트리
로덴강
란스틀린
슈롭셔
테른강
웨일스
브르뉘강
브레이덴
언덕
슈루즈베리
웨스트버리
풀
베이스탄
카우스
폰테스버리
민스테를리
고드릭
포드
롱숲

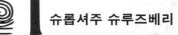

CADFAEL

슈롭셔주 슈루즈베리

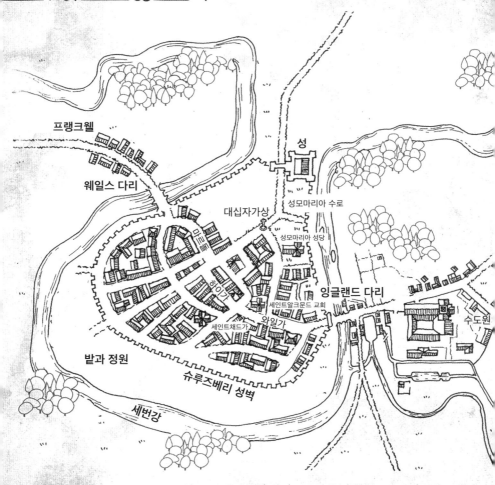

프랭크웰

웨일스 다리

성

성모마리아 수로

대십자가상

성모마리아 성당

잉글랜드 다리

세인트알크문드 교회

와일가

세인트채드가

수도원

밭과 정원

슈루즈베리 성벽

세번강

CADFAEL

슈루즈베리
성 베드로 성 바오로 수도원

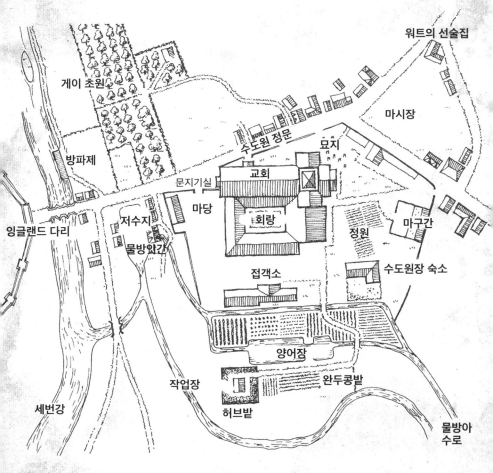

워트의 선술집

게이 초원

마시장

방파제

수도원 정문

묘지

문지기실

교회

마당

잉글랜드 다리

저수지

회랑

물방앗간

정원

마구간

접객소

수도원장 숙소

양어장

작업장

완두콩밭

세번강

허브밭

물방아
수로

중세 지도
4

죽은 자의 몸값
11

주
344

\

1

1141년 2월 7일 그날, 수도원에서는 매 성무일도 시간마다 특별 기도가 이어지고 있었다. 북부 전투에 가담한 어느 한쪽의 승리나 패배를 위한 것이 아니라 모두가 보다 신중해지기를, 화해로 다가서기를, 한 나라의 젊은이들로서 유혈 행위를 멈추고 생명을 존중하기를 바라는 기도였다. 모두 이루어져야 마땅할 바람이었으나 갈가리 찢기고 동강 난 이 땅에서는 응답을 기대하기 힘든 소망이기도 했으니, 캐드펠 수사는 기도하는 중에도 한숨을 멈출 수 없었다. 제아무리 신이라 할지라도 인간이라는 피조물을 분별력 있고 자애로워지게 만들려면 많은 숙고와 지원이 필요한 모양이었다.

슈루즈베리시는 이미 상당한 병력을 스티븐 왕[1] 측에 제공해 북부로 향하는 병력에 합류시킬 터였다. 북부에서는 야욕에 찬 이복형제 체스터의 라눌프 백작[2]과 루마르의 윌리엄 백작[3]이 왕의 호의를 비웃기라도 하듯 팔라틴[4] 백작령 확립을 목표로 움직이고 있었으며, 그들에 동조하는 세력도 만만치 않았다.

지역 대교구는 집안 남자들을 위해 열심히 기도하는 근심에 찬 아내들, 어머니들, 노인들로 평소보다 북적거렸으며, 수도원 성무일도 시간에도 신도들이 모여들었다. 행정 장관 길버트 프레스코트와 보좌관 휴 베링어를 따라 진군해간 이들 모두 성한 몸으로 슈루즈베리로 귀향하리라 기대하긴 힘들 터였다. 이런저런 소문만 무성할 뿐 전해 오는 소식도 거의 없었다. 그러나 왕좌를 두고 맞붙은 양 세력의 틈바구니에서 야심차고 독자적인 계산하에 양측 모두를 무시하고 오랫동안 중립을 지키며 잠복해오던 체스터와 링컨의 백작이 스티븐 왕의 진군에 위협을 느껴 왕의 정적인 모드 황후[5] 측에 도움을 요청하는 다급한 전언을 보냈다는 얘기가 진작부터 새어 나오고 있었다. 그게 사실이라면 그들로선 훗날 후회할 만한 길에 깊이 발을 들여놓은 셈이리라.

마음을 다해 기도해보려 노력했지만 자신이 올린 기도의 힘은 고사하고 그 진정성마저 의심스럽다는 생각에 캐드펠은 울적한 심정으로 저녁기도 자리에서 빠져나왔다. 야욕과 권력에 취한 인간들은 손에 쥔 무기를 결코 내려놓지 않을 뿐 아니라, 자신들이 칼로 베려는 이들 또한 자신들과 똑같은 인간이라는 점을 전혀 생각하지 않는다. 적어도 이곳에서, 그리고 지금까지는 그랬다.

우람한 체구에 용맹하긴 하지만 성격이 단순해 늘 쉽게 동요하고 마는 스티븐 왕은 체스터의 배은망덕한 배신행위에 격노한 나머지 미친 듯 병력을 이끌고 북부로 떠났다. 그를 뒤따른 이들 중에는 생각할 시간이 조금만 더 주어졌더라도 스스로 합리적인 결론에 도달했을 만한 지혜롭고 공정한 정신의 소유자들이 많았다. 그러나 일은 이미 벌어졌고, 슈롭셔 양민들도 자신들의 지도자와 더불어 이미 사태에 발을 담근 상황이었다. 캐드펠의 절친한 벗이자 슈롭셔의 행정 보좌관인 메이즈버리의 휴 베링어도 그중 하나였으니, 슈루즈베리에 남겨진 그의 아내 얼라인은 초조하게 소식만 기다리고 있을 터였다. 이제 한 살이 된 휴의 아들은 캐드펠의 대자代子이기도 했기에, 캐드펠은 이제 대부의 중요하고 신성한 의무로 아이를 만나러 갈 생각이었다. 그는 식당에 준비된 저녁 식사도 미룬 채 슈루즈베리 성 베드로 성 바오로 수도원[6]의 정문을 빠져나왔다. 그러고는 왼편으로는 물방앗간과 연못을, 오른편으로는 수도원의 주요 농작 지대인 게이 초원 앞에 자리한 긴 숲을 끼고 난 큰길을 따라 걷다가 별빛처럼 차가운 겨울 서리로 뒤덮인 채 반짝거리는 세번강의 교각을 건너 커다란 성문을 통과해 시내로 들어섰다.

대십자상 너머 세인트메리 교회[7] 근처에 마련된 휴의 사택 문간에는 횃불들이 피워져 있었다. 오늘 거리에 꽤 많은 사람들이 나와 술렁대고 있어 모종의 흥분감마저 느껴졌다. 그의 발이 입구의 섬돌에 닿기 무섭게 얼라인이 양팔을 벌린 채 날듯이 문간으로 달려 나왔다. 방문객이 캐드펠임을 확인하자 그녀의 얼굴은 반가움과 환영의 표정으로 밝아졌으나, 특유의 화사함은 찾아볼 수 없었다.

"휴가 아니라 미안하군!" 문이 그토록 활짝 열려 있던 이유가 무엇인지 잘 아는 캐드펠이 위로하듯 말했다. "혹시 무슨 소식이라도 있었소? 집으로 돌아온다던가요?"

"한 시간 전 해가 저물 즈음 윌 워든이 전언을 보내왔어요. 망루에서 번쩍이는 쇠붙이들을 봤대요. 그땐 꽤 멀리 떨어져 있었지만 지금쯤은 성문 길 안에 들어섰을 거예요. 그들을 맞으려고 대문을 열어뒀죠. 자, 어서 난로 쪽으로 들어오세요, 수사님. 휴가 오는 걸 보고 가셔야죠." 그녀는 그의 손을 잡아끌고는, 자신의 초조함을 물리치듯 단호하게 문을 닫아버린 뒤 말을 이었다. 캐드펠이 자신의 열렬한 애정과 고뇌를 꿰뚫고 있음을 아는 터였다. "그이도 그 질서 정연한 대열에 끼어 있다더라고요. 하지만 출정할 때의 대열 그대로는 아니겠죠……."

물론 그럴 리는 없다. 전장으로 나갔다가 돌아오는 대열에 쩍 벌어진 상처처럼 여기저기 구멍이 생기지 않는 경우란 없으니까. 무엇보다 유감스러운 것은 앞장선 자들이 이런 일을 통해 결코 배우지 못한다는 점, 그리고 뒤따르는 무리에 섞인 몇몇 지혜로운 이들 또한 아무 교훈을 얻지 못한다는 점이다. 하긴, 서약과 충성이 두려움보다 강력한 힘을 발휘하곤 하지, 캐드펠은 생각했다. 죽음의 면전에서조차 그런 것들은 고결한 덕목으로 여겨지는 법이야. 태어난 이상 결국은 누구나 죽음을 맞이할 수밖에 없으니까. 영웅이든 비겁자든 죽음을 피해 갈 수는 없으니까.

"휴가 사전에 기별을 하진 않았고?" 그가 물었다. "그동안의 정황에 대해서 말이오."

"아무 연락도 없었어요. 상황이 좋지 않다는 소문만 나돌았죠." 얼라인은 자그마한 손으로 황금빛 머리칼을 쓸며 침착하게 대답했다. 겨우 스물한 살의 나이에 한 살배기 아들의 어머니가 된 이 호리호리한 여인의 얼굴은 남편 못지않게 매력적이었다. 어린 시절의 수줍은 모습은 어느덧 온화하고 위엄 있는 태도로 한층 성숙해져 있었다. "우리 잉글랜드에선 다들 근거 없는 낭설에 이리저리 끌려다니죠." 불안하고 초조한 기색을 애써 감추며, 그녀가 쾌활하게 말을 이었다. "아직 아무것도 안 드셨죠? 자, 여기 앉아서 잠시 아이 좀 봐주세요. 고기와 에일을 내올게요."

어린 자일스는 긴 의자 다리와 궤짝을 붙잡은 채 아슬아슬하게 균형을 잡고 서 있었다. 한 살배기치곤 키가 꽤 컸다. 조심조심 움직이는가 싶더니 녀석은 이내 놀라울 정도로 빠른 속도로 방 안을 돌아 난롯가 의자로 와서는, 도와주지도 않았는데 어느새 캐드펠의 무릎으로 기어올랐다. 아기는 연신 무어라고 옹얼대고 있었다. 대부분 나오는 대로 내는 소리였지만 이따금씩 어른의 말투도 갑작스레 뒤섞여 튀어나왔다. 아이의 엄마도, 하녀이자 헌신적인 유모인 콘스턴스도 아이에게 말을 많이 거는 편이었고, 그럴 때면 이 어린 귀족은 가만히 듣고 있다가 달변으로 응답하곤 했다. 드물게 뛰어난 문하생이라고 생각하며 캐드펠은 그 단단하고 묵직한 몸을 편안하게 감싸 안았다. 성직의 길을 가든, 기사의 길을 가든 영민함이나 기량 면에서 결코 뒤질 녀석이 아니야. 어린 사냥개처럼 무릎 사이에서 몸을 비비대며 온기를 뿜어내는 아이의 때 묻지 않은 새 살결에선 구운 빵 같은 냄새가 났다.

"애가 통 자려 하질 않아요." 나무 그릇을 들고 와 난로 옆 궤짝 위에 놓으며 얼라인이 말했다. "분위기가 다르다는 걸 저도 아는가 봐요. 전 아무 말 안 했는데 말이죠. 자, 이제 아기는 제게 주시고 식사나 하세요. 어쩌면 오래 기다려야 하실지도 몰라요. 휴는 성에 먼저 들러 볼일을 다 마친 뒤에야 돌아올 테니까요."

휴가 온 것은 그로부터 한 시간쯤 지난 뒤, 콘스턴스가 식사 자리를 치우고 축 늘어진 아이를 안아 자리를 뜬 직후였다. 어린 자일스는 눈을 뜨고 있기 힘들 지경이 되도록 버티더니 결국 잠이 들어 콘스턴스의 팔에 몸을 맡기고 팔다리를 늘어뜨린 채 들려 나갔다. 캐드펠도 귀가 밝은 편이지만 문간에서 나는 희미한 발소리를 제일 먼저 감지하고 자리에서 일어선 사람은 역시 얼라인이었다. 하지만 화사하게 피어나던 그녀의 미소가 한순간 굳어졌다. 걸음 소리가 심상치 않았다.

"그이가 부상당했나 봐요!"

"오랫동안 말을 타고 오느라 다리가 뻣뻣해진 거겠지." 캐드펠이 재빨리 그녀를 안심시켰다. "큰 문제는 없을 거요. 어서 나가

봅시다. 뭐가 잘못됐든 치료하면 돼요."

그녀가 달려 나가자마자 휴가 아내의 품에 덥석 안겼다. 얼라인은 얼른 남편에게서 떨어져 머리부터 발끝까지 훑어보았다. 예상대로 지치고 풍파에 찌든 모습에 여기저기 작은 상처들이 나 있긴 했으나 그의 몸은 온전했다. 그녀는 이내 품위와 침착함을 되찾고는, 지나친 걱정을 드러내지 않으려 애쓰며 연신 그를 살펴보았다. 작은 덩치에 가벼워 보이는 체구, 아내보다 별로 크지 않은 키에 검은 머리와 눈썹을 지닌 휴 베링어의 몸짓에서는 평소의 유연함과 느긋함이 느껴지지 않았지만, 오랫동안 안장에 앉아 있었다는 걸 감안하면 그리 이상한 일은 아니었다. 그는 아내에게 입 맞추고 다정스레 캐드펠의 어깨를 툭툭 치면서 잠시 미소 짓다가 이내 얼굴을 찌푸렸다. 이윽고 길고 거친 한숨과 함께 난롯가 장의자의 쿠션에 몸을 던져 장화 신은 양발을 조심스레 뻗었는데, 보아하니 오른발에 통증을 느끼는 모양이었다. 캐드펠이 쭈그리고 앉아 테두리가 온통 얼음으로 덮인 뻣뻣한 장화를 벗겨내자 차가운 물이 좌르르 쏟아졌다.

"맙소사, 너무 시원하네요!" 휴가 몸을 굽혀 친구의 삭발된 정수리에 손을 얹으며 말을 이었다. "거기까지는 손을 쓸 겨를이 없었어요. 얼마나 지쳤던지! 어쨌거나 일차적인 건 해결됐네요. 장화도 집에 돌아왔고, 저도 돌아왔으니."

콘스턴스가 음식과 뜨거운 우유 술을 들고 미끄러지듯 들어왔다. 얼라인도 남편의 가운을 가지고 와 그의 가죽 외투를 벗겨냈다. 이제 갑옷까지 벗고서 홀가분해진 휴는 양손으로 추위에 언 뺨을 비비고 따뜻한 불기운 속에서 기분 좋게 양 어깨를 비틀어 본 뒤 안도의 한숨을 길게 내쉬었다. 나머지 사람들은 말없이 앉아 먹고 마시는 그를 지켜보았다. 오랜 시간 힘을 쓰고 완전히 지쳐버리면 목마저 굳어버리는 법. 곧 성대가 풀리고 기운이 나면 저 입에서 말이 나올 것이다.

"아이는 손가락으로 눈꺼풀을 잡고 있어도 안 될 정도가 되어서야 겨우 잠들었어요." 얼라인이 먼저 입을 열었다. "짧은 동안이긴 했지만 그사이 더 컸어요. 캐드펠 수사님께 물어봐요. 이젠 중간에 넘어지지도 않고 곧잘 걷는다니까요." 그러나 아기를 깨워 데려오려는 기미는 보이지 않았다. 적어도 오늘 밤만큼은 이곳에 아이가 들어설 자리가 없으리라.

식사를 물린 휴는 찢어지게 하품을 한 뒤 느닷없이 아내를 올려다보며 미소 짓더니 그녀를 자기 품으로 끌어당겼다. 콘스턴스가 접시를 치우고 잔을 다시 채웠다. 그러곤 아기가 잠들어 있는 방의 문을 살짝 닫았다.

"나 때문에 걱정할 것 없어요." 휴가 얼라인을 안은 채 말했다. "안장에 쏠려 살이 까지고 멍든 정도에 불과하니까. 물론 한두 번 넘어지긴 했지만…… 아, 북부로 함께 갔던 사람들은 거의 다 그대로 돌아왔어요. 물론 전부는 아니지만! 장관님, 길버트 프레스코트 장관님이 사라졌거든. 부디 살아 계셔야 할 텐데…… 하지만 살아 계신다 해도 그분을 붙잡고 있는 이들이 글로스터의 로버트 백작[8] 측인지 웨일스인들인지, 그걸 모르겠단 말이죠."

"웨일스인들?" 캐드펠이 불쑥 끼어들었다. "그게 무슨 소린 가? 오아인 귀네드[9]는 황후 쪽 진영에 가담한 적이 없는데. 줄곧 신중하게 입장을 유보함으로써 득을 봐오지 않았나? 그는 영리 한 사람이야. 두 적들 중 한쪽 편을 도울 이유가 없지. 그저 양측 이 서로의 목을 베도록 두고 보는 편이 나을 텐데."

"그것참, 선한 기독교 수사다운 말씀이네요." 휴가 농담조로 대꾸하며 미소를 지어 보이자 캐드펠의 얼굴이 붉어졌다. "물론 오아인은 판단력과 양식을 갖춘 사람이죠. 하지만 불행히도 그에 겐 동생이 하나 있습니다. 카드왈라드르[10] 말이죠. 그가 벌떼 같 은 궁사들을 이끌고 거기 와 있었어요. 약탈에 혈안이 된 포위스 의 마도그 압 메레디드[11]도 함께요. 링컨 지역 깊숙이 개입해 전 장을 휩쓸며 누구든, 심지어 다 죽어가는 사람까지도 포로로 잡 아들이더군요. 그렇게 몸값을 받아내려는 거죠. 프레스코트 역시 그들의 포로로 잡혀 있는 게 아닌가 싶어요." 휴는 쿠션에 기댄 뻣뻣한 몸을 쭉 뻗어 자세를 바꾸더니 걱정스러운 투로 말을 이 었다. "하지만 최고의 전리품은 웨일스인들의 몫이 아닐 겁니다. 글로스터의 로버트가 이 왕국과 맞바꿀 만한 포로를 데리고 자 기 진영으로 가는 중이거든요. 모드 황후에게 바치려고 말이죠. 장차 일이 어떻게 될지 알 도리야 있겠습니까만, 이런 때 제가 해 야 할 일이 무엇인지는 분명하죠. 우리 주의 행정 장관이 실종된 상황이고, 당장 후임자를 거론할 수도 없어요. 이제 이 주는 제가 있는 힘껏 지켜야 할 겁니다. 행운의 여신이 다시 우리 쪽으로 고개를 돌려줄 때까지요. 지금…… 링컨에서 붙잡힌 스티븐 왕이 포로의 몸으로 글로스터로 호송되고 있어요."

일단 말문이 열리자 모든 진상을 털어놓지 않을 수 없었다. 이제 휴는 이 지역의 유일한 지도자로서, 기울어버린 국왕을 대신해 지역을 방위하고 수비해야 했다. 다시 전장으로 가 유능한 지도자를 섬길 때까지 경계 내에서 발생하는 모든 도발로부터 이곳을 보살피고 방어하는 것이 그의 임무였다.

"체스터의 라눌프 백작은 우리가 접근하기도 전에 이미 링컨 성에서 탈출했습니다. 곧장 글로스터의 로버트에게로 가 황후 편이 되기로 맹세하며 그 대가로 우리 세력을 막아달라 요구했지요. 아시다시피 체스터 백작의 아내는 로버트의 딸이잖습니까. 자기 아내를 링컨 백작 부부와 함께 성에 두고 나온 데다 지금 링컨 전체가 전장으로 변해 들끓고 있으니 오죽 다급했겠습니까? 스티븐 왕이 병력을 이끌고 갔을 때 링컨의 분위기는 환호와 아첨 그 자체였어요. 몽매한 이들이죠. 아첨의 대가가 어떤 것인지 이미 겪었는데도…… 어쨌거나 시를 함락하고 성을 포위한 뒤 우린 거기 머물러 있었습니다. 날씨까지 우리 편이었죠. 멀리서 로버트가 진군해 온다 해도 눈과 범람하는 물살에 묶일 수밖에 없었으니까요. 하지만 그자도 호락호락한 위인은 아니죠."

"북부 그쪽 지방엔 가본 적이 없네." 피가 끓어오르는 것을 간신히 억누르면서 캐드펠이 중얼거렸다. 한순간 그의 눈에 섬광이

스쳤다. 전쟁터에서 보내던 시절은 이미 오래전 서원과 함께 끝났으나, 친구들이 여전히 목숨을 걸고 싸우는 지금 전투 소식을 들으니 가시로 찔린 듯 가책이 느껴지는 건 어쩔 수 없었다. "링컨은 산악 도시라 들었네. 주둔군이 안에 있었다면 로버트든 누구든 얼마든지 그곳을 포위할 수 있었겠지. 대체 어쩌다 그 지경까지 된 건가?"

"우리가 로버트를 과소평가했다는 건 인정합니다. 하지만 그자가 성공하기 어려운 상황이었어요. 비가 심하게 퍼부어 도시 남쪽과 서쪽이 범람한 강물에 잠긴 데다 다리와 여울마다 주둔군이 지키고 있었거든요. 그런데 로버트가 몸소 물살을 헤치고 거길 건넌 겁니다. 수장이 그렇게 나서는데 누가 감히 그를 따르지 않을 수 있었겠어요? '후퇴는 없다, 전진이다!' 그는 늘 그렇게 외친다더군요. 그렇게 놈들은 강을 건너는 데 성공했어요. 겨우 한 놈만 물살에 쓸려 갔을 뿐이죠. 아, 그때 폐하만 아니었어도……! 놈들은 물에 잠긴 벌판으로 나와 우리가 있는 정상을 향해 올라와야 했어요. 누가 봐도 우리가 유리한 상황이었죠. 그런데 아래쪽 젖은 들판에 모여 진영을 갖춘 채 미사를 올리는 놈들을 보고 폐하가 어떻게 한 줄 아십니까? 물론 수사님은 짐작하시겠죠. 아니나 다를까, 그 정신 나간 기사도에 떠밀려 우리 모두 평야 지대로 내려가라는 지시를 내린 겁니다. 공정한 조건에서 적과 맞붙어야 한다고 말이에요."

휴는 견고한 벽 버팀대에 몸을 기댄 채 어깨를 들썩이며 눈썹을 치올렸다. 국왕에 대한 존경과 분노가 뒤섞인 고통스러운 미소가 그의 얼굴에 번졌다.

"놈들은 반쯤 얼어붙은 습지를 낀 마른땅 한 편에 자리를 잡았어요. 로버트는 모드를 지지하다가 동쪽 땅을 잃은 사람들을 말에 태워 제일선에 세우더군요. 그야말로 더 이상 잃을 것도 없는, 복수심에 불타는 사람들만 골라서 말이죠. 반면 우리 측 기사들은 그들과 마음가짐부터 달랐어요. 다들 집과 땅에서 멀리 떨어져 불안한 상태에, 한시라도 빨리 돌아가 각자의 울타리를 더 강화해야겠다는 마음뿐이었죠. 그 와중에 약탈에 굶주린 웨일스인 일파까지 가세한 겁니다. 우리에게 무슨 희망이 있었겠어요? 토지 잃은 놈들이 우리 측 기병대를 치고 들어오자 백작 다섯 명이 혼비백산해서 얼른 달아나버리더군요. 왼쪽에선 우리의 플라망 용병대가 웨일스인들을 밀어내고 있었지만, 그놈들 술수는 수사님도 잘 아실 겁니다. 아무 손실 없이 그저 적당히 달아나다 다시 집결해 되돌아오기를 반복하죠. 결국 플라망 용병대는 흩어지고, 그들의 지휘관들도 달아나버렸습니다. 이프레의 윌리엄이나 텐 에이크까지 전부 말입니다. 폐하는 말도 잃은 채 우리와 함께 남겨졌죠. 기병 및 보병 잔류자 들에 에워싸인 상태로요. 그때 놈들이 우리를 향해 밀려왔습니다. 제가 길버트를 시야에서 놓친 게 바로 그때였어요. 놀라울 일도 아니죠. 그야말로 지옥 같은 상황이라 제 머리를 지키려고 집어 든 무기 끄트머리도 제대로 볼 수 없는 형편이었거든요. 그때까지는 폐하도 검을 들고 있었어요. 수사님, 누군가 전투에서 그렇게 분전하는 모습을 전 정말이지 처음 봤습니다. 놈들 입장에서는 사람 하나를 물리친다기보다 성 한 채를 공략하는 일에 가까웠을 거예요. 그분 주위엔 칼에 베인 사람들로 담이 세워졌어요. 그분과 맞붙으려면 그 시체 더미를 기어 올라가야 했는데 결국엔 담만 더 높여주는 격이었죠. 마침내 체스터 백작 라눌프가 달려오더군요. 폐하는 그의 시신으로 방어벽을 한층 높일 수 있었을 겁니다. 갑자기 그분 검이 동강 나버리지만 않았다면 말이죠. 곁에 있던 사람 하나가 검 대신 쓰라고 덴마크 도끼를 던져주었지만 라눌프는 이미 도끼가 닿지 않을 거리로 물러나 있었죠. 이어 혼전의 현장에서 벗어난 누군가 땅에 박혀 있던 커다란 바위를 들어 올리더니 측면에서 폐하를 향해 던졌습니다. 바위에 맞은 그분은 정신을 잃은 채 뻗어버렸고, 그러자 놈들이 벌떼같이 달려들어 그 손발을 꽁꽁 묶어버렸어요." 휴가 안타까운 듯 말을 이었다. "저는 저대로 다른 패거리에 휩쓸려 힘 좋은 놈들 밑에 짓밟혀버렸죠. 마침내 정신을 차렸을 땐 놈들은 이미 왕을 끌고 도시를 끝장내기 위해 몰려간 뒤였습니다. 잠시 후 값나가는 전리품을 챙겨보겠다고 되돌아온 놈들 몇몇만 보이더군요. 우리 측 생존자들을 한데 모아 확인해보니 생각보다는 남은 인원이 많았어요. 그들을 안전한 곳으로 대피시키는 사이 저와 한두 사람이 행정 장관님을 찾아보았지만 결국 발견하지 못했죠. 그러다 물리도록 도시를 뒤지던 놈들이 슬슬 돌아오기 시작하기에 일단 얼른 철수하고 이렇게 돌아온 겁니다. 달리 무슨 수가 있었겠습니까?"

"전혀 대책이 없었겠군." 캐드펠이 위로하듯 대답했다. "그렇게 많은 이들을 살려 여기까지 온 것만으로도 신께 감사드려야 할 걸세. 자, 지금 국왕에게 필요한 건 바로 이곳, 슈루즈베리를 잘 지켜내는 일이야."

휴 또한 같은 생각이었다. 그게 아니었다면 링컨에서 돌아오지도 않았으리라. 그곳에서 일어난 끔찍한 살육에서 슈루즈베리 시민 몇이라도 무사히 데리고 빠져나오는 것이 급선무였으니, 어쨌든 그는 임무를 다한 셈이었다.

"왕비께서는 켄트에 계십니다." 휴가 입을 열었다. "켄트의 주인으로서 강력한 군대와 함께 남쪽과 동쪽을 모두 장악하고 계시죠. 아마 런던 쪽과 면밀히 연락을 취하는 동시에 포로로 잡힌 폐하를 어떻게든 빼내 오려 할 겁니다. 아직 일이 완전히 끝난 게 아니에요. 반전에 반전이 이어질 수 있죠. 결국 죄수는 감옥에서 풀려날 겁니다."

"포로 교환도 가능하겠지." 캐드펠은 불안감을 억누른 채 조용히 말을 이었다. "국왕 측 진영에 잡혀 있는 거물들도 있을 테니까. 하지만…… 황후의 최고 가신 서넛을 내세우더라도, 심지어 로버트와 맞바꾸자 해도 황후가 순순히 국왕을 석방시킬지 의문스러운 게 사실이야…… 아마 그쪽에서는 스티븐 왕을 꽉 붙든 채 곧장 왕좌로 직행하려 들지 않겠나? 또 그렇게 나올 경우, 교회의 지도자들이라고 별달리 손을 쓸 수 있을지 모르겠군. 자넨 어떻게 생각하나?"

"글쎄요······." 휴는 호리호리한 몸을 쭉 펴다가 통증을 느끼곤 움찔했다. "어쨌든 제가 할 일이 무엇인지는 분명히 알고 있습니다. 일단 슈롭셔를 잘 돌봐야겠죠. 적어도 이곳만큼은 계속 국왕의 영토로 남아 있도록 말입니다."

*

이틀 뒤 휴는 수도원으로 내려왔다. 적군 아군 할 것 없이 링컨에서 사망한 모든 이들의 영혼을 위로하는 동시에, 곪을 대로 곪은 잉글랜드의 상처가 치유되기를 바라는 뜻에서 라둘푸스 수도원장[12]이 주관하기로 한 미사에 참석하기 위해서였다. 복수심에 눈먼 군사 세력의 제물이 되어 가진 것을 모조리 약탈당하고 심지어 목숨을 잃거나 황량한 겨울 벌판으로 달아날 수밖에 없었던 북부 도시의 수많은 시민들을 위한 특별 기도도 올려졌다. 지금 슈롭셔에는 지난 3년을 통틀어 그 어느 때보다 짙은 전운이 드리워 있었다. 최근의 승리에 들떠 보다 많은 땅을 노리기 시작한 체스터의 백작이 바로 이웃해 있는 터였다. 휴는 구멍 난 수비대의 잔류 병사들을 일일이 불러모아 진용을 짜고, 위협받는 주의 안전을 지키기 위한 방어벽을 갖춰가고 있었다.

미사가 끝난 뒤 신도들이 모두 빠져나가고 휴는 회랑에 남아 수도원장과 대화를 나누던 중이었다. 돌연 문지기실이 있는 아치

문이 소란스러워지더니 홈스펀 옷을 입은 건장한 시골 사람 넷이 당당한 걸음으로 성큼성큼 들어왔다. 둘은 활을 메고, 한 사람은 미늘창을, 나머지 한 사람은 손잡이가 긴 창을 들고 있었다. 이어 그들 사이로 자그만 노새에 올라탄 통통한 중년 여인이 모습을 드러냈다. 양쪽에 두 사람씩 호위를 거느리고 도착한 이 여인은 베네딕토회 수녀복 차림이었다. 쓰개의 하얀 띠에 감싸인 둥근 장밋빛 얼굴에서 밝은 갈색 눈이 반짝였다. 남자처럼 장화를 신고 치맛자락을 걷어 올린 채 안장에 앉아 있던 그녀는 말에서 내리자 큼직한 손을 한 차례 내저어 옷자락을 쓸어내린 뒤 빈틈없고 신중한 자세로 서서 책임자를 찾는 듯 차분히 주위를 둘러보았다.

"웬 수녀님이 오셨구먼." 관심 있게 그 모습을 지켜보던 라둘푸스 수도원장이 부드러운 목소리로 중얼거렸다. "처음 보는 분인데."

천천히 마당을 가로질러 허브밭과 식물 표본실로 걸음을 옮기던 캐드펠 수사도 갑작스레 소란해진 문가로 고개를 돌렸다가 기억에 뚜렷한 한 사람의 모습을 발견했다. 그가 언젠가 만났던 수녀였다. 그를 보는 눈이 잠깐 반짝이는 것으로 보아 수녀 역시 캐드펠을 기억하고 있는 모양이었다. 수녀는 곧장 이쪽으로 걸음을 옮겼고, 캐드펠도 그녀에게 다가갔다. 투박한 수행원들은 수녀를 목적지까지 안전히 모셔 와 만족스러운 듯, 긴장한 기색 없이 문지기실 옆 자갈밭에 기분 좋게 모여 서 있었다.

"그 걸음걸이를 보니 확실히 알겠네요. 우리 수녀원에 오셨던 캐드펠 수사님이시죠? 이렇게 다시 뵈어 반갑습니다. 이쪽엔 딱히 아는 사람이 없었거든요. 수사님께서 수도원장님께 절 좀 소개해주시겠어요?"

"그야 물론이죠." 캐드펠도 반갑게 입을 열었다. "마침 원장님도 저기 회랑 귀퉁이에서 자매님을 주시하고 계시는군요. 벌써 2년쯤 되었나요…… 어바이스 수녀님이 찾아오셨다고 말씀드리면 되겠습니까?"

"이젠 매그덜린 수녀예요." 그녀가 대답하며 살짝 미소 지었다. 아주 짧은 사이였지만, 움푹 파인 보조개가 그녀의 풍화된 뺨에 별처럼 번쩍 스쳐 가며 지난날의 눈부신 미소를 다시금 되살려놓는 듯했다. 그래, 수녀라는 새로운 소명을 받았으니 그런 미소는 몰아내는 편이 좋으리라 생각했었지. 그게 그녀의 병기고에서 가장 위협적인 무기가 될 테니 말이야. 캐드펠은 과거의 일을 일을 떠올리며 자신도 모르게 눈을 깜박였다. 그녀 역시 이 동요를 눈치챈 듯했다. 손베리의 어바이스 수녀. 모든 남자로 하여금 오직 자신만이 그녀를 이해한다 착각하게 만드는 묘한 재주가 있는 사람이었다.

"사실 전 휴 베링어를 만나러 왔어요." 그녀가 입을 열었다. "길버트 프레스코트 장관은 링컨에서 돌아오지 못했다고 들어서요. 여기 오면 그를 만날 수 있다고 수도원 앞길에 있던 사람들이 그러던데……."

"예, 여기 있습니다." 캐드펠이 말했다. "방금 미사를 보고 나와 라둘푸스 수도원장님과 이야기를 나누던 중이었죠. 내 어깨 너머 저쪽으로 두 사람이 보일 겁니다."

표정으로 보아 그녀도 그들을 발견한 모양이었다. 라둘푸스 수도원장은 키가 크고 꼿꼿하면서도 건장한 체격에, 바싹 마른 매처럼 생긴 얼굴과 예리한 눈을 가진 사람이었다. 반면에 휴는 그보다 머리 하나 정도 작은 키에 몸이 아주 날렵했다. 과묵하고 조용한 편이지만, 그럼에도 누구든 그를 무심코 보아 넘기기는 힘들 터였다. 매그덜린 수녀 역시 그를 머리부터 발끝까지 훑어보며 갈색 눈을 또 한 차례 반짝였다. 과연 사람 보는 눈이 뛰어난 여인이었다.

"그렇군요!" 그녀가 고개를 끄덕이며 말했다. "가서 예를 갖춰야겠습니다."

두 사람이 다가오자 라둘푸스와 휴도 나란히 걸음을 옮겼다.

"수도원장님, 우리 교단의 매그덜린 수녀님이 오셨습니다." 캐드펠이 말했다. "여기서 서남쪽으로 몇 킬로미터쯤 떨어진 고드릭 포드 지역의 숲속에 위치한 폴스워스 수녀원[13]에 계신 분이죠. 현재 우리 주의 행정을 책임지고 있는 휴 베링어를 만나러 오셨답니다."

매그덜린 수녀는 수도원장의 손을 잡고 허리를 굽히며 정중히 예를 표한 뒤 입을 열었다. "행정 보좌관님만이 아니라 질서와 평화에 관계하시는 이곳의 모든 분들께 말씀드리고자 합니다.

캐드펠 수사님은 이미 저희 수녀원에 와보셨으니 이 어려운 시절 웨일스와 너무도 가까운 곳에 뚝 떨어져 있는 저희가 어떤 입장에 처해 있는지 잘 아시겠죠. 그러니 제 설명이 미진할 땐 수사님께서 더 자세히 덧붙이고 조언해주시리라 믿습니다."

"오신 것을 환영하오, 매그덜린 자매." 라둘푸스 수도원장도 그녀 못지않게 빈틈없는 눈길로 손님을 뜯어보며 인사를 건넸다. "말씀대로 캐드펠 수사가 우리의 조언자 역할을 해줄 거요. 일단 손님으로서 오늘 저녁 식사에 참석해주시기를 청하고 싶소. 같이 온 그대의 경호원들은 따로 대접하라고 하겠소. 보아하니 저분들이 자매님을 잘 모시고 온 것 같군요. 그리고, 이미 알고 계실지 모르지만 내 옆에 있는 이분이 바로 자매가 찾고 있는 휴 베링어요."

그녀가 휴 쪽으로 고개를 돌렸다. 캐드펠 쪽에서는 보이지 않았으나 틀림없이 그 볼에 보조개가 움푹 패었으리라. "이렇게 보좌관님을 뵙다니 너무나 반갑군요. 행정 장관님과는 한 번 인사를 나눈 적이 있습니다만…… 장관님께서 여기 함께 돌아오지 못했고 어쩌면 포로가 되셨을지도 모른다는 얘긴 들었습니다. 정말 유감입니다."

"기회가 닿는 대로 그분을 구해낼 수 있을 겁니다." 휴가 말했다. "경호원들을 대동하신 걸 보니 숲길이 그리 안전하지 않았던 모양이군요. 이제 귀향했으니 제가 그쪽 치안도 잘 살펴야겠습니다."

"그럼 다 같이 내 응접실로 가서 매그덜린 수녀의 얘길 들어보십시다." 수도원장이 말했다. "참, 캐드펠 형제, 데니스 수사에게 우리 수도원에서 제일 좋은 음식으로 수녀님의 경호원들을 풍성하게 대접하라고 일러주시겠소? 그리고 나서 수사도 응접실로 오시오. 아마 그대의 지혜가 필요할 테니까."

*

몇 분 후 캐드펠이 응접실에 들어갔을 때 매그덜린 수녀는 난롯가에서 약간 떨어진 장식 판자벽 앞에 앉아 있었다. 수녀복 치맛단 밑으로 두 발을 가지런히 모으고 등을 똑바로 세운 자세였다. 그 모습을 가만 보고 있자니 지난날의 일들이 다시금 기억 속에 되살아났다. 아름다운 청춘 시절부터 오랫동안 한 남작의 정부로 살던 여인. 그러한 처지를 그녀는 자신의 육체에 대한 정당한 보상이자 가난에서 벗어나 정신을 도야할 여유를 약속하는 하나의 사업적 협약으로 여겼다. 그리하여 애정을 가지고 그 계약을 충실히 이행했으며, 이후 남작의 죽음으로 자신의 재능을 발휘할 유일한 직업을 잃고 나서는 새 출발을 하기에 힘든 나이에도 불구하고 천성적인 단호함을 발휘해 다른 일을 모색하게 되었다. 그러한 이력의 수녀 지망자 앞에서 상당한 당혹감을 느꼈겠으나 고드릭 포드의 수녀원장도, 나중엔 폴스워스의 수도원장까지, 이 손베리의 어바이스에게서 교단에 입문해도 좋을 만한 자질을 감지했던 모양이다. 자신의 첫 의무에 그랬던 만큼 새로 애착을 느낀 일에 대해서도 그녀는 성실과 충심으로 임했으리라. 아직까지는 어떨지 모르나, 아마도 적응력과 끈기를 발휘해 결국 이 일을 자신의 천직으로 만들고 말 터였다.

"아시다시피 링컨 문제가 격화되었던 지난 정월 당시 저희는 일부 웨일스인들이 군사를 일으키려 한다는 소문을 들었습니다." 매그덜린이 입을 열었다. "어느 한쪽을 편들기 위해서가 아니라, 양 세력이 충돌했을 때 생겨날 약탈의 기회를 노리고 그랬으리라 봅니다. 귀네드의 카드왈라드르 공이 전투단을 모집하고, 이에 가담하기 위해 포위스의 웨일스인도 일어났지요. 그들이 연합해 체스터의 백작을 지원하러 출정할 거라고들 하더군요. 결국 저희는 이번 전투가 벌어지기 전에 이미 경고를 받았던 셈입니다."

그 경고에 귀를 기울이고 대비한 사람은 바로 그녀였다. 웨일스와 잉글랜드 사이에 무슨 일이 일어나든, 야심에 찬 백작과 탐욕에 눈먼 족장이 뭘 어찌하든, 그처럼 자그마한 성녀들의 보금자리에서 왕관을 두고 각축을 벌이는 세계에 무슨 바람이 부는지 감지해낼 만한 이가 있다면 그녀 말고 달리 누구겠는가?

"그리하여 나흘 전 수녀원 서쪽 개간지에 사는 소년이 허둥지둥 달려와 자기 가족이 오두막과 소작지를 버리고 동쪽으로 피신하게 된 정황을 들려주었을 때도 저희는 사실 별로 놀라지 않았습니다. 웨일스인 기습대가 소년의 집에 남아 있는 것들을 양껏 해치운 뒤 이제 고드릭 포드 수녀원을 홀랑 털어줄 테니 두고 보라며 자랑스레 떠들어댔다더군요. 귀향 중인 사냥꾼들이 전리품 보따리를 가득 채울 뜻밖의 사냥감을 그냥 두고 갈 리가 없었겠죠." 휴의 진지한 눈길을 마주하며 그녀가 말을 이었다. "아직 링컨에서의 패전 소식을 듣기 전이었지만, 저희도 저희 나름대로 상황을 판단하며 신경을 곤두세우고 있었습니다. 약탈물을 챙긴 카드왈라드르는 제일 빠른 지름길을 택해 슈루즈베리 옆으로 비켜나 아버러스트위의 성으로 돌아가려 할 거라 생각했죠. 시 수비대원이 얼마 없다 해도 아무래도 그쪽으로 가긴 부담스러울 테니까요. 게다가 그로서는 한 주먹거리도 안 되는 여자들만 상대하면 되니까 하루쯤 즐기면서 저희 수녀원을 약탈하는 편을 택하지 않겠습니까?"

"그게 나흘 전 일입니까?" 휴가 물었다.

"그 소년이 왔다 간 게 나흘 전이죠. 소년과 그 가족은 이제 안전합니다만 가축을 모두 잃었어요. 놈들이 모조리 몰고 갔다더군요. 그리고 그들이 수녀원 근처에 도착한 건 사흘 전이었습니다. 저희로선 하루쯤 대비할 시간이 있었던 셈이죠."

"이런 비열할 데가……!" 라둘푸스 수도원장은 분노와 혐오를 감추지 못했다. "무방비 상태의 여자들을 습격하다니. 같은 파렴치한들 사이에서도 수치스럽기 짝이 없는 행태 아니오! 맙소사, 그런 일이 있었는데 여기 있는 우리는 당신네 긴박한 사정을 눈곱만큼도 모르고 있었으니!"

"염려하지 마십시오, 원장님. 저희끼리 그 폭풍우를 잘 견뎌냈으니까요. 아직 수녀원은 건재하고, 약탈도 피해도 없었습니다. 숲에 사는 주민 한둘이 가벼운 부상을 입은 정도죠. 그리고 저희가 완전히 무방비 상태였던 것도 아니에요. 그들은 서쪽에서 몰려왔는데 그 중간 길목에 개울이 하나 있거든요. 그곳 지형은 캐드펠 수사님도 잘 아실 겁니다."

"거의 1년 내내 방벽으로선 쓸모없는 개울일 텐데요." 캐드펠이 의문스럽다는 듯 대답했다. "올겨울엔 비가 꽤 많이 왔지만, 그래도 여울목과 다리로 통행이 가능했을 겁니다."

"그 덕에 이웃 양민들도 금방 도착할 수 있었죠. 숲속 주민들은 저희에게 아주 호의적이에요. 게다가 그들 모두 건장한 사람들이고요." 그 건장한 이들 중 네 사내가 지금 문지기실에서 고기와 빵과 에일로 잔치를 벌이며 스스로의 공훈을 자찬하는 중이었다. "개울물이 꽤 높아져 있었지만 그럼에도 그들이 개울을 건너올 경우에 대비해 저희는 궁리 끝에 여울목에 구덩이를 파놨습니다. 그런 다음 존 밀러라는 사람이 가서 봇둑을 모조리 열었지요. 다리로 말씀드리자면, 나무 교각들을 쓰러지지 않을 정도만 남기고 톱질한 다음 밧줄을 묶어 수풀과 연결했고요. 그곳 개울 양편 둑에 나무들이 많다는 건 캐드펠 수사님께서도 잘 아실 겁니다. 거기 몸을 숨기고 있다가 적당하다 싶을 때 밧줄을 잡아당기면 교각들을 무너뜨릴 수 있게 만든 거죠. 다른 남정네들도 창이며 거름 갈퀴, 활 따위를 준비해 모두들 둑으로 모여들었습니다. 혹시 개울을 건너오는 놈들이 있으면 상대해줄 생각으로요."

그 가공할 환영식을 총지휘한 사람이 누구인지는 물어볼 필요
도 없었다. 매그덜린 수녀는 든든하고 차분한 자세로 거기 앉아,
마치 자식들이며 손주들 자랑을 늘어놓으면서도 행여 그들에게
이 마음을 들킬까 조심스러워하는 다복하고 지혜로운 할머니처
럼 신중하게 말을 이었다.

"숲속 마을 주민들은 어디 내놔도 뒤지지 않는 훌륭한 궁사들
이에요. 저희는 그들을 둑 가장자리에 늘어선 나무들 사이사이에
배치했습니다. 달아나는 적을 더 빨리 몰아낼 수 있게끔 맞은편
둑 한편에도 사람들을 매복시켰고요."

수도원장은 존경과 놀라움의 표정을 감추지 못한 채 그녀를 응
시했다. "마리아나 수녀는 아주 연로하고 연약한 분인데⋯⋯ 이
번 일로 마음고생이 컸겠군. 그래도 수녀님 같은 분이 곁에 있어
참으로 다행이오. 이처럼 강인하고 능력 있는 대리인에게 권한을
위임할 수 있었으니 말이오!"

매그덜린 수녀의 얼굴에 자애로운 미소가 떠올랐다. 저 미소는
아마 사려 깊은 보호막일 테지, 캐드펠은 생각했다. 위협에 겁먹
고 혼비백산할 뿐 아무런 대처도 못 한 무기력한 마리아나 수녀
를 조용히 덮어주고 싶은 거야.

"당시 원장님은 몸이 좋지 않으셨어요." 그녀는 이렇게만 대
답했다. "다행히도 지금은 회복되셨습니다. 저흰 원장님께 성보
들을 모두 챙겨 원로 수녀님들과 함께 예배당에 들어가 계시라고

간청했어요. 다른 사람들이 안전하게 막아낼 테니 거기 꼼짝 말고 계시라고요. 아마 창이나 활보다 그분의 기도가 큰 힘을 발휘했던 것 같습니다. 결국 저흰 아무 피해도 입지 않고 무사히 위기를 넘겼거든요."

"글쎄요." 휴가 알 만하다는 듯 미소를 띤 채 그녀의 밝은 눈길을 마주하며 입을 열었다. "제가 보기엔 기도의 힘만은 아니었던 것 같은데요. 아무튼 그쪽 지역 울타리도 보수해드려야겠군요. 자, 무사히 위기를 넘겼다 하셨는데, 구체적으로 어떻게 하신 겁니까? 예의 밧줄 장치를 이용하셨나요?"

"예. 그들은 빠른 속도로 벌떼같이 몰려오더군요. 우린 놈들이 다리 위로 올라갈 때까지 내버려뒀다가 둑 근처에 다가온 순간 줄을 잡아당겨 교각을 쓰러뜨렸어요. 첫 패거리는 물살에 휩쓸려 갔고, 여울목으로 접근하려던 다른 무리도 우리가 파놓은 구덩이에 발이 빠지면서 쓸려 가버렸죠. 이어 우리 측 궁사들이 활을 쏘아대기 시작하자 다들 등을 돌리더군요. 때맞추어 맞은편에 잠복시켜두었던 청년들이 그들을 뒤쫓아 가며 정신없이 줄행랑치게 만들었어요. 존 밀러가 봇둑을 다시 막았으니 이제 두 주 정도 날씨만 괜찮으면 다리를 다시 놓을 수 있을 겁니다. 웨일스 쪽 사람들 중 셋이 물에 빠져 죽었고, 나머지는 겨우 뭍으로 나와 달아났어요. 단 한 사람만 빼놓고 말이죠. 사실 제가 이렇게 길을 나서게 된 것도 바로 그 사람 때문입니다. 아주 건장한 청년인데, 물살에 떠내려가는 걸 우리가 겨우 끌어냈지요. 몸속의 물을 빼내고 얼굴을 때려대지 않았다면 아마 그대로 죽고 말았을 거예요. 돌아가는 상황으로 보아 그 사람은 보좌관님에게 꽤 쓸모가 있을 테니, 원하신다면 언제든 말씀하세요."

"웨일스인 포로라면 유용하고말고요!" 휴가 눈을 빛내며 말했다. "그자를 어디에다 감금해두셨죠?"

"존 밀러가 자물쇠를 채워 빈틈없이 지키고 있어요. 워낙 물총새처럼 재빠르고 물고기처럼 매끄러운 자라 제가 직접 데려올 수는 없겠더라고요."

"내일 우리가 가서 그자를 안전하게 데려오지요." 이어 휴가 질문을 이어갔다. "보시기에 어떤 사람 같습니까? 이름은 밝히던 가요?"

"웨일스어 말고는 못 하더라고요. 저도 그렇고 우리 자매님들 중에서도 웨일스어를 아는 사람이 없어 이야기를 나눌 수가 없었습니다. 어쨌거나 꽤 젊은 사람인데, 화려한 차림새와 거만한 행동거지로 보아 평범한 시골뜨기는 아닌 것 같아요. 포로 교환이 행해지면 그 가치가 빛을 발하게 될지도 모르죠."

"내일 제가 직접 가보겠습니다." 휴가 말했다 "이렇게 도와주시다니 얼마나 감사한지 모르겠군요. 아침이면 우리 일행은 떠날 준비가 다 되어 있을 겁니다. 나간 김에 그쪽 지역 경계 상황도 철저히 확인하지요. 수녀님께서 이곳에서 하룻밤 묵어가신다면 내일 저희가 안전하게 모시겠습니다."

"좋은 생각이군." 수도원장이 말했다. "우리 접객소는 물론 여기 있는 모든 것들은 얼마든지 이용하셔도 좋소. 자매를 모시고 온 그분들 역시 환영이고. 돌아가실 땐 호위대도 무기도 철저히 준비되어 있을 테니 한결 안전할 거요. 아직 약탈자들이 숲속에 숨어 있을지 누가 알겠소?"

"예, 오늘 이리로 오는 동안엔 아무 흔적도 못 봤지만, 그래도 조심하는 게 좋겠죠." 그녀가 대답했다. "사실 저 혼자서 올까 했는데 저 사람들이 한사코 만류하더군요. 어쨌든 원장님의 친절은 기꺼이 받아들이겠습니다." 이어 그녀는 휴를 향해 조심스레 미소를 지어 보였다. "돌아가는 길에 동행해주신다니 그것도 정말 감사하고요, 보좌관님."

*

"참 대단한 분이에요." 매그덜린 수녀가 수도원장의 손님 자격으로 저녁 식사를 하러 간 뒤, 휴는 캐드펠과 나란히 회랑을 가로지르며 입을 열었다. "제가 보호 조치를 제공할 것도 없이, 차라리 숲 전체의 통솔권을 그분께 드리는 편이 나을 것 같은데요. 저런 분을 링컨에 모시고 갔어야 했는데……! 우리에게 맞선 자들과 달리 저분의 적들은 실패했잖습니까. 내일 수녀님을 모시고 남쪽으로 가는 길은 참 즐거운 여정이 될 것 같습니다. 배울 것도 많겠고요. 전 그저 저분이 베풀어주는 어떤 조언이든 열심히 귀기울일 작정입니다."

"아마 매그덜린 수녀에게도 즐거운 여정이 될 걸세." 캐드펠은 속생각을 터놓았다. "물론 그녀는 순결의 서약을 했고 이를 잘 지키겠지. 하지만 멋진 남자를 바라보고 그와 대화하는 기쁨을 누리지 않겠다고 맹세한 적은 없을 거거든. 아마 교단에서도 이를 금지하기란 힘들 거야. 더욱이 그녀 입장에서 그런 건 신이 준 훌륭한 선물을 도로 던져버리는 짓이나 다름없겠지."

*

이튿날 아침기도가 끝나고 일행이 한자리에 모였다. 매그덜린 수녀와 네 수행원, 휴, 그리고 슈루즈베리 성 수비대에서 차출된 여섯 명의 무장 병사들이었다. 캐드펠은 그들이 모두 말에 오를 때까지 지켜보고 있다가 수녀에게 따뜻한 작별 인사를 건넸다.

"수녀님을 새 이름으로 불러야 한다는 걸 잘 알면서도 도무지 습관을 고치기가 힘들군요."

그 말에 그녀의 보조개가 살짝 파이며 빛을 발하더니 이내 사라졌다. "수사님은 제가 과거의 일을 아직 회개하지 못했다고 생각하시는 모양이네요. 정작 저는 그때 일을 기억조차 하지 않는데 말이에요. 물론 여자로서 참으로 편안하고 만족스러운 생활이었던 건 사실이죠. 그래도 자매님들이 기꺼이 마음을 열어 타락한 한 여자에게 갱생의 기회를 주셨어요. 처음엔 그들의 뜻에 맞게 복종하고 서원을 지키는 것이 힘들었지만, 이제 전 자매들의 특별한 자랑거리가 되었어요. 모두들 절 자랑스러워한다더군요."

"당연히 그렇겠죠." 캐드펠이 말했다. "그 조용한 둥지에서 발생했을지도 모를 약탈과 강간, 어쩌면 살인까지 모두 당신의 힘으로 막아낸 걸 똑똑히 봤을 테니까."

"아, 그 일에 대해선 다소 조신하지 못했다고들 느꼈던 것 같아요. 물론 결과야 아주 성공적이었지만요. 하지만 어쩌겠어요? 다들 비둘기처럼 어찌할 바를 모르고 있는데 저까지 그럴 수는 없잖아요?" 이어 매그덜린 수녀는 이렇게 덧붙였다. "제 속의 매 근성을 제대로 알아보는 건 남자들뿐이죠."

매그덜린 수녀는 미소를 지어 보이곤 작은 노새에 올라, 이미 그녀의 숭배자가 된 사내들에게 둘러싸여 집으로 향했다. 안마당에도 회랑에도, 손베리의 어바이스를 보기 위해 고개를 슬쩍 돌리지 않는 사내는 없었다.

2

휴 베링어는 웨일스인 약탈 무리의 잔당도, 숲에 숨어 사는 떠돌이도 마주치지 않고 롱숲 서쪽 변방을 쭉 돌아본 뒤 땅거미가 내리기 전에 포로를 데리고 돌아왔다. 수도원 입구를 지나 시내 성으로 향하는 그들 일행이 캐드펠 수사의 눈에 들어왔다. 저 웨일스 청년은 이제 성내에 안전하게 억류될 테고, 만약 포로 서약으로도 안심할 수 없겠다 싶을 땐 햇살도 들지 않는 감방에 감금될 것이다. 휴로서는 조금이라도 감시를 소홀히 할 입장이 아니니까.

이른 땅거미 속에 캐드펠은 지나가는 눈길로 포로를 슬쩍 살폈다. 양손이 묶이고 발은 등자에 밧줄로 매여 있었다. 말 탄 궁사 하나가 바짝 붙어 고삐를 쥔 채 따라가고 있는 것으로 보아 오는 동안 이미 문제를 일으킨 모양이었다. 이것이 안전한 호송을 위한 것이 아니라 그를 겁주기 위한 조치라면—젊은이 자신은 그렇게 생각하는 듯했는데—이토록 삼엄한 경비도 소용없는 셈이었다. 그는 몸을 꼿꼿이 세우곤 경멸 섞인 무례함을 한껏 내뿜으며 휘파람까지 불어댔다. 이따금씩 어깨 너머로 궁사에게 웨일스 말을 퍼붓기도 했는데, 만일 궁사가 그 말뜻을 이해할 수 있었다면 그렇게 무덤덤하게 듣고만 있지는 못했으리라. 다소 허세가 엿보이긴 해도, 참으로 주제넘고 거만하기 짝이 없는 포로인 건 분명했다.

그는 대단한 미남이기도 했다. 보통 웨일스인 정도의 신장에 뚜렷한 광대와 턱, 젊은이다운 혈색, 눈썹과 귀 언저리로 늘어진 머리칼. 모자를 쓰지 않은 탓에 둥글게 말린 풍성한 검은 머리칼이 서남풍에 아름답게 휘날렸다. 손발이 묶인 상태에서도 그는 훌륭한 기수처럼 흔들림 없이 안장에 앉아 있었으며, 거친 웨일스 말로 병사들을 자극하는 목소리는 너무도 가볍고 맑았다. 고급스러운 복장과 당당한 행동거지로 미루어 지체 높은 사람인 것 같다던 매그덜린 수녀의 이야기가 떠올랐다. 하지만 캐드펠이 보기엔 정신이 망가질 정도로 떠받들려 자란 게 아닌가 싶었다. 잘생기고 매력적인 데다 외아들이라도 된다면 그리 이상한 경우도 아니리라.

일행이 멀어지자 가락까지 곁들여 요란하게 불어대는 포로의 반항적인 휘파람 소리도 정문 앞길을 따라 점차 잦아들었다. 캐드펠은 식물 표본실에 자리한 작업장으로 되돌아와 화로에 불을 피웠다. 겨울철 기침감기에 대비해 갓 짜낸 야생박하를 달일 참이었다.

*

다음 날 아침 휴가 수도원으로 내려와 캐드펠 수사를 모셔 가 겠다고 청했다. 지난 약탈 때 개울 속 바위에 부딪쳐 포로 청년의 허벅지가 꽤 많이 찢어졌는데, 보아하니 그동안 수녀들에게 숨긴 채 애써 통증을 참아온 것 같다는 얘기였다.

"이유야 뻔하죠." 휴가 빙그레 웃으며 말했다. "찜질을 하려면 수녀분들에게 엉덩이를 드러내야 하잖습니까. 그게 죽기보다 싫었던 겁니다. 솔직히 대단한 청년이에요. 상처는 그리 심각하지 않지만 어제 말을 타고 몇 킬로미터를 왔으니 통증이 꽤 심했을 텐데도 내색 한 번 않더군요. 성에 도착해서 다친 자리를 혼자 살펴보기에 우리가 가서 옷을 벗기자 소녀처럼 얼굴을 붉히더라고요."

"그렇다고 밤새 치료도 않고 그냥 내버려두진 않았을 텐데, 이제 와서 굳이 날 필요로 하는 이유가 뭔가?" 캐드펠은 짐짓 모르는 척 물었다.

"수사님께서 북부 웨일스어에 능하시니까요." 휴가 진짜 이유를 털어놓았다. "그자는 귀네드 출신이 분명합니다. 카드왈라드르의 심복 가운데 하나죠. 하지만 일단은 그를 방심하게 만드는 게 좋을 거예요. 우리가 질문하면 그는 고개를 내저으며 웨일스 어로만 대답합니다만, 그 건방진 눈빛으로 보건대 잉글랜드어를 충분히 알아듣고도 우릴 갖고 노는 게 분명해요. 그러니 가서서 먼저 잉글랜드어로 말을 걸고, 그 대담한 풋내기가 제 웨일스어 로 우리를 모욕할 때 덜미를 잡아 진실을 끌어내는 겁니다."

"그가 부상당한 것을 매그덜린 수녀가 알았다면 그토록 신속 하게 우리에게 알리는 대신 잠시 몸 추스를 틈이라도 주었을 텐 데." 캐드펠이 조용히 말했다. "그 청년, 수줍음을 타는 바람에 손해만 봤군."

캐드펠은 휴와 함께 성으로 출발하기 전에 오스윈 수사를 만나 러 갔다. 작업실에서 주의해야 할 사항들을 다시금 일러주기 위 해서였다. 호기심이 다소 지나칠 때가 있다는 것은 오스윈의 고 해에 어김없이 등장하는 죄목이었다.

자, 이번 상대는 웨일스인이군. 그 고집 센 청년의 얽히고설킨 족보를 뒤져보면 어쩌면 캐드펠 자신의 먼 친척쯤 될지도 모를 일이었다.

*

제 힘과 기지를 이미 드러낸 탓인지, 젊은 포로는 창문조차 없 는 견고한 방에 갇혀 있었다. 캐드펠이 감방에 들어서자 뒤에서 문 잠그는 소리가 들렸다. 등잔에 심지를 띄운 램프가 하나 놓여 있고 엷은 색 돌벽이 사방에서 그 빛을 반사해 그의 모습을 살피는 데는 문제가 없었다. 포로는 미심쩍은 눈길로 베네딕토회 수도복을 훑어보았다. 공손한 잉글랜드어로 인사를 건네자 그 역시 웨일스어로 정중하게 답했지만, 다른 말을 꺼내기 무섭게 미안하다는 듯 고개를 가로저으며 한 마디도 이해하지 못하는 척 응수하기 시작했다. 그러나 캐드펠이 허리에 차고 있던 작은 주머니를 풀어 고약과 세척액과 붕대를 꺼내놓으니 즉각 반응이 왔다. 지난밤 처치를 받고서 밤새 꽤 편안했던지, 이번엔 반갑게 옷을 내리고 기꺼이 몸을 내맡겼다. 말을 타고 오느라 상처가 악화되긴 했지만 쉬고 나면 곧 아물 터였다. 그의 깨끗하고 마른 육체는 탄력적이면서도 단단했다. 살갗 밑의 근육은 크림처럼 부드러웠다.

"이걸 참고 견디다니 어리석기도 하지." 캐드펠은 잉글랜드어로 말을 이었다. "진작 치료했으면 지금쯤 다 아물었을 것을…… 당신 바보요? 처지가 이리 되었으니 이젠 분별력을 좀 배우는 게 좋을 거요."

청년은 이번에도 고개를 가로젓더니 웨일스어로 내뱉었다. "잉글랜드 놈들한텐 배울 게 없어. 나더러 바보라고? 모르는 소리 마, 이 수다쟁이 까까머리야."

"고드릭 포드 사람들이 알았더라면 잘 치료해줬을 텐데." 캐드펠은 모르는 척 계속 말을 이었다. "거기서 괜히 며칠이나 낭비

했구려."

"멍청한 계집 패거리였지. 늙어빠지고 추한 여자들." 청년은 뻔뻔스러운 표정으로 대꾸했다. 그 정도면 충분하고도 남았다.

"계집 패거리?" 분개한 캐드펠이 웨일스어로 호통을 쳤다. "물에 빠진 걸 끌어내서 그 귀하신 몸을 말려주고 숨통을 다시 틔어준 사람들에게 그게 할 소리인가? 그분들이 이해할 만한 말로 감사를 표하지 못한다면 자넨 웨일스인의 명예를 더럽힌 자들 중에서도 제일 배은망덕한 놈일세. 똑똑히 듣게, 이 잘난 기사 양반아. 은혜를 모르는 놈보다 더 나쁘고 멍청한 사람은 없어. 이 야비한 행태를 보니 당장 나부터도 그 붕대를 찢어내 불 속에 던져버리고 싶어지는군."

청년은 이미 돌의자에서 벌떡 일어나 입을 떡 벌리고 있었다. 아직 다 자라지 않은 그 고운 얼굴에 철없는 어린아이의 표정이 떠올랐다. 그는 캐드펠을 노려보며 침을 꿀꺽 삼켰다. 가슴팍에서 눈썹까지 그의 피부가 서서히 붉어지기 시작했다.

"나도 자네와 같은 웨일스인일세." 캐드펠이 마음을 가라앉히며 말을 이었다. "자네보다 세 곱은 더 살았지. 멍청한 꼬마 녀석 같으니. 자, 숨 좀 돌리고 이제 잉글랜드어로 말해보게. 다시 한 번 내 앞에서 웨일스어로 지껄였다간 당장 여기서 나가버릴 테니까. 그러면 자넨 스스로의 우매함에 괴로워하며 혼자 남겠지. 내 말 이해하겠나?"

이처럼 굴욕적인 상황에 익숙지 않은 듯 청년은 수치심과 분노의 언저리에서 잠시 망설이는가 싶더니, 돌연 고개를 젖혀 요란한 웃음을 터뜨렸다. 스스로의 어리석음에 대한 조롱이자, 자신이 어떤 덫에 걸려들었는지 파악했다는 깨달음의 웃음이었다. 다행스럽게도 아예 구제 불능의 망나니는 아닌 모양이었다.

"그만하면 됐네." 캐드펠이 적의를 풀고 말했다. "마음을 다잡겠다고 휘파람을 불고 허풍을 떤 것까진 이해하겠네. 그런데 잉글랜드어를 전혀 알아듣지 못하는 척 군 이유는 뭔가? 변경에서 이렇게 가까운 지역인데, 탄로나지 않고 얼마나 버틸 것 같았나?"

청년은 체념한 듯 한숨을 내쉬었다. "하루 이틀만 더 버텼어도 앞으로 제게 무슨 일이 닥칠지 파악할 수 있었을 겁니다." 그의 잉글랜드어는 더없이 유창했다. "이런 상황에 처하긴 처음이라……."

"더하여 뻔뻔스러운 태도를 내보이며 스스로 기운을 복돋우려 한 건가? 자네 목숨을 구해준 성스러운 여인들에 대해 한 말, 부끄러운 줄 알게."

"아무도 이해하지 못한다 생각하고 내뱉은 말이었어요." 청년은 항변조로 대꾸하다가 이내 말투를 바꾸어 순순히 잘못을 인정했다. "예, 그 점에 대해선 저도 부끄럽게 생각합니다. 그물에 걸린 새가 그저 닥치는 대로 이리저리 쪼아본 셈이죠. 탈출구도 찾을 겸 앙갚음도 할 겸 말예요. 어쨌든 이쪽 사람들과 상황에 대해 조금이라도 알게 되기 전까지는 저 자신에 대해 한 마디도 털어놓고 싶지 않았습니다."

"스스로의 가치를 시인하고 싶지도 않았을 테고 말이야." 캐드펠이 얼른 짚어냈다. "고액의 몸값 때문에 계속 억류된 상태로 지내게 될지도 모른다고 생각했겠지. 그래, 자네 이름과 지위에 대해 계속 말하지 않을 작정인가?"

그는 가만히 고개를 끄덕이다가 캐드펠을 바라보았다. 어느 정도까지 숨겨야 할지 고민하는 기색이 역력했다. 그러다 마침내 결심을 굳힌 듯, 그의 입에서 말이 줄줄 쏟아지기 시작했다.

"사실 수녀원을 공격하기 전부터도 전 심기가 이만저만 불편한 게 아니었어요. 그 야만스럽기 짝이 없는 일들…… 오아인 귀네드도 자기 동생이 병력을 모아 벌인 일을 알면 굉장히 불쾌하게 생각할 겁니다. 하지만 결국 전 카드왈라드르와 함께 출정했어요. 아, 그 일에 가담하지 않았더라면 좋았을걸…… 지금은 후회막급입니다. 수녀님들께 해를 입힐 생각은 전혀 없었지만, 일단 가담한 이상 어떻게 뒤로 물러날 수 있었겠습니까? 그러다 몇 안 되는 늙은 여인들과 농부들 손에 사로잡혀 이젠 여기 갇히게 되었으니! 만일 풀려나 고향에 돌아간다 해도 웃음거리나 되겠죠." 절망했다기보다는 넌더리가 난다는 듯한 목소리였다. 조롱당할 것을 생각하며 어깨를 들먹이고 사람 좋게 웃어 보이는 모습이 오히려 딱해 보일 지경이었다. "만일 오아인이 저 때문에 금전적인 피해를 보게 되면, 그 역시 제겐 우울한 일이죠. 멍청한 부하를 되사느라 금을 지불하고서 그냥 넘어갈 만한 사람이 아니거든요."

무턱대고 다른 이들만 원망하던 그는 이제 분별력을 되찾으며 반성과 후회를 내비치고 있었다. 캐드펠은 점점 더 그에게 마음이 끌렸다.

"내 귀띔 하나 하지. 자네의 가치가 높을수록 여기서 자네는 더욱 귀한 인물이 되는 걸세. 특히 휴 베링어, 그러니까 지금 자네를 억류하고 있는 사람에게 말이야. 우리가 자네에게 포로 신분으로 바라는 건 황금이 아니야. 이 주의 행정 장관도 지금 자네처럼 포로 신분으로 웨일스인들 수중에 들어가 있을 가능성이 매우 높고, 휴 베링어는 그를 찾아오고 싶어 하거든. 만일 자네가 그에 맞먹는 가치를 지닌 사람이라면, 그리고 행정 장관이 생존해 있는 것이 밝혀진다면, 자네는 당연히 집으로 돌아갈 수 있을 걸세. 물론 오아인 귀네드에게 빚질 일도 없을 테고. 그는 세파에 휩쓸리고 싶어 하지 않으니 그저 길버트 프레스코트를 우리에게 넘겨주고 즐겁게 구경이나 하겠지."

"그게 정말입니까?" 청년이 얼굴을 붉히며 환한 표정으로 눈을 휘둥그레 떴다. "제가 입을 여는 편이 좋겠군요. 그러면 전 여기서 풀려나고, 웨일스인들과 잉글랜드인 양측 모두에게 좋은 일이 될 거라는 말씀이죠? 그렇게만 된다면 얼마나 기쁠까요!"

"최고로 가치 있는 일이지!" 캐드펠은 방금 전까지 뻣뻣하게 굳어 있다가 어느새 풀려버린 청년의 매끈한 갈색 목을 바라보았다. 그는 검은 머리채를 넘기며 멋쩍은 듯 미소를 지어 보였다.

"그러니 지금 내게 이야기를 털어놓게. 나도 무척이나 호기심이 많은 사람이거든. 자, 휴 베링어도 불러올 테니 당장 담판을 짓는 거야. 팔다리 쭉 뻗고 보호받을 수 있는데 뭣 하러 이 컴컴한 돌바닥에 누워 지낸단 말인가?"

"좋아요!" 청년이 환한 얼굴로 대답했다. "모든 걸 털어놓겠어요. 아무것도 숨기지 않을게요."

*

일단 마음을 정하자 그는 모든 것을 술술 털어놓았다. 그처럼 쾌활하고 외향적인 사람이 어찌 그렇게 침묵하고 있었는지 놀라울 정도였다. 휴는 무표정한 얼굴로 가만히 귀를 기울일 뿐이었지만, 캐드펠은 이제 그 가느다랗고 활동적인 눈썹의 움직임이나 검은 눈이 빛을 발하는 순간을 잠시도 놓치지 않고 전부 읽어낼 만큼 그를 잘 파악하고 있었다.

"제 이름은 엘리스 압 키난입니다. 어머니가 오아인 귀네드의 사촌이셨죠. 아버지가 작고하시자 오아인은 저를 삼촌 댁에 데려다 놓고 엄하게 감시했어요. 그렇게 전 그리피스 압 메일리르 삼촌 댁에서 사촌 엘리드와 형제처럼 성장했습니다. 그리피스 숙모는 오아인의 먼 친척이고, 삼촌 역시 내각에서 고위직을 차지한 인물이에요. 오아인은 우리 모두를 아끼고 있으니, 만일 제가 이렇게 잡혀 있는 줄 알면 그냥 내버려두지 않을 겁니다."

"하지만 당신은 오아인의 반대를 무릅쓰고 그 사람의 동생을 쫓아가 전투에 참여했잖소?" 부드럽지만 웃음기 없는 목소리로 휴가 물었다.

"지금은 진심으로 후회하고 있어요." 엘리스는 항변하듯 대꾸했다. "이제 고향으로 돌아가면 정말이지 더더욱 뼈저리게 후회하게 될 거고요. 아마 그분은 제 가죽이라도 벗기려 들 겁니다." 하지만 그리 괴로워하는 듯한 표정은 아니었다. 그는 잠시 망설이다가 씩 웃어 보이며 말을 이었다. "제가 바보였죠. 하긴 바보짓이 처음도 아니고, 마지막이 될 거라고도 못 하겠네요. 엘리드는 저보다 현명해요. 무게 있고, 진중하고, 꼭 오아인처럼 사고하는 사람이죠. 우리가 각기 다른 길을 택한 건 이번이 처음이에요, 그의 충고에 귀 기울였더라면 좋았을걸. 일이 닥쳤을 때, 전 그가 오판하는 법이 없다는 걸 잘 알면서도 굳이 전투 현장을 보고 싶은 욕심에 고집을 부려 출정했죠."

"그래, 현장을 보니 좋았소?" 휴가 차가운 말투로 물었다.

엘리스는 생각에 잠겨 입술을 깨물었다. "첫 전투는 공정한 싸움이었어요. 양측 모두 무장한 채로 임했으니까. 보좌관님도 거기 계셨다면 잘 아시겠죠. 우린 물살을 뚫고 도강해 그 얼어붙은 습지에 이르렀어요. 젖은 몸을 벌벌 떨면서⋯⋯." 말을 이어가던 그의 표정이 별안간 굳었다. 문득 또 다른 도강의 기억, 물에 빠진 생쥐 꼴로 억센 숲 사람들 손에 끌려 나와 진흙탕에 얼굴을 처박고 삼킨 물을 뱉어내며 꺼져가던 목숨을 겨우 되살린 굴욕적인 기억이 떠오른 모양이었다. 하지만 역시 전투의 기억에 빠져 있는 휴를 바라보며 이내 그는 씩 웃어 보였다. "그래요. 홍수는 누구의 편도 아니니까요. 잉글랜드인이든 웨일스인이든 금세 삼켜버리죠. 어쨌든 링컨에서 벌어진 전투에 대해선 아무런 유감도 후회도 없어요. 문제는 그 이후, 시내로 들어가 벌인 약탈 행각이에요. 그런 일이 벌어질 줄 알았다면 절대 그 무리에 들어가지 않았을 거예요. 하지만 이미 돌이킬 수 없는 상황이었죠."

"링컨시에서 자행된 일이 그토록 역겨웠다면, 어째서 계속 침략자 무리와 어울려 고드릭 포드까지 간 거요?

"그럼 어떻게 할 수 있었겠어요? 혼자 잘난 체하며 친구이자 동료인 그들 모두 앞에서 너희의 계획은 완전히 잘못된 거라고 맞서요? 전 그만한 영웅이 못 됩니다!" 엘리스는 솔직하게 말을 이었다. "그래도 고드릭 포드에선 아무에게도 피해를 입히지 않았어요…… 어쨌든 이제 사로잡힌 몸이니 모든 비난을 달게 받겠습니다. 자, 전 지금 보좌관님 처분만 기다리는 신세로 이 자리에 앉아 있어요. 오아인은 제 친척이기도 하니, 제가 이렇게 살아 있다는 것을 알면 되찾고 싶어 할 겁니다."

"그렇다면 우린 합리적인 협정에 도달할 수 있겠군." 휴가 말했다. "우리 행정 장관 역시 당신처럼 웨일스 측에 포로로 억류되어 있을 가능성이 높은데, 만일 그것이 사실로 드러나면 별문제 없이 포로 교환이 성사될 거요. 결과가 나올 때까지 적절하게 품위를 유지하며 기다리겠다고 약속하는 한 나도 당신을 감방에 꽁꽁 가둬둘 마음은 없소. 탈출 기도를 하거나 성 구역 바깥으로 나다니거나 하지 않겠다면 성내에서 자유롭게 생활하도록 해주겠소."

"약속하고말고요!" 엘리스는 열정적으로 말했다. "어떤 시도도 하지 않겠습니다. 당신네 장관을 다시 데려오고 절 석방해주실 때까지 이곳 성문 밖으론 한 발짝도 내딛지 않을 거예요."

*

다음 날, 캐드펠은 웨일스 청년의 상처가 곪지 않고 잘 아물었는지 확인하기 위해 다시금 성을 찾았다. 상처 양편으로 돋아난 건강한 새살이 그새 잘 맞붙은 모습으로 보아 큰 흉터 없이 금세 나을 것 같았다.

엘리스 압 키난이라는 이 젊은이는 마치 활짝 열린 책이나 대낮에 핀 데이지처럼 속마음을 숨기지 못하는 매력적인 사람이었다. 처음 그의 속내를 끌어낼 수 있을까 걱정했던 일이 우습게 여겨질 정도로 진솔하고도 성실한 답변이 이어졌다. 더 이상 잃을 게 없어서인지, 또 같은 핏줄을 타고난 관대한 수사 말고는 달리 듣는 사람이 없기 때문인지, 엘리스는 스스럼없이 자신의 책장을 열어 보였다.

"이번 일을 두고 전 엘리드와 심각하게 다투었어요." 그는 씁쓸하게 이야기를 늘어놓았다. "엘리드는 웨일스 측에 유리할 것

없는 전략이라며 반대했죠. 제아무리 많은 전리품을 챙긴다 해도 아군이 입게 될 피해에 비하면 아무런 가치가 없을 거라고요. 그 예측이 정확하다는 걸 진작에 깨달았어야 했는데. 그는 틀린 적이 없거든요. 게다가 불쾌한 태도로 자기주장을 내세우지도 않죠. 정말 대단한 사람이에요! 누구도 그에게 화를 낼 수 없을걸요. 적어도 저는 그래요."

"그래, 같이 자란 친척은 피를 나눈 형제만큼 가까워질 수 있지." 캐드펠이 말했다.

"우린 형제보다 더 가까운 사이예요. 거의 쌍둥이나 마찬가지죠. 엘리드는 저보다 30분 일찍 태어났는데, 그래서인지 늘 형처럼 굴어요. 지금은 아마 저 때문에 정신이 하나도 없을 겁니다. 제가 그 개울물에 쓸려 갔다는 얘기까지만 전해 들었을 테니까요. 이번 포로 교환이 어서 진행되어 한시라도 빨리 이 귀찮은 사촌이 아직 살아 있다고 알릴 수 있으면 좋겠어요."

"자네의 실종으로 속을 태울 사람이라면 그 친구이자 사촌 말고도 많이 있을 테지. 아직 아내는 없나?"

이 질문에 엘리스가 개구쟁이 같은 표정을 지어 보였다. "결혼 협박을 받는 중이죠. 오래전 제가 어린아이일 때 집안 어른들끼리 약혼시켜버린 여자가 있거든요. 하지만 전 서두르고 싶지 않아요. 지금은 영지며 인척 관계며 생각할 것들이 많아서요." 받아들이긴 하지만 그리 달갑지는 않은 오랜 부담에 대해 이야기하는 말투였다. 약혼녀를 사랑하지 않는군, 캐드펠은 생각했다. 아마 어릴 때부터 함께 놀며 자란 사이일 텐데 지금은 그 여자가 별로 마음에 차지 않는 모양이야.

"그래도 그 약혼녀는 자네 때문에 아주 힘들어하고 있을 거야." 캐드펠이 말했다. "지금 자네가 그녀를 생각하는 것보다 훨씬 더 많이 자네를 생각하겠지."

"흥! 그 여자가요?" 엘리스는 어처구니없는 소리라도 들은 양 요란하게 콧방귀를 뀌었다. "만일 제가 물에 빠져 죽었다면 아마 집안사람들이 좋은 신랑감을 새로 구해줄 테고, 그 친구도 아무 불만 없이 받아들일걸요. 나도 그렇지만 그 친구도 날 그리 좋아하지 않거든요. 우리 둘 다 잠자코 있긴 하지만, 만일 결혼이 성사되면 우리 사이는 나빠지기만 할 겁니다."

"그래, 그 운 좋은 숙녀분은 누군가?"

"제가 솔직하게 나오니까 이젠 별걸 다 물으시네요." 엘리스는 가벼운 힐난조로 대꾸했다. "제가 꽤 귀한 포로라는 건 아시죠? 사실을 말씀드리자면 그 친구야말로 대단한 여자예요. 작고 날카롭고 까무잡잡한, 꽤 멋진 사람이죠. 그 친구 아버지는 컨흘라이스 트레게이리오그의 영주인 티디르 압 리스로, 포위스 사람이지만 오아인과 절친한 사이에 사고방식도 똑같아요. 어머니는 귀네드 사람이고요. 그 친구 이름은 크리스티나예요. 다들 그 친구 손 한번 만져보는 걸 대단한 영광으로 여기죠." 그런 집안과 정혼했건만 엘리스의 목소리에서 기대감이나 열의라곤 찾아볼 수 없었다. "어쨌든 전 아직 결혼 생각이 없어요."

두 사람은 햇살에 몸을 덥히며 성내 야외 구역을 거닐고 있었다. 날씨가 여전히 쌀쌀한데도 엘리스는 도무지 안으로 들어가려 하지 않았다. 고개를 들어 탑 너머 맑은 하늘에 시선을 고정한 채 걷는 그의 발걸음은 잔디를 밟고 있는 양 가볍고 팔팔하기 그지없었다.

"우리가 어떻게 하느냐에 따라 포로 교환까지 마음껏 시간을 끌 수도 있지 않겠나?" 캐드펠이 짓궂게 말을 꺼냈다. "여기서 원하는 만큼 오랫동안 총각으로 숨어 살아도 괜찮네."

"무슨 그런 말씀을!" 엘리스가 기겁을 하며 웃음을 터뜨렸다. "그건 안 되죠! 여기서 그러고 있느니 차라리 웨일스에서 결혼해 아내와 함께 사는 게 낫겠어요. 물론 제일 좋은 건 아내 없이 웨일스인들 틈에서 지내는 거지만요." 그는 연신 껄껄대며 말을 이었다. "결혼을 하든 말든, 결국은 마찬가지예요. 제겐 언제나 사냥과 무기와 친구들이 함께할 테니까."

캐드펠은 고개를 절레절레 내저으며 생각했다. 작고 날카롭고 까무잡잡하다는 티디르의 딸 크리스티나의 앞날이 걱정되는군. 만일 그녀가 사랑은 포기할지언정 점잖고 포용력 있는 남자를 찾고 있다면, 얼굴만 반반한 이 철없는 총각은 잘못된 선택일 거야. 하긴, 마지못해 시작하더라도 나중에 가서 불이 붙는 행복한 결혼의 사례들도 많긴 하지만.

두 사람은 성 주위를 한 바퀴 돌고 안쪽으로 이어지는 아치 통로에 섰다. 차갑고 화사한 햇살이 길을 가로질러 비스듬히 내리비치고 있었다. 그때, 통로 안쪽 성탑 귀퉁이에 자리 잡은 길버트 프레스코트의 사저 출입구에 닿은 빛 속으로 한 여자가 들어섰다. 자그마하고 날카롭고 까무잡잡한 스타일과는 정반대로, 은빛 자작나무처럼 호리호리하고 날씬한 몸매에 고운 계란형 얼굴을 한 눈부신 미인이었다. 여자가 차가운 공기에 몸을 가볍게 떨며 잠시 섬돌에 서 있는 사이 아무것도 쓰지 않아 바람에 날리는 머리카락 사이로 햇살이 눈부시게 반짝였다.

빛을 받아 하얗게 아른대는 여자의 모습에 엘리스는 눈을 휘둥그레 뜨고 입을 딱 벌린 채 꼼짝 않고 서서 아치 통로 너머로 시선을 고정하고 있었다. 곧 여자가 외투를 여미고 뒤편 현관문을 닫은 뒤 성 구역을 지나 시내로 이어진 아치 통로를 향해 활기차게 다가오기 시작했다. 캐드펠은 얼른 엘리스의 소맷자락을 잡아당겼다. 저토록 멍한 시선으로 빤히 쳐다보고 있다가는 여자를 불쾌하게 만들기 십상이었다. 엘리스는 마지못해 걸음을 옮겼지만 몇 발짝 못 가 이내 고개를 돌리곤 다시 제자리에 그대로 서버렸다. 그를 더 이상 움직이게 하긴 어려울 것 같았다.

화창한 아침 햇살에 기분 좋은 미소를 머금은 채, 그러나 떨쳐지지 않는 근심이라도 있는 양 어딘지 우울하고 무거운 느낌이 배어나는 표정으로 그녀가 아치 통로를 지나갔다. 엘리스는 그리 멀지 않은 곳에 있었는데, 그의 시선을 느꼈는지 그녀가 갑자기 고개를 돌렸다. 두 사람의 눈이 마주친 짧은 순간 그녀의 눈이 협죽도의 꽃처럼 짙푸르게 변하며 걸음이 살짝 흔들렸다. 잠시 머뭇거리며 그에게 미소를 지어준 것 같기도 했다. 그러나 곧 장밋빛으로 곱게 달아오른 얼굴을 돌리더니 아까보다 서둘러 문루를 향해 걸음을 옮겼다.

여자가 정문을 지나 시야에서 사라질 때까지 엘리스는 내내 그녀를 바라보며 서 있었다. 그의 얼굴도 온통 붉은빛으로 물들어 있었다.

"저 숙녀는 누굽니까?" 그가 경외감이 깃든 목소리로 다급히 물었다.

"행정 장관의 딸이야." 캐드펠이 대답했다. "웨일스 측 수용소 어디엔가 살아 있기를, 그래서 자네와 맞바꿔 데려올 수 있기를 우리 모두 희망하고 있는 바로 그 사람 말일세. 장관의 아내가 슈루즈베리로 올 거라는 얘긴 들었는데, 의붓딸과 어린 아들도 함께 온 모양이군. 그녀는 장관의 두 번째 아내야. 아까 그 여자의 생모는 아들은 낳지 못한 채 죽고 말았거든."

"이름을 아십니까? 저 여자의 이름 말입니다."

"멜리센트." 캐드펠이 말했다.

"멜리센트……." 청년의 입술이 소리 없이 움직였다. 이어 그가 큰 소리로, 캐드펠이 아니라 마치 하늘과 태양을 향해 말을 걸 듯 흥분해서 이야기를 늘어놓았다. "그 머릿결 보셨습니까? 햇살처럼 밝고 거미줄보다 섬세한 머릿결 말예요! 게다가 온통 우윳빛과 장밋빛인 그 얼굴이라니…… 나이가 얼마나 될까요?"

"내가 알겠나? 용모로 보건대 열여덟 살쯤? 자네의 크리스티나와 비슷할 것 같군." 캐드펠은 에둘러 청년에게 현실을 상기시켰다. "자네가 저 여자의 아버지를 돌려보낼 수만 있다면 그녀에겐 아주 큰 봉사와 은혜를 베푸는 셈일 테지. 그리고 자네 역시 고향으로 돌아가길 원하고 있으니 잘됐지 뭔가?"

엘리스는 멜리센트가 사라진 방향에서 어렵사리 눈길을 돌렸다. 도무지 믿기지 않는 것을 본 듯 두 눈을 껌뻑거리는 모습이, 마치 깊은 잠에서 막 깨어난 사람 같았다.

"그럼요. 그렇겠죠." 아무 생각 없이 애매하게 대꾸한 뒤, 그는 여전히 멍한 상태로 걸음을 옮겼다.

*

오후도 중반으로 접어들 무렵이었다. 캐드펠이 허브밭의 작업장에서 겨울철 약재를 채워 넣느라 분주하게 움직이고 있을 때, 서늘한 동풍 한 자락과 함께 휴가 들어섰다. 그는 화로에 손을 녹이곤 권하지도 않았는데 캐드펠의 포도주 병을 들어 비커에 따르더니 벽 앞에 놓인 널찍한 의자에 가 앉았다. 통나무 향이 짙게 풍기고 허브 이파리가 바스락대는 이 어둑하고 조그마한 세계에 들어와 있으면 언제나 마음이 편안해졌다. 캐드펠 또한 이곳에서 많은 시간을 보내며 이런저런 생각들을 끄집어내곤 했다.

"수도원장님을 뵙고 오는 길입니다." 휴가 말했다. "수사님을 며칠만 빌려달라고 했지요."

"그래, 날 기꺼이 빌려주신다던가?" 따뜻한 약단지에 마개를 끼우며 캐드펠이 물었다.

"당연하죠. 명분도 좋고 이유도 확실하니까. 장관을 찾아내 데려오는 일에 관해서는 원장님도 저 못지않게 열성적이시잖아요. 먼저 포로 교환이 가능한지부터 얼른 파악하는 게 모두에게 좋을 겁니다."

맞는 말이었다. 아침나절의 그 짧은 만남이 영 마음에 걸리긴 하지만, 크게 걱정할 정도는 아니리라. 젊고 감수성 예민한 젊은이가 늘 보며 자라온 웨일스 여자들과는 모든 면에서 너무도 다른 젊은 잉글랜드 여인을 보았으니 정신을 빼앗기는 것도 당연하겠지. 문제는 웨일스인들과 프레스코트 사이에 자리 잡은 서로에 대한 해묵은 반감이었으니, 과연 포로 교환 협상이 무사히 이루어지게 될지 종잡을 수 없는 상황이었다.

"일단은 주 경계의 수비를 더욱 철저히 해야겠습니다." 휴가 양손에 비커를 끼워 돌리며 말을 이었다. "스스로의 위업에 도취해 있는 저 너머의 이웃을 고려하지 않을 수 없으니까요. 그들은 이제 더욱 많은 곳을 정복할 작정으로 난폭하게 나오고자 할 겁니다. 그들을 뚫고 오아인 귀네드에게 가 의사를 전달하기란 더없이 위험한 일이죠. 웨일스를 전혀 모르는 부관에게 그 임무를 맡길 수는 없습니다. 그의 가죽이든 머리카락이든 두 번 다시 보지 못하게 될지도 모르니까요. 대여섯 명으로 구성된 정예대를 보내더라도 사라질 가능성이 높지요. 그래서 제 생각은…… 수사님이 함께 가시면 어떨까 합니다. 수사님은 웨일스 출신인 데다 수도복을 입고 계시지 않습니까. 게다가 웬만한 전투대를 능가하는 모험심도 갖추셨죠. 약간의 호위만 붙인다면, 또 그 웨일스어 능력과 친족들의 이름을 이용한다면 어떤 정예군과 마주치더라도 무난히 넘어갈 수 있을 겁니다. 어떻게 생각하세요?"

"만일 내가 내 위로 열여섯 대에 이르는 선조의 이름을 암송하지 못한다면 웨일스인으로서 크나큰 수치일 테지." 캐드펠은 빙그레 웃으며 기분 좋게 말했다. "게다가 이 주 경계 바로 너머에 친지 몇이 살고 있기도 하니 귀네드로 가기엔 아주 좋은 조건인 셈이야."

"오아인 역시 귀네드의 야만인으로도 변할 날이 그리 멀지 않은 것 같다는 이야기가 돌더군요. 소문에 의하면, 지난번 승리로 기세등등해져 더 많은 영토에 군침을 흘리기 시작한 체스터의 라눌프를 감시하느라 오아인이 동부에 와 있답니다. 또 컨흘라이스나 글린 세이리오그에서 체스터와 렉스함을 집중 감시할 요량으로 그가 베르윈스에서도 우리 편에 서줄지 모른다는 얘기까지 나돌고요."

"그 사람다운 조치일 테지. 워낙 멀리 내다보고 생각하는 사람이니까." 캐드펠이 고개를 끄덕였다. "그나저나, 내 임무는 뭐지? 어디 좀 들어보세."

"오아인 귀네드를 만나 상황을 살피고 의중을 알아보시지요. 링컨에게 사로잡힌 우리 장관이 그의 보호하에 있는지, 만일 그

동생의 손에 잡혀 있다면 그에게서 장관을 빼내줄 수 있겠는지 말입니다. 그가 장관을 데리고 있거나 혹은 장관을 찾아내 인도받을 수 있다면, 우리가 붙잡아둔 그의 젊은 친척 엘리스 압 키난과 장관을 서로 맞바꿀 의향이 있는지도요. 수사님도 아시다시피 그 청년은 여기서 편안하게 잘 지내고 있으니 무엇보다 그 점을 확실하게 전달해주셔야 합니다. 어쩌면 그가 이런저런 보증을 요구할지도 모르겠군요. 오아인이야 자기 입으로 한 약속을 반드시 지키는 사람으로 잘 알려져 있지만 그 사람 입장에서는 저를 완전히 믿기 힘들 테니까요. 아니, 당장은 제 이름조차 모를 수도 있겠지요. 자, 어떻습니까? 가시겠어요?"

"언제 출발해야 하지?" 캐드펠은 단지를 한쪽으로 밀어놓고는 친구 옆으로 와 앉으며 물었다.

"내일요. 그때까지 수사님이 여기 일을 모두 위임해둘 수만 있다면요."

"위임이야 언제든 할 수 있고, 또 그래야만 하지." 캐드펠이 진지하게 말했다. "인간은 언제라도 죽기 마련이니까. 허브에 관한 한 오스윈은 이제 솜씨와 정확도가 놀라우리만치 좋아졌어. 그가 처음 내게 왔을 때의 기대를 훌쩍 뛰어넘었지. 에드먼드 수사도 자기 영역에선 대가이니 나 없이도 잘해낼 테고. 원장님만 허락하신다면 난 이제 자네의 것이네. 할 수 있는 한 해보지."

"그렇다면 내일 아침기도 직후에 성으로 올라오십시오. 좋은 말을 한 필 준비해놓겠습니다." 휴는 빙그레 웃으며 말했다. 캐드펠에게 좋은 말이란 커다란 유혹이자 기쁨이라는 사실을 잘 아는 터였다. "수사님을 호위할 인원도 서넛 차출해두겠습니다. 그다음은 수사님의 웨일스어에 달렸어요."

"확실한 웨일스 말 한마디가 방패보다 낫겠지." 캐드펠이 득의양양하게 말했다. "그래, 내일 성으로 가겠네. 자네는 오아인에게 제시할 조건을 양피지에다 깨끗하게 적어두기나 하게. 그 사람은 형식주의자라 번듯하고 매끈하게 작성된 증서를 좋아하거든."

*

유독 흐린 날, 아침기도를 마친 캐드펠은 장화와 외투로 복장을 갖춘 뒤 시내를 지나 성으로 향했다. 성에서는 벌써 말들에 안장을 얹어놓은 채 그를 기다리고 있었다. 호위병들부터 포로 대신 담보를 요구할 경우에 대비해 휴가 차출해둔 제일 어린 청년까지, 모두 그가 잘 아는 사람들이었다. 작별 인사나 나누려고 잠시 틈을 내어 엘리스의 감방에 가보니 그는 그때까지도 잠이 덜 깬 채 약간 시무룩해 있었다.

"행운을 빌어주게, 젊은이. 난 지금 자네를 위해 이번 포로 교환의 성사 여부를 가늠하러 가는 길이야. 약간의 온정과 한 조각 운만 따라준다면 자네도 아마 이번 주 안에 출발할 수 있을 걸세. 자유의 몸으로 고향에 다시 가게 되면 정말 기쁘겠지."

엘리스는 고개를 끄덕이면서도 왠지 아주 내키지 않는 어조로 입을 열었다. "하지만 행정 장관이 거기 있는지도 아직 확실하지 않잖아요. 만일 카드왈라드르의 수중에 있을 경우, 거기서 빼내오려면 시간이 좀 걸릴 테고요. 그렇죠?"

"그러면 자네로선 끈기를 가지고 감금 생활을 좀 더 견뎌내야겠지."

"그래야 한다면 해야죠, 뭐." 그가 얼른 말했다. 그동안 끈기며 인내심이라고는 보인 적 없는 사람치고는 너무도 선선히 구속을 받아들이는 태도였다. "수사님께서 무사히 다녀오시리라 믿어요."

"내가 자네 일을 봐주는 동안 처신이나 잘하고 있게나." 캐드펠은 이렇게 충고한 뒤 돌아서기 전에 마지막으로 덧붙였다. "자네의 젖형제 엘리드를 만나면 안부 전하겠네. 곧 무사히 돌아올 거라고 말해주지."

그 소리에 엘리스는 그저 반색할 뿐, 같은 소식을 전해야 마땅할 다른 한 사람의 이름은 입에 올리지도 않았다. 캐드펠은 그 점에 대해 한마디 지적할까 하다가 그냥 돌아섰다.

"캐드펠 수사님……." 그가 문 앞에 다가갔을 때 엘리스가 갑자기 그를 불렀다.

"왜 그러나?" 캐드펠이 돌아서서 물었다.

"그 여자분…… 어제 우리와 마주쳤던 장관의 딸 말인데요……."

"그 여자가 뭐?"

"혹시 그 여자에게 정혼자가 있나요……?"

*

아니, 괜찮을 거야. 가볍게 무장한 일단의 사내들에 둘러싸여 말을 타고 가면서 캐드펠은 생각에 잠겼다. 금방 달아올랐으니 식는 것도 금방이겠지. 어차피 멜리센트가 엘리스를 만날 일은 없어. 엘리스도 고향으로 돌아가면 금세 그녀를 잊을 거고. 그래, 멜리센트가 워낙 아름다운 금발 미인이잖아. 잘 다듬은 까만 머리 웨일스 여자들이랑 무척 달라 보여 잠깐 관심이 동했을 뿐이야.

엘리스가 물었을 때 캐드펠은 행정 장관의 딸에게 정혼자가 있는지 내가 어찌 알겠느냐며 애써 무심하게 대답한 터였다. 물론 퉁명스러운 경고의 말이 목구멍까지 올라왔지만 입 밖에 내지는 않았다. 그처럼 팔팔한 청년은 누군가에게서 떼어놓으려 할수록 더 달라붙기 마련이다. 이번 일만 어려움 없이 끝난다면 아마 금세 흥미를 잃게 되리라. 하지만 멜리센트가 환상적인 아름다움을 지니고 있다는 건 분명한 사실이지. 제 아버지를 걱정하며 우울해하는 진솔한 모습이 더더욱 매력적으로 느껴지기도 하고. 그러니 일단 이 임무를 얼른 완수하는 게 상책이야. 빠르면 빠를수록 좋겠지!

슈루즈베리를 벗어난 무리는 일단 가까운 목적지인 오스웨스트리를 향해 서북쪽으로 내달리기 시작했다.

*

시빌라 프레스코트는 남편보다 스무 살이나 어린 예쁘장한 여자로, 누구에게나 호의를 가지고 대하는 착한 사람이었다. 무엇보다 그녀는 행정 장관의 첫 아내가 할 수 없었던 일을 해냈으니, 바로 그에게 아들을 낳아준 것이었다. 이제 일곱 살이 된 아들은 아버지에겐 더없이 귀한 보물이요, 어머니에겐 온 마음의 중심이었다. 멜리센트 역시, 자신이 다소 소홀히 취급된다는 점을 알면서도 별다른 불만 없이 어린 동생을 귀여워했다. 아들은 집안의 상속인이다. 상속받지 못하는 딸이 무엇 하러 큰 기대를 품겠는가.

한때 가족의 안락한 보금자리에 걸맞게 잘 관리되었던 성탑 내의 사저는 이제 바람이 술술 새어 드는 차가운 돌집에 불과할 뿐, 새 가족이 들어와 살 만한 곳이 못 됐다. 프레스코트에겐 쾌적한 저택이 여섯 채나 더 있었기에 그동안 시빌라와 자녀들이 슈루즈베리로 오는 일은 극히 드물었다. 이번 문제로 가족이 이곳에 오게 되었을 때 휴는 그들을 시내의 자기 집에 머물게 할 생각이었지만 프레스코트에게 딸린 많은 하인들까지 수용할 만한 공간이 없었고, 결국 그들은 성탑에 있는 황량하지만 널찍한 이 사저를 택했다. 장관이 임무상 수비대와 함께 지내야 하는 경우가 많아 프레스코트 부인은 사저에서 혼자 지내는 데 익숙해 있었다. 그가 보고 싶긴 해도 그녀로선 남편이 지정해준 그의 소유지에 머무는 것으로 만족할 수밖에 없었다.

멜리센트는 어린 동생을 무척이나 사랑했으며, 아버지의 전 재산이 동생에게 돌아가고 자신에겐 적당한 결혼 지참금 정도만 주어지게끔 되어 있는 이 제도에 대해서도 불만을 느끼지 않았다. 사실 한때는 아예 프레스코트라는 이름을 버리고 수녀복을 입으면 어떨지 고민한 적도 여러 번이었다. 늘 제단과 성유골과 경건한 촛대들에 마음이 끌렸던 것이다. 그러나 이제는 그저 취향이나 느낌만으로 그 길을 택할 수 없다는 것을, 그 정도 마음으로는 그 안에 담겨 있을 신의 뜻을 압도할 만한 힘을 발휘할 수 없음을 잘 알고 있었다.

성 구역 외곽으로 이어진 아치 통로를 지나가다가 근처에서 누군가 지켜보고 있는 느낌에 본능적으로 고개를 돌렸을 때, 그리고 낯선 웨일스 포로의 경외로 가득한 검은 눈과 마주쳤을 때 그녀는 깜짝 놀라 잠시 걸음을 멈추었다가 얼른 시선을 피하긴 했지만 내심 설렘과 호기심이 발동한 것도 사실이었다. 그때 그녀의 가슴을 파고든 것은 상대의 젊음과 준수한 용모라기보다는 주문에 걸린 듯 그녀에게 꽂혀 있던 그 눈길이었다.

웨일스인들은 거친 야만인들이라고, 그녀는 늘 두려움과 혐오를 가지고 생각했었다. 그런데 갑자기 그 말쑥하니 잘생긴 청년이 여기 나타나 홀린 눈으로 뺨을 붉히며 그녀를 바라본 것이다. 그녀는 그에 대한 생각을 멈출 수 없었다. 관심 없는 척 그에 관해 수소문도 해보았다. 그리고 오늘, 캐드펠이라는 수사가 오아인 귀네드를 만나러 떠났다. 그녀는 높이 달린 창가에 서서 엘리스를 내려다보았다. 이미 수비대 청년들과 안면을 익힌 그가 상의를 허리춤까지 내리고 성내 선임 지휘관의 수제자인 어느 청년과 레슬링을 한판 벌이고 있었다. 몸집이나 팔 길이에서 그 잉글랜드 청년의 적수가 못 되는 엘리스는 이내 완전히 나가떨어졌고, 그 모습을 보며 그녀는 안타까운 마음으로 숨을 죽였다. 하지만 엘리스는 금세 껄껄대며 일어나 몸을 털고 승자의 어깨를 다정스레 두드려주었다.

그 움직임과 눈길과 태도 어디에서도 관대함과 호의를 느낄 수 없는 곳이 없었다.

멜리센트는 외투를 두르고 돌계단을 내려와 성 외곽에 위치한 그의 숙소로 가려면 반드시 지나가게 되어 있는 아치 통로로 나섰다. 땅거미가 질 무렵이라 사람들은 하나둘 작업과 놀이를 팽개치고 저녁을 먹으러 돌아가고 있었다. 엘리스 또한 방금 생긴 가벼운 부상 때문에 발을 약간 절룩대면서 휘파람을 불며 아치로 다가갔다. 그때 누군가의 인기척이 느껴지더니, 전날 그녀의 고개를 돌리게 만들었던 것과 똑같은 전율이 이번엔 그를 마법처럼 사로잡았다.

그의 동그란 입술 사이로 흐르던 가락이 뚝 끊겼다. 그는 꼼짝 않고 서서 숨을 죽였다. 두 사람의 눈길은 서로 엮인 채 풀릴 줄 몰랐다. 아니, 둘 중 어느 쪽도 굳이 풀어낼 생각이 없었다.

"저런⋯⋯." 그의 걸음걸이가 이상한 것을 눈치채고 그녀가 먼저 입을 열었다. "어쩌죠, 부상을 입으신 것 같네요."

엘리스가 간신히 호흡을 가다듬는 순간, 머리부터 발끝까지 그의 몸을 훑는 전율이 눈에 보이는 듯했다. "아, 아닙니다." 그는 꿈을 꾸는 사람처럼 멍하니 말을 이었다. "지금까진 전혀 이상이 없었어요. 하지만 방금 당신이 내게 치명타를 입혔군요."

멜리센트는 다소 떨리는 음성으로 다시 입을 뗐다. "저, 아직 저에 대해 모르시겠지만⋯⋯."

"잘 압니다." 그가 말을 끊었다. "멜리센트. 제가 돌아가야만 그 대가로 당신 아버지가 다시 이곳에 돌아올 수 있죠⋯⋯."

그 대가, 얼마나 슬픈 대가인가. 서로를 점점 가까이 끌어당기는 이들의 눈길을 잔인하게 갈라놓는 것이 바로 그 대가였다. 두 사람은 마침내 손을 잡고 어둠 속으로 사라졌다.

3

카드왈라드르가 전리품과 포로를 챙겨 의기양양하게 아버러
스트위에 있는 자신의 성으로 돌아가는 동안, 북부에서는 오아인
귀네드가 그가 일으킨 소란에 분개하며 주먹을 움켜쥐고 있었다.
오스웨스트리를 우측에 두고 영토를 빠져나와 웨일스 땅으로 들
어선 캐드펠과 그의 호위대는 한두 차례 우려할 만한 상황에 봉
착했다. 그러나 처음으로 마주친 세 떠돌이 일행의 앞길에 화
살을 한 대 쏘아 보내더니 자신들이 대적해야 할 상대의 수를 확
인하자 마음을 고쳐먹고 자진해서 숲속으로 줄행랑쳐버렸고, 두
번째로 마주친 혈기 왕성한 웨일스인 순찰대는 캐드펠이 건넨 침
착한 웨일스 인사말에 마음이 녹아 태도를 누그러뜨리며 자기네
군주의 동정까지 귀띔해주었다. 사촌과 육촌은 물론 숱한 친척들
에 선조들의 이름까지 들먹이는 캐드펠의 이야기에 아마 이들이

클루이드 사람이거나 귀네드 어디 사람이리라 판단한 듯했다.

　오아인은 자기 둥지에서 나와 동부로 간 모양이었다. 승리감에 들뜬 나머지 귀네드 군주의 위세를 오판하는 수준으로 나아갈지 모를 체스터의 라눌프를 빈틈없이 감시하기 위해서였다. 첫 번째 제보자에 따르면, 그는 체스터 땅 변방을 순찰하며 나아가 지금은 디 지방의 코르윈에 당도해 있었다. 한편 리울라스 부근에서 마주친 두 번째 제보자는 오아인이 베르윈스를 지나 글린 세이리오그로 들어갔다고 장담하면서, 지금쯤 흐나르몬 부근에 캠프를 설치했거나 그의 동맹이자 친구인 티디르 압 리스의 트레게이리오그 장원에 머물고 있을 거라 말했다. 캐드펠은 트레게이리오그 쪽으로 가기로 마음먹었다. 당장은 날씨가 그리 나쁘지 않지만 추운 겨울철인 데다, 대부분의 웨일스인들과 달리 오아인 귀네드가 상당히 합리적인 사람임을 고려하면 그쪽이 옳을 듯했다. 절친한 맹우를 지척에 두고 무엇 하러 야외에 캠프를 설치하겠는가. 비교적 아늑한 골짜기에 든든한 지붕과 꽉 채워둔 식량 저장실까지 갖춘 영지 대신 황량한 산중을 택할 이유가 없었다.

　티디르 압 리스의 장원은 산속 개울이 세이리오그강으로 흘러드는 계곡 하구에 위치해 있었다. 캐드펠 일행이 골짜기 위쪽 관목숲에서 빠져나오기 전에 2인 1조로 된 순찰대가 길 양쪽에 나타난 것으로 보아 몸이 덜덜 떨리는 이런 날에도 신중하게 경계를 지키는 모양이었다. 그중 한 순찰대원이 빈틈없는 눈길로 이 침착한 일행을 뜯어보았다. 하지만 캐드펠이 웨일스 인사말을 건

네기도 전에 차림새와 태도를 보고 이미 무해한 사람들이라 판단한 모양이었다. 그는 동료를 향해 주인에게 손님이 오셨다고 알리라 한 뒤 캐드펠 일행을 느긋하게 안내하기 시작했다. 강 너머로 숲과 자갈밭 주위에 옹기종기 모여 있는 오두막들이 보였다. 위로는 희고 아래쪽은 황량한 갈색으로 이어지는 등성이들이 납빛 하늘을 배경으로 눈 덮인 정상을 둥그렇게 드러내고 있었다.

티디르 압 리스가 나와 그들을 맞으며 공손하게 인사를 건넸다. 작달막한 키에 단단하고 야무진 몸집, 살짝 회색빛이 도는 무성한 갈색 머리칼, 말보다는 노래에 걸맞을 만한 음악적인 목소리를 가진 남자였다. 웨일스인 베네딕토회 수도사는 그에게 사뭇 색다른 존재였다. 게다가 잉글랜드 측에서 웨일스 군주에게 보낸 협상자로서 온 수사 아닌가. 그는 호기심을 억누르며 손님을 집 안으로 정중히 모셨다. 방에 들어서자마자 한 여자가 관습에 따라 물이 담긴 대야를 들고 다가왔다. 오늘 밤 이 집에서 묵고 갈 생각이 있는지, 물을 받아 발을 씻거나 사양하는 것으로 의사를 표현해야 했다.

그녀가 들어오기 전까지, 캐드펠은 트레게이리오그의 이 영주에 대한 한 가지 사실을 잊고 있었다. 엘리스가 어린 시절 약혼한 여자, 자그마하고 날카롭고 까무잡잡한, 꽤 멋진 크리스티나라는 여자가 바로 이집 딸이라는 사실 말이다. 지금 그녀가 바로 여기 서 있었다. 적당히 데운 물 대야를 받쳐 들고, 아버지의 손님 앞이라 입을 꼭 다문 채. 차림새나 거동으로 보아 티디르의 딸이 분명했다. 잘 단장한 차림새에 당당한 처신, 자그마한 몸집. 하지만 날카롭다고? 그래, 활기차고 자신감 넘치는 저 태도. 게다가 공손하고 예의 바르긴 해도 눈에서 야무진 광채가 느껴지는군. 까무잡잡하다는 표현도 틀림없이 맞고 말이지. 부드러운 붉은빛이 살짝 어른거리긴 하지만, 과연 그녀의 눈과 머리카락은 칠흑같이 검었다. 멋지다는 표현은 어떤가? 가만히 있을 땐 별로 그렇게 느껴지지 않았다. 넓은 미간에서 뾰족한 턱까지 차츰 가늘어지는, 무언가 불균형한 생김새랄까. 그러나 말을 하거나 움직이기 시작하면 아름다움 같은 건 필요 없을 정도의 생기와 반짝임이 느껴졌다.

"고맙소, 참 친절하시군." 캐드펠이 입을 열었다. "보아하니 티디르의 따님 크리스티나일 것 같은데, 만일 그렇다면 당신과 오아인 귀네드에게 전할 말이 있소. 두 사람 모두 반길 만한 소식이오."

"예, 제가 바로 크리스티나예요." 그녀의 얼굴이 대번 환하게 밝아졌다. "그런데 슈루즈베리의 수사님께서 어떻게 제 이름을 아시죠?"

"엘리스 압 키난이라는 청년에게 들었소. 그가 실종되어 상심이 크겠지만, 그는 지금 슈루즈베리 성에서 무사히 잘 지내고 있소. 링컨에서 철수한 오아인의 동생이 병력과 전리품을 앞세워 고향으로 돌아간 뒤로 그에 관해 어떤 이야기가 돌았는지 궁금하군."

침착한 태도는 조금도 흔들리지 않았지만, 순간 휘둥그레진 그녀의 눈에서 불꽃이 일었다. "그 경계 근처에서 물에 빠진 채 남겨졌다고……." 크리스티나가 말을 이었다. "사람들이 아버지께 그렇게 전했어요. 하지만 이후로 그가 어떻게 됐는지 아는 이는 아무도 없었죠. 그가 살아 있다는 게 정말인가요? 포로가 되어 있다고요?"

"안심해도 될 거요." 캐드펠이 대답했다. "그는 개울가 전투에서 살아남았으니까. 그리고 포로 교환이 성사되면 곧 풀려날 거요. 머잖아 당신 곁으로 돌아와 좋은 남편이 되어주겠지."

캐드펠은 그녀의 표정을 유심히 살폈다. 생기 있게 빛나던 그녀의 얼굴에 이내 속을 읽기 힘든 표정이 드리웠다. 미끼가 통하지 않는군, 그가 속으로 중얼거렸다. 마치 외국어로 생각하는 사람 같잖아. 물고기를 낚긴 틀렸어. 그녀는 자기만의 비밀을 감춘 채 제 나름의 방식으로 상황을 받아들이고 있었다. 자신 속에 묻어두기로 마음먹은 게 있다면 굳이 그걸 캐내려 할 필요는 없겠지.

"엘리드가 기뻐하겠네요." 잠시 후 크리스티나가 그를 똑바로 바라보며 말했다. "그 사람이 엘리드 얘기도 하던가요?" 하지만 그녀는 이미 대답을 알고 있었다.

"엘리드란 이름이 언급되긴 했소." 발밑의 바닥이 흔들리는 듯한 느낌을 받으며 캐드펠은 조심스레 말을 이었다. "사촌 간이지만 형제처럼 자랐다고……."

"친형제보다 가까운 사이죠." 크리스티나가 말했다. "제가 엘리드에게 이 소식을 전해줘도 될까요? 아니면 수사님께서 저희 아버님과 저녁 식사를 하시며 용건을 말씀하실 때까지 기다려야 하나요?"

"엘리드가 여기 와 있소?"

"지금은 없어요. 오아인 국왕과 함께 경계 북쪽에 나가 있죠. 저녁때면 모두 돌아올 거예요. 두 사람은 우리 집에 머물고, 다른 일행들은 부근에서 캠프를 치고 지내거든요."

"잘됐구먼. 국왕께 용무가 있었는데. 내가 여기 온 것은, 링컨에서 카드왈라드르 공 측에 사로잡힌 것으로 추정되는 우리 쪽 사람과 엘리스 압 키난의 교환을 타진하기 위해서요. 그는 우리에게 아주 소중한 사람이거든. 엘리드도 당신만큼 이 소식을 반길 거라면 사촌을 걱정하는 그의 마음을 한시바삐 편하게 해주는 것이 기독교인다운 도리겠지."

"그가 돌아오는 대로 전하겠습니다." 여전히 속내 모를 밝고 평온한 얼굴로 그녀가 말했다. "그 우정 어린 사랑이 시들어가는 모습을 1초라도 더 보고 있는 것도 쉬운 일은 아니니까요." 그러나 이 달콤한 말은 언뜻 날카로운 쓸쓸함을 풍겼고, 그녀의 눈에서는 불길이 타오르고 있었다. 그는 공손히 절을 하고 돌아 나가는 크리스티나의 뒷모습을 지켜보았다. 고개를 높이 쳐들고 소리 죽여 바삐 걷는 폼이 마치 야생 고양이 같았다.

그래, 여기 웨일스 한구석에서 이런 일이 벌어지고 있었구먼!

약혼한 한 여인이 있다. 자신의 권리와 특권을 민감하게 의식하는 여자다. 그런데 약혼자는 휘파람이나 불고 다니는 처신 둔감한 어린애 같다. 어릴 때부터 의를 다져온 또 다른 청년과 늘 붙어 지낼 뿐 장차 아내가 될 여인에겐 찬사 한 번 제대로 바치지 않는다. 그녀로서는 자신을 제삼자로 만들어버리는 이들의 우정이 증오스럽고, 그래서 약혼자가 돌아오는 것도 그다지 반갑지만은 않다.

엘리스가 무사하다는 사실을 알게 된 지금, 그녀는 더 이상 슬퍼할 필요가 없었다. 소년이 남자가 되는 것보다 훨씬 이르게, 소녀는 여자가 된다. 단순히 육체적 성숙의 의미에서만은 아니다. 그녀로서는 조금 더 기다리다가 여성으로서의 재능을 보여주면 될 일이었다. 그러나 크리스티나는 기다릴 생각이 없었다. 당당하고 맹렬하게 움직여 더는 홀대받는 제삼자로 남지 않을 작정이었다.

캐드펠은 차림새를 가다듬고서 단순하면서도 고급스러운 티디르 압 리스의 식탁으로 향했다. 어느덧 땅거미가 내릴 무렵이라 홀 문과 북쪽 골짜기 위로 햇불들이 펄럭이고 있었다. 란산트프라이드 방향에서 활기찬 웅성임이 들려오더니 이내 순찰을 마치고 돌아오는 말 탄 사내들이 나타났다. 홀 중앙에 놓인 화로가 밝게 타오르면서 검게 그을린 지붕 쪽으로 나무 향이 어린 연기를 뿜어 올리고 있었다. 곧 북웨일스와 주변 넓은 땅들의 주인, 오아인 귀네드가 들어섰다. 볼일이 만족스럽게 끝난 듯 그는 시장기를 내비치며 주빈석으로 가 앉았다.

캐드펠은 몇 년 전에도 그를 한 번 본 일이 있었다. 위엄이나 의식 따위에 별로 신경을 쓰지 않고 스스로 왕족 행세를 자제하지만 풍채와 태도에서 왕족의 분위기가 뚜렷이 느껴지는, 쉽게 잊히지 않는 사람이었다. 서른일곱 살쯤 되었을까. 왕성한 전성기에 이른 그는 웨일스인치곤 키가 매우 컸으며, 덴마크 왕국 출신인 할머니 랑힐트와 검은 머리 여자들이 대부분인 남부에서도 밝은 아맛빛 머리로 유명했던 어머니 앙하라드를 닮아 금발이었다. 그의 자신감을 흉내내려는 것인지, 젊은 부하들은 정작 오아인 귀네드에게선 찾아볼 수 없는 허세를 부려대고 있었다. 저 흥청거리는 젊은이들 중 누가 엘리드 압 그리피스일까? 크리스티나는 이미 그에게 사촌의 생존 소식을 알려줬을까? 그랬다면 어떤 말로 전했을까? 그 두 남자의 군건한 결합 사이에서 대우받지 못하는 제삼자로 지내온 그녀는 이 순간 얼마나 쓰라린 질투를 느끼고 있을까?

티디르가 캐드펠을 주빈석 가까이에 앉히고 그를 소개했다. "이분은 슈루즈베리 베네딕토회 수도원에서 오신 캐드펠 수사이십니다. 그 시와 주에서 전하께 보내온 사절이죠."

"캐드펠 수사, 환영하오." 푸른 눈으로 캐드펠의 땅딸막한 체구와 풍상으로 가득한 얼굴을 빈틈없이 뜯어본 뒤, 오아인이 짧게 다듬어진 금빛 턱수염을 쓰다듬으며 입을 열었다. "그쪽에서 우호의 사절을 보내준 것에 대해서도 감사하게 생각하오."

"얼마 전 전하와 저의 동족인 일부 웨일스인들이 매우 비우호적인 생각을 품고 슈롭셔의 변경 지역을 방문해 우리의 평화를 심각하게 흔들어놓았습니다." 캐드펠은 무뚝뚝하게 말했다. "전하께서도 이미 들어 알고 계시겠죠. 전하의 고귀한 아우님께서 침공 현장에 직접 나서지는 않았지만, 그 장난질을 만류하지도 않았던 것 같습니다. 아무튼 그들은 불어난 우리 개울에 몇 사람을 잃고 떠나버렸습니다. 우리 측이 잘 방어한 결과였지요." 그가 말을 이었다. "그런데 그중 한 사람, 선량한 수녀님들 손에 구출된 자가 있습니다. 아마도 전하께서 되찾고 싶어 하실 만한 사람입니다. 그자의 말로는, 자기가 전하의 친척이라 하더군요."

"어서 그자의 이름을 말해보시오!" 그의 푸른 눈이 커지며 빛을 발했다. "그간 체스터 백작을 방어하느라 정신이 없어 동생 쪽 일엔 신경을 쓰지 못했소. 그 녀석이 링컨에서 고향으로 돌아가며 그런 장난을 한두 건 친 게 아닌 모양인데, 모조리 어리석기 짝이 없는 짓이지. 그 일을 보상하느라 나만 고생을 하게 되었소. 자, 어쨌든 당장 그 포로의 이름을 말해보시오."

"엘리스 압 키난이라는 사람입니다."

"아!" 오아인이 길게 안도의 숨을 내쉬더니 들고 있던 컵을 식탁에 내려놓았다. "그래, 신상을 다 밝힌 걸 보니 그 멍청한 녀석이 아직 살아 있긴 한가 보군. 참으로 기쁜 소식이오. 그리고 소식을 가져온 수사께도 진심으로 감사하고…… 그가 어쩌다 사라졌는지, 무슨 변을 당했는지 동생 일행 중에는 제대로 아는 놈이 하나도 없어 걱정하던 참이오."

"다들 너무 급히 달려가느라 어깨 너머로 뒤돌아볼 여유도 없었을 겁니다." 캐드펠이 듣기 좋게 말했다.

"동족이 하는 얘기니 내 액면 그대로 받아들이리다." 오아인이 빙그레 웃었다. "엘리스가 살아서 포로의 몸이 되어 있다니! 그래, 부상은 심하지 않소?"

"생채기 하나 없습니다. 게다가 분별력도 돌아온 것 같고요. 무쇠 종처럼 단단하게 말입니다. 그리고 제가 여기 온 건, 전하께 포로 교환을 제의하기 위해서입니다. 전하께 엘리스가 소중하듯 우리에게도 매우 소중한 사람이 있는데, 혹시라도 전하의 동생 측 포로 가운데 그 사람이 끼여 있다면 그들을 맞바꾸고자 합니다." 캐드펠이 말을 이었다. "저를 보낸 이는 슈롭셔를 대표하는 메이즈버리의 휴 베링어 행정 보좌관입니다. 그의 상관이자 행정장관인 길버트 프레스코트를 되돌려주실 수 있는지 전하께 여쭙습니다. 동시에 우리의 모든 예의와 찬사를 바치며, 지금까지 그래왔듯 전하와 평화를 유지하겠다는 뜻을 분명하게 밝히는 바입니다."

"때가 되긴 했지." 오아인이 담담하게 인정했다. "게다가 양측 모두에게 이로운 교환이기도 하고. 지금 엘리스는 어디에 있소?"

"슈루즈베리 성에 있습니다. 포로 서약을 하고 성 구역 내에서 자유롭게 지내고 있지요."

"당신들은 그를 속히 내보내고자 하는 거요?"

"급할 건 없습니다." 캐드펠이 대답했다. "우리는 그를 아주 좋게 보고 있으니, 당분간 더 데리고 있어도 문제 될 건 없지요. 다만 우리는 행정 장관을 원합니다. 그가 살아 있는지, 누구의 수중에 있는지 알고 싶습니다. 전투가 끝난 뒤 휴가 그를 찾아보았지만 흔적도 발견하지 못했고, 그때 전장을 누비던 이들이 바로 전하의 동생 측 웨일스인들이라고 합니다."

"여기서 하루 이틀 묵으며 기다려보시오." 왕이 말했다. "내가 카드왈라드르에게 전갈을 보내 당신네 행정 장관을 데리고 있는지 알아볼 테니. 만일 거기 있다면 당신은 그 사람과 함께 고향으로 돌아가게 될 거요."

*

저녁 식사 이후 고급 포도주를 마시며 하프 연주와 노래를 감상하는 시간이 이어졌다. 왕의 사자는 이미 아버러스트위를 향해 먼 길을 떠난 뒤였다. 오아인의 젊은 부하들과 캐드펠을 호위해 온 젊은이들 간의 친선 도모 레슬링을 비롯해 야단스러운 장난도 벌어졌다. 휴가 호위대를 차출하며 웨일스에 친척이 있는 자들을 포함시키려 신경 쓴 터였으니, 사실 슈루즈베리에서 그런 이들을 찾아내기란 그리 힘든 일이 아니다.

"이 사람들 중 엘리드 압 그리피스가 누구입니까?" 불길과 횃불에서 나오는 연기로 자욱한 홀을 둘러보며 캐드펠이 목소리를 높여 물었다.

"보아하니 엘리스가 당신에게 온갖 얘길 다 한 모양이구먼." 오아인이 미소지으며 말했다. "포로 상태든 아니든 그 녀석은 늘 그렇게 거리낌이 없지. 저기 식탁 끝, 파란 옷을 입은 키 큰 청년이 바로 엘리스의 사촌이자 젖형제요. 어떻게든 당신과 얘기할 기회를 잡아보려고 이쪽을 열심히 쳐다보며 내가 자리를 비키기만 기다리고 있지."

과연 못 알아볼 수 없는 모습이었다. 제 사촌이 어지간히 걱정되나 보군, 캐드펠은 생각했다. 집요한 의지와 열의로 캐드펠의 얼굴만 바라보고 있는 두 눈하며, 약간의 자극만 주어지면 그 즉시 반응할 듯 긴장이 팽팽한 몸. 오아인이 손가락을 까딱하자 그는 막 던져진 창처럼 쌩하니 그들에게로 달려왔다. 기다랗고 여윈 몸매에, 인상이 대단히 강렬한 청년이었다. 진지함이 느껴지는 계란형 얼굴과 밝은 담갈색 눈, 여성처럼 섬세한 생김새, 지방기가 적은 보기 좋은 뼈대를 가진 그에게서는 극심한 불안함이 느껴졌다. 물론 지금 이 순간에는 엘리스 압 키난 때문이었다. 평소에는 웨일스 동족이나 제 군주 때문에, 또 언젠가는 여자 때문에 그런 불안을 느낄 터였다. 그 대상이 무엇이든 그런 기질은 사라지지 않는다. 절대로 완전히 마음을 놓고 살지 못하는 사람이군, 캐드펠은 생각했다.

그가 열성스럽게 무릎을 굽히고 고개 숙이자 오아인이 다정스레 그의 어깨를 두드리며 입을 열었다. "자, 여기 캐드펠 수사 옆에 앉게. 알고 싶은 건 뭐든 캐내보라고. 자네도 들었겠지만, 자네의 분신이 무사히 살아 있다네. 대가만 치르면 곧 자네 곁으로 돌아올 수 있을 거야."

말을 마친 그는 두 사람을 남겨둔 채 티디르와 무언가를 의논하러 갔다.

엘리드는 자리에 앉더니 식탁 위에 양 팔꿈치를 얹고 몸을 기울이며 서둘러 입을 열었다. "수사님, 그게 사실입니까? 크리스티나가 제게 전해준 얘기 말입니다. 엘리스가 슈루즈베리에서 안전하게 지내고 있다고요? 아, 그들이 그를 잃어버린 채 돌아와서 얼마나 걱정했는지…… 사람을 보내 수소문해봤지만 그 친구가 어디에서 길을 잃었는지, 어쩌다 그렇게 됐는지 아무것도 알아내지 못했어요. 지금까지도 백방으로 찾아보고 수소문하던 참이었죠. 전하 역시 큰일은 없을 거라 말씀하시면서도 속으로 걱정을 많이 하셨어요. 수사님, 그 친구는 저희 아버지 밑에서 저와 함께 자랐습니다. 그러니 우리 사이가 어떨지 잘 아시겠죠. 우리 둘 다 다른 형제도 없는 처지고요……."

"알고말고." 캐드펠이 말했다. "다시 한번 말하지만, 크리스티나가 전했듯이 그는 지금 안전하게 지내고 있소. 새것처럼 아주 생생하게 살아 있지."

"그 친구를 만나보셨어요? 얘기도 나눠보셨고요? 그 사람이 엘리스인 건 분명한가요? 혹시 그 무리 중 인물 반반한 다른 사람은 아니겠죠?" 이어 엘리드는 변명하듯 덧붙였다. "그러니까, 누군가 포로로 잡혀 제 본명 대신 그 친구의 이름을 댔을지도 모르잖아요. 이름 덕을 좀 볼까 하고 말이죠……."

캐드펠은 엘리스의 생김새를 찬찬히 묘사하고, 불어난 개울에 빠진 그를 구해낸 경위와 그가 자신을 만날 때까지 고집스럽게 웨일스 말만 하며 버텨냈던 과정까지 상세하게 들려주었다. 입을 벌린 채 열의에 찬 눈으로 듣고 있던 엘리드도 그제야 마침내 확신을 갖는 것 같았다.

"자기를 구해준 숙녀분들에게 그렇게 무례하게 굴었다고요? 아, 그럼 틀림없는 엘리스네요. 그 녀석은 너무 수치스러웠던 거예요. 궁둥이를 맞고 숨통이 트인 갓난아이처럼 자기가 여자들 손에 목숨을 건졌잖아요!" 그의 엄숙한 얼굴에 웃음이 피어나면서 눈이 반짝거렸다. 쌍둥이 아닌 쌍둥이 형제에 대한 그의 애정은 무조건적인 것이 아니었다. 그는 엘리스를 너무도 속속들이 알며, 그를 꾸짖고 비난하고, 그럼에도 불구하고 사랑하는 것이다. 크리스티나에게는 힘겨운 싸움일 수밖에 없으리라. "수녀님들이 성에 그 친구를 넘겨준 거군요. 그래, 어디 상처 난 곳은 없었고요?"

"물에 빠지면서 개울 속 날카로운 돌에 부딪쳐 엉덩이 아래쪽이 찢어진 것 말고는 별 상처가 없더군. 거기도 고약을 붙여 다 치료했지. 그가 제일 걱정한 건 바로 당신이었소. 자기가 죽은 줄 알고 비통해할까 봐 그랬는데, 이렇게 내가 여기 왔으니 그 걱정은 던 셈이군. 당신도 이제 엘리스 압 키난 때문에 걱정할 필요는 없소. 잉글랜드의 성안에서도 마치 제 집에 있는 양 편안히 지내고 있거든."

"그렇겠죠." 관대한 애정이 담긴 부드러운 음성으로 엘리드가 말했다. "정말이지 그 친구다워요. 타고난 재능이랄까요. 그 재능을 너무 아끼지 않아 가끔은 정말로 걱정될 때가 있지만요."

가끔이 아니라 늘 그렇겠지, 캐드펠은 생각했다. 어둠이 깊어가는 시간, 이제 텅 빈 홀에는 불길만 조용히 타올랐다. 친구의 안전을 확인하고 그에 대해 이것저것 즐겁게 캐묻던 청년은 이제 이맛살을 찌푸리고 생각에 잠겨 있었다. 캐드펠은 불가피한 충돌 속에 함께 얽매인 세 젊은이의 불안한 모습을 그려보았다. 어릴 때부터 함께한 두 청년. 한쪽의 진지함과 다른 한쪽의 경솔함이 상호 보완을 이루며 보다 굳게 연결된 이들과 달리, 나머지 한 여인은 이 불가분한 한 쌍의 절반과 약혼으로 연결되어 있을 뿐이다. 슈루즈베리에 있는 포로가 그 셋 가운데 가장 태평하고 행복한 사람이리라. 햇살에 몸을 데우며 낮을 살고, 폭풍우가 몰아칠 때 피신처에 몸을 숨기며, 어떤 경우에 처하든 본능적으로 쾌적한 구석과 즐거운 여흥을 찾아낼 수 있는 사람. 반면 나머지 둘은 제 살을 녹여 성난, 그러면서도 연약하기 그지없는 불빛을 뿜어내는 촛불 같은 이들이었다.

잠들기 전 그 세 젊은이를 위해 기도를 드린 캐드펠은 알 수 없는 불편한 예감에 사로잡혀 한밤중에 깨어났다. 아직 어둠에 싸인 어딘가에 그의 관심과 기도가 필요한 다른 한 사람, 이 사건에 얽힌 네 번째 인물이 있을지 모른다는 생각이 들었다.

*

이튿날은 날씨가 맑고 화창했다. 서리가 조금 내렸지만 해가 뜨자 그 반짝이는 얼음 가루는 이내 깨끗이 사라졌다. 캐드펠은 웨일스 고향 땅에서 편한 마음으로 좋은 일행과 더불어 즐겁게 하루를 보냈다. 오아인 귀네드는 부하 여섯 명과 함께 동쪽으로 순찰을 나갔다가 저녁이 되자 어제처럼 만족스러운 기분으로 돌아왔다. 체스터의 라눌프는 잠시 쉬면서 수확물을 소화시키고 있는 모양이었다.

다음 날까지는 아버러스트위로부터의 전갈을 기대하기 힘들었으므로, 캐드펠은 함께 말을 타고 나가 잉글랜드를 감시하는 변경 부락의 준비 상태를 직접 확인해보자는 왕의 초대에 기꺼이 응했다. 그들은 땅거미가 내리기 시작할 무렵에야 티디르의 저택으로 돌아왔다. 활짝 열린 문 너머 마당 한쪽에서는 마부들과 하인들이 활기차게 움직이고, 저택 안에서는 자그마하고 까무잡잡한 크리스티나가 꼿꼿하게 선 채 돌아온 이들을 식사 자리로 들여보내고 있었다. 잠시 안으로 사라졌던 그녀는 이내 다시 나와 제 아버지 옆에 선 채 말에서 내리는 그들의 모습을 지켜보았다.

크리스티나는 왕을 보고 있는 것이 아니었다. 캐드펠은 집으로 걸어가며 횃불 빛에 드러난 그녀의 얼굴을 자세히 살펴보았다. 웃음기 없는 그녀의 시선은, 지금 막 말에서 내려 마부에게 말을 넘겨주는 엘리드에게 탐욕스럽게 고정되어 있었다. 그녀의 검은 머리칼과 눈이 불빛을 받아 눈부신 섬광을 발하며 분노와 원한의 깊은 응어리로 화하는 것만 같았다.

곧이어 순전히 인간적인 호기심에서 다시금 뒤를 돌아봤을 때, 캐드펠은 무엇보다 엘리드의 거동에 주목하지 않을 수 없었다. 웃음기 없는 표정으로 그녀를 지나치며 짧게 한마디 건넨 뒤 시선을 피한 채 걸음을 옮기는 그의 태도에는 무언가 불편한 기색이 엿보였다. 그토록 날 선 눈빛 앞에 서 있기 때문일까?

두 남녀의 결혼이 빠를수록 불행이 줄어들고 치유의 가능성은 그만큼 높아질 거야, 저녁기도를 드리러 가면서 캐드펠은 생각했다. 하지만 그 즉시 새로운 의구심이 들었다. 세 사람을 둘러싼 이 혼란을 내가 지나치게 단순화시키고 있는 건 아닐까? 어쨌든 셋 가운데 단순하다는 표현에 들어맞는 사람은 한 명뿐인데 말이지.

*

왕의 사자는 다음 날 늦은 오후에야 돌아왔다. 그가 보고를 마치자 왕은 탐색 결과를 알려주겠다며 캐드펠을 불러들였다.

"예상했던 대로 길버트 프레스코트는 내 동생의 수중에 있소.

그를 엘리스와 교환하는 건 가능할 듯하나, 일이 다소 지체될지도 모르겠군. 장관이 링컨 전투에서 큰 부상을 입은 모양인데 회복이 매우 더딘 듯하오. 하지만 수사께서 직접 거래에 임하겠다면, 이동이 가능할 만큼 회복되는 대로 그의 신병을 확보해 편안하게 슈루즈베리까지 갈 수 있게 해주겠소. 이동 마지막 날 밤엔 몬트퍼드에 묵게 될 것이오. 웨일스 제후들과 잉글랜드 백작들이 교섭을 위해 만날 때 자주 이용하는 곳이지. 먼저 휴 베링어에게 전갈을 보내 몬트퍼드로 오라고 하시오. 거기서 당신 측 수비대가 우리에게 엘리스를 넘겨주면 되오."

"정말이지 만족스럽습니다!" 캐드펠이 진심으로 말했다. "휴 베링어도 동의할 겁니다."

"하지만 나로선 보증인을 요구하지 않을 수 없소. 물론 나도 기꺼이 제공할 것이고."

"전하의 높은 신용에 대해서는 웨일스는 물론 제가 사는 잉글랜드에서도 의문의 여지가 없지요. 반면 전하께서는 저희 측 대표인 행정 보좌관을 잘 알지 못하십니다. 그렇잖아도 보좌관이 전하의 담보나 보증인은 필요치 않으며, 자기 신용에 대한 보증으로 전하 곁에 볼모를 남겨두는 게 좋겠다고 제안했던 참입니다. 엘리스가 다시 전하 측에 무사히 넘겨질 때까지 말이지요. 아무튼 길버트 프레스코트를 보내주시기만 하면 엘리스 압 키난은 반드시 돌아올 것입니다. 이후 보증인을 돌려보내는 일은 언제고 전하 편하실 대로 해주십시오."

"아니, 내가 보증인을 요구했으니 내 쪽에서도 제공하는 것이 마땅하지." 오아인은 단호하게 말을 이었다. "당신 부하 하나를 여기 두고 가시오. 이후 길버트 프레스코트를 데리고 오면 우리는 엘리드를 딸려서 함께 보내겠소. 그는 자기 사촌과 내 명예를 걸고 기꺼이 당신 측에 머물 것이오. 그러다 약속한 장소에서 만나 보증인을 교환하면 거래는 끝나는 셈이지. 장소는 오스웨스트리 경계가 좋을 듯한데, 그쪽 생각은 어떨지 모르겠군. 때로는 형식을 준수하는 것도 미덕인 게요. 그 휴 베링어라는 사람도 한번 만나보고 싶구먼. 수사도 아시다시피 그와 난 다른 무리에 맞서 함께 방어에 나서야 할 필요가 있잖소."

　"휴 베링어 역시 같은 생각입니다." 캐드펠은 적극적으로 동의를 표했다. "장담하건대, 때에 적합한 장소라면 어디든 기꺼이 전하를 만나러 올 겁니다. 그는 전하의 엘리드를 반드시 돌려보낼 것이며, 전하께서도 휴 베링어의 외사촌인 존 마치메인을 돌려보내 주시리라 믿고 있습니다. 존 역시 일이 잘 풀릴 경우 볼모로 남을 각오로 흔쾌히 저를 따라왔고요."

　"그는 정중하게 대접받을 것이오." 오아인이 말했다.

　"예, 웨일스에 대한 지식은 짧지만 신의만큼은 확실한 사람입니다." 캐드펠이 한숨을 쉬고 말을 이었다. "피차 동의가 이루어진 듯하니 저는 오늘 밤 그를 만나 의무를 일러주고 내일 아침 일찍 나머지 일행과 함께 슈루즈베리로 출발하겠습니다."

*

　그날 밤 잠자리에 들기 전, 캐드펠은 연기와 온기로 가득한 홀에서 나와 날씨를 살폈다. 가벼운 서리가 내릴 듯했으나 바람은 심하지 않았고 맑은 하늘엔 별이 가득했다. 살을 에는 듯한 추위도, 혹한이 닥칠 기미도 없었다. 아름다운 밤이었다. 외투도 걸치지 않은 채였으나 문득 저택 저편, 출입로를 가린 수풀 우거진 곳까지 거닐고 싶다는 유혹이 일었다. 그는 차가운 공기를 깊이 들이마시며 나무와 밤의 향기, 잠들어 있는 잔디와 잎새의 신비로운 단내로 콧속의 훈기를 씻어냈다.

　마음을 가라앉히고 취침 기도를 올리기 위해 발길을 돌리려는 순간, 어스름한 그림자가 그의 눈에 들어왔다. 사람 둘이 어둠에 잠긴 마구간에서 나와 홀 쪽으로 걷고 있었다. 워낙 소리 없이 신속하게 움직이는 탓에 처음에는 느낄 수 없었는데, 그들이 잠시 갑작스레 걸음을 멈추자 오히려 공기가 더 크게 진동하며 기척을 냈다. 두 사람은 비밀스럽게 쉬쉬대며 속삭임보다 약간 높은 소리로 이야기를 나누고 있었다. 그 말투에 깃든 조바심과 다급함에 캐드펠은 자기도 모르게 나무들 뒤로 얼른 몸을 감추었다. 이윽고 그들은 얼굴을 알아볼 수 있을 정도로 가까워졌고, 이제 캐드펠로서는 대화를 엿듣지 않을 수 없게 되었다. 물론 고백하자면, 엿듣고 싶은 마음이 없는 것도 아니었고 말이다.

　"……날 괴롭히려는 게 아니라고?" 한 사람이 괴로운 듯 소리 죽여 숨을 몰아쉬었다. "그동안 줄곧 날 괴롭히고 온당한 내 권리마저 전부 앗아갔잖아! 이제 그 잉글랜드 장관이 움직일 수 있게 되면 당신은 곧바로 그에게 가겠지……."

"그럼 어떡해? 왕이 날 보내겠다는데……." 다른 한 사람이 항변하듯 대꾸했다. "게다가 그는 내 젖형제라고. 사실이 그런 걸 어쩌라는 거야? 일이 흘러가는 대로 좀 가만 내버려두라니까."

"잘 돌아가야 내버려두지. 정말이지 너무해! 당신을 보내다니!" 여자가 거칠게 쌔근대며 말을 이었다. "흥! 누가 그 임무를 대신하겠다고 나서기라도 하면 당신은 살인이라도 하려 들걸. 스스로도 잘 알잖아. 그래, 나만 마냥 여기 죽치고 앉아 있는 동안 두 남자가 또다시 하나가 되겠구나. 나 같은 건 전혀 생각하지 않고 그 사람이랑 좋다고 얼싸안겠지!"

문간의 불은 이미 꺼졌고, 실내의 죽어가는 난롯불에서 나오는 희미한 빛 속에 그림자 두 개가 뚜렷이 드리웠다. 둘 중 더 긴 그림자의 머리와 어깨가 비틀리는가 싶더니 엘리드의 음성이 위태위태하게 높아졌다.

"맙소사, 도무지 입을 다물지 않는군. 사람 좀 가만 내버려 둬!"

그는 여자를 거칠게 물리친 뒤 사람들이 웅얼대는 홀 안으로 사라져버렸고, 이어 크리스티나가 신경질적으로 치맛자락을 끌어당기더니 천천히 자기 처소로 물러갔다.

잠시 후, 주위에 아무도 없는 것을 확인한 뒤 캐드펠도 자신의 처소로 향했다. 이 물밑의 전투에는 패자가 둘이군, 그는 생각했다. 승자는 지금 슈루즈베리 성내의 감옥 아닌 감옥에서 아이처럼 편안히 잠들어 있을 테고. 매번 넘어져도 사뿐히 일어나는 운 좋은 사람이지. 반면에 저 둘은 너무도 열심히 앞을 내다보느라 제 발밑을 보지 못하는 게야.

그날 밤 캐드펠은 그들을 위해 기도할 수 없었다. 대신 자리에 누운 채, 이 복잡하게 꼬인 매듭을 어떻게 풀 수 있을지 오랫동안 궁리했다.

*

그와 다른 일행은 이튿날 아침 일찍 말에 올랐다. 그 열성적인 사촌이자 젖형제도 나와 붙잡혀 있는 친구에게 석방될 때까지 잘 버티라고 전해달라며 온갖 당부를 곁들였다. 조금이라도 나이가 많고 현명한 사람이 자기보다 어리고 어리석은—어리석음의 기준이 무엇인지는 모르겠으나—사람을 구하기 위해 볼모로 나서는 상황은 지극히 당연하고도 적절하게만 여겨졌다.

"제가 어리석었어요." 캐드펠이 말에 올라 몸을 굽히자 엘리드가 그의 등자를 붙잡고 안타까운 말투로 털어놓았다. "그 친구가 카드왈라드르를 따라 나서겠다고 했을 때 너무 심하게 비난하며 몰아붙였거든요. 그런 태도 때문에 엘리스의 마음이 더 그쪽으로 기울었던 게 아닌가 싶어요. 하지만 그게 미친 짓이라는 걸 전 분명히 알았거든요!"

"그가 큰 실수를 저지른 게 맞소." 캐드펠이 달래듯 말했다. "다행히 그는 살아났고 자신의 어리석음을 당신 못지않게 분명히 깨달았소. 또다시 그렇게 무모한 짓을 추구하지는 않을 거요." 젊은이의 갸름한 얼굴을 유심히 관찰하며 그가 말을 이었다. "그리고 내 보아하니, 집에 돌아온 이후에는 보다 지혜롭고 성숙하게 행동해야 할 다른 이유도 있는 것 같은데. 그는 곧 결혼을 해야 하니 말이오. 안 그렇소?"

엘리드의 담갈색 눈이 한순간 휘둥그레지며 램프 불처럼 빛을 발했다. "맞습니다!" 그는 짧고 험악하게 대답하고는 고개를 돌려버렸다.

4

캐드펠이 라둘푸스 수도원장에게 보고를 하거나 휴 베링어에게 성공 소식을 알리기도 전에, 수도원과 성과 시내 할 것 없이 온 슈루즈베리에 소문이 퍼져 있었다. 행정 장관이 살아 있다고, 금방 돌아올 거라고, 고드릭 포드에서 사로잡힌 웨일스인과 교환하기로 했다고……. 성내의 사저에 머무는 프레스코트 부인은 표정이 밝아지고 안도감으로 마음이 들떴으며, 휴는 상관을 찾아 다시 데려올 수 있게 된 것은 물론 오아인 귀네드와의 결속을 굳힐 전망에 매우 기뻐했다. 슈롭셔 북부에서 그의 도움을 받는다면, 만에 하나 체스터의 라눌프가 공격해 오더라도 판세가 뒤집힐 가능성이 매우 높았다. 시장과 상인 조합원들도 대체로 반기는 분위기였다. 프레스코트가 딱히 살갑고 친밀한 사람이라 할 수는 없지만 누구보다 공정하고 호의적인 관리라는 사실을 모두가 아는 터였다. 간혹 가혹할 때가 있긴 해도 그러한 조치가 아니었다면 더 나쁜 상황이 초래되었으리라는 점도 잘 알고 있었다. 그러나 모두가 마냥 반가워한 것만은 아니었으니, 공정한 사람도 적을 만드는 법이다.

일상으로 돌아온 캐드펠은 매우 만족스러웠다. 그동안 식물 표본실 일을 맡았던 오스윈 수사의 작업을 점검해보니 모든 게 다 제대로 되어 있었다. 이제 그는 수도원 부속 진료소로 가 그곳 약장을 다시 채워 넣기만 하면 되었다.

"새로 온 환자는 없었습니까?"

"없어요. 그사이 두 분이 퇴원해 수도원 숙소로 돌아갔습니다. 애덤 수사님과 에버라드 수사님 말입니다. 두 분 다 노령에도 불구하고 워낙 건강한 편이라 기침감기 정도 증세만 보이다가 깨끗이 나아서 가셨죠. 저와 함께 가서 환자들 상황을 한번 살펴보시지요. 모리스 수사님도 그 두 분처럼 기분 좋게 치유되어 퇴원하실 수 있다면 얼마나 좋을까요." 에드먼드 수사가 안타까운 듯 말을 이었다. "모리스 수사님은 그분들보다 여덟 살이나 아래에, 건강하고 능력도 있으시잖아요. 이제 겨우 예순 아닙니까. 정신도 육체만큼이나 건강하면 좋을 것을…… 하지만 그분을 퇴원시키기란 어려울 듯합니다. 성미에 광기가 있으니 말입니다. 흠잡을 데 없는 헌신적인 일생을 보내고 이제 와서 기억하는 게 원한과 불행뿐이라니, 정말 안타까운 일이죠. 게다가 그 누구에게도 애정을 느끼지 못하는 것 같습니다. 육체의 힘이 정신을 벗어나는 경우에는 장수도 축복이라 할 수 없는 모양입니다. 수사님."

"주위 사람들은 그를 어떻게들 대합디까?" 캐드펠이 안됐다는 듯 물었다.

"기독교인다운 끈기로 대하지요! 정말이지 인내심 없는 힘들어요. 요즘 그분은 모든 사람이 자기를 해칠 궁리를 하고 있다는 망상에 사로잡혀 있습니다. 게다가 그걸 노골적으로 말해버려요. 물론 마음에 생생하게 각인된 현재나 과거의 과오들도 그대로고요."

두 사람은 텅 빈 침상들만 쭉 늘어선 커다란 병실로 들어섰다. 병실은 성무일도를 준수하고자 하는 병자들을 위해 개인 예배실 바로 곁에 마련되어 있었다. 일어나 한낮의 밝은 햇살을 즐길 만한 기력이 있는 이들은 대형 화로 옆에 앉아 노쇠한 몸을 덥히며 식사 시간이나 예배 시간, 다가올 오락 시간을 기다리다가 갑자기 생각난 듯 이따금씩 대화를 나누곤 했다. 이곳에 머무는 이들 대부분이 연로한 탓에 침상에서 많은 시간을 보내기 마련인데, 지금 침대에 누워 있는 사람은 리스 수사뿐이었다. 수도원 창설이라는 화려하고 열정적인 작업에 동참했던 첫 세대의 수사들은 이제 노쇠해져, 태동의 물결이 지나간 후 하나둘씩 들어온 젊은 성직 지망자들에게 자리를 내주고 있었다. 차례차례 이곳에 들어와, 각자 죽음의 침상을 하나씩 차지하는 것이다. 공경의 마음으로 보살피는 이가 있긴 해도 결국 고독한 위엄 속에 혼자서 누워야 할 침상이다. 지금 이 병실에는 비슷한 시기에 죽음을 맞게 될 사람이 네댓 명 머물고 있었다. 제아무리 헌신적인 수사들마저 기진맥진하게 만들어버린 뒤 무심한 세상을 남겨둔 채 떠나갈 형제들…….

모리스 수사는 불가에 앉아 있었다. 길쭉하니 귀족적인 얼굴에 성마른 표정, 키가 크고 몹시 여윈, 밀랍처럼 창백한 노인이다. 귀족 가문 출신으로 젊을 적부터 수도 생활에 몸을 바쳐온 그는 2년 전부터 이곳으로 옮겨 와 있었다. 사소한 반목 끝에 로버트 부수도원장[14]에게 죽음을 각오한 결투장을 내밀고 화해도 평화도 거부한 채 끈질기게 버티다가 병을 얻은 것이다. 정신이 평온할 땐 제법 관대하고 사귐성 있고 예의 바른 사람이지만, 누구라도 자기 가문의 명예나 자존심을 건드렸다 하면 그 즉시 화해하기 힘든 적으로 돌변했다. 이제 노령에 접어든 그는 수시로 과거에 사로잡혀 과거의 모욕이나 가문에 연루된 소송들을 모조리, 마치 그 시절로 돌아간 양 선명하게 기억해냈고, 앙갚음하지 못하고 넘어간 대상들 하나하나를 상대로 씨름하곤 했다.

그에게 안부를 묻는 게 과연 잘하는 짓일까? 그러나 저 근엄한 형제의 눈빛이 대화를 요구하고 있었다. 좁다란 매부리코와 푸르스름한 입술이 들썩이는가 싶더니 이내 그가 입을 열었다. "그 소문 때문에 기분이 영 좋지 않군요. 길버트 프레스코트가 살아 있으며 곧 이리로 돌아온다고들 하던데, 그게 참말입니까?"

"그래요." 캐드펠이 대답했다. "얼마 전 롱숲에서 잡힌 웨일스인을 돌려주는 대가로 오아인 귀네드가 그를 보내주겠다 했습니다. 그런데 왜 기분이 좋지 않은 겁니까? 성실한 기독교인이 돌아오게 되었으니 잘된 일 아닌가요?"

"길고긴 세월이 지나서야 드디어 정의가 실현되려나 했건만……." 모리스가 거만한 태도로 말을 이었다. "아무리 오랜 시간이 걸려도 신성한 정의는 결국 실현되는 법 아닙니까. 그런데 이번에도 정의가 빗나가고, 악인에 대한 처벌은 이루어지지 않는군요." 그의 강철 같은 잿빛 눈이 번득였다.

"신성한 정의는 신의 뜻에 맡겨두는 게 좋겠지요." 캐드펠이 부드럽게 말했다. "그나저나, 어떻게 지내시는지 여쭈었는데 다른 말씀만 늘어놓으시는군요. 겨울 날씨가 매서운데 가슴 통증은 좀 어떻습니까? 훈기를 돋우도록 보약 좀 지어다 드릴까요?"

그의 관심을 다른 데로 돌리기란 그리 어렵지 않았다. 노상 건강 걱정에 투덜대는 사람은 아니어도 다른 이의 걱정과 돌봄을 늘 기쁘게 받아들이곤 하니까. 캐드펠은 그를 달래 진정시킨 뒤 생각에 잠긴 채 현관 쪽으로 향했다.

병실 문이 닫힌 뒤 그가 에드먼드 수사에게 말했다. "워낙 불만이 많은 분이긴 하지만 프레스코트 집안에 그런 악감정을 품고 있는 줄은 몰랐군요. 모리스 형제가 행정 장관에게 반감을 품는 이유가 뭡니까?"

"프레스코트의 부친 시절 일 때문이라더군요." 에드먼드 수사가 어깨를 들썩이며 한숨을 내쉬었다. "모리스 형제가 갓 태어났을 때였죠. 땅 한 뙈기를 두고 두 집안 사이에 소송과 언쟁이 꽤 오래 벌어졌는데, 땅이 결국 프레스코트 집안으로 돌아갔답니다. 제가 알기로는 더할 나위 없이 공정한 판결이었고요. 모리스는 그때 요람에 있었고, 길버트의 부친은 막 성인이 된 나이였대요. 그런데도 저 가엾은 노인네는 그 까마득한 시절의 일을 기억에서 건져내어 용서할 수 없는 죄악이라며 분노에 휩싸여 있는 겁니다. 그가 피의 복수를 하겠다고 벼르는 수많은 대상 중 하나죠. 정작 모리스 형제는 행정 장관을 본 적조차 없어요. 먼 옛날 상대의 부친이 법정 소송에서 자기 아버지를 이겼다는 이유로 만난 적도 대화를 나눠본 적도 없는 사람을 증오할 수 있는 걸까요? 저로서는 이해가 가지 않습니다. 나이가 들면 왜 모든 것을 놓아버리고 그런 절실한 악감정만 품게 되는 걸까요?"

반대로 악의와 원한을 모두 씻어버리고 좋은 것만 생각하는 경우도 있긴 하지만, 이것이나 그것이나 어려운 질문이긴 마찬가지다. 더하여, 그런 은총을 받는 사람이 있는 한편 모리스 수사처럼 무거운 저주를 받는 사람이 있는 건 또 왜일까? 캐드펠로서도 헤아리기 힘든 의문이었다. 그저 신께서 다른 곳에서 균형을 회복시키고 계시리라 믿는 수밖에.

"하긴, 모두가 길버트 프레스코트를 좋아할 수는 없겠지요." 캐드펠은 안타까운 마음으로 말을 이었다. "의인도 악인과 마찬가지로 철천지원수를 만들어내는 법이니까요. 더구나 법을 다루는 과정에서 늘 명료하고 자비로울 수만은 없었을 겁니다. 물론 그가 부패하거나 잔인한 사람은 아니지만 말입니다."

"그에게 원한을 품을 동기로 따지자면야 모리스 형제보다 더한 사람도 있잖습니까." 에드먼드 수사가 말했다. "애나이언의 일에 대해선 수사님도 저 못지않게 잘 알고 계시겠지요. 여행에 오르기 전에 보셨다시피 그는 이제 목발을 짚고 걸어 다닐 만큼 회복됐습니다. 서리 철이 지나 땅이 굳고 마르면 퇴원시킬까 합니다만, 아직까지는 저쪽 침대를 차지하고 있지요. 모리스는 지나치게 말이 많은 데 비해 그 사람은 입도 벙긋 안 합니다. 수사님은 웨일스 출신이시죠. 웨일스인과 잉글랜드인의 피가 반씩 섞인 애나이언 같은 사람의 의중을 어떻게 읽어내면 좋겠습니까?"

"웨일스인이든 잉글랜드인이든, 결국 인간이라는 점을 명심하면 될 겁니다." 캐드펠이 대답했다.

가까이 접해본 적은 없지만 캐드펠도 애나이언이라는 사람이 누구인지 알고 있었다. 가축을 돌보는 평신도 일꾼. 지난 늦가을 수도원 부속 농장에서 일하다 다리가 부러져 진료소로 들어왔는데 뼈 붙는 속도가 무척 느렸다. 그는 웨일스인 양모 상인과 잉글랜드 하녀 사이의 짧은 관계에서 태어났으니, 슈루즈베리 근처에선 드문 경우도 아니었다. 같은 처지의 다른 혼혈인들과 마찬가지로 그 또한 경계 너머 웨일스의 피붙이들과 접촉하며 살아왔다. 그의 아버지는 적법한 아내와 함께 그쪽에서 살고 있는데, 애

나이언을 임신시킨 지 얼마 안 되어 아내에게서 적자를 얻었다고
했다.

"아, 기억납니다." 캐드펠이 말했다. "양모를 팔러 왔던 두 젊
은이가 술을 과하게 마시곤 싸움을 벌였는데 그 와중에 다리 위
에서 문지기 하나가 살해되는 일이 벌어졌지요. 프레스코트는 두
젊은이를 살인죄로 교수형에 처했고요. 그중 한 사람의 배다른
형이 경계 이쪽에 있다는 얘길 나도 들었습니다."

"그 젊은이 이름이 그리프리 압 그리프리였죠. 이곳 시내로 들
어올 때마다 애나이언과 만나곤 했답니다. 사이가 좋은 형제였어
요. 그 사건이 터졌을 때 애나이언은 양 떼를 몰고 북쪽 멀리 가
있었죠. 하긴, 그가 여기 있었더라면 취한 동생을 데려가 재웠을
테고, 따라서 그런 사고도 일어나지 않았을 텐데…… 애나이언
은 일도 잘하고 정직한 사람입니다. 그러나 워낙 맺고 끊는 게 확
실한 성격이니 은혜 입은 일은 물론 피해 받은 일 또한 절대 잊지
않을 거예요."

캐드펠은 한숨을 지었다. 그와 같은 죽음과 그에 대한 야만적
인 복수로 선량한 혈육들이 사라지는 경우를 평생 보아온 터였
다. 웨일스에서 혈육과 관련한 싸움은 신성한 의무로 여겨졌다.

"그의 몸 절반에 깃든 잉글랜드 기질이 그 기억을 조금이라도
누그러뜨리길 바라는 수밖에 없겠군요. 게다가 벌써 2년 전 일이
잖습니까. 누구도 원한을 영원히 간직할 수는 없는 법이에요."

*

초저녁 어스름에 잠긴 차갑고 좁은 성 부속 예배당, 제단 등에서 퍼지는 희미한 빛 속에 엘리스는 외투 입은 몸을 웅크린 채 제일 어두운 구석 자리에 앉아 기다리고 있었다. 바깥은 뼛속까지 파고드는 추위가 맹렬했다. 달리 적당한 곳을 찾을 수 없는 두 사람에겐 이곳이 그나마 안전한 장소였다. 제아무리 독실하다 해도 인간적인 한계를 거스를 수는 없는 법. 행정 장관 직속 사제는 저녁기도를 마치자마자 바람이 술술 들이치는 이 차가운 곳을 떠나 따뜻하고 안락한 홀의 식탁으로 가버린 뒤였다.

문간을 넘는 들릴락 말락 한 소리에 엘리스가 잽싸게 몸을 돌려 양손으로 멜리센트를 잡아 안으로 들이고는 육중한 문을 당겨 바깥세상을 차단했다.

"소식 들었어요?" 그녀가 낮은 목소리로 급하게 물었다. "아버지가 어디 계시는지 알아냈대요. 이리로 모셔 올 거래요. 오아인 귀네드가 약속했다고……."

"나도 알아요!" 엘리스가 대답하며 그녀를 자신의 외투 안으로 끌어당겨 감싸 안았다. 한기와 바람을 막아주려는 양, 더하여 두 사람의 결합을 확고히 하려는 양. 그럼에도 그녀가 마치 안개처럼 자신의 품에서 빠져나가는 듯한 느낌을 지울 수 없었다.

"당신의 아버지가 무사히 돌아오실 수 있게 되어 기뻐요." 아무리 씩씩하게 거짓말을 해보아도 그의 마음은 즐거울 수가 없었다. "우리 둘 다 이렇게 될 줄 알았잖아요. 그분이 살아 계신다면……." 그는 말끝을 흐렸다. 그녀의 아버지가 사망했길 바라는 것처럼 들릴까 봐서였다. 이는 두 사람이 어떻게 해볼 도리가 없는 일이었고, 그 자신은 여전히 석방되지 못한 포로의 몸이었다. 동시에 그는 그녀의 포로이기도 했다. 그리 길진 않지만 사랑의 기적을 일으키기엔 충분한 요 며칠 사이, 엘리스는 하나의 속박을 끊고 지금으로선 너무나 요원해 보이는 다른 속박의 끈을 맺으려 하고 있었다.

"아버님이 돌아오시면 당신은 떠나야겠죠." 차가운 눈썹을 그의 뺨에 맞댄 채 멜리센트가 말했다. "그걸 어떻게 감당할 수 있을지!"

"아무 생각도 못 하겠어요. 두 번 다시 당신을 못 본다니……아니, 난 못 해. 받아들일 수 없어요. 틀림없이 다른 길이 있을 거예요."

"당신이 떠나면 난 죽어버릴 거예요."

"하지만 당신도 알잖아요. 당신 아버지를 돌아오게 하려면 내가 가야 해요. 그것 말고 내가 당신을 위해 달리 뭘 할 수 있겠어요?" 그러나 그 역시 고통을 견딜 수 없을 것이다. 그렇게 떠나면 영원히 그녀를 잃을 테고, 어떤 여인도 그녀의 자리를 대신하지 못하리라. 웨일스에 있는 자그마하고 까무잡잡한 약혼자는 이제 그의 마음에서 너무도 멀어져 얼굴조차 기억나지 않았다. 그녀는 그에게 아무것도 아니었다. 멜리센트를 가질 수 없다면 차라리

은자의 삶을 택하는 편이 나을 것 같았다. "아버지가 돌아오시지 않길 바라는 거예요?"

"아뇨!" 그러나 떨리는 목소리로 격하게 대답한 뒤 그녀는 곧바로 말을 바꾸었다. "아니, 그래요! 당신을 잃어야 한다면, 그래요! 오, 하느님, 도대체 내가 무슨 생각을 하는 걸까요? 당신과 아버지, 난 두 사람 모두를 원해요. 하지만 당신을 더 원해요! 아버지도 정말 사랑하지만 그건 그분이 내 아버지이기 때문이죠. 그래야 하니까, 부모를 사랑하는 게 자식의 의무니까요. 하지만…… 아, 엘리스, 난 아버지가 어떤 분인지도 잘 몰라요. 사랑을 느낄 만큼 제게 가까이 오신 적이 한 번도 없었다고요. 아버진 늘 임무와 일로 바빴고, 그래서 나와 어머니는 줄곧 외로움에 시달려야 했어요. 그러다 어머니는 돌아가셨죠…… 그분이 날 나쁘게 대하셨던 건 아니에요. 언제나 신경을 써주셨죠. 하지만 언제나 멀찌감치 떨어져 계셨어요. 그것도 사랑은 사랑이겠지만, 이 감정…… 지금 내가 당신에게 느끼는 사랑과는 너무나 달라요! 이건 공정한 교환이 아니에요."

'차라리 아버지가 돌아가셨더라면……' 이 말을 입 밖에 내지는 않았으나, 마음 한구석에 감추어진 자신의 소망을 깨닫고 멜리센트는 몸서리를 쳤다. 만일 사람들이 아버지를 찾아내지 못했더라면, 혹은 아버지의 사망 소식을 들었더라면, 그녀는 아버지를 위해 진심으로 눈물을 흘렸으리라. 하지만 그렇게 되면 계모는 그녀가 어디서 누구와 결혼하든 크게 신경 쓰지 않을 것이다.

결국 시빌라에겐 자기 아들이 모든 것을 물려받고 남편의 딸은 약소한 지참금으로 만족해주는 것만이 중요한 문제니까. 그리고 멜리센트 또한 진심으로 만족했을 것이다. 설령 한 푼도 못 받는다 해도…….

"이렇게 끝낼 수는 없어요!" 엘리스가 결연하게 입을 열었다. "우리가 왜 헤어져야 하지? 난 당신을 포기하지 않을 거예요. 포기할 수 없어. 절대로 당신과 헤어지지 않아요."

"바보 같은 소리!" 그녀의 눈물이 그의 뺨을 타고 흘러내렸다. "아버질 모셔 오는 호위대가 당신을 데려갈 거예요. 거래는 이미 성사되었고, 지키는 수밖에 도리가 없어요. 당신은 가고 난 남아야 해요. 그게 끝이라고요. 아, 아버지가 여기 도착하지 못할 수만 있다면……." 그런 말을 뱉어내는 자신의 목소리가 그녀를 경악시켰다. 용서받을 수 없는 말을 막기 위해, 그녀는 그의 어깨에 입술을 묻어버렸다.

"내 사랑, 그만 울고 들어봐요. 내가 당신 아버지께 가서 당신을 달라고 하면 어떨까요? 어쩌면 호의적으로 들어주시지 않을까요? 난 귀족 출신에, 영지도 가지고 있어요. 당신 아버지와 똑같죠. 그러니 반대할 이유가 있을까요? 난 당신에게 많은 것을 해줄 수 있어요. 게다가 당신을 나보다 더 사랑해줄 남자는 있을 수 없잖아요."

어릴 때 약혼한 여인이 웨일스에 있다는 이야기, 캐드펠 수사에게는 가벼운 마음으로 털어놓았던 그 얘기를 그녀에겐 아직 꺼내지 못한 터였다. 하지만 그건 당사자들의 의사와 상관없이 제삼자들끼리 맺은 약속 아닌가. 그들이 선의를 발휘하여 동의해준다면 명예롭게 무산시킬 수도 있는 약속이다. 귀네드에선 그와 같은 파혼이 드물지만 전혀 못 들어본 얘기도 아니다. 그는 크리스티나에게 아무 짓도 하지 않았으니 철회하기에 너무 늦었다고 할 수도 없다.

"바보, 어쩜 그렇게 순진해요!" 그녀가 웃음과 울음이 섞인 목소리로 말했다. "당신은 우리 아버질 몰라요! 아버지의 장원들은 전부 경계에 위치해 있어요. 아버진 그것들을 지키기 위해 오랜 시간 땀 흘리며 싸웠고요. 황후도 그렇지만 이제 웨일스인 역시 아버지의 적이라는 걸 모르겠어요? 게다가 얼마나 완고한 분인데요! 설사 귀네드 왕이 나서서 혼인을 제안한다 해도, 웨일스인에게 딸을 주느니 차라리 세인트자일스의 눈먼 나환자와 혼인시킬 분이에요. 아버지한테 가까이 갈 생각은 버려요. 아마 당신을 찢어발기려 드실 테니까. 정말이에요. 그쪽으론 희망이 없어요."

"아무리 그래도 이대로 당신을 보낼 수는 없어요." 창백하게 빛나는 그녀의 머리 타래 속으로 엘리스가 맹세의 말을 불어넣었다. 머리칼은 마치 제 나름의 생명을 가진 양 깃털처럼 부드럽게 그의 얼굴을 애무하고 있었다. "무슨 일이 있어도 당신을 지키겠어요. 당신을 안기 위해 뭘 해야 하든, 당신에게 가기 위해 얼마나 싸워야 하든 다 상관없어요. 우리 사이를 비집고 들어오는 자는 누구든 죽여버릴 거예요. 아, 사랑해요, 진심으로 사랑해……."

"그만! 그런 말 말아요. 누굴 죽인다니, 당신답지 않잖아요. 틀림없이 다른 길이 있을 거예요……."

그러나 아무 길도 보이지 않았다. 길버트 프레스코트가 돌아오면 엘리스는 떠나야 한다. 그것이 움직일 수 없는 운명이었다.

"아직 시간이 좀 있어요." 그녀가 애써 마음을 가라앉히고 속삭였다. "아버지의 상태가 그리 좋지 않다잖아요. 부상에서 회복되지 않았대요. 아직 한두 주 정도는 여유가 있을 거예요."

"그동안 나를 만나러 와줄 거죠? 변함없이? 매일? 당신을 더이상 못 보게 되는 건 견딜 수 없어요."

"매일 올게요. 내게도 너무 소중한 시간이에요. 누가 알겠어요? 그사이 우리를 구해줄 일이 일어날지……."

"오, 하느님, 시간을 멈출 수만 있다면! 떠나는 날을 막을 수만 있다면! 당신 아버지가 영원히 슈루즈베리에 도착하지 않을 수만 있다면!"

*

오아인 귀네드에게서 소식이 온 것은 열흘 뒤였다. 오아인의 개인 경호원이자 근위대의 두 번째 서열인 에이논 아브 이셀로부터 권한을 위임받은 사자가 이른 오후 성 수비대 대기실에 있던 휴 앞으로 안내되었다. 그는 주 경계에서 이런저런 물품을 잉글랜드로 반입하는 일을 하는 사람이라 잉글랜드어에 능통했다.

"나리, 우선 친위대장 에이논 아브 이셀을 대신해 오아인 귀네드 전하의 인사말을 전하는 바입니다. 오늘 밤 우리 일행이 몬트퍼드에 머문다는 점, 그리고 내일이면 우리가 모셔온 길버트 프레스코트 경을 나리께 인도해드릴 수 있다는 사실을 알려드리기 위해 이렇게 찾아왔습니다. 그런데 한 가지 문제가 있습니다. 길버트 경의 몸 상태가 아직도 매우 좋지 않습니다. 그래서 우린 줄곧 가마에 태워 그분을 모셔 왔지요. 오늘 아침까지는 별문제가 없었습니다. 그런데 여정을 하루 남기고서 길버트 경이 남은 길은 말을 타고 가겠다 우기시더군요. 병자처럼 가마에 실려 고향으로 들어가고 싶지는 않다면서 말입니다."

웨일스인들로서도 이를 만류할 수는 없었으리라. 남자의 체면은 절반이 갑옷과 투구에 달려 있다. 프레스코트는 비록 포로의 몸이지만 꼿꼿하게 안장에 앉아 의연한 모습으로 슈루즈베리로 입성하고 싶었을 테고, 따라서 불편이나 위험쯤은 얼마든지 참아낼 작정이었을 것이다.

"그분다운 훌륭한 처신이었군." 말은 그렇게 했지만, 더 나올 얘기가 있다는 것을 휴는 눈치채고 있었다. "그래, 그가 과하게 애를 썼다, 그래서 어떻게 됐소?"

"2킬로미터도 못 가 실신하면서 말에서 떨어졌습니다. 심하게 떨어진 건 아니지만 회복되어가던 옆구리 상처가 다시 벌어져 출혈이 생겼지요. 그분을 일으켜 세우고 처치할 때 보니 안색이 매우 창백하고 몸이 얼음처럼 차갑더군요. 만일 조금만 더 힘을 썼더라면 아마 발작 경련 증세로 넘어갔을 겁니다. 우린 그분의 몸을 감싸고—에이논 아브 이셸은 자기 외투까지 벗어 덮어 줬죠—다시 가마에 누인 다음 몬트퍼드로 되돌아갔습니다."

"장관이 의식은 있소? 말은 할 수 있고?" 휴가 걱정스레 물었다.

"정신은 말짱한 것 같습니다. 다시 눈을 뜬 다음부터는 말씀도 또렷하게 하시고요. 우리로선 며칠이고 필요한 만큼 몬트퍼드에 머물며 회복을 기다리고 싶지만, 그분은 슈루즈베리가 코앞인데 뭐 하러 시간을 낭비하느냐며 당장 가겠다 고집하고 있습니다. 그분이 원하는 대로 내일까지 이곳으로 오지 않았다가는 화병으로 몸이 더 나빠질 것 같습니다."

휴의 생각도 마찬가지였다. 그는 잠시 생각에 잠겨 손마디를 질근질근 깨물다가 입을 열었다. "당신 생각은 어떻소? 그분 상태가 심각한 것 같소? 치명적일 정도로?"

사내가 단호하게 고개를 가로저었다. "적지 않은 나이에 병을 얻고 부상도 심하긴 하지만, 제가 보기엔 휴식과 정성스러운 간호만 주어진다면 금세 다시 건강을 되찾을 것 같습니다. 물론 빠른 시일 내에 회복되긴 힘들겠지만요."

"그렇다면 여기로 모셔 오는 게 나을 것 같소." 휴는 마침내 마음을 정하고 말했다. "그분이 원하는 곳이 바로 여기니까. 하지만 이 차갑고 휑한 사저로 모시긴 힘들겠군. 마음 같아서는 내 집에 모시고 싶은데, 간호를 제대로 받으려면 아무래도 수도원 쪽이 낫겠지. 당신들에게도 그쪽이 편할 테고, 그분 역시 가마에 실린 무기력한 모습으로 시내를 지나가지 않아도 되니 안심이 될 거요. 수도원 부속 진료소에 그를 위한 침상을 미리 준비해두라 알리고 그분의 아내와 자녀들도 수도원 접객실로 거처를 옮겨 곁에 있을 수 있도록 조처하겠소. 이제 돌아가거든 에이논 아브 이셀에게 인사와 감사의 뜻을 전해주시오. 그리고 우리 장관을 곧장 수도원으로 호송해주길 부탁하오. 난 에드먼드 수사와 캐드펠 수사에게 그를 맞을 채비를 하고 편히 쉴 수 있게 만반의 준비를 갖춰 달라고 말해두겠소. 그래, 이곳엔 몇 시쯤 도착할 것 같소? 아마 라둘푸스 수도원장은 친위대장 일행을 수도원 손님으로 대접하고 싶어 할 거요."

"오전 중에 도착할 겁니다." 사자가 말했다.

"좋소! 그렇다면 엘리스 압 키난을 데리고 출발하기 전에 다 같이 수도원에서 점심을 먹으면 되겠군."

*

휴는 사저의 프레스코트 부인에게 가 소식을 전했다. 부인은 남편이 낙마했다는 소리에 걱정스러워하면서도 안도와 기쁨을 감추지 못한 채 서둘러 아들과 하녀를 불러 모아 사저보다 훨씬 안락한 수도원 접객소로 옮겨 갈 채비를 했다. 휴는 일행을 수도원까지 안내한 뒤 다음 날의 일정에 대해 의논하기 위해 수도원장을 만나러 갔다. 일행 가운데 한 사람이 창백해진 얼굴로 입을 꾹 다문 채 내내 눈물을 흘리고 있다는 사실을 눈치채지 못한 것은 아니나, 그로서는 크게 신경 쓸 바가 아니라 생각했다. 두 번째 부인의 아들에게 밀려난 큰딸이 아버지를 걱정하고 그리워하는 건 당연한 일이다. 게다가 그동안 슬픔 속에 기다리느라 진이다 빠진 상태에서 갑자기 찾아온 기쁨을 마음껏 드러내기도 쉽지 않으리라.

수도원의 큰 마당은 분주하기 그지없었다. 라둘푸스 수도원장은 자신의 전용 테이블로 귀네드 왕의 대표 사절을 대접할 생각이었다. 로버트 부원장은 나머지 호송꾼들에게도 성찬을 제공하기 위해 요리사들과 상의하고, 말들 역시 편히 쉬면서 보살핌을 받을 수 있도록 마구간에 넉넉한 공간을 확보해두었다. 에드먼드 수사는 진료소에서 제일 조용하고 아늑한 병실을 마련한 뒤 따뜻하고 가벼운 이불과 공기를 훈훈하게 해줄 화로를 옮겨 왔다. 작업장의 캐드펠 수사는 프레스코트의 심신이 아무래도 심상치 않다는 예감 속에 도움이 될 만한 약재들을 점검하고 있었다. 수도원에서 중요한 손님을 맞는 것이 드문 일은 아니었고 때로는 왕족을 대접하기도 했지만, 이번 경우는 조금 달랐다. 주 행정 장관이 귀환하는 데다, 그의 석방과 안전한 호송을 위해 예의를 갖추어 노력해준 웨일스인들을 소홀히 대접할 수는 없는 노릇이었다. 왕을 대신하는 이들인 만큼 최대한의 노력으로 모셔야 했다.

한편, 성에 있는 방에 들어앉은 엘리스 앞 키난은 뜨겁고 무거운 돌이 심장을 누르는 듯한 답답함을 느끼며 잠자리에 얼굴을 묻고 있었다. 멜리센트가 수도원으로 떠날 때, 그는 숨어서 그 모습을 지켜보았다. 자신이 느끼는 것과 같은 고통과 좌절을 그녀에게 불러일으키고 싶지 않아서였다. 잠시나마 자신을 마음에서 지우고 아버지에게 모든 신경을 쏟게 하려면 아무런 미련 없이 떠나게 하는 편이 나았다. 그녀가 문지기실을 지나 진입로로 사라질 때까지 그는 말없이 눈으로 그 뒷모습을 좇았다. 흐린 날씨에 그녀의 말아 올린 머리채만이 은도금된 듯 화사하게 빛나고 있었다.

그녀가 떠난 지금, 그의 가슴속에는 커다란 돌덩이만 남은 듯했다. 내일 성에서 풀려나 수도원으로 호송되고 에이논 아브 이셀에게 넘겨질 때나 쫓기듯 힐끔 그녀를 볼 수 있으리라. 그리고 내일이 지나면, 기적이 일어나지 않는 한 두 번 다시 그녀를 만나지 못할 터였다.

5

 캐드펠 수사는 만반의 준비를 갖춘 뒤 에드먼드 수사와 함께 진료소 현관에서 그들이 오기를 기다렸다. 대미사가 끝난 직후, 과연 그들이 말을 타고 들어섰다. 오아인의 신임을 받는 친위대장을 필두로 매우 근엄한 얼굴을 한 엘리드 압 그리피스가 기사처럼 딱 붙어 들어왔고, 두 명의 나이 든 부관들이 그 뒤를 따랐다. 이어 튼튼한 조랑말 두 필에 조심스레 연결된 가마가, 양측에 붙어 안정적으로 속도를 조절하는 시중꾼들과 더불어 들어섰다. 아래위로 얼마나 깔고 덮었는지 가마 안에 누운 사람의 부피가 엄청나 보였지만 조랑말들은 깃털처럼 가벼운 짐을 나르듯 매끄럽고 수월하게 걷고 있었다.
 에이논 아브 이셀은 크고 강건한 몸집에 턱수염과 기다란 콧수염, 갈기처럼 풍성한 갈색 머리를 한 40대의 남자였다. 그의 의복은 물론 그의 말에 달린 마구가 부와 지위를 여실히 드러내고 있었다. 엘리드가 말에서 뛰어내려 상관의 고삐를 받아 들 때 휴베링어가 일행의 도착을 맞으러 나왔다. 그의 뒤로 몸소 따라 나온 라둘푸스 수도원장도 위엄 있게 인사를 건네며 반가움을 표했다. 이제 에이논과 다른 상급 관리들, 프레스코트 아내와 딸, 그리고 휴가 함께하는 느긋하고 격식 있는 오찬이 수도원장의 숙소에서 벌어질 예정이었다. 양측이 힘을 모아 문화인다운 협약을 이뤄낸 만큼 즐거운 축배의 자리가 될 터였다. 한편 발등에 불이 떨어진 쪽은 에드먼드 수사와 조수들이었다.

에드먼드 수사는 말에 묶인 가마를 풀어 환자를 진료소로 들여 미리 따뜻하게 준비해둔 병실로 옮긴 뒤 문을 닫아버렸다. 심지어 프레스코트 부인조차 들어갈 수 없었으니, 환자의 몸을 풀고 옷을 벗겨 눕힌 뒤 상태를 제대로 파악할 때까지는 밖에서 기다리는 게 좋겠다고 그는 부인에게 공손하게 해명했다.

그들은 우선 환자의 몸을 감싼 양가죽 외투의 꽉 조인 목깃을 풀고 돋을새김된 큼직한 금장식이 달린 기다란 핀을 끌렀다. 핀은 가느다란 금줄로 또 한 번 묶여 있었다. 귀네드는 금 가공으로 유명한 곳이었다. 이 외투도 장식품도 에이논의 것이 틀림없었다. 에드먼드는 커다란 핀이 잘 보이게끔 외투를 접어 침상 옆 낮은 궤짝 위에 올려놓았다. 핀이 숨겨져 있으면 누가 슬쩍 손을 댈지도 몰랐다. 내의를 벗겨내고 상처를 처치하기 시작하자, 길버트 프레스코트가 힘없이 눈을 뜨더니 길고 수척한 몸을 조금씩 움직여 일을 수월하게 해주었다. 치유되던 중 염증이 도진 칼자국이 대여섯 군데 보였고, 며칠 전 낙마하는 통해 다시 벌어져 축축해진 옆구리 상처도 눈에 띄었다. 캐드펠은 조심스레 처치를 한 뒤 상처 자리를 감쌌다. 환자는 치료의 손길마저 감당하기 힘든 듯 보였다. 따뜻한 침대로 옮기고 이불을 덮어주자 그의 눈이 다시 감겼다. 그는 내내 한 마디도 하지 않았다.

2킬로미터도 못 가 쓰러졌다고는 하지만, 말을 탔다는 자체가 놀라울 지경이야. 이불 속에 뻗고 누운 사람을 내려다보며 캐드펠은 생각했다. 여윈 흙빛 얼굴 여기저기 멍 자국이 가득하고, 뼈가 있는 자리는 허옇게 드러나 있었다. 어느새 은빛으로 세어버린 머리칼과 힘없이 늘어진 턱수염도 눈에 들어왔다. 그를 안장에 올라앉게 만든 것은 연약함을 용납하지 못하는 강철 같은 정신이었을 것이다. 그리고 이마저 실패로 돌아갔을 때, 그는 진정으로 패배감을 맛보았으리라.

제 몸에 대한 권리를 주장하듯, 그가 미약하게 꿈틀대며 긴 숨을 끌어당기더니 눈을 떴다. 쑥 들어간 흐릿한 눈이 캐드펠의 얼굴을 바라보았다. 잿빛 입술이 달싹이며 들릴락 말락 한 소리를 내었다. "내 아들은?" 그가 제일 먼저 찾은 이는 아내도 딸도 아닌 자신의 아들이었다.

"아드님은 여기 수도원에 안전하게 있습니다." 캐드펠은 얼른 몸을 굽혀 그를 안심시킨 뒤 에드먼드에게 눈짓을 보냈다. "가서 아드님을 모셔오겠습니다."

　꼬마 녀석들이야 언제나 기운이 넘치기 마련이지만, 그럼에도 캐드펠은 병실 앞에서 아이와 어머니를 충분히 안심시킨 뒤 주의 사항을 덧붙이며 안으로 들여보냈다. 휴 베링어도 그들과 함께 들어왔다. 프레스코트의 머릿속에 제일 먼저 떠오른 것이 아들이었다면, 그다음은 당연하게도 자신이 관리하는 지역에 대한 걱정일 것이다. 지역의 일이 모든 면에서 제법 순탄하게 돌아가고 있으니, 그도 회복의 의지를 얻을 수 있을 터였다.

　시빌라가 조용히 흐느꼈다. 소년은 알아보기 힘들게 된 아버지의 모습에 약간 놀란 듯했지만 여위고 차가운 손이 자신을 끌어당기자 순순히 응하며 불이 밝혀진 동굴 같은 눈으로 열심히 그를 바라보았다. 어머니가 아들에게 뭐라고 속삭이자 아이는 둥글고 발그스름한 얼굴을 숙여 광대뼈가 튀어나온 아버지의 뺨에 입을 맞추었다. 혼란스러운 상황에서도 겁먹지 않고 순순히 제 어머니의 말을 따르는 것으로 보아 아주 유순한 아이 같았다. 곧 프레스코트의 눈동자가 이리저리 움직이며 휴 베링어를 찾았다.

　"안심하고 푹 쉬십시오." 휴는 장관의 마음을 짐작하고 침대에 몸을 바짝 붙인 채 지역의 상황을 알리기 시작했다. "주 경계는 모두 온전하게 방비되고 있습니다. 딱 한 번 침입이 있긴 했지만 다행히 우리 측의 승리로 끝났고, 그 결과 장관님의 몸값을 확보할 수 있었죠. 게다가 오아인 귀네드는 이제 우리의 동맹입니다. 장관님이 책임지신 이 주의 치안 상태는 매우 양호합니다."

이에 안심한 듯 환자의 흐릿한 눈빛이 눈꺼풀 아래로 희미하게 사라졌다. 그동안 그의 시선은 출입문 옆 그늘진 구석에 쓸쓸하게 서 있는 여자에게 한 번도 가닿지 않았다. 캐드펠은 구석으로 물러나 멜리센트를 쭉 지켜보고 있었다. 소리 없이 뺨으로 흘러내리는 그녀의 눈물이 화로와 램프에서 나온 불빛을 받아 반짝였다. 그녀는 숨조차 쉬지 않는 듯 아무 소리도 내지 않았으며, 늙고 지친 아버지의 얼굴에 고정된 그녀의 시선에는 더할 수 없는 슬픔과 함께 어떤 결의 같은 것이 깃들어 있었다.

곧 행정 장관이 만족스럽게 고개를 끄덕이며 눈썹과 턱을 살짝 움직이는가 싶더니, 그의 입술에서 상당히 또렷한 말이 튀어나왔다. "잘됐군!" 이어 그는 놀랍고 신기한 듯 머리맡에 서 있던 아들을 향해 말했다. "착한 녀석! 네가 어머니를…… 잘 보살펴야……."

얕은 한숨과 함께 다시 눈이 감겼다. 둘러선 이들은 말라빠진 그의 가슴 위에 덮인 이불의 오르내림을 지켜보며 호흡에 섞여 나오는 쇳소리에 귀를 기울인 채 한동안 기다렸다. 이윽고 에드먼드 수사가 가만히 앞으로 나서더니 속삭이듯 말했다. "잠드신 것 같군요. 조용히 내버려두세요. 더는 여러분이 환자를 위해 할 수 있는 일이 없습니다."

휴가 팔을 살짝 건드리자 시빌라는 순순히 일어나 아들을 옆으로 끌어당겼다. "보시다시피 잘 보살펴드리고 있습니다." 휴가 부드럽게 말했다. "이제 주무시게 두고 식사하러 가시죠."

멜리센트도 일행을 따라 큰 마당으로 나와 곧 몬트퍼드와 오스웨스트리를 향해 출발할 웨일스 손님들을 대접하기 위해 수도원장의 숙소로 향했다. 이제 그녀의 눈가는 깨끗이 말라 있었고, 두 뺨도 창백함 속에 진정되어 있었다.

*

나이가 들었다고 호기심이 줄어들지는 않는 법. 진료소 사람들은 식사 시간 내내 머리를 맞댄 채 자신들의 은둔처에 드리운 소란을 두고 이야기꽃을 피웠다. 늙고 병든 데다 달리 활동적인 일거리도 없다 보니 다들 자연스레 수다가 많아졌고, 수도원의 누구도 이들에게 딱히 침묵의 계율을 엄격하게 요구하지 않는 터였다.

나이가 많아 허구한 날 침상 신세에 눈도 흐릿하지만 정신과 청력만은 지극히 예민한 리스 수사의 자리는 복도 바로 옆, 그러니까 오전의 그 보기 드문 격식과 소란 속에 새로 들어온 환자가 쉬고 있는 후미진 병실 맞은편에 위치해 있었다. 그는 못내 즐거웠다. 대체 무슨 일이 일어나는 건지 다른 이들에게 알려주며 거들먹거릴 수 있는 기회였다. 좀처럼 누리기 힘든 이 같은 즐거움들 중에서도 이번 건은 최상의 것이었고, 따라서 뭐든 가볍게 흘려버릴 수는 없었다. 그는 누운 채 내내 귀를 쫑긋 세우고 있었다. 진료소 사람들은 식사를 마친 뒤 주위를 돌아다니며 큰 마당까지 나가보았다가 혹시 얻어 들은 것이 없나 하고 리스 수사 곁으로 모여들었다.

"누구긴 누구겠어, 행정 장관이지!" 리스 수사가 의기양양하게 말했다. "웨일스에 포로로 잡혀 있다가 돌아온 걸세."

"프레스코트가?" 전투 태세를 갖춘 거위처럼, 모리스 수사가 꼬챙이 같은 목에 얹힌 머리를 돌리며 물었다. "여기? 우리 진료소에? 그 사람을 왜 여기로 데려왔지요?"

"그야 아프니까 데려왔겠지. 전투에서 부상을 입었는데, 아직 혼자선 움직이지도 못하나 봐. 병실에서 새어 나오는 목소리를 내가 다 들었지. 에드먼드, 캐드펠, 휴 베링어 그리고 그 사람 아내와 아들까지 와 있더군. 길버트 프레스코트가 틀림없어."

"역시 정의는 살아 있군요." 번쩍이는 복수의 눈빛으로 모리스가 만족스러운 듯 말을 이었다. "다소 늦긴 했지만 말입니다. 그러니까, 지금 프레스코트가 불행의 밑자락에 있다는 얘기죠? 우리 가문에 죄를 짓더니 이제야 그 대가를 치르는 겁니다."

오랫동안 함께 지내며 그의 집착에 익숙해진 진료소 사람들은 모리스 수사의 비위를 적당히 맞추며 이런저런 이야기를 주고받았다. 대부분은 프레스코트가 부임한 이후 이 지역에 그리 나쁜 일은 없었다는 데 의견을 모았다. 행정 장관에 대한 해묵은 원한과 의구심을 지닌 이들이 꽤 된다느니, 따지고 보면 모리스 수사보다 심한 일을 당한 사람도 있다느니 하는 이야기도 나왔지만, 전반적으로 다들 장관의 회복을 바라고 있었다. 물론 모리스 수사는 앙심을 조금도 풀지 않았지만 말이다.

"죄를 지었으면 벌을 받아야지!" 그가 완고하게 말했다. "허위 진술을 한 자는 반드시 비참한 결말로 대가를 치러야 할 거예요."

식탁 끄트머리에 앉은 목동 애나이언은 일절 입을 열지 않은 채 나무 접시만 내려다보고 있었다. 원수의 갑작스러운 등장에 상황을 확고하게 의식하고 무기를 다잡듯, 얼마 안 가 필요 없어질 자신의 목발로 허리를 꽉 누른 채였다. 동생 그리프리가 살인을 한 건 사실이다. 하지만 술에 취해 젊은 혈기로, 게다가 남자 대 남자로 공정한 대결을 하다 그랬을 뿐이다. 그 결과 동생은 닭 모가지 비틀리듯 너무도 쉽게 죽어버렸다. 개죽음이라고 할 수밖에 없었다. 그런데 동생을 그렇게 가볍게 보내버린 장본인이 지금 서른 걸음도 떨어지지 않은 곳에 누워 있었다. 그의 이름을 듣는 것만으로도 몸속의 피 한 방울 한 방울이 불타오르며 웨일스인의 신성한 의무를, 동생을 위한 피의 복수를 명하는 것만 같았다.

*

엘리드는 에이논의 말과 자신의 말을 끌고 큰 마당을 지나 마구간으로 갔다. 그 뒤로 호위대원들이 각자의 말이며 가마를 지고 온 두 필의 털북숭이 조랑말들을 끌고 따라갔다. 몬트퍼드로 돌아가는 길은 두 조랑말에겐 한결 쉬운 여행이 될 터였다. 지금 엘리드는 군주를 대신하여 공식 행사에 참여하게 된 에이논 아브 이셀을 위해 시종 기사로 나서서 키 큰 밤색 말을 돌보고 있었다. 곧 그는 엘리스와 자리를 바꾸어, 자유를 되찾은 그의 사촌이 웨일스로 돌아가는 동안 이곳에 남겨질 터였다. 말없이 묵직한 안장을 내린 뒤 그가 정교한 마구를 한쪽으로 치우고 안장 방석을 팔에 걸쳤다. 몸이 자유로워지자 기분이 좋은 듯 말은 고개를 흔들며 뿌연 입김을 한가득 뿜어냈다. 엘리드는 멍한 표정으로 녀석을 쓰다듬었다. 지금 그의 정신은 완전히 다른 곳에 가 있었다. 일행들도 그가 오늘 하루 종일 말이 없고 의기소침하다는 것을 눈치채곤 힐끗힐끗 곁눈질만 해댈 뿐 가만히 내버려두었다. 엘리드가 갑자기 몸을 돌려 마구간 마당을 지나 쿵쿵대며 큰 마당 쪽으로 돌아갔을 때도 놀라거나 그를 붙잡는 사람은 아무도 없었다.

"제 사촌이 아직 안 왔나 살펴보러 가는 모양이야." 일행 하나가 털북숭이 조랑말을 쓰다듬으며 마음 좋게 말했다. "단짝이 링컨으로 떠나버린 뒤로 도통 마음을 못 잡았잖나. 그로선 사촌이 무사히 이곳에 나타나리라는 걸 아직 믿을 수 없는 게지."

"거참, 그렇게 친한데 아직 엘리스를 모르나?" 옆에 있던 사람이 불퉁거렸다. "그 친구, 어디서 넘어지든 운 좋게 일어서지 않은 적이 없었잖아."

10분쯤 지나자 엘리드가 다시 나타났다. 아마 문지기실까지 나가 시내 방면의 대로 쪽을 초조하게 지켜보다 돌아온 모양이었다. 그는 여전히 안장 방석을 팔에 걸친 채 뚱한 표정으로 아무 말 없이, 눈길 한 번 팔지 않고 하던 일을 이어가기 시작했다.

"아직 안 보입디까?" 옆에 있던 사람이 안됐다는 듯 조심스레 물었다.

"그렇소." 엘리드는 말을 손질하며 짧게 대꾸했다.

"성은 시내에서도 한참 끄트머리에 있어요. 그 사람들, 아마 우리 대장을 믿을 만하다 싶을 때까진 그를 거기다 계속 붙잡아 둘 거요. 그래도 결국은 데려올 테니 걱정 말아요. 저녁 식사 땐 우리와 함께 있겠지."

엘리드는 아무 대꾸도 하지 않았다. 그 시각, 수사들은 식당에서 점심을 먹고 수도원장의 숙사에서는 손님들과의 오찬이 벌어지고 있을 터였다. 하루 중 가장 조용한 때였다. 연중 이맘때에는 접객소를 오가는 발길도 드물었다. 이제 곧 봄이 오면 지역 주민들의 움직임으로 다시 부산해지겠지만.

"이제 당신이 엘리스 대신 여기에 남겨지겠지만, 그 사람에겐 그런 뚱한 얼굴 보이지 말아요." 곁에 있던 웨일스인들 중 하나가 씩 웃으며 말했다. "열흘 정도만 참으면 되잖소. 오아인 전하와 이곳의 젊은 책임자가 경계에서 만나 악수를 나누고, 그러면 당신은 고향으로 돌아가 그를 다시 만나게 될 거요."

엘리드는 들릴 듯 말 듯한 소리로 무어라 중얼거리더니 더 이상 얘기하기 싫다는 듯 어깨를 돌려버렸다. 그가 에이논의 말을 잘 씻어주고 광택을 낸 뒤 우리로 집어넣을 때, 간호사인 데니스 수사가 마구간에 들어와 이들을 식당으로 안내했다. 수도원 수사들은 이미 식사를 끝내고 오후 일과가 시작되기 전 짧은 휴식을 즐기러 뿔뿔이 흩어진 터였다. 웨일스인 일행은 따뜻한 물로 손을 씻고 새 수건도 받았다. 식당에 들어가보니 수사들에게 제공되었던 것보다 훌륭한 음식들이 그득 차려져 있었다. 그리고 거기서, 마치 손님을 초대해놓고 약간 긴장한 채 기다리던 주인과도 같이, 엘리스 압 키난이 기다리고 있었다. 이 상봉에 대비해 머리를 깨끗이 손질하고 격식 있게 차려입은 모습이었다.

포로 교환에 앞서 느끼는 두려움 때문일까? 때를 가리지 않고 늘 넘쳐날 만큼 쾌활하던 사람이 경직된 태도에 매우 우울한 얼굴을 하고 있었다. 따지고 보면 이 일의 원인을 제공한 이는 바로 그 자신이었으니, 스스로의 어리석음에 대한 자책이나 중압감을 느끼지 않을 수 없으리라. 식당으로 들어서는 엘리드를 보자 그는 눈을 빛내며 팔을 벌려 다가가 포옹했지만, 두 사람은 이내 떨어졌다. 엘리스의 손에는 설명하기 힘든 긴장 같은 것이 서려 있었다. 이어 식탁에 자리를 잡고 앉았으나 두 사람이 주고받는 얘기는 그저 일반적이고 절제된 내용이었다. 그 모습을 본 다른 일행들로선 다소 놀라지 않을 수 없었다. 오랫동안 노심초사 속에 헤어져 있다가 마침내 만난 단짝 친구가, 마치 목숨을 걸고 법정에 선 사람들처럼 창백하고 엄숙한 얼굴로 입을 꾹 다물고 있으니 말이다.

그러나 식사가 끝나고 식후 기도를 올린 다음 마당으로 나갈 시간이 되자 분위기가 달라졌다. 엘리스는 이 순간을 기다렸다는 듯 사촌의 팔을 낚아채더니 회랑 쪽으로 끌고 갔다. 두 사람은 수사가 없는 필사실 한 곳을 골라, 사냥꾼에게 쫓겨 굴속으로 도망간 여우들처럼 따뜻하게 어깨를 맞댄 채 안락하게 몸을 숨겼다. 말썽을 부리고 발각될까 두려워 둘이 몰래 성역에 숨어들던 어린 시절로 돌아간 기분이었다. 그제야 엘리드는 과거에도 그랬고 앞으로도 변함없을 젖형제의 장난기 어린 모습을 알아볼 수 있었다. 조금 전까지만 해도 그렇게 체면을 차리더니, 또 어떤 말썽이나 사고를 털어놓으려고 이 은밀한 곳에 데려온 걸까?

"오, 엘리드!" 엘리스가 그의 팔을 붙잡고서 입을 열었다. 조심성 없이 힘을 주는 습관은 여전했다. "맙소사, 너한테 어떻게 말해야 할지! 난 돌아갈 수 없어! 이렇게 떠나면 절망에 빠져버릴 거야. 엘리드, 난 그녀를 가져야만 해! 그녀 없이는 못 산다고! 너도 만나봤어? 프레스코트의 딸 말이야."

"그의 딸?" 엘리드는 어안이 벙벙해져 되물었다. "아…… 그 사람 아내가 다 큰 딸과 어린 아들을 데리고 온 건 알지만…… 제대로 보지 못했어."

"맙소사, 어떻게 그냥 지나칠 수 있어? 그 발그스름한 상앗빛 살결에 은사같이 밝은 머리칼…… 난 그녀를 사랑해!" 엘리스가 열정적으로 말을 이었다. "그녀도 마찬가지고. 정말이야. 우린 서로 맹세했어. 엘리드, 지금 떠나면 난 그녀를 결코 가지지 못해. 이대로 떠나가면 그냥 끝이라고. 게다가 그녀의 아버지는 웨일스인을 싫어한대. 나더러 그 사람 근처엔 가지도 말라고─"

"너 지금 무슨 소릴 하는 거야?" 갈피를 못 잡고 멍하니 앉아 있던 엘리드가 이내 벌떡 일어나 친구의 어깨를 움켜잡고 격하게 흔들어댔다. 그 손길이 얼마나 사나운지 엘리스는 말을 잇지 못한 채 놀라 친구를 쳐다보았다. "여기 여자를 사귀었다고? 그녀를 사랑한다고? 그럼 크리스티나는? 크리스티나랑은 끝이라는 거야? 지금 그 얘길 하고 있는 거야?"

"잘 들어, 내가 상황을 설명할 테니." 엘리스도 감정이 격해져 씩씩대며 몸을 빼고는 친구의 팔을 움켜잡았다. "내가 크리스티나에게 한 번이라도 맹세한 적 있어? 우리가 말처럼 고삐에 끌려 묶여 있는 건 내 탓도 그녀의 탓도 아니야. 나도 그렇지만 크리스티나도 날 좋아하지 않는다고. 그래, 솔직히 오빠 된 심정으로 그녀의 결혼식에 춤춰주고 진심으로 행운을 빌며 입 맞춰줄 수는 있어. 하지만 결혼이라니…… 이건 다른 문제라고! 아, 엘리드, 제발 내 말 좀 들어봐!"

문간에 서 있던 금발의 여인, 마법 같은 그 푸른 눈…… 처음 그녀를 본 순간부터 그동안의 모든 이야기가 음악처럼, 엘리스 안에 잠재된 풍부한 시정으로 한꺼번에 터져 나왔다. 그가 쓰는 단어며 감정적인 억양이며, 모든 것이 감동을 자아냈다. 엘리드는 놀라움과 기묘한 절망감 속에 입을 떡 벌린 채 할 말을 잃고 앉아 있다가, 열렬히 움직이는 친구의 손을 꼭 쥐었다.

"그런데 난 너 때문에 이리 뛰고 저리 뛰었으니!" 그가 자기 자신에게 말하듯 조용히 중얼거렸다. "아무것도 모르고……."

"이봐, 엘리드, 그 장관 지금 여기 와 있지?" 엘리스가 그의 팔을 붙들고 얼굴을 빤히 들여다보았다. "네가 데려왔으니 잘 알거 아냐? 그녀는 나더러 자기 아버지한테 가지 말라고 했지만, 이런 기회를 어떻게 놓칠 수 있어? 난 귀족이고, 그녀에게 온 마음을 맹세했어. 내 모든 재산과 땅까지도. 딸 가진 아버지로서 이보다 나은 배필을 어디서 찾아? 그녀는 감히 자기 생각을 이야기하지 못하지만 난 할 수 있어. 그의 허락을 받아내고 말 거야. 아무렴, 허락하고말고! 거절할 이유가 어디 있겠어?" 그가 텅 빈마당 쪽을 번개같이 훑어보곤 말을 이었다. "아직 떠날 준비가안 된 거지? 우릴 부르지도 않았잖아. 자, 엘리드, 그가 어디에누워 있는지 알려줘. 그에게 갈 거야! 반드시 가봐야 해! 어서 가르쳐줘!"

엘리드는 충격으로 눈이 휘둥그레진 채 입을 딱 벌리고 그를 응시했다. "지금 진료소에 있어. 하지만 너는 거기 가면 안 돼! 그는 쇠약한 환자라고. 지금 그를 괴롭히는 건 좋지 않아."

"점잖게, 공손하게 굴게. 그의 앞에 무릎 꿇고 내 목숨을 그의손에 맡길 거야. 진료소라고 했지? 어디에 있어? 이 수도원엔 처음 와봤어. 어느 문이지?" 그는 엘리드의 팔을 잡아 마당이 내다보이는 아치 길로 끌며 연신 질문을 퍼부었다. "말해봐, 어서!"

"안 돼! 가면 안 된다고! 그를 내버려둬! 쉬고 있는 환자에게달려들다니, 부끄럽지도 않—"

"어느 문이지?" 엘리스가 그를 격렬하게 흔들어댔다. "네가 데려왔으니 알 거 아냐!"

"저기! 문지기실 오른편, 담장을 끼고 있는 건물이야. 하지만 가지 마! 그 여자가 자기 아버지를 제일 잘 알 거 아냐! 그러니 그녀 말을 들어. 게다가 지금 그 사람을 괴롭혀선 안 돼! 늙은이 에다 환자라고."

"내가 그녀의 아버지에게 뻔뻔스러운 짓을 할 것 같아? 그저 내 진심을 털어놓고, 그녀도 날 좋아한다는 사실을 밝히려는 것 뿐이야. 그가 욕을 한다 해도 감수하겠어. 어쨌든 시도는 해봐야지. 이런 기회가 나한테 또 오겠어?"

엘리드는 당장이라도 달려가려는 친구를 황급히 붙들었다가, 다음 순간 길게 한숨 지은 뒤 손을 놓았다. "좋아, 그렇다면 가. 가서 네 운을 시험해보라고! 난 책임 못 져."

엘리스는 망설임 없이 달려 나가 화살같이 빠르게 마당을 가로질러 곧장 진료소 출입문으로 향했다. 그가 안으로 사라질 때까지 가만히 서서 지켜보던 엘리드는 한동안 돌에 이마를 기대고 눈을 감은 채 기다렸다가 다시 그쪽으로 시선을 던졌다.

수도원장의 손님들이 막 밖으로 나온 참이었다. 현재 행정 장관직을 대리하고 있는 젊은 보좌관이 장관의 아내와 그의 딸을 접객실 현관으로 안내했다. 에이논 아브 이셀은 잠시 서서 원장과 담소를 나누었고, 잉글랜드어를 모르는 일행 둘은 한 발짝 비켜나 얌전하게 기다리고 있었다. 곧 말에 안장을 얹으라는 지시가 떨어지고 작별 의식이 치러질 터였다.

잠시 후, 진료소 문간에서 두 사람이 나타났다. 먼저 뻣뻣하게 몸을 세운 엘리스의 모습이 보였고, 이어 수사 한 사람이 따라 나왔다. 수사는 나지막한 돌계단 위에서 걸음을 멈추곤 터벅터벅 큰 마당을 가로질러 걸어가는 엘리스의 뒷모습을 지켜보았다. 마치 에덴에서 추방당한 인류의 첫 조상처럼, 엘리스는 온통 절망에 휩싸여 있었다.

"그는 지금 잠들어 있다는군." 그가 풀 죽은 소리로 말했다. "말 한 마디 나눠보지 못하고 저 수사한테 쫓겨났어."

*

이제 30분쯤 지나면 그들은 몬트퍼드로 출발해, 그곳에서 웨일스를 향한 여정의 첫날 밤을 보내게 될 것이었다. 엘리드는 마구간으로 가 에이논의 키 큰 밤색 말부터 끌어내서는 안장을 얹고 굴레를 달았다. 자신이 타고 온 말은 이제 엘리스가 타게 될 터였다.

습관대로 오찬 후 휴식을 즐긴 수사들이 이제 슬슬 몸을 털고 일어나 다시 마당 주위를 부산하게 오가며 각자에게 배정된 일을 하러 나섰다. 아직 3월이 되려면 며칠 더 지나야 했지만, 이미 회랑과 필사실에서 일하는 이들을 제외한 모두에게 들판과 밭에서 할 일이 태산이었다. 캐드펠도 마당을 가로질러 허브밭과 식물 표본실이 있는 쪽으로 느긋하게 걷고 있는데, 엘리드가 무얼 찾는 듯 두리번대고 있다가 아는 얼굴이 나타나자 반색을 하며 그에게 말을 걸어왔다.

"실례합니다, 수사님. 제가 임무를 소홀히 하다가 깜박한 게 있지 뭡니까. 길버트 경이 가마에 실려 올 때 에이논 대장이 그분 몸을 감싸느라 벗어준 외투 말입니다. 그거 기억하십니까? 양가죽 옷인데…… 제가 그걸 찾아와야 하는데, 길버트 경을 방해하고 싶지 않아서요. 수사님께서 저와 함께 진료소로 가셔서 가져다주시면……."

"기꺼이 해드리지." 캐드펠이 민첩하게 앞장섰다. 함께 걸어가는 동안 그는 젊은이를 슬쩍 곁눈질했다. 열정적이고 강렬한 표정은 비밀스레 봉해져 있지만 눈에서 고뇌가 엿보였다. 세상을 그처럼 가볍게 살아가는 태평스러운 젖형제가 곁에 있는 한 그 무게의 절반을 언제나 지고 살아갈 사람이다. 짧은 재회 후, 이제 이들은 다시 헤어져야 한다. 필연적으로 깨어지게끔 되어 있는 친구의 결혼 문제도 기다리고 있었다.

"우리가 나올 때 길버트 경은 깊이 잠들어 있었소." 캐드펠이 말했다. "계속 잘 자고 있으면 좋겠는데. 당장 그에게 필요한 건 고향의 가족 곁에서 편히 쉬는 것, 그리고 그가 책임진 지역의 평화뿐이니 말이오."

"그럼, 심각한 부상은 아닌가요?" 엘리드가 낮은 음성으로 물었다.

"시간이 치료하지 못하는 건 없지. 게다가 여기 우리도 있잖소. 자, 같이 들어가봅시다. 그 외투는 나도 기억이 나는군. 에드먼드 수사가 접어서 궤짝 위에 올려놓는 것을 보았소."

좁은 병실 출입문은 잠금장치 소리가 나지 않도록 살짝 열린 상태였다. 그러나 몸이 들어갈 만큼만 조금 더 열었는데도 삐걱 소리가 났다. 살며시 안으로 들어선 캐드펠은 잠시 동작을 멈추고 침대에 꼼짝 않고 누운 긴 형체를 주의 깊게 살폈다. 움직이는 기미는 전혀 없었다. 어두컴컴한 실내에서 화롯불이 자그만 황금 눈동자처럼 연기 없이 타오르고 있었다. 캐드펠은 안심하고 궤짝으로 다가가 양가죽 외투를 집어 들었다. 이상하게도 아까 보았던 그 모습이 아니라는 느낌이 들었지만, 어쨌든 엘리드가 찾는 외투가 틀림없었다. 그는 엘리드가 반쯤 몸을 들이민 채 걱정스레 들여다보고 있는 문가로 되돌아갔다. 그런데 캐드펠에게 길을 비켜주느라 문가에서 한 발짝 옆으로 물러나던 젊은이가 그만 구석에 세워져 있던 의자를 발로 걷어차고 말았다. 나무 부딪치는 소리가 요란하게 울렸다. 엘리드는 황급히 몸을 굽혀 타일 바닥에 넘어진 의자를 일으켜 세웠다. 캐드펠은 소리 내지 말라고 그에게 손짓하곤 환자가 깨지 않았는지 확인하러 다시 침대 곁으로 다가갔다.

아무 움직임도, 작은 기척이나 한숨도 없었다. 긴 형체는 이불한 번 들썩이지 않은 채 조금 전과 마찬가지로 조용히 누워 있었다. 너무도 조용했다. 캐드펠은 더 가까이 다가가 환자의 반백이 된 턱수염과 입을 가리고 있던 이불을 가만히 끌어 내렸다. 푸르스름하니 움푹 팬 눈꺼풀이 마치 무덤 속 조각품의 희멀건 눈처럼 뒤집혀 있었다. 약간 늘어진 입술 사이로는 지속적인 고통을 견디는 듯 앙다문 이빨이 드러나 보였다. 수척한 가슴은 전혀 움직이지 않았다. 이제 어떤 소리도 길버트 프레스코트의 잠을 깨우지 못할 것이었다.

"괜찮은 겁니까?" 엘리드가 살그머니 다가와 속삭였다.

"자, 받으시오." 캐드펠이 접힌 외투를 청년의 손에 떠넘기듯 쥐여주며 말을 이었다. "나랑 같이 당신네 대장과 휴 베링어를 만나러 갑시다. 오, 하느님, 장관의 아내와 딸이 이 모습을 보아서는 안 될 텐데."

엘리드는 입을 꾹 다문 채 떨리는 걸음을 옮겨 그를 따라 바깥마당으로 나왔다. 당장은 여자들 걱정을 하지 않아도 될 것 같았다. 날이 쌀쌀해 바깥에는 남자들만 남아 있었다. 의례적인 접대를 마친 뒤 프레스코트 부인과 멜리센트는 곧장 접객소로 물러간 모양이었다. 말에 오를 채비를 갖춘 웨일스인 일행이 휴와 함께 문지기실 부근에 모여 느긋하게 기다리고 있었다. 말들은 안장을 얹은 채 자갈밭을 짓밟으며 나직하게 울음소리를 내었다. 엘리스도 에이논의 등자 옆에 서서 기다리고 있었는데, 고향으로 돌아가게 된 것이 그리 기쁘지 않은 듯 얼굴이 잔뜩 굳은 채였다. 캐드펠이 급히 그쪽으로 향하자 모두가 그의 표정을 보고는 놀라 신경을 곤두세웠다.

"나쁜 소식이오." 캐드펠이 무뚝뚝하게 말했다. "장군, 당신의 노고가 허사로 돌아갔구려. 출발을 잠시 연기해야 할 것 같소. 방금 진료소에서 나오는 길이오. 길버트 프레스코트가 사망했소."

6

이번 포로 교환의 공동 책임자인 휴 베링어와 에이논 아브 이 셀이 캐드펠과 함께 진료소로 향했다. 이 느닷없는 사태에 둘 다 어찌할 바를 모르고 있었다. 그들은 어두컴컴하고 조용한 병실에 들어가 침대 곁에 섰다. 실내 한쪽에서는 작은 램프가 연노란 눈으로 이들을 지켜보았고, 다른 한쪽에는 화로가 선명한 붉은 눈을 크게 뜨고 있었다. 그들은 환자를 살피며 이리저리 만져본 뒤 부드러운 잎사귀 하나를 입과 코에 대보았다. 숨을 쉬는 기미가 전혀 없었다. 피부가 아직 따뜻하고 탄력 있는 것으로 보아 숨진 지 얼마 되지 않은 것 같았다.

"부상을 입고 쇠약해진 몸으로 여행을 하느라 진이 빠진 겁니다." 휴가 안타깝다는 듯 말했다. "기운이 다시 올라오지 못할 만큼 깊이 가라앉아버린 게죠. 물론 그건 당신 탓이 아닙니다, 장군.”

“하지만 내 임무였습니다.” 에이논이 말했다. “당신네 사람을 데려다주고 그 대가로 우리 쪽 사람을 넘겨받아 데려가는 것이 내 일이었단 말입니다. 이제 다 허사로 돌아갔군. 이 임무는 완수할 수 없게 되었습니다.”

“당신은 살아 있는 그를 호송해와서 살아 있는 상태로 우리에게 넘겨주었습니다. 그가 숨진 건 우리 측에 넘어와서의 일이지요. 애초에 합의한 대로 당신 측 사람을 데려가지 못할 이유가 없어요. 당신은 할 일을 훌륭하게 해냈습니다.”

“아니, 훌륭하지 못했습니다.” 에이논은 완고한 태도로 말을 이었다. “포로가 죽어버리지 않았습니까. 죽은 사람과 산 사람을 교환하는 건 우리 전하께서 용납하시지 않을 겁니다. 논쟁의 여지가 없는 일이에요. 의도한 바는 아니지만 결국 우린 당신 쪽에 죽은 사람을 데려다준 셈입니다. 그 대가로 산 사람을 데려갈 수는 없어요. 이 포로 교환은 더 이상 진행이 불가능합니다. 무효가 되었어요.”

캐드펠은 그들의 논의에 한쪽 귀를 열어둔 채, 작은 램프를 들어 손으로 바람을 막으며 죽은 자의 얼굴 가까이 가져갔다. 고통스럽고 가혹한 죽음은 아니었다. 환자는 매우 쇠약한 상태로 깊이 잠들어 있었으니 누군가 문지방을 몰래 넘어 들어오기란 식은 죽 먹기였으리라. 시시각각 잿빛으로 변해가는 말없는 얼굴,

짧은 사이 많이 시들고 늙어버리긴 했지만 캐드펠에겐 더없이 친숙한 얼굴이었다. 그는 램프를 이리저리 움직이며 그 얼굴의 모든 부위와 구멍을 자세히 살펴보았다. 다른 곳이라면 몰라도, 아래쪽으로 약간 처진 채 벌어진 입술과 그 안쪽의 굵직하고 튼튼한 치아마저 그처럼 검푸른빛을 띠고 있는 것이 조금 이상했다. 콧구멍도 지나치게 크게 벌어진 채 푸르스름한 기운을 띠고 있었다.

"좋으실 대로 하십시오." 뒤쪽에서 휴의 목소리가 이어졌다. "하지만 나로선 당신께 다른 일행과 더불어 저 두 젊은이를 데리고 떠나기를 권하고 싶군요. 돌아간 뒤 우리 측 사람을 돌려보내주면 계약은 충실히 이행되는 셈이지요. 더하여 오아인 귀네드가 여전히 회담을 원한다면 더욱 좋겠고요. 어디로 장소를 정하든, 기꺼이 경계로 나가 그를 만날 생각입니다. 그 자리에서 오아인 곁에 남겨두었던 우리 볼모를 인계받으면 되겠지요."

"내가 사정을 전하면 오아인 님께서 의사를 밝힐 겁니다." 에이논이 말했다. "하지만 그분의 지시가 없는 지금 상황에서는 엘리스 압 키난을 그대로 둔 채 엘리드만 데리고 돌아갈 수밖에 없군요. 엘리스에 대한 대가가 정당하게, 적어도 내가 보기에 만족스럽게 치러지지 않았으니까요. 그는 여기에 남겨두겠습니다."

"아니요." 캐드펠이 침대에서 돌아서며 불쑥 입을 열었다. "여기 남아야 할 사람이 엘리스만은 아닌 것 같소만."

두 사람이 무슨 소리냐는 듯 멍한 눈길로 그를 응시했다.

"시신을 살펴보니 예상 밖의 문제가 좀 있소. 휴가 이미 설명했겠지만, 장관에겐 치명적인 부상이 없었소. 그저 시간과 휴식, 그리고 마음의 평화가 필요했을 뿐이지. 몸과 마음의 상태가 전과 같지 않긴 해도 그래서 어쨌든 이렇게 돌아올 수 있었던 거요. 장관은 쇠약증과 피로 때문에 숨을 거둔 게 아니오. 어떤 손이 그의 숨을 막아버렸소."

"수사님 말씀은……" 충격과 의구심에 한동안 말을 잇지 못하던 휴가 마침내 입을 뗐다. "지금 살인 사건이 일어났다는 얘기입니까?"

"그래, 그의 몸에 뚜렷한 흔적들이 남아 있네."

"보여주세요."

캐드펠이 침대 쪽으로 돌아서자, 두 사람은 양쪽에 서서 그의 손가락을 눈으로 좇았다.

"고통스럽지는 않았을 거요. 저항한 흔적이라 할 만한 것도 없으니까. 하지만 여기, 코와 입 주위에 희미하지만 멍든 자국이 남았소. 우리가 그를 침대에 눕힐 땐 없었던 것이지. 입술에도 멍든 흔적이 뚜렷하고, 자세히 보면 알겠지만 윗입술에 치아가 눌리며 생긴 자국도 있소. 손으로 얼굴을 눌러 숨을 끊은 거요. 그때 환자가 깨어 있었을 것 같진 않소. 병약한 상태에 깊이 잠든 터였으니 오래 걸리지도 않았겠지."

"뭘 사용했을까요?" 에이논이 침대 주변을 둘러보며 낮은 목소리로 물었다. "이 이불?"

"그건 아직 모르겠소. 좀 더 시간을 두고 밝혀봐야 할 거요. 아무튼 그가 살해되었다는 건 명백한 사실이오."

두 사람 중 누구도 의문을 제기하지 않았다. 에이논은 각종 사망 사건을 경험해온 사람이었고 휴는 이제 캐드펠 수사의 판단력이라면 절대적으로 신뢰하는 터였다. 두 사람은 말없이 생각에 잠겨 한동안 서로를 바라보았다.

"그렇군요." 이윽고 에이논이 말문을 열었다. "일단 우리 사람들 중 누구도 이 수도원 밖으로 한 발짝도 나가지 못하게 하겠습니다. 이 살인에 관여한 자가 있을지도 모르니까요. 진상이 명백하게 드러날 때까지 아무도 집으로 돌아가지 못할 겁니다."

"하지만 장군, 당신과 당신의 두 부관에겐 추호의 혐의도 있을 수 없습니다." 휴가 말했다. "당신은 이 진료소에 지금 처음 들어왔고, 다른 두 사람도 전혀 와보지 않았지요. 세 분은 이곳 수도원에 도착한 이후 저와 수도원장 곁에서 한시도 떠난 적이 없습니다. 여자분들도 내내 같이 있었고요. 당신은 여기 억류될 이유가 없으니, 결백이 확실한 다른 사람들과 함께 돌아가 오아인 귀네드에게 이곳에서 있었던 일을 모두 알리는 것이 좋겠습니다."

"그럼 난 부관 둘을 데리고 돌아가지요. 하지만 나머지 일행은……."

두 사람 모두 수도원장의 숙소에 함께 들어갔던 이와 말을 돌보러 마구간으로 갔던 나머지 사람들을 떠올리고 있었다. 조금 전의 오찬이 몇 사람의 운명을 갈라놓은 셈이었다. 오찬에 참석하지 않은 이들은 점심을 먹기 전까지 원하는 대로 돌아다니면서 원하는 사람과 얘기할 수 있는 상황이었다. 그사이 마당은 텅 비어 있었고…….

"마구간으로 간 우리 쪽 사람들 가운데 절대로 병실에 들어오지 않았다고 장담할 수 있는 자는 아무도 없습니다." 에이논이 말했다. "내 부하 여섯 명, 그리고 엘리드까지요. 내내 이 수도원 사람들과 함께 있었다는 증언이 없는 한 그들 전원이 용의자인 셈입니다. 나로선 그럴 리 없다 생각하지만, 진실은 조사해봐야 알겠지요."

"수도원 안에 있었던 사람들 모두 고려의 대상입니다. 우리 측 사람들까지 전부 말입니다. 당신네 웨일스 사람들이 굳이 여기까지 와서 그의 죽음을 바랄 이유가 있을까요? 여태 그를 돌보며 이곳으로 호송해오지 않았습니까. 아무리 생각해도 사리에 맞지 않아요. 이곳에는 우선 수사님들이 평소처럼 경내를 오가고 계셨고…… 하인들과 내가―물론 난 내내 당신과 함께였지만―있었습니다. 또 성에서 엘리스를 데리고 나온 내 부하들…… 그리고 엘리스……."

"엘리스는 곧장 식당으로 이끌려 갔습니다." 에이논이 말했다. "뭐, 그래도 이 경내에 있긴 했죠. 일단 우리 사람들 중에서 알리바이가 확실한 이들을 먼저 추려보는 게 좋겠군요. 몇 사람 나오면 제가 그들을 데리고 떠나겠습니다. 오아인 귀네드 님께 한시라도 빨리 이 사실을 알리는 게 좋을 테니까요."

"난 장관 부인과 딸에게 가 이 소식을 전하겠습니다." 휴가 안타까운 목소리로 말을 이었다. "수도원장님께도 보고드려야겠고요. 도무지 발걸음이 떨어지질 않는군요…… 자기 땅에 다 와서 살해되다니!"

*

라둘푸스 수도원장은 캐드펠의 보고를 들으며 침착하면서도 비통한 눈길로 죽은 자의 얼굴을 한참 동안 들여다보고는 사자의 굳은 얼굴을 리넨으로 덮었다. 로버트 부원장도 세상의 사악함과 성전 모독 행위에 기가 막힌 듯, 평소의 권위적인 태도는 간데없이 은발을 절레절레 흔들고 있었다. 진상이 밝혀지고 정의가 입증될 때까지는 시신을 위한 어떤 의식도 치를 수 없을 것이었다. 곧 에드먼드 수사도 병실에 들어섰다. 이루 말할 수 없이 괴로운 표정이었다. 그토록 세심하고 헌신적으로 일해왔음에도 불구하고 자신이 책임지는 구역에서 이 같은 사건이 발생하자, 마치 그의 영혼에도 커다란 얼룩이 남은 듯했다. 어떤 말로도 그를 위로할 수 없었다. 그는 자신이 행정 장관 곁을 떠나지 말았어야 했다며 통탄해 마지않았다. 하지만 이런 일이 생기리라 누가 상상이나 했을까? 그는 두 차례나 병실을 들여다보았고, 그때마다 장관이 지극히 조용하고 평온하게 잠들어 있기에 그대로 내버려둔 것뿐이다. 고요와 평온, 시간과 휴식이야말로 환자에게 절실한 것이었으니 말이다. 출입문을 약간 열어두었으니, 만일 환자가 깨어나 도움을 청했다면 지나가던 수사 누구라도 그의 소리를 들을 수 있었을 터였다.

"이제 됐어요!" 캐드펠이 한숨 지으며 말했다. "지나친 자책도 죄악입니다. 형제의 책임은 그리 크지 않아요. 그 누구도 같은 인간을 그보다 더 정성껏 돌볼 수 없다는 걸 형제도 잘 알잖습니까. 이제 그만 평정을 찾고, 나와 함께 진료소에 있었던 모든 이들을 탐문해봅시다. 혹시 이상한 소리를 듣거나 본 게 있는지 말이지요."

에이논 아브 이셀은 이미 부관 두 사람, 그리고 고삐로 연결한 조랑말들을 데리고 출발한 뒤였다. 일단 몬트퍼드로 되돌아가 하룻밤을 지낸 뒤 지금도 북부 어딘가에서 경계를 시찰하고 다닐 오아인 귀네드가 있는 곳으로 최대한 빨리 달려갈 계획이었다. 남아 있는 에이논의 사람들 중 내내 다른 이들과 함께 있었음을 입증할 수 있는 이는 한 명도 없었다. 이제 프레스코트를 살해한 범인이 밝혀질 때까지 단 한 사람도 이 지역을 떠나서는 안 되었다.

휴는 먼저 수도원장에게 다녀와 웨일스인들을 서둘러 출발시킨 뒤, 최악의 심부름을 수행하러 갔다.

이내 객실에서 바삐 달려온 두 여인이 눈물 지으며 병실로 들어서자 에드먼드와 캐드펠은 침대 곁에서 물러났다. 시빌라는 휴의 팔에 매달려 비틀대고 있었다. 하녀와 함께 남겨두고 온 어린 아들은 아무것도 모른 채 즐거워하고 있었다. 아버지 없는 아이가 되어버렸다는 사실은 나중에, 더 좋은 때에 찬찬히 전해줄 기회가 있으리라.

캐드펠은 병실 밖으로 나와 조용히 출입문을 닫았다. 남편을 잃은 행정 장관 부인이 격하고 고통스럽게 흐느끼는 소리가 들려오다가 이내 침대보에 묻혀 잦아들었다. 큰딸은 아무런 소리도 내지 않았다. 그저 충격으로 멍해진 눈에 얼음장같이 창백한 얼굴을 하고 뻣뻣이 서 있을 뿐이었다.

마당에 남겨진 웨일스인들은 휴의 경비병들이 빈틈없이 지켜보는 가운데 불안스레 무리를 이루고 있었다. 특히 수도원 입구의 닫힌 쪽문에 엄중한 감시가 집중되었다. 갑작스러운 변고에 엘리스와 엘리드는 말과 기력을 잃고 약간 떨어져 선 채 서로 눈도 마주치지 않았다. 그제야 처음으로 캐드펠은 그 두 사람이 한 집안의 사람들로 서로 매우 닮았음을 깨달았다. 한쪽은 매우 엄숙하고 진지한 반면 다른 한쪽은 그저 명랑한 새처럼 근심 걱정 없는 성격이라 지금까지는 그 유사성이 거의 눈에 띄지 않았으나, 둘 다 충격을 받아 당황한 이 순간에는 정말이지 쌍둥이 형제로 보일 정도였다.

휴가 두 여자와 다시 마당에 모습을 보일 때까지 이 젊은이들은 여전히 침묵 속에 우울하게 오가며 처분만 기다리고 있었다. 시빌라는 예상보다 훨씬 강한 정신력을 발휘하여 어느새 눈물을 거둘 만큼 냉정함과 현실감각을 회복한 듯했다. 아마도 변화

된 상황을 돌이켜보고 그것이 이제 여섯 개 장원의 주인이 된 아들에게 어떤 의미를 갖는지 따져보는 일에 마음과 정력을 쏟기로 작정한 것일까? 장원들은 엄청난 가치를 지녔으나 모두 침략받기 쉬운 경계 지역에 위치해 있으니 아들에게는 아주 유능한 집사, 혹은 힘 있고 마음 좋은 새아버지가 필요할 터였다. 그녀가 자신의 군주를 잃고 현실의 군주인 왕 또한 포로 신세가 되어 있는 지금, 그녀에게 달갑잖은 의무를 강요할 사람은 아무도 없었다. 시빌라는 죽은 남편보다 훨씬 어리고, 자기 몫의 재산도 있으며, 인물도 반반한 여자였다. 얼마든지 유리한 거래를 할 수 있으리라.

한편 프레스코트의 딸은 좀 달랐다. 서릿발 같은 냉정함 속에서 희미한 불길이 다시 타오르기 시작했고, 억제된 눈 속 깊은 곳에도 불꽃이 숨어 있는 듯했다. 엘리스 쪽으로 알 수 없는 시선을 한 차례 던졌을 뿐, 그녀는 내내 앞만 똑바로 바라보았다. 휴는 상황을 점검한 뒤 부하들에게 웨일스인 호위대를 성까지 안내하라고 지시했다. 물론 그들 모두 아직은 무고하니 적절한 예를 갖추어야겠으나, 그렇다고 자유롭게 풀어놓을 수는 없었다. 여자들부터 숙소로 보낸 다음 본격적으로 조사를 시작할 생각이었다. 하지만 멜리센트가 갑자기 그의 팔을 잡았다.

"보좌관님, 마침 에드먼드 수사님도 계시고 하니, 이 일을 보좌관님께 맡기고 물러가기 전에 제가 수사님께 한 가지 질문을 드려도 될까요?" 대단히 조용한 목소리였으나, 활활 타오르기 시작한 내부의 불길과 칼날과도 같은 예리함이 여실히 느껴졌다.

"에드먼드 수사님, 수사님은 담당 구역을 가장 잘 아시지요. 늘 충실히 그곳을 지키시고요. 수사님 잘못은 전혀 없다는 거 압니다. 다만, 이것 하나만 대답해주세요. 우리가 잠드신 아버님을 보고 나온 뒤로 그 방에 들어간 사람이 있나요?"

"난 침상을 계속 지키지 못했소." 에드먼드가 우울하게 말했다. "정말 미안하오. 설마 그 방에 누가 들어가 환자에게 접근하리라곤…… 정말이지 생각도 못 했소."

"하지만 거기 들어갔던 사람 하나는 분명히 알고 계시죠?" 시빌라가 책망하는 투로 의붓딸의 소매를 잡아당겼지만 멜리센트는 눈길 한 번 주지 않고 뿌리치며 재차 물었다. "그 한 사람뿐이었나요?"

"내가 알기로는 그렇소." 에드먼드가 얼떨결에 입을 열었다. "하지만 그 사람은 아무 짓도 하지 않았소. 모두 원장님과 오찬을 들러 간 직후였지. 난 진료소를 한 바퀴 돌아보던 중이었는데, 행정 장관 방의 문이 열려 있더군. 젊은이 하나가 침대 옆에 서 있었소. 환자를 깨우려는 것 같기에 얼른 그의 어깨를 붙잡아 돌려세운 뒤 나가라고 손짓했소. 그는 전혀 반항하지 않고 얌전하게 나가버렸고. 피차 말 한 마디 나누지 않았지." 이어 에드먼드는 분명하게 덧붙였다. "아무 일도 없었소. 환자는 깨어나지도 않았소."

"그래요, 아버진 깨어나지 않으셨죠." 한겨울같이 차갑기만 하던 멜리센트의 음성이 마침내 흔들렸다. "앞으로도 그럴 거고요. 자, 그 사람의 이름을 말씀해주세요."

아주 잠깐 청년과 마주쳤던 에드먼드로선 그의 이름조차 알지 못했다. 그는 머뭇대며 손가락을 들어 엘리스를 가리켰다. "바로 저 웨일스인 포로였소."

분노와 죄의식과 고통이 뒤섞인, 기묘하면서도 비통한 소리를 내뱉으며 멜리센트가 엘리스를 향해 휙 돌아섰다. 창백한 안색이 차갑게 빛을 내었고, 푸른 눈빛은 마치 얼음에 반사되는 햇살과도 같이 번득이고 있었다.

"그래요, 당신이었군! 바로 당신이었어! 다름 아닌 당신이 그 병실에 들어간 거야. 오, 하느님, 당신과 나 사이에 있었던 일을 생각하면! 그래, 내가 바보야, 바보였어. 날 위해선 사람을 죽일 수도 있다고, 우리 사이를 가로막는 사람은 누구든 죽여버리겠다고 몇 번이나 말하는 걸 듣고도 난 그런 의미인 줄 꿈에도 몰랐다니. 오, 맙소사, 난 당신을 사랑했는데! 내가, 바로 내가 그 짓을 하도록 당신을 유혹하고 내몬 걸까? 난 정말 몰랐어. 우리 두 사람이 한시라도 더 같이 있을 수 있다면 뭐든 하겠다고 당신은 말했죠. 웨일스로 돌아가지 않을 수만 있다면 뭐든 하겠다고. 뭐든 말이야! 사람을 죽일 수도 있다고 하더니 정말 살인을 했군요. 아, 하느님, 절 용서해주세요. 저도 공범이나 마찬가지예요……."

엘리스는 멍하니 그녀를 바라보고 있었다. 늘 행운의 사나이라

불리던 이가 갑자기 세상에서 가장 불행한 어린아이가 되어 무방비한 상태로, 황당하고 겁먹은 표정으로, 할 말도 지혜도 잃어 입만 떡 벌린 채 모든 공격에 노출되어 있었다. 자다가 괴로운 꿈에 시달린 사람이 눈을 떠보려 허우적대듯, 그가 격하게 고개를 좌우로 흔들었다. 그러나 아무 소리도 낼 수가 없었다.

"난 이제 모든 사랑의 말을 철회하겠어요." 멜리센트의 음성이 고통스러운 절규로 변했다. "당신을 증오해요. 정나미가 떨어진다고요…… 한때 당신을 사랑했던 나 자신이 저주스러워요. 내 뜻을 그렇게까지 착각하다니…… 어떻게 우리 아버지를 살해할 수 있죠?"

"멜리센트!" 엘리스는 그제야 어렵사리 망연한 상태에서 벗어나 그녀 쪽으로 거칠게 다가섰다. "맙소사, 지금 무슨 말을 하는 거예요?"

"싫어, 내 몸에 손대지 마!" 그녀가 급히 뒤로 물러나며 소리쳤다. "가까이 오지 말라고, 이 살인자!"

"자, 그만들 하시오." 휴가 나서서 그녀의 어깨를 잡아 시빌라의 품에 안겨주며 말을 이었다. "부인, 오늘 하루 충분히 괴로우셨을 줄 압니다만, 보시다시피 상황이 더욱 악화되고 있군요. 따님을 데리고 절 따라오십시오. 상사, 저 젊은이를 문지기실로 데려가게. 에드먼드 수사님과 캐드펠 수사님도 함께 가셔서 절 좀 도와주십시오."

*

　"자, 이제 본론으로 들어가봅시다." 바깥의 추위와 사람들의
이목을 피해 고발자와 용의자와 증인들 모두를 문지기실 곁방으
로 몰아넣은 뒤 휴가 입을 열었다. "에드먼드 수사님, 이자가 장
관님의 병실 침대 곁에 서 있는 것을 보았다고 하셨죠? 당시 상
황이 어땠습니까? 거기 오래 머물렀던 것 같던가요?"

　"아니, 그때 막 숨어 들어온 듯 보였소." 에드먼드가 대답했다.
"침대맡에 바짝 붙어 몸을 약간 숙이고 내려다보며 자는 이를 깨
울까 말까 고민하는 것 같았소."

　"하지만 그보다 훨씬 전에 들어왔을 가능성도 있잖습니까. 자
기가 질식시켜놓곤 숨이 끊어진 것을 확인하기 위해 내려다보고
있던 건 아니었을까요?"

　"그렇게 볼 수도 있겠지……." 에드먼드가 대단히 자신 없는
말투로 동의를 표했다. "하지만 그땐 전혀 그런 생각이 들지 않
았소. 이 사람이 그렇게 사악한 마음을 품고 있었다면 그게 겉으
로 드러나지 않았겠소? 내가 다가가 몸을 건드리자 깜짝 놀라면
서 죄의식을 내비쳤던 건 사실이오. 하지만 그저 짓궂은 장난을
치다 들킨 아이 같은 그런 태도였고, 그래서 난 전혀 나쁜 생각을
하지 않았지. 게다가 내가 나가라고 하자 이자는 착한 아이처럼
순순히 내 말에 따랐소."

　"그가 나간 뒤 침상을 확인하셨습니까? 장관님이 그때까지 숨

을 쉬고 있던가요? 이불이 흐트러져 있거나 하진 않았고요?"

"맨 처음 우리가 환자를 재우고 나왔을 때처럼 모든 게 정돈되고 조용한 상태였소. 하지만 그 이상 자세히 살펴보진 않았소." 에드먼드가 우울하게 덧붙였다. "그때 다시 한번 제대로 확인했어야 했는데."

"수사님 입장에서야 그럴 이유가 없었겠지요. 환자를 재우는 게 최선의 조치라 생각하셨을 테니까요. 한 가지만 더 여쭙죠. 그때 엘리스가 손에 뭘 들고 있던가요?"

"아니, 아무것도 없었소. 지금처럼 저렇게 외투를 팔에 걸치고 있지도 않았고." 그는 촘촘하게 짜여 매끈매끈한 검붉은색 외투를 가리키며 대답했다.

"잘 알겠습니다. 그 외에 거기 들어간 사람이 있는지에 대해선 알지 못하신다는 말씀이죠?"

"그렇소, 전혀 모르겠소. 그러나 누구라도 출입이 가능한 상황이었소. 다른 사람들이 다녀갔을 가능성도 당연히 있지."

"한 사람이면 족해요!" 멜리센트가 더할 수 없이 신랄한 말투로 외쳤다. "그리고 그게 누구인지는 우리 모두 알죠." 그녀는 자기 팔을 잡은 시빌라의 손을 뿌리치며 말을 이었다. "보좌관님, 제 얘기 좀 들어주세요. 들으면 아실 거예요. 이 사람이 우리 아버지를 살해했어요. 추호도 의심할 여지가 없다고요."

"말씀해보시오." 휴가 짧게 말했다.

"먼저, 여기 있는 엘리스와 저는 성에서 지내며 서로를 알게 되었습니다. 그는 포로로 잡혀 왔지만 포로 서약을 한 뒤로 성 구역을 자유롭게 돌아다닐 수 있었고, 저는 어머니와 동생과 함께 아버님의 소식을 기다리며 사저에 머물던 중이었죠. 우리는 금세 가까워졌고―이런 말을 입에 담긴 정말 싫습니다만―서로를 사랑하게 되었습니다. 이건 누구의 잘못도 아닌, 그저 우리에게 자연스레 닥친 일이었어요. 제 아버님이 돌아오시면 엘리스는 이곳을 떠나야 했기에 우린 걱정이 많았습니다. 게다가, 보좌관님도 잘 아시겠지만 제 아버님은 결코 웨일스인과의 혼인을 용납지 않으실 분이죠. 우린 여러 차례 만나 그 문제를 두고 고민하며 좌절감에 휩싸이곤 했어요. 그러다 한번은 그가 말하더군요. 필요하다면 날 위해 사람도 죽일 수 있다고, 우리 사이를 가로막는 자는 그 누구든 죽여버리겠다고 말예요. 정말로 그런 말을 했어요. 본인도 감히 부인하지는 못할 겁니다! 우리가 함께 있을 수만 있다면 무엇이든, 살인까지도 할 수 있다고 그는 분명히 말했어요. 사랑에 빠진 남자는 거친 말도 쉽게 하는 법이죠. 그래서 전 정말 그런 일이 벌어지리라곤 생각도 못 했습니다. 결국 제게도 책임이 있는 셈이에요. 저도 이 사람만큼이나 사랑을 지키려 필사적이었으니까요. 자, 이렇게 그는 자기가 장담했던 일을 저지른 겁니다. 그가 제 아버님을 살해한 게 확실해요."

"난 아니에요!" 엘리스는 간신히 정신을 붙들어 거세게 숨을 들이쉬고는 소리쳤다. "맹세해요. 당신 아버지께 손을 대기는커녕 말 한마디 제대로 건네지도 못하고 나왔어요. 어떤 이유로든,

설사 그분이 내게서 당신을 빼앗아간다 해도, 당신 아버지를 해칠 생각은 털끝만큼도 없었어요. 물론 어떻게 해서든 당신과 계속 함께할 생각이었지만, 이런 방법은 생각도 못 해봤다고요. 당신은 지금 내게 끔찍한 죄를 짓고 있는 거예요!"

"하지만 그가 누워 있는 병실에 갔던 건 사실이지." 휴가 침착하게 말하고는 물었다. "왜 그를 찾아갔나?"

"왜겠습니까? 제 입장을 그분께 이야기하고 애원해보려고 그랬죠. 그게 제게 남은 유일한 희망이었고, 전 그 기회를 그냥 흘려보낼 수 없었습니다. 멜리센트를 사랑한다고, 제가 바라는 건 그저 땅과 명예를 가진 사람으로서 내 모든 것을 그녀에게 바치는 것뿐이라고 말씀드릴 생각이었어요. 그가 웨일스인들을 불구대천의 원수로 여긴다는 건 그녀에게 들어 이미 알고 있었지만, 저로선 매달려보지 않을 수 없었어요. 하지만 결국 말씀드릴 기회조차 갖지 못했죠. 그분은 깊이 잠들어 있었고, 제가 뭘 어찌하기도 전에 수사님께서 들어와 절 내보내셨으니까요. 그게 진상의 전부예요. 신 앞에 맹세합니다."

"그의 말은 전부 사실입니다!" 엘리드가 열렬하게 그를 대변하고 나섰다. 엘리스가 의자에 앉기를 거부한 터라 그는 지금 엘리스 바로 뒤에 선 채 사촌이자 친구에게 위로와 자신감을 불어넣고 있었다. 마치 자신이 고발당한 듯, 엘리드는 창백한 얼굴을 하고는 낮게 잠긴 목소리로 말을 이었다. "그 직전에 엘리스는 저랑 같이 회랑에 있었습니다. 사랑에 빠졌다고 털어놓더니 길버트 경에게 가서 남자 대 남자로 부탁드리겠다고 하더군요. 내가 현명하지 못한 짓이라며 만류했지만 그는 고집을 꺾지 않았습니다. 그러곤 들어간 지 몇 분 만에 다시 마당으로 나오더군요. 저 진료소 수사님도 따라 나와 그가 돌아가는 것을 확인하고 서 계셨죠. 그리고 진료소로 갈 때 엘리스의 태도에 뭔가 켕기는 듯한 구석은 전혀 없었습니다." 이어 그는 단호하게 말을 맺었다. "불안해하는 기색도 없었고요. 누가 자기를 보든 말든, 그저 당당한 걸음으로 똑바로 마당을 가로질러 왔지요."

"그렇군." 휴가 고개를 끄덕였다. "하지만 들어갈 땐 아무 악의가 없었더라도, 이야기가 잘될 가능성이 크지 않은 상황에서 막상 환자의 침대 옆에 서고 보니 차라리 장애물을 제거해버리는 편이 훨씬 수월하겠다는 생각이 들었을 수도 있지 않겠소? 더구나 상대는 이미 기력이 쇠한 환자에, 깊이 잠들어 있는 상태였으니 말이오."

"그럴 리 없습니다!" 엘리드가 소리쳤다. "엘리스는 절대 그런 마음을 먹을 사람이 아니에요."

"난 정말 아니에요." 엘리스는 간절한 눈빛으로 멜리센트를 바라보았지만, 그녀는 말없이 차갑게 시선을 돌릴 뿐이었다. "제발 믿어줘요! 설령 그때 수사님이 오시지 않았더라도, 난 그분을 건드리거나 깨우지 못했을 겁니다. 그처럼 훌륭하고 강인한 사람이 완전히 무방비한 상태로 누워 있는 것을 보고 어떻게 내가……."

"하지만 당신 말고는 거기 들어간 사람이 없잖아요." 멜리센트가 무자비하게 말했다.

"그걸 어떻게 입증하죠?" 엘리드가 발끈하고 나섰다. "통로가 텅 비어 있었으니 누구든 들어갈 수 있는 상황이었다고 진료소 수사님도 말했잖습니까."

"다른 사람의 짓이라는 것 역시 입증할 수 없기는 마찬가지죠." 그녀가 쓰디쓴 말투로 대꾸했다.

"아니, 입증할 수 있을 것 같소." 캐드펠 수사가 말했다.

모든 사람의 눈이 즉각 그에게로 쏠렸다. 캐드펠은 불분명한 기억의 단편을 되살리려 내내 혼자서 애를 쓰고 있었다. 앞서 에드먼드가 양가죽 외투를 접어 궤짝 위에 놓는 것을 보았던 그는 나중에 그것을 가지러 갔을 때 조금 달라진 느낌을 받긴 했지만 그게 정확히 무엇인지 알지 못했고, 곧 사망 사건이 터지면서 그 문제는 그의 마음에서 뒷전으로 밀려난 터였다. 하지만 마치 목구멍에 걸린 왕겨처럼 영 개운치 않던 그 일이 이제야 갑자기 머릿속에 되살아났다. 물론 그 외투는 지금 없었다. 에이논 아브 이셀과 함께 웨일스로 돌아가버렸으니 말이다. 하지만 캐드펠의 생각을 확인해줄 에드먼드가 여기 있지 않은가. 게다가 자기 대장의 물건에 대해 잘 알고 있을 엘리드도 함께였다.

"길버트 프레스코트의 옷을 벗기고 침대에 누일 당시, 우린 그가 입었던 에이논 아브 이셀의 외투를 한쪽에 놓아두었소." 캐드펠이 입을 열었다. "에드먼드 수사가 옷깃을 여미는 큼직한 핀이 잘 보이도록 접어두었지. 나중에 여기 있는 엘리드가 내게 와 병실로 가서 자기 대장의 외투를 좀 가져다주겠느냐고 청했고, 난 기꺼이 그렇게 했소. 그때 외투는 그대로 접혀 있었는데 핀이 보이지 않았소. 이런 뜻밖의 일이 터진 상황에서 이제야 그걸 떠올리다니 놀랍군. 그때도 뭔가 이상하다 생각했는데, 지금 겨우 그게 생각났소."

"맞아요!" 엘리드의 얼굴이 환히 밝아졌다. "저도 완전히 잊고 있었네요! 전 핀도 없는 채로 대장에게 외투를 입혔고, 대장 역시 핀에 대해서는 아무 말도 없었어요. 길버트 경을 가마에 태워 데려올 때 찬바람을 막아주려고 그 외투 깃을 여민 사람이 바로 나였는데…… 하지만 마음이 급해 그랬는지 핀을 찾아볼 생각도 못 했군요. 자, 엘리스는 아까 진료소에서 나온 이후 단 한 순간도 혼자 있지 않았어요. 여기 있는 사람들한테 물어보세요! 만일 엘리스가 핀을 가져갔다면 지금도 지니고 있을 겁니다. 만일 그에게서 핀이 나오지 않는다면 그건 누군가 다른 사람이 엘리스보다 먼저 거기 들어가 핀을 가져갔다는 뜻이고요. 제 젖형제는 도둑질이나 살인을 할 사람이 아닙니다. 그래도 의심이 든다면 이제 얼마든지 확인해보세요."

"캐드펠 형제의 얘기는 사실이오." 에드먼드가 말했다. "내가 그 핀이 잘 보이도록 외투를 접어 거기 두었지. 그게 사라졌다면 누군가가 들어가 그것만 빼서 가져간 거요."

순간 엘리스는 멜리센트의 얼굴에 드리운 원망과 슬픔 속에서 작은 희망의 불꽃을 본 것 같았다. "제 옷을 벗기세요!" 그가 눈을 빛내며 말했다. "몸을 수색해보시라고요! 이대로 도둑놈에 살인자로 의심받고 있을 수는 없어요."

휴는 그를 진정으로 의심해서라기보다는 공정을 기하는 의미에서 이 요청을 받아들였다. 곁방으로 옮겨 몸수색을 하는 자리에는 캐드펠과 에드먼드만이 증인으로 허락되었다. 보란 듯 거침없이, 거칠게 옷을 벗어 내린 엘리스는 마침내 알몸이 되어 양발을 벌리고 팔을 쭉 펴 보였다. 이어 경멸 섞인 태도로 무성한 곱슬머리 속에 손을 넣어 찡그리며 훑어 내리더니 머리칼 속에 아무것도 들어 있지 않음을 보이기 위해 고개를 맹렬하게 흔들어댔다. 멜리센트의 고통과 절망 어린 눈길에서 잠시 벗어나게 되자 쭉 참아온 눈물이 금방이라도 솟구칠 것만 같았다. 그는 눈을 깜박여 얼른 눈물을 떨쳐냈다.

휴는 그의 감정이 가라앉을 때까지 한참을 말없이 지켜보았다.

"이제 만족하세요?" 마침내 목소리를 제대로 낼 수 있게 된 청년이 어색하게 물었다.

"자네도?" 휴가 되묻고서 빙그레 웃었다.

잠시 위로에 가까운 침묵이 흐른 뒤, 휴가 다시 부드럽게 입을 열었다. "이제 그만 옷을 입게. 천천히 해도 돼." 벗을 때와 달리 떨리는 손으로 엘리스가 옷을 입는 동안 휴는 말을 이었다. "나로서는 자네를 엄중하게 감시하지 않을 수 없다는 점을 양해해주게. 물론 자네의 젖형제나 나머지 일행도 마찬가지로 감시를 받을 거야. 지금 이 순간부터 자네는 혐의를 받는 다른 모든 사람들과 똑같은 입장이지. 그러니 그 한 사람 한 사람이 오늘 아침부터 정오까지 어디서 시간을 보냈는지 전부 밝혀질 때까지는 자네도 용의 선상에서 벗어날 수 없어. 지금 이건 시작에 불과하네. 자네는 여러 혐의자 중 한 사람일 뿐이고."

"잘 알겠습니다." 그러고서 엘리스는 잠시 망설이다가 떨리는 목소리로 물었다. "제가 엘리드와 떨어져 있어야 할까요?"

"아니, 그와 함께 지내도 좋네." 휴가 말했다.

그들은 모두가 기다리고 있는 대기실로 나갔다. 거처로 돌아가고 싶은 듯 두 여자는 이미 자리에서 일어나 있었다. 시빌라로선 의붓딸을 위해 이 자리에 남긴 했지만 마음의 절반은 내내 자기 아들에게 가 있었다. 그동안 충실하고 헌신적인 아내로 살아왔고 오늘도 진심 어린 애도에 잠겨 있었으나 그녀가 남편에게 느꼈던 감정은 사랑과 다소 거리가 있었으며, 하물며 남편이 남겨놓고 간 아들에 대한 감정에는 비할 바가 아니었다. 시빌라의 생각은 과거가 아닌 미래에 가 있었다.

"보좌관님, 아시다시피 당분간 우린 이 지역을 떠나지 못할 거예요." 그녀가 말했다. "내 딸과 날 그만 보내주세요. 할 일이 많아요."

"좋을 대로 하시죠, 부인. 필요 이상으로 귀찮게 해드리고 싶진 않습니다." 휴가 덧붙였다. "그러나 아직 사라진 핀이라는 문제가 남아 있다는 걸 알고 계셔야 합니다. 부군의 병실에 들어갔던 자는 한 사람 이상이에요. 그걸 명심해두십시오."

"모든 걸 기꺼이 보좌관님 손에 맡기겠어요." 시빌라는 열성적으로 대답한 뒤 멜리센트의 팔꿈치를 건드리곤 앞장서서 문으로 향했다. 두 사람은 고뇌의 눈길로 자신의 연인만 바라보고 있는 엘리스 바로 앞을 지나쳤다. 하지만 멜리센트는 그에게 눈길 한 번 주지 않고, 심지어 옷자락이 그에게 스칠세라 치마를 한쪽으로 잡아 올린 채 그를 지나쳐버렸다. 아직 너무 어리고 단순한 엘리스로서는 이 순간 멜리센트가 느끼는 증오와 반감의 절반 이상이 바로 그녀 자신을 향한 감정이라는 사실을 이해하지 못했다. 지금은 절절히 후회하지만, 한때 잠시나마 그녀는 아버지의 죽음을 바랐던 것이다.

7

문이 굳게 닫힌 사건 현장, 휴 베링어와 캐드펠 수사는 길버트 프레스코트의 시신 옆에 서 있었다. 이불이 시신의 움푹 꺼진 가슴께까지 내려가고 죽은 자의 얼굴 곁에는 램프 몇 개가 놓였다. 캐드펠은 작은 등잔을 든 채 티끌 하나, 실밥 하나라도 건져낼 기세로 푸르스름한 입과 콧구멍, 반백의 턱수염을 따라 천천히 불을 옮겨 가며 모든 각도에서 얼굴을 살피기 시작했다.

"아무리 허약하고 깊이 잠든 사람이라 해도 무언가에 얼굴이 눌리면 숨을 쉬려고 사투를 벌이기 마련이네. 그러니까 얼굴을 덮은 것이 아주 딱딱하고 매끈한 물건이 아닌 한, 거기 붙은 것은 조금이라도 코나 입으로 들어가게 되어 있지." 아닌 게 아니라 확장된 콧구멍 속에서 가느다란 털들이 발견되었다. 미세한 보푸라기들이 걸린 듯했다. "색깔을 알아볼 수 있겠나?"

154

휴가 자세히 들여다보자 그의 숨결에 램프 빛에 비친 거미줄 같은 보푸라기가 미세하게 흔들리며 춤을 추었다.

"파란색이군요." 휴가 말했다. "파란색 천은 염색이 힘들어 값이 비싸죠. 그리고 몸에 덮여 있던 이불에는 이런 색조가 전혀 없어요."

"어디 꺼내보세." 육안으로 잘 보이지 않을 정도로 미세한 섬유 가닥을 집기 위해 캐드펠은 족집게를 꺼냈다. 작업 중 손가락에 박힌 가시나 파편을 뽑아낼 때 쓰는 아주 작은 족집게였다. 그걸 코에 넣었다 꺼내니 몇 올이 더 걸려 나왔다. 탄력 있는 양모의 일부였을 법한 가느다란 올 끄트러기였다. "이걸 어디 잘 넣어둬야겠으니 잠시 숨을 죽이게. 까딱하면 날아가버리겠어." 그는 빚어 말린 알약이나 약용 당과를 보관하는 상자를 하나 챙겨온 터였다. 까만 칠이 된 자그마하고 매끄러운 나무 상자였다. 상자의 윤기 나는 표면을 배경으로 양모 끄트러기가 밝게 빛나며 온전한 푸른색을 드러냈다. 그는 조심스레 뚜껑을 닫은 뒤 다시 족집게를 들어 작업을 계속했다. 휴가 다른 각도에서 램프를 비추자 붉은빛이 잠깐 번득였다. 한창때를 넘긴 늦여름 장미 같은 부드럽고 연한 붉은색이었다. 그것을 다시 찾으려고 휴가 램프를 움직였다. 여리고 고불거리는 섬유 두 올. 양모 천을 이루는 수없이 많은 실들 중 한두 올에 불과하지만, 이 섬유들은 저마다의 색상을 그대로 간직하고 있었다.

"파란색과 붉은색, 둘 다 귀한 색이야. 병실 비품 따위에 쓰이

진 않지." 캐드펠이 두세 번의 시도 끝에 그 작은 섬유를 붙잡아 파란 보푸라기를 넣은 상자에 집어넣었다. 이어 요모조모 열심히 불빛을 비춰보았지만, 시신의 콧구멍에서는 더 이상의 흔적이 발견되지 않았다. "그렇지, 턱수염도 있잖나. 여기도 뒤져보세!"

회백색 턱수염에도 과연 파란 보푸라기가 붙어 나부끼고 있었다. 캐드펠이 빗으로 수염을 조심스레 쓸어내린 뒤 빗을 치며 흔들자 티끌과 터럭 같은 것들이 상자 속으로 떨어졌다. 그 순간, 먼지가 햇빛을 받을 때 그러하듯 두세 개의 점 같은 빛이 잠시 반짝이더니 사라졌다. 캐드펠은 행여나 그것을 놓칠까 다급한 마음으로 상자를 이리저리 기울였고, 마침내 그 안에서 금색 섬광 하나를 발견했다. 그뿐 아니라 시신의 꽉 다문 치아 사이에서도 다른 것이 발견되었다. 오래되어선지 아니면 자주 사용해서인지 이미 너덜너덜해진 섬유 가닥이었다. 무엇인가 입을 막는 것을 느끼고 죽음에 임박한 환자가 발작적으로 물어뜯은 모양이었다. 캐드펠이 그것을 족집게로 끄집어내 불빛에 비춰보았다. 집게손가락 마디만 한 길이에 금방이라도 부서질 듯 가느다랗고 환한 금색 실이 램프 불에 반짝거렸다.

"정말 값진 물건이야!" 그것을 소중히 상자 속에 넣으며 캐드펠이 말했다. "금사로 수놓인 훌륭한 모직에 질식되다니, 어찌 보면 장관이라는 자리에 걸맞은 죽음이라고 할 수도 있겠군. 태피스트리였을까? 아니면 제단보? 여성용 비단 가운? 겉옷 자락? 어쨌든 진료소 안에서는 구경도 하기 힘든 물건이야. 누군가 그것을 가지고 여기로 들어온 거네."

"그렇겠군요." 휴는 생각에 잠긴 채 중얼거렸다.

더 이상은 아무것도 나오지 않았지만 이미 찾아낸 것만으로도 두 사람에겐 충분한 골칫거리였다.

"자, 환자를 질식시킨 그 천은 어디에 있을까?" 캐드펠이 서성대며 말했다. "그리고 에이논 아브 이셀의 외투를 여몄던 그 금핀은 또 어디에 있고?"

"수사님은 일단 천부터 찾아보시죠." 휴가 말했다. "화려한 천이니 수도원 담장 안에 있다면 금세 눈에 띌 겁니다. 저는 핀을 찾아보지오. 지금부터 탐문하고 옷을 벗겨봐야 할 사람이 많습니다. 웨일스인 호위대 여섯 명에 엘리드까지…… 그래도 성과가 없을 경우엔 수도원 전부를 뒤져서라도 찾아내야죠. 어쨌든 이 안에 있는 한 반드시 찾아낼 수 있을 겁니다."

두 사람은 수색에 나섰다. 캐드펠은 화려한 색상에 금사가 수놓인 천을, 휴는 금 핀을 찾아야 했다. 수도원장의 허락하에, 더불어 수도원 귀중품들에 대해선 누구보다 잘 알며 자랑스럽게 그 지식을 과시하는 로버트 부원장의 도움을 받아, 캐드펠은 수도원 소유의 벽걸이와 태피스트리와 제단보를 모조리 조사했다. 하지만 그가 상자에 지니고 있는 섬유들과 일치하는 것은 없었다. 적어도 수도원 내에는 붉고 푸른색을 띤 천이 전혀 없었다.

한편 휴는 이번 사건으로 포로가 되어 남겨진 웨일스인들 전원을 대상으로 의복과 마구를 수색하기 시작했다. 로버트 부원장이 다소 내키지 않는 기색으로나마 허락해준 덕에 평수사들과 견습 수사들의 거처도 살펴볼 수 있었다. 그는 심지어 아이들의 소지품까지 뒤져보았다. 아이들이란 찬란한 물건을 보면 그 가치도 모르는 채 탐을 내기 쉬우니까. 그러나 에이논의 외투 깃에 달려 있던 그 오래되고 육중한 핀의 흔적은 어디에서도 발견되지 않았다.

그렇게 하루가 저물어 저녁때가 되었다. 저녁기도와 식사를 마친 뒤 캐드펠은 다시 수색에 들어갔다. 진료소의 사람들은 매우 적극적으로 나서서 증언에 참여했다. 그곳 환자들로서야 이만큼 흥미로운 이야깃거리도 없는 터였다. 그러나 캐드펠도 에드먼드도 그들에게서 많은 정보를 얻지 못했다. 그 일이 일어난 것은 수사들이 식당에서 점심을 먹고 있던 30여 분 사이인데, 그 시각 진료소 사람들은 이미 배를 채운 뒤 여느 때와 같이 낮잠을 자고 있었기 때문이다. 다만 한 사람, 늘 침대 신세인 탓에 언제고 틈나는 대로 잠을 잘 수 있는 그 사람은 평소와 다른 특별한 분위기에 들떠 깨어 있었을 가능성이 높았다.

"내 시력으로 말하자면, 나 자신한테도 자네한테도 별 쓸모가 없네." 리스 수사가 안타깝다는 듯 말했다. "여기서 같이 생활하는 사람이 앞을 지나가면 누군지 겨우 알아보고, 어둠과 빛을 구별할 줄 아는 정도니까. 하지만 눈이 어두워지는 만큼 귀가 예민해졌지. 그래, 내가 분명히 들었네. 그때 행정 장관이 누워 있는 병실에서 소리가 났어. 지금 자네가 기억을 짜내보라고 하니까 생각이 나는군. 분명 문 열리는 소리가 두 번 났다고. 자네도 알지? 그 문은 열릴 때만 삐걱거려. 닫힐 땐 소리가 나지 않지."

"그러니까 누군가 그 방에 들어갔다, 아니, 정확히는 그 문을 열었다는 말씀이시죠? 그것 말고 다른 소리는 못 들으셨고요? 말소리 같은 것 말입니다."

"못 들었네…… 아, 처음 문이 열리기 직전엔 지팡이 소리 같은 게 들렸어. 지팡이를 살짝살짝 짚는 소리 말일세. 그러고 나서 금방 문이 삐걱거렸어. 그래서 난 윌프레드 수사인가 보다 생각했지. 왜, 가끔 진료소로 와 일을 도와주는 수사 있잖나. 젊을 때 다리를 하나 잃어 지팡이를 짚고 다니는 친구 말이야."

"그가 장관의 병실로 들어갔나요?"

"그건 그 사람한테 가 물어봐야지. 내가 어찌 알겠나? 어쨌든 잠시 사방이 조용하더니 다시 지팡이가 복도를 지나 바깥문으로 가는 소리가 들렸어. 병실에 별일이 없는지 확인하려고 잠깐 열어본 거겠지."

"아니면 안에 들어갔다가 다시 나온 것일지도 모르고요." 캐드펠이 말했다. "윌프레드 수사가 다녀간 게 언제였습니까?"

그러나 시간에 대해선 리스 수사의 기억이 정확하지 못했다. 그는 고개를 가로젓더니 생각에 잠긴 투로 웅얼거렸다. "내가 점심을 먹고서 잠시 졸았거든. 얼마나 졸았는지 모르겠구먼. 하지만 그 소리를 듣고 난 뒤에도 얼마 동안은 모두들 여전히 식당에 있었을 거야. 그러고서 더 있다가 에드먼드 수사가 돌아왔지."

"그럼 두 번째 문소리는요?"

"시간이 더 흐른 뒤였어. 15분쯤 지났으려나. 다시 문이 삐걱이고 발소리가 났는데, 누군지 몰라도 걸음이 상당히 가볍더구먼. 문지방 디디는 소리만 겨우 들었지. 그러고 나선 아무 소리도 없었어. 아마 들어가서 문을 닫은 모양이지. 그자가 거기 얼마나 있었는지는 나도 모르겠네. 하지만 안에 들어갔던 건 분명해."

"나가는 소리는 못 들으신 겁니까?"

"하필 그때 또 조느라 말이야." 리스 수사가 미안하다는 듯 말을 이었다. "언제 나갔는지 모르겠어. 게다가 그자의 걸음이 아주 가볍기도 했고. 아무래도 젊은 사람 같았네."

그렇다면 두 번째 방문객은 엘리스일 가능성이 높았다. 뒤따라 들어온 에드먼드와 별다른 이야기를 주고받지 않았다 하고, 에드먼드 자신도 환자들 틈에서 지내느라 고양이처럼 발소리를 죽이고 다니는 게 습관이 되어 있으니 말이다. 아니면 다른 사람일 수도 있다. 엘리스가 볼일을 보러 들어가기 전에, 미지의 누군가 소리를 죽인 채 감쪽같이 다녀갔을지도 모른다.

한편 월프레드 수사가 남아 병실을 돌아보았는지의 여부도 확인해봐야 할 문제였다. 그로선 식당에 있던 수사들의 수를 하나하나 헤아려본 것도 아니고 누가 식당에 왔는지, 또 누가 빠졌는지도 알지 못하니까.

"그사이 진료소 환자들 가운데 밖으로 나간 사람은 없었습니까?" 캐드펠은 또 다른 가능성에 대해 생각하고 있었다. "예를 들어 모리스 수사의 경우, 낮잠이 없는 편이라 다른 사람들이 잠든 사이 말벗을 찾으러 나갔을 수도 있잖습니까."

"내가 깨어 있는 동안엔 아무도 이 방문 앞으로 지나가지 않았네." 리스가 자신 있게 대답했다. "게다가 만일 누가 지나갔다면 내가 금방 깨어났겠지."

물론 그랬을 가능성이 높다. 그러나 반드시 그랬으리라고는 할 수 없다. 어쨌든 지금 분명한 건 리스 수사가 문이 열어지면서 삐걱대는 소리를 두 차례 들었다는 사실이었다.

모리스 수사는 행정 장관의 이름이 언급되자마자 묻지도 않은 속내를 술술 털어놓았다. 아마 사건의 진상이 밝혀지고 그 흥분이 망각 속으로 사라질 때까지 허구한 날 그럴 터였다. 저녁기도가 끝나고 잠자리에 들기 전 허락되는 30분간의 휴식 시간에 에드먼드 수사가 캐드펠에게 와 그의 이야기를 전해주었다.

"제가 죽은 이의 영혼을 위한 기도문을 외운 다음 내일 우리 수도원의 충실한 후원자이자 존경받을 만한 관리인 그분을 위한 미사가 있을 거라고 전하자 모리스 수사가 벌떡 일어나더니 선언이라도 하듯 말하더군요. 이제 그 사람은 빚을 충분히 갚았고 또 신성한 정의도 실현되고 있으니 자기도 그의 구원을 진심으로 빌어주겠다고 말입니다. 혹시 그가 뭘 좀 알고 있나 싶어 제가 물었죠. 누구의 손에 의해 정의가 실현된 거냐고요." 특유의 쓸쓸하면서도 체념 어린 투로 에드먼드가 말을 이었다. "그러자 모리스 수사는 그야 물론 신의 손이지, 어떻게 그걸 의심할 수 있냐며 나무라듯 대답하더군요. 그 마음의 병이 불행인지 재능인지, 이따금 전 의문이 들곤 합니다. 생각의 방향을 도무지 종잡을 수 없으니 말이에요. 아무튼 그는 이번 사건에 아주 만족해하고 있습니다. 하느님, 우리가 부지중에 저지르는 모든 죄악을 용서하시길."

"아멘!" 캐드펠은 진심을 담아 말했다. "죽음에 이르긴 했지만, 장관은 강하고 유능하며 늘 정의를 수호하려 애쓰던 사람이었지요. 그 천의 흔적이 어쩌다 그에게 남게 되었는지……." 그때 문득 그에게 물어보려 했던 것이 떠올랐다. "에드먼드 수사, 혹시 점심때 식당에 가면서 월프레드 수사에게 여기 진료소를 좀 살펴보라고 지시한 일이 있습니까?"

"그랬더라면 좋았게요." 에드먼드가 우울하게 말을 이었다. "아뇨, 월프레드는 우리와 함께 점심을 먹었어요. 수사님도 식당에서 그를 보시지 않았나요? 그에게 병실을 지키게 했다면 이런 일은 일어나지 않았을 텐데…… 하지만 이미 늦은 후회죠. 살인자가 들어와 이런 혼란을 일으킬 줄 누가 상상이나 했겠습니까? 경계할 만한 징조도 전혀 없었잖아요."

"그러게 말입니다." 캐드펠은 생각에 잠겨 중얼거렸다. "그렇다면 월프레드는 아니고…… 그 사람 말고 지팡이를 짚고 다니는 이가 또 있습니까? 내가 알기로는 없는 것 같은데……."

"애나이언이 아직 목발을 짚고 다니긴 하지요." 에드먼드가 말했다. "이제 거의 회복했지만, 그처럼 심한 부상을 당했으니 아직은 목발의 도움을 받는 편이 더 나을 겁니다. 그에겐 아예 습관이 된 것 같더라고요. 한데 그건 왜 물으십니까? 작대기나 지팡이를 짚고 다니는 사람을 찾고 계신 건가요?"

*

'이상한 일이야.' 기운이 쭉 빠진 채 방으로 돌아가면서 캐드펠은 생각했다. '지팡이 짚는 소리를 들었다는 리스 수사는 그 근원을 오직 수사 집단에서만 찾고 있었단 말이지. 그리고 나도 마찬가지야. 진료소를 돌아보는 내내 수사가 아닌 다른 이에 대해서는 전혀 의구심을 품지 않았어.'

조금 전 에드먼드 수사와 함께 기다란 공동 병실에 들어섰을 때만 해도 그랬다. 한구석에 앉아 있던, 비교적 젊고 기운찬 누군가가 조용히 일어나 예배실로 향할 때까지 캐드펠은 그의 존재를 알아채지 못했다. 끄트머리를 가죽으로 감싼 목발이 돌바닥에 닿는 소리가 무척이나 가볍고 사뿐했다. 아마 그에겐 더 이상 목발이 필요 없을 것이다. 하지만 에드먼드 수사의 말마따나 이미 습관이 되어 놓지 못하는 것이리라.

어쨌든 애나이언에 대한 조사는 내일로 미뤄야 했다. 늙은 환자들의 휴식을 방해하기엔 시간이 너무 늦었으니 말이다.

*

성안의 어느 잠긴 방, 엘리스와 엘리드는 한 침대에 나란히 누워 있었다. 두 사람이 쌍둥이 아기들처럼 세상 근심 없이 나란히 누워 자곤 했던 과거의 다른 침대들보다 특별히 더 누추하거나 딱딱한 침대는 아니었다. 그러나 과거와 달리, 지금 그들의 머리와 마음에는 근심이 가득했다. 엘리스는 엎드려 있었다. 인생이 끝난 기분이었다. 다시는 사랑을 할 수 없을 것 같았다. 꼬일 대로 꼬인 이번 일에서 어찌어찌 벗어난다 해도, 그는 출가해 십자가 앞에 서든지 아니면 고난의 성지순례에 올라 결코 돌아오지 않고 싶은 심경이었다. 한편 엘리드는 똑바로 누워 한쪽 팔을 차갑게 굳은 친구의 어깨에 두른 채 위로의 마음을 전하며 가만히 생각에 잠겨 있었다. 그의 친구이자 젖형제는 사랑을 위해 죽어버리거나, 억울한 누명을 쓰고 좌절해 그저 비탄에 빠져 있을 사람이 아니었다. 어떻게든 마음을 추스를 것이었다. 그러나 당장으로서는 그의 고통이 극도에 달해 있는 듯 보였다.

"그녀는 날 사랑한 적이 없어." 친구의 팔 밑에서 굳은 몸을 떨며 엘리스가 한탄했다. "진심으로 사랑했다면 날 믿어줬겠지…… 내가 살인을 할 거라고 생각하다니, 어떻게 그럴 수 있을까?" 진심이든 아니든, 그녀를 얻기 위해서라면 사람도 죽일 수 있다고 자기 입으로 맹세했던 일은 까맣게 잊은 채 그는 격분해 있었다.

164

"자기 아버지가 돌아가셨으니 충격이 워낙 컸겠지." 엘리드가 달래듯 말을 이었다. "그런 상황에서 어떻게 이성적으로 생각하겠어? 기다려봐. 그녀에게 시간을 주라고. 그녀가 자넬 사랑했다면 지금도 그 마음은 변함없을 거야. 가엾기도 하지…… 자네가 걱정해야 할 사람은 바로 그녀야. 아버지의 죽음이 자기 탓이라고 생각하는 거라고. 내 말 모르겠나? 자넨 아무 죄도 짓지 않았으니 모든 게 다 밝혀질 거야."

"아니, 난 그녀를 잃었어. 이제 다시는 자기 옆에 오지도 못하게 할 거야. 내 말은 한 마디도 믿으려 하지 않을 거라고."

"자네의 무죄가 입증되기 전까지는 당연히 그렇겠지. 하지만 진실은 틀림없이 밝혀질 거야! 반드시 그래야 하고, 또 그렇게 될 걸세."

"그녀의 신뢰를 얻지 못한다면 난 죽고 말 거야." 웅크린 양팔에 입을 묻은 채 엘리스가 다짐하듯 중얼거렸다.

"자넨 죽지 않아." 엘리드는 완고하게 말했다. "그녀의 믿음을 되찾게 될 테니까. 자, 이제 그만하고 잠을 좀 자세!" 그가 손을 뻗어 자그마한 램프 불꽃을 덮었다. 어릴 때부터 함께 지내온 터라 그는 엘리스의 몸이 경직되고 이완되는 것까지도 감지할 수 있었다. 지금 그의 잘생긴 눈꺼풀에는 이미 잠이 무겁게 걸려 있었다. 잠으로 모든 것을 잊고 새로운 마음으로 하루를 맞이한 뒤에야 지난밤의 고뇌에 대해 다시 생각할 수 있는 이들이 있다. 엘리드는 그런 사람이 아니었다. 그는 야심한 시각까지 잠들지 않

고 누워, 친구의 마음 깊은 곳 슬픔과 더불어 그 자신의 고뇌를
달래고 있었다.

8

애나이언은 본래 가축 돌보는 일을 해왔으나 지금은 수도원 땅
에 나가 소나 양들을 돌볼 수 없는 처지였으므로 대신 마구간에
서 많은 시간을 보냈다. 얼마 후면 본래 소속인 수도원 부속 농장
으로 돌아갈 수 있을 정도로 몸이 회복되었지만 에드먼드 수사가
퇴원 결정을 내려줄 때까지는 여기 머물러야 했다. 그는 동물들
을 다루는 데 타고난 재주가 있었고, 마부들과도 사이가 좋았다.
  캐드펠 수사는 다소 우회적으로 그에게 접근하고 싶었다. 어려
운 일은 아니었다. 사람과 마찬가지로 말과 노새 들도 병이 나거
나 부상당하는 일이 있기 마련이라 마구간에서 캐드펠을 찾는 일
이 잦았고, 그러면 매번 그는 약을 들고 가 치료해주곤 했다. 마
침 하인들이 짐 운반용으로 부리는 조랑말 한 놈이 다리를 절룩

거려 녀석의 상처에 마사지 기름을 발라주러 가야 했다. 그는 곧 애나이언을 만나리라 생각하며 기름병을 옆구리에 끼고 마구간으로 향했다.

이 숙련된 일꾼이 굵은 손가락으로 말의 상처 부위를 민첩하게 처치하는 모습을 지켜보며 캐드펠은 경탄을 금할 수 없었다. 조랑말은 그를 전적으로 신뢰한다는 듯 동상처럼 꼼짝 않고 서 있었다. 그 자체로 무언가 마음을 울리는 장면이었다.

"자네, 이제 진료소에서 보내는 시간이 점점 줄어들고 있구먼." 뻣뻣한 검은 머리 밑으로 드러난 뚱하고 음울한 그의 옆얼굴을 유심히 관찰하며 캐드펠이 입을 열었다. "곧 여기서는 자넬 못 보게 되겠어. 목발을 짚고도 성한 다리로 걷는 우리들만큼이나 날쌔니 말이야. 그 목발은 자네가 맘만 먹으면 언제든 집어던 져도 될 것 같은데?"

"조금 더 기다리라는 지시를 받았어요." 애나이언이 무뚝뚝하게 대꾸했다. "지금 여기 나와 일하는 것도 지시를 받았기 때문이고요. 어떤 사람은요 수사님, 평생 지시만 받고 사는 게 팔자랍니다."

"얼른 다시 가축들 곁에 돌아가야겠군그래. 거기 가면 입장이 바뀌어 짐승들이 자네한테 복종할 테니 말이야."

"저야 그놈들을 지키고 돌보고 악한 마음 없이 대할 뿐이죠. 놈들도 그걸 알아주고요."

"에드먼드 수사도 꼭 그런 마음으로 자넬 대하고 있다네. 자네

168

도 알잖나." 캐드펠은 애나이언 바로 옆에 놓인 안장에 가 앉았다. 몸을 구부리고 있는 그와 눈높이를 맞추어 동등한 입장에서 대화를 나눌 생각이었다. 애나이언에게서는 아무런 대꾸도 없었는데, 굳게 닫힌 입가에 얼핏 웃음기가 스친 것 같기도 했다. 아마 스물일곱이나 여덟을 넘기지 않았을, 지극히 건강해 보이는 젊은이였다.

"진료소에서 발생한 그 일은 자네도 알고 있겠지." 캐드펠이 말했다. "어제 점심때 거기 있던 이들 중 자네가 아마 제일 활동적인 사람이었을 거야. 물론 점심을 먹은 뒤 진료소에 한참 머물러 있었을 것 같진 않지만 말이야. 병든 노인네들 곁에서 입을 꾹 다물고 앉아 있기엔 자넨 너무 젊으니까. 몰래 들어갔든 다른 용무로 들렀든, 사건 당시 진료소에 들어온 사람을 보거나 기척을 느낀 적이 있는지 내가 노인네들한테 쭉 물어봤지. 그런데 다들 식후 낮잠을 즐기고 있었다더군. 노인네들이 그렇지…… 그래서 말인데, 그들이 조는 동안 자네는 일어나 돌아다니지 않았나?"

"전 그분들이 낮잠 자는 걸 보고 나왔어요." 움푹한 두 눈으로 잠시 캐드펠을 응시하는가 싶더니, 그가 약간 휘청대며 일어나 수건으로 손을 뻗었다. 다친 다리가 아직은 불편한 모양이었다.

"그때가 다른 수사들이 모두 식당에서 나오기 전이었나? 그러니까, 웨일스 사람들이 점심을 먹기 전에?"

"아무튼 사방이 고요했을 때예요. 아마 수사님들은 아직 식사 중이었을 겁니다. 그건 왜 물으시죠?"

"왜겠나? 자네가 훌륭한 목격자일 수도 있으니 묻는 거지. 혹시 진료소에서 나오며 누가 안으로 들어가는 걸 보지는 못했고? 무슨 소리를 듣고 걸음을 멈춘 일은? 아니면 거기 있어선 안 될 사람이 몸을 숨기고 있었다거나…… 고인에겐 적이 있었네." 캐드펠은 침착하게 말을 이었다. "우리 인간들이 다 그런 것처럼 말이야. 그리고 그 적들 가운데 하나는 살인을 할 만큼 지독했어. 그게 누구든, 이제 곧 대가를 치르게 될 거야. 그때까지 더는 나쁜 짓을 저지르지 않기를 하느님께 기도할 뿐이지."

"아멘!" 애나이언이 말했다. "하지만 수사님, 제가 진료소에서 나올 때 그 병실 문간 근처에는 아무도 없었습니다. 친구든 적이든, 전 누구도 보지 못했어요."

"자넨 진료소를 나와 어디로 갔나? 혹시 여기 마구간에 와서 웨일스 말들을 구경하지는 않았나? 만일 그랬다면……" 애나이언의 날카로운 눈길을 피하며 캐드펠이 얼른 덧붙였다. "그 시각 이 마구간에 동료들과 함께 있다 나간 웨일스인이 있는지, 있다면 그게 누구인지 자네가 얘기해줄 수 있지 않을까 싶어 물었네."

"마구간 근처엔 오지도 않았어요." 애나이언은 어깨를 들먹이며 다소 오만한 태도로 대답했다. "전 정원을 지나 개울가로 내려갔습니다. 서풍이 불면 저 너머 언덕의 공기가 날아오거든요. 늙고 지친 노인네들 냄새에 둘러싸여 지내다 보니 병이 날 것 같더라고요. 게다가 다들 맨날 똑같은 얘기만 끝없이 늘어놓고……."

"나한테서 나는 냄새랑 똑같겠군!" 캐드펠은 속 좋게 대꾸하고는 안장에서 일어나 열린 칸막이 문에 아무렇게나 세워져 있는 목발을 바라보았다. 목발 주인이 일하고 있는 곳에서 50걸음은 족히 떨어진 거리였다. "그래, 저건 곧 내버려도 될 것 같구먼. 리스 수사가 잘못 들은 게 아니라면 자넨 어제도 저걸 사용했어. 자네가 저 목발을 짚고 정원으로 나가는 소릴 들었다고 했거든."

"그랬겠죠." 애나이언이 퉁명스레 대꾸하며 둥그스름한 갈색 이마를 가린 텁수룩한 검은 머리채를 뒤로 젖혔다. "너무 오래 저걸 쓰다 보니 이젠 습관이 됐나 봐요. 하지만 짐승들을 돌보러 오면 저도 모르게 목발을 잊고 저렇게 한구석에 세워두곤 하지요."

그는 돌아서서 조랑말의 목에 한 팔을 얹고는 천천히 자갈 바닥을 걸리며 녀석의 다리 상태를 확인했다. 대화는 그걸로 끝이었다.

*

그날 하루 종일 캐드펠 수사는 성심껏 본분에 임했지만, 그렇다고 길버트 프레스코트의 죽음과 관련해 떠오르는 무수한 생각들을 막을 수는 없었다. 그동안 꾸준히 수도원을 후원해온 행정장관은 이미 오래전에 수도원 경내에 자신의 무덤 자리를 봐둔 터였고, 이제 내일 그곳에 누워 영원히 쉬게 될 것이었다. 하지만 그런 식으로 죽음을 당한 마당이니 뒤에 남겨진 사람들로서는 마음이 편할 수 없었다. 경황없는 가족들은 물론 성에 갇혀 있는 불운한 웨일스인 용의자들과 포로들에 이르기까지, 그의 죽음으로 혼란과 변화를 겪지 않은 이는 아무도 없었다.

지금쯤 이 마을 저 마을을 지나 온 지역으로 살인 사건에 관한 소문이 퍼져나가 벌써 주 근방 장원에 도달했을 것이다. 슈루즈베리 거리마다 사람들이 모여 이놈이 그랬다느니 저놈 탓이라느니 분주하게들 쑥덕대고 있을 것도 분명했다. 물론 사람들 사이에서 최대의 악당으로 떠오른 이는 엘리스 압 키난이리라. 하지만 그들 중 캐드펠의 작은 상자에 소중히 담긴 미세한 편린들에 대해, 또 길버트가 죽은 병실에서 사라진 이후 수도원 담장 안에서 끝내 발견되지 않은 큼직한 금 핀에 대해 아는 사람은 하나도 없었다.

캐드펠은 접객소와 교회를 오가는 프레스코트 부인을 마당에서 몇 차례 보았다. 그녀의 남편이 지금 붕대에 감긴 채 매장을 기다리며 영안실 예배당에 누워 있는 터였다. 그러나 망자의 딸은 한 번도 모습을 보이지 않았다. 어린 아들은 혼란의 와중에도 불행을 잊은 채 어린 수도사들, 그리고 두 젊은 견습 수사들과 함께 노느라 바빴다. 어린이들을 담당하는 폴 수사가 그를 세심하게 지켜보았다. 이제 일곱 살이 된 이 상속자는 근심 걱정 없는 시선으로 어른들의 기이한 모습을 아량 있게 바라보고, 어디든 제 어머니가 데려다주는 곳에서 마음 편히 지내는 아이였다. 매장이 끝나는 대로 어머니는 아들을 데리고 이 지역을 떠나 남편의 장원들 중 제일 편안한 곳에 정착할 테고, 거기서 꼬마는 아버지의 부재에 크게 구애받지 않고 제 나름대로 평탄하게 성장해가리라.

행정 장관과 가까운 지인 몇 사람이 도착해 내일의 장례식을 위해 접객소에 자리를 잡기 시작했다. 캐드펠은 어슬렁대며 그들을 지켜보다가 수도원의 권위 있는 이들에게 이를 알린 뒤 식물 표본실로 향했다. 그때, 예기치 못했던 반가운 얼굴이 나타났다. 매그덜린 수녀가 혼자 걸어 들어온 것이다. 가뿐하게 쪽문을 넘어온 그녀는 낯익은 얼굴이 없는지 주위를 살피며 걷고 있었다. 그러다 갑자기 눈을 반짝이며 입술을 움직이는 것이, 아마 캐드펠의 얼굴을 알아보고 반가워하는 것 같았다.

"이런, 이게 누구십니까!" 캐드펠도 반갑게 그녀 쪽으로 걸어가며 인사를 건넸다. "금방 이렇게 다시 보게 될 줄은 몰랐는데. 그쪽 숲 사람들은 모두들 잘 지내십니까? 그 후로 더 이상의 공격은 없었고요?"

"지금까지는요." 매그덜린 수녀가 웃으며 대답했다. "하지만 휴 베링어의 시선이 잠시 다른 곳을 향해 있다는 걸 알면 놈들이 금방 또 공격해 올지도 모르죠. 몇 안 되는 숲 사람들과 소작인들에게 패하고 망신을 당했으니 마도그 압 메레디드는 아마 화가 날 대로 나서 기회만 생기면 복수를 하겠다며 눈에 불을 켜고 있을걸요. 하지만 숲 사람들도 충실히 방비하는 중이에요. 그나저나…… 지금 난리가 난 건 우리 쪽이 아닌 것 같은데요. 큰일이 터졌다면서요? 시내에 떠도는 말을 듣자 하니, 길버트 프레스코트 장관이 사망하고 제가 넘겨드린 그 웨일스인 청년이 범인으로 지목되었다던데…….”

“그럼 시내에서 오는 길입니까? 이런 시절에 건장한 경호원 하나 대동하지 않고?”

“경호원 둘은 와일가에 남겨두고 왔어요. 오늘 밤 거기서 묵기로 해서요. 행정 장관 장례식이 내일이라니 전 고인의 명복이나 빌고 갈까 싶어 들렀죠. 아침에 이리로 출발할 땐 이런 소식을 듣게 되리라 생각도 못 했어요. 전혀 다른 용무로 왔거든요. 마리아나 수녀님의 조카딸 하나가 여기 슈루즈베리에 있어요. 옷감 장수 딸인데, 우리 수녀원에 들어와 수녀복을 입을 예정이죠. 특출하게 총명한 건 아니지만 의욕이 대단한 데다 딱히 결혼에 대한 기대도 없는 아이예요. 얼마 안 되는 지참금을 요구하는 아무 남자에게 암소처럼 팔려 가느니 차라리 우리와 함께 생을 보내고 싶다더라고요. 지금 그 집 마당에 제 경호원들이랑 말을 데려다 놓고 오는 길이에요. 여기서 무슨 일이 있었는지 처음 들은 것도 그 집에서였죠. 자, 그 얘기 좀 해주세요. 지금 시내 거리마다 갖가지 유언비어들이 떠돌고 있어요.”

“시간 좀 있습니까? 저리로 가서 내가 딴 허브로 손수 만든 포도주나 마시며 얘기합시다. 전부 말씀드리죠. 누가 알겠습니까?

그 사건에서 내가 미처 알아채지 못한 것을 수녀님이 찾아낼지."

*

식물 표본실, 나무 향이 은은한 어두컴컴한 작업장에서 그는 느긋하면서도 상세하게 그녀에게 모든 이야기를 들려주었다. 길 버트 프레스코트의 죽음과 관련해 수집한 얘기들은 물론, 엘리스 압 키난의 행동 하나하나와 그에 대한 자신의 생각까지 하나도 빼놓지 않고 전부 털어놓았다. 매그덜린 수녀는 벽 앞에 붙인 의자에 무릎을 턱 벌리고 앉아, 감칠맛 나는 따뜻한 적포도주가 식지 않도록 양손으로 컵을 감싼 채 신중하게 귀를 기울였다. 더이상 우아함을 내비치려 애쓰는 기색은 찾아볼 수 없었으나, 그녀의 침착하고 무게 있는 태도에서 더할 나위 없는 기품이 느껴졌다.

"그 청년이 의심을 받는 것도 당연하네요." 마침내 캐드펠이 말을 마치자 그녀가 입을 열었다. "생각하기 전에 행동하고 나중에 가서야 후회하는 것이 웨일스인들의 특성이잖아요. 그럼에도…… 전 그가 자기 연인의 아버지를 죽였을 거라 생각하지 않아요. 그분을 세상에서 떠나보내기란 식은 죽 먹기였을 거라고 하셨죠? 어쩌면 살해할 의도 없이 거기 들어갔다가 자기도 모르는 사이 일을 저질렀던 건지도 모른다고요. 하지만 보통 사람이라면 자기가 아는 누군가를 그렇게 쉽게 죽일 수 없어요. 그 청년은 상대의 정체를, 그러니까 그분이 자기가 사랑하는 여자의 아버지라는 걸 분명히 알고 있는 상태였어요. 물론……" 그녀가 고개를 가로저으며 덧붙였다. "제가 그 젊은이를 잘못 알고 그런 생각을 하는지도 모르지만요. 만에 하나 그가 보통 인간과는 다른 사람일 수도…… 그런 자야 늘 있기 마련이니까요."

"장관의 딸은 그가 범인이라고 굳게 믿더군요." 캐드펠은 조심스레 말을 이었다. "아마도 자신이 마음으로 지은 죄를 너무도 잘 알기에 그에 대한 방어 심리로 더 그렇게 생각하는 것 같아요. 아버지가 돌아오면 연인과 헤어질 수밖에 없는 상황이었으니, 아예 그분이 돌아오지 않기를 바란 것도 이해 못 할 바는 아니지요. 그러다 보면 한발 더 나아가 아버지의 죽음까지 생각했을 수도 있고요. 그러면 영영 돌아오지 않게 될 테니까. 하지만 그건 진심이 조금도 담기지 않은 상상에 불과했겠죠. 딸도 그렇고, 그 청년도 마찬가집니다. 간청하고 마음을 돌리기 위해 환자를 찾아갔다고 이야기한 청년의 말은 틀림없는 사실일 거예요. 보아하니 쉽사리 희망으로 붕 뜨는 기질을 가졌더군요. 아마 얘기가 잘되리라 생각하고 갔을 겁니다."

"그럼 그 여자의 기질은 어떻죠?" 포도주가 담긴 컵을 양쪽 손바닥 사이에서 이리저리 돌리며 매그덜린 수녀가 물었다. "두 사람이 동갑이라면 여자 쪽이 훨씬 조숙하겠군요. 보통 그렇잖아요. 수사님은 어떻게 생각하세요? 만에 하나 그녀가 개입했을 가능성이……."

"그럴 가능성은 전혀 없어요." 캐드펠이 단호하게 말했다. "그 때 딸은 제 의붓어머니와 휴 베링어, 웨일스인 장성 무리하고 쭉 같이 있었으니까요. 그녀는 살아 있는 아버지를 본 뒤 병실을 나섰고, 이후 그가 사망할 때까지 그 근처에 간 일이 없습니다. 지금은 괜한 자책에 빠져 있고요." 이어 그는 덧붙였다. "수녀님도 그녀를 직접 만나보면 아실 겁니다. 아이처럼 순진하고 단순한 여자예요."

"제게 그럴 기회나 있을지 모르겠네요." 매그덜린 수녀가 막 말을 뱉은 순간, 문 쪽에서 작은 소리가 들렸다. 희미하지만 틀림없이 작업장의 문을 두드리는 듯한 소리였다. 두 사람은 입을 다물고 잠시 귀를 기울였다.

캐드펠은 잘못 들은 것이 아닐까 생각하며 자리에서 일어나 문 틈을 살짝 벌려 밖을 내다보았다. 그런데 정말로 방문객이 있었다. 다시금 문을 두드리려고 막 손을 든 참이었다. 캐드펠보다 한 뼘 정도 더 큰 키. 해쓱하고 창백한 얼굴에 어린 결연한 표정. 초월적이고 완고한 노르만적 고결함으로 똘똘 뭉친 태도. 캐드펠이 방금 설명한, 아이처럼 순진하고 단순한 그 여자가 지금 눈앞에 서 있었다.

"추운데 어서 들어와요." 그는 급히 문을 열어젖혔다. "뭘 도와드릴까?"

"문지기한테 들었어요." 멜리센트가 말했다. 조금 전 고드릭 포드에서 수녀님이 오셨는데 지금쯤 수사님의 약제실에 계실 거라고요. 그분과 이야기를 좀 하고 싶어서 왔어요."

"매그덜린 수녀 말이지." 캐드펠이 말했다. "그래, 여기 와 있소. 들어와요. 내가 잠시 자리를 비워줄 테니 화롯가로 가서 수녀님과 조용히 이야기 나누도록 해요."

마치 으스스한 비밀로 가득한 방에 들어선 양 그녀는 다소 겁먹은 얼굴로 이 작고 낯선 작업장을 바라보았다. 이어 더할 수 없는 신중을 기해 아주 천천히 걸음을 옮겼는데, 그럼에도 조금 전의 결연함은 그대로였으니 결코 돌아 나갈 생각은 없어 보였다. 곧 매그덜린 수녀와 눈이 마주치자 그녀는 압도되는 듯했다. 말할 것도 없이 이 수녀의 과거사와 최근 행적을 모두 알고 왔을 텐데, 눈앞의 상대에게서 두 가지 상반된 인상을 얼른 조화시키기가 힘든 모양이었다.

"수녀님, 고드릭 포드로 돌아가실 때 저도 함께 데려가주시겠어요?"

캐드펠은 멜리센트에게 말한 대로 조용하고도 민첩하게 방에서 물러나 문을 닫으려던 참이었으나, 매그덜린 수녀의 간결하고도 사무적인 대꾸를 듣지 못할 만큼 빠르진 못했다.

"왜죠?"

그보다 좋은 대답이자 질문이 있을까? 이제 멜리센트는 눈앞에 서 있는 위압적인 여자가 자신에 대해 거의 혹은 전혀 알지 못하리라 여기고 그 비극적인 이야기의 전모를 털어놓지 않을 수 없게 된 셈이다. 자신의 입으로 그간의 사연을 이야기하다 보면 모든 진실이 보다 객관적으로 정리될 테고, 그로써 그녀는 절박함과 조바심에서 벗어나 스스로의 상황을 제대로 돌아볼 수 있으리라. 그래, 어쨌거나 그렇게 되면 좋을 텐데. 정원을 가로질러 종종걸음 치면서 캐드펠은 생각했다. 지금쯤 특별 열람석에서 길버트 프레스코트의 장례식에 쓸 곡들을 뽑아보고 있을 성가대 선창자 안젤름 수사에게 가 잠시나마 마음 편한 시간을 보내고 돌아올 작정이었다.

*

"수녀복을 입을까 해서요." 멜리센트는 무뚝뚝한 질문에 당황해 자기도 모르게 목소리를 높였다. "폴스워스로 가 베네딕토회 수녀가 되고 싶어요."

"여기 내 옆에 앉아서 얘기해봐요." 매그딜린 수녀가 덤덤하게 말을 이었다. "무슨 동기로 그렇게 마음먹은 건지, 가족들도 당신을 신뢰하고 그 선택을 인정하는지 말이에요. 당신은 아직 이렇게 젊고, 온 세상이 당신 눈앞에—"

"세상이랑은 이제 끝났어요." 멜리센트가 불쑥 말을 끊었다.

"이봐요, 당신이 살아 숨 쉬는 한 세상과의 관계를 끝낼 수는 없어요. 수도 생활을 하는 우리도 바깥의 모든 가엾은 영혼들과 똑같은 세상에 살고 있죠. 자, 어서 여기 앉아요. 수녀원에 들어가고 싶어진 이유가 있을 거예요. 앉아서 내게 그 이유를 설명해봐요. 젊고 아름다운 귀족 여성이 결혼도, 아이도, 지위도, 명예도 모두 버리고 싶다니⋯⋯ 그 이유가 뭘까?"

멜리센트가 마지못해 그녀 옆으로 와 앉았다. 화롯불의 온기속에 가녀린 몸을 웅크리자 마음의 장벽이 무너지면서 온기가 흘러 들어오는 듯했다. 지난번, 정신이 이미 다른 데 팔린 시빌라앞에서 털어놓았던 이야기들은 결국 지금의 고백으로 이어지는실오라기에 불과했다. 음유시인의 사랑 이야기처럼, 무모한 꿈과도 같았던 그동안의 사연들이 그녀의 입에서 폭발적으로 쏟아져나왔다.

"한 남자에 대한 감정을 부정하는 것이야 아무 문제가 없을지모르죠." 매그덜린이 부드럽게 말했다. "하지만 다른 모든 사실을 부정해서는 이 사건의 진실을 찾을 수 없어요. 엘리스 압 키난이라는 남자에 대한 오해는 차치하고라도 말이죠. 그의 증언이거짓말로 입증되기 전까지는 그가 사실을 말하고 있을 수도 있다는 점을 명심하지 않으면 안 돼요."

"그는 날 위해 살인도 불사하겠다고 분명히 말했어요." 멜리센트가 가차 없이 말을 이었다. "그런 뒤 누워 계신 제 아버님께로갔고, 이어 아버님은 사망하셨죠. 엘리스를 빼면 그때 그 근처에간 사람은 아무도 없고요. 전 그의 짓이란 걸 하등 의심하지 않아요. 그 사람 얼굴을 보았던 것조차 후회돼요. 두 번 다시 보지 않게 되길 바랄 뿐이죠."

"그렇다고 수녀원에 들어가요? 단 한 명의 배신자를 용서할

수 없다는 이유로 다른 모두에게까지 등을 돌리겠다는 뜻인가
요?"

"신은 배신 따윈 하지 않으니까요." 멜리센트가 괴로운 목소리
로 말했다. "이제 인간들과는 끝이에요."

"이봐요." 매그덜린 수녀는 한숨을 지었다. "당신은 죽는 날까
지 인간들과 끊어질 수 없어요. 주교, 수도원장, 사제, 고해신부,
모두 인간이에요. 죄 지으며 살아가는 평범하기 그지없는 사람들
과 피를 나눈 형제들이라고요. 살아 있는 이상 인간을 피할 길은
없어요. 그저 그들 속에서 당신 몫을 해야 할 뿐이죠."

"그렇다면, 인간에 대한 사랑을 끝냈다고 말해두죠." 이 말은
유독 격한 어조로 튀어나왔다. 마음 한구석에서 그건 거짓말이라
고 아우성치는 탓이었다.

"맙소사, 인간은 사랑 없이 절대로 살아갈 수 없어요. 게다가,
사랑이 없는 당신이 우리에게 무슨 소용 있겠어요?" 뒤늦게 금욕
생활로 접어든 매그덜린 역시 당시에는 사랑이라는 것이 대체 무
엇인지 몰랐으나, 이제는 적어도 어렴풋이나마 그 일부를 깨달은
터였다. "사랑에는 당연히 많고 많은 길이 있어요. 그러나 모든
사랑에는 따뜻함이 필요하죠. 그 불이 꺼져버리면 사랑은 되살아
나지 못해요." 이어 그녀는 잠시 생각에 잠겼다가 결심한 듯 입
을 열었다. "그럽시다. 의붓어머니가 허락해준다면 그땐 날 따라
와도 좋아요. 환영이에요. 당분간 같이 조용히 지내봐요. 우리가
돕고 지켜봐줄게요."

"그럼 지금 저와 함께 저희 어머니께 가주시겠어요?"

"그러죠." 매그덜린 수녀는 옷자락을 끌어 내리며 나갈 채비를 했다.

*

저녁기도를 마치고 시내에 있는 옷감 장수의 집으로 돌아가기에 앞서, 그녀는 캐드펠 수사를 만나 멜리센트와 나눈 대화의 내용을 전했다.

"일단 멜리센트는 이곳에서 벗어나 그 청년과 떨어져 있는 게 좋겠어요. 물론 머릿속에서 이미 굳어버린 그에 대한 이미지는 가지고 가겠지만요. 지금 그 두 사람에게 절실히 필요한 건 시간과 진실이에요. 이 문제가 완전히 해결될 때까진 어떤 서약도 못 하도록 제가 조처하겠어요. 그 청년은 수사님께 맡길게요. 가끔씩이라도 그를 살펴봐주세요."

"수녀님은 그 청년이 장관에게 아무 짓도 하지 않았다고 생각하시는군요."

"글쎄요, 남자든 여자든 절박한 필요 앞에서 살인을 망설일 사람이 있을까요? 물론 그는 예의 바르고 훌륭하고 정직하고 진실한 마음을 가진 청년이긴 하지만 말예요." 그러더니 매그덜린 수녀는 지난 시절로 돌아간 듯 씩 웃으며 덧붙였다. "젊은 시절의 제가 환상을 품어볼 법했을 딱 그런 청년이죠."

*

캐드펠은 식당에서 저녁 식사를 한 뒤 콜레이션[15]이 열리는 참 사회장으로 갔다. 그동안은 작업장 일이 바쁘다는 핑계로 종종 빼먹곤 했으나 오늘만큼은 달랐다. 내내 사건의 진상을 밝히려 애써왔지만 보잘것없는 성과만을 거두었다는 생각에 스스로가 한심해진 터였다. 그런 기분이 들 땐 만사 제쳐놓고 성인들의 일 생에 열심히 귀 기울이는 것이 도움이 되었다. 저 높은 곳의 약속 을 받아들이고 세상 근심을 떨쳐낸 성인들. 그들은 속세의 정의 란 하늘의 정의를 흐려놓는 무익한 그림자놀이에 불과하다 여겼 다. 인간이라는 필멸의 존재로서 그 절대적인 정의를 맞닥뜨리기 까지 그리 오래 기다릴 필요도 없었다.

이제 성 그레고리 축일도 지나가고 참회왕 성 에드워드와 성 베네딕토 축일이 다가오고 있었다. 3월 중순, 저 신성한 역사로 봄이 시작되면서 만물이 희망으로 움트는 즐거운 시기. 캐드펠 또한 낮에 매그딜린 수녀가 찾아오기 전까지 박하밭에서 몇 시간 을 보내며 늙고 허약해진 것들을 뽑아내고 밭의 절반을 깨끗이 손질하여 어린 새싹들이 번식할 공간을 만들어둔 터였다.

캐드펠은 새사람이 된 듯 단단해진 마음으로 총회장을 나섰고, 이후 저녁기도 직전에 에드먼드 수사가 주교장의 지팡이 같은 것 을 들고 찾아왔을 때도 처음엔 그리 놀라지 않았다. 이내 캐드펠 은 그 물건이 목발이라는 것을 알아차렸다. 수직으로 세워진 지팡이의 길이는 에드먼드의 겨드랑이에 미치지 못했다.

“마구간 마당 한구석에 쓰러져 있는 걸 발견했어요. 애나이언의 목발입니다! 캐드펠 형제님, 애나이언은 오늘 저녁 식사에 참석하지 않았어요. 진료소에도, 휴게실에도, 자기 침대에도, 예배당에도 없고요. 혹시 오늘 그를 보신 적이 있습니까?”

캐드펠은 참사회장에서 되찾은 평안함 속에서 갑자기 빠져나와 다급한 마음으로 오늘 하루의 일을 더듬어보았다. “아침에 잠깐 보곤 못 봤는데. 점심때는 식당에 왔었습니까?”

“왔었죠. 하지만 그 후로 그를 봤다는 사람이 없어요. 사방으로 찾아봤는데 이 버려진 목발 외엔 아무것도 나오질 않네요. 애나이언은 사라졌어요! 오, 형제님, 아무래도 그가 죄를 짓고 도망친 것 같아요. 그게 아니고서야 무엇 때문에 우리 곁에서 사라졌겠습니까?”

*

휴 베링어가 집으로 돌아온 시각은 저녁기도가 끝나고도 한참이나 지난 뒤였다. 웨일스인들을 상대로 취조해봤지만 아무런 소득이 없어 불만스러운 기분으로 들어선 그는 놀랍게도 난롯가에 앉아 있는 캐드펠 수사를 발견했다. 얼라인도 그 옆에서 걱정스러운 표정으로 그를 기다리고 있었다.

“이 늦은 시각에 어쩐 일로 오셨습니까?” 휴가 물었다. “이번에도 무단 외출인가요?" 사실인즉 한때 캐드펠이 무단 외출을 한 적이 한두 번이 아니어서, 라둘푸스 수도원장이 부임해 오고 엄격하기 그지없는 나날이 시작되기 전에 종종 있었던 그 같은 경험에 대한 언급은 어느새 두 사람만의 오랜 농담이 되어 있었다.

"아, 오늘은 아니야." 캐드펠은 진지하게 말을 이었다. "예기치 못했던 소식이 하나 들어왔네. 로버트 부원장조차 최대한 빨리 당신에게 알려야겠다고 판단했을 정도지. 수도원 진료소에 애나이언이란 사람이 들어와 있었네. 다리가 부러졌었는데 이제 곧 퇴원해도 될 만큼 거의 다 회복된 상태였지. 자네는 그에 대해 잘 모를 게야. 그 사람 동생 일과 무관했으니까. 2년 전 시내에서 있었던 소동 기억하나? 문지기 하나가 다리 위에서 칼을 맞은 사건 말일세. 그때 프레스코트는 그 웨일스인 용의자를 교수형에 처했지. 물론 그는 자기 짓이 아니라고 우겼지만 진위야 알 수 없고. 사건 당시 그는 만취 상태였기 때문에 스스로 무슨 짓을 했는지조차 잘 몰랐을 거야. 어쨌거나 그는 교수형에 처해졌네. 그런데 메카인 지역에서 우리 시장으로 양모를 팔러 오곤 하던 그 젊은 이가 애나이언이라는 자의 이복형제였거든. 그의 부친이 이곳으로 장사하러 오던 시절에 태어났지. 서로의 존재를 알게 되면서 두 형제는 우애 속에서 큰 문제 없이 자랐다네."

"아, 들은 적이 있는 것 같습니다." 휴가 불가로 다가서며 말했다. "그동안 완전히 잊어버리고 지냈네요."

"애나이언은 전혀 잊지 않았지. 조용히 원한을 품고 살아왔다는 얘기가 들리더군. 게다가 그에겐 웨일스인 기질이 있으니, 어떻게든 기회를 보아 복수하는 것이 자신의 의무라고 생각했을지도 몰라."

"그러니까……" 늙은 친구의 얼굴을 열심히 뜯어보던 휴는 무슨 얘기가 나올지 이미 짐작한 모양이었다. "행정 장관이 수도원 진료소에 무력하게 누워 있을 때 그자도 바로 같은 장소에 있었다고요?"

"그렇지. 살짝 열린 문 하나를 사이에 두고 원수와 함께 있었던 셈이야. 그가 정말 행정 장관을 원수로 생각했는지는 확실히 알 수 없지만, 아무튼 소문으로는 그렇다네. 물론 고인에게 원한을 품은 자가 그 사람 하나만은 아니고, 게다가 기회가 충분히 주어졌다는 것 말고는 별다른 증거도 없는 형편이지. 한데 그러다가 오늘 그에게 불리한 새로운 사실이 발견됐네. 그가 사라졌어. 저녁 식사에 나타나지 않았을 뿐 아니라 자기 침대에도 없다는 거야. 점심 식사 이후로 아무도 그를 못 봤다는군. 저녁 식사 때 이후로 에드먼드가 줄곧 그를 찾아보았지만 흔적조차 없었네. 대신 최근에는 딱히 필요도 없어진, 그저 습관적으로 그가 짚고 다니던 목발 하나만 마구간 마당에 팽개쳐져 있었어. 애나이언은 두 발로 걸어 나갔네. 그리고 일이 이렇게 된 것에 굳이 책임을 묻자면……" 캐드펠이 정직하게 털어놓았다. "아마 내 탓일 걸세. 에드먼드와 내가 진료소의 모든 사람들을 대상으로 탐문을 하던 중이었거든. 행정 장관의 병실 주위에서 무슨 특이한 것을 목격하거나 들은 적이 있는지, 누가 들어가거나 나가는 것을 봤는지 말일세. 애나이언에게도 똑같이 물어봤네. 오늘 아침 마구간에서 그와 얘기하면서 한층 조심스레 대하려고 신경을 썼는데, 결국은 내가 그를 겁주어 달아나게 만든 것 같아."

"겁먹고 달아났다는 사실만으로 죄인이라 단정할 수는 없습니다." 휴가 조리 있게 말했다. "비특권층 사람들은 뭐든 일이 잘못되면 자신에게 책임이 돌아오기 마련이라 생각하는 경향이 있거든요. 그가 사라졌다는 건 분명한가요? 다리 부상에서 치료된 지 얼마 되지도 않은 사람 아닙니까. 혹시 사라진 말이나 노새라도 있습니까?"

"그런 건 없네. 하지만 덧붙일 얘기가 있어. 행정 장관이 누워 있던 방 바로 맞은편 문간 침대에서 지내는 리스 수사 말인데, 그가 장관의 방문이 삐걱거리는 소리를 두 차례 들었다고 하더군. 첫 번째 소리가 났을 땐 지팡이를 짚은 누군가 그리로 들어갔거나 적어도 문을 밀어 열어보는 것 같았다고 했어. 그보다 나중에 들었다는 두 번째 것은 아마도 그 웨일스인 청년이 들어가면서 낸 소리였던 것 같고. 리스 수사는 그때를 전후로 졸다 깨다 했던 탓에 시간에 대해선 정확하게 말하지 못하지만, 수사들이 모두 식당으로 들어가 마당에 인적이 드물었던 사이 두 명의 방문객이 있었다고 증언했네. 그런 증언이 있었던 데다 이제 애나이언이 사라져버렸으니…… 에드먼드마저 당연히 애나이언이 살인자라 여기고 있어. 이제 내일 아침쯤 되면 그가 범인이라는 소문이 온 시내로 퍼질지도 모르겠군."

"하지만 수사님께선 그렇게 생각하시지 않는 것 같군요." 그를 가만히 바라보며 휴가 말했다.

"그가 무언가를 감추고 있는 건 분명해. 범죄 현장을 목격했다거나, 누군가 범죄를 저지르려 한다는 사실을 알고 있었다거나…… 그러지 않고서야 달아날 이유가 없잖은가. 하지만 그가 직접 살인을 저질렀다……? 휴, 자네도 내 알약 상자에 들어 있는 염색된 양모와 금사를 보았잖나. 확실한 증거물이라는 건 바로 그런 걸세. 하지만 그자의 도주는 그저 그가 겁을 먹었다는 사실을 드러낼 뿐 범인이라는 확실한 증거가 될 순 없지. 자네도 나도 잘 알다시피, 사건이 일어난 병실 내부나 진료소, 혹은 우리가 뒤져본 경내 어디에도 그 같은 실로 짠 천은 없었네. 그게 누구든, 범인은 그 천을 지니고 있었던 게 분명해. 그런 값비싼 물건을 애나이언이 무슨 수로 손에 넣었겠나? 평생 가야 담갈색 수직 천 아니면 표백 처리도 안 된 아마포나 만져봤겠지. 그 점을 고려하면 그가 범인이라고 생각하기가 쉽지 않아. 그렇다고 혐의를 완전히 배제할 수는 없겠지만…… 아무튼 그래서 나도 그를 지나치게 압박하지 않으려 노력한 거야. 뭐, 결국은 내 뜻대로 되지 않은 것 같지만 말일세."

"내일 날이 밝는 대로 우리 주와 웨일스 중간 길목에 수색대를 파견해야겠습니다." 휴는 신중하게 고개를 끄덕이며 듣다가 입을 열었다. "그가 도망친다면 분명 그쪽 길을 택할 테니까요. 일단은 주 경계를 넘어야겠다고 생각할 겁니다. 그를 잡으면 무엇이든 알고 있는 사실을 끄집어낼 수 있을 거예요. 다리가 불편하니 그리 멀리는 못 갔겠지요."

"그 천을 잊으면 안 되네. 유죄든 무죄든, 사람은 거짓말을 해도 그 실들은 거짓말을 못 하지. 우리가 찾아낸 그것들이 바로 살인에 쓰인 도구야."

*

새벽녘 소규모 단위로 나뉘어 출발해 웨일스로 가는 가장 빠른 지름길에 해당하는 모든 길목을 훑고 야산까지 뒤져본 수색대는 어두워진 뒤에야 빈손으로 돌아왔다. 다리가 성한 사람이라 해도 열두 시간도 안 되는 사이 그렇게 감쪽같이 모습을 감추긴 어려울 터였다.

그 무렵에는 소문이 이미 시내와 수도원 대로변으로 쫙 퍼져 있었다. 가게마다 그 얘기로 들썩였고 술집에서도 열렬한 토론이 벌어졌으니, 다들 행정 장관을 죽인 범인은 완전히 밝혀진 셈이라며 입을 모았다. 그 뚱한 목동이 내내 원한을 품고 지내다가 장관의 병실에 들어가 살인을 하고, 추궁이 시작되자 달아나버렸대! 그보다 더 명료할 수가 없었다.

그날은 길버트 프레스코트가 수도원 예배당 좌측 회랑의 장지에 묻히는 날이었다. 그의 명복을 기리기 위해 지역 귀족의 절반이 모여들었으며, 휴 베링어도 수하의 병사들을 호위대로 대동한 채 참석했다. 슈루즈베리의 시장인 제프리 코비저와 그의 아들과 며느리 에마, 도시 길드 소속 상인들로 이루어진 무리 사이에서 장관의 아내인 시빌라가 깊은 슬픔에 잠겨 입장했다. 음악과 의식, 광대한 지하 납골당, 촛불과 횃불들. 그 모든 것이 고인을 기쁘게 하고 매혹시킬 만했다.

개인적으로야 어떤 적을 두었든, 행정 장관으로서의 길버트 프레스코트는 공정하고 믿을 만한 사람이라는 평가를 들었으며, 지역의 거물급 상인들도 훨씬 열악한 상황에서 고생하는 잉글랜드의 다른 많은 이들에 비하면 자신들은 그의 치하에서 상대적으로 안전과 정의를 누릴 수 있었다는 사실을 잘 알고 있었다.

그렇게 길버트는 정당한 평가 속에, 또한 백성들의 충심 어린 기도 속에 이 땅을 떠나갔다.

*

"없어요." 그날 저녁, 예배당 앞에서 기다리고 있던 휴가 저녁 기도를 마치고 나오는 캐드펠에게 다가와 대뜸 입을 열었다. "아직까지는 흔적도 없습니다. 다리를 절며 갔는지 어쨌는지 몰라도, 애나이언은 깨끗이 사라져버렸어요. 그가 아직 이쪽 땅에 숨어 수색이 끝나기를 기다리고 있을 가능성에 대비해 주 경계에 감시를 세워뒀습니다. 어쨌든 벌써 방벽을 넘지는 못했을 텐데,

그래서 다행인지 불행인지 저로선 뭐라 말할 수가 없네요. 수사님, 제 장원에도 웨일스인들이 있기 때문에 전 그들이 무엇에 따라 경계를 오가는지 잘 압니다. 우리 쪽에서 죄가 되는 일도 그쪽에서는 변호를 받는 경우가 많지요. 그 반대의 일도 있고요. 저역시 평생 그 두 기준 사이에서 분투하며 변방 사람으로 살아왔습니다."

"별수 있겠나," 캐드펠은 공감의 뜻으로 고개를 끄덕였다. "그렇게 계속 분투할 수밖에."

"그래요, 다른 방법이 없죠." 휴가 말을 이었다. "길버트는 제 상관이었고 전 그분에게 충성해왔습니다. 저와 공통점이 거의 없는 분이라 그를 대단히 좋아했다고는 말할 수 없지만, 제 나름대로 그분을 존경했고요…… 그래요, 우리 사이는 그랬죠. 어쨌든 그분의 아내가 오늘 밤 아들을 다시 성으로 데려가는군요. 제가 그들을 호위하려고 합니다." 의붓딸은 이미 매그덜린 수녀, 그리고 옷감 장수의 딸과 함께 외진 고드릭 포드로 떠나고 없었다. "꼬마 녀석이 제 누나를 보고 싶어 할 거예요." 휴가 안쓰럽다는 듯 덧붙였다.

"어디 꼬마 녀석만 그렇겠나." 캐드펠이 말했다. "그래, 멜리센트는 애나이언의 도주 소식을 듣고도 마음을 바꾸지 않던가?"

"전혀요. 마음이 아주 돌덩이 같던데요. 그 청년을 아주 증오하고 있어요." 휴가 짓궂은 미소를 지어 보였다. "수사님은 나무라시겠지만, 사실 제가 벌써 엘리스에게 귀띔해주었어요. 그녀가 수녀원으로 떠났다고 말입니다. 당분간 혼자서 속 끓이게 내버려두자고요. 그 정도 마음고생은 해봐야죠. 아, 그리고 그 친구가 포로 서약을 했습니다. 엘리드도 서약했고요. 성내 구역을 자유롭게 다니되 망루 너머로는 절대 나가지 않으며 탈출 시도도 하지 않을 것을 목숨을 걸고 서로의 보증인 자격으로 맹세했지요. 두 사람은 서로 꼬인 데 없이 아주 잘 어울리더군요. 서약을 받아줘도 크게 문제 될 건 없을 것 같았습니다."

"하지만 방심해선 안 되겠지." 캐드펠이 그를 똑바로 쳐다보며 말했다. "둘 중 누구라도, 혹은 둘이 함께 탈출 시도를 할 것에 대비해 출입문과 성벽을 철저하게 지키도록 조치해두었으리라 믿네."

"그조차 안 해두었다면 이런 직무를 맡을 자격이 없죠."

"혹시 그 소식이 성에 있는 웨일스인들 귀에도 들어갔나?" 캐드펠이 화제를 바꾸어 질문을 던졌다. "수도원에서 일하던 웨일스인 서자 출신 일꾼 하나가 목발을 팽개치고 달아났다는 것 말이야."

"예, 다들 알고 있어요. 그쪽 사람들도 비슷한 얘기를 하더군요. 여기 잉글랜드에 친척도 특권도 없는 비천한 출신에 웨일스 피까지 섞인 사람이 그럼 어쩌겠냐, 자신에게 의혹의 눈길이 던져진 이상 그 운명의 순간 현장에 없었다는 사실을 입증하지 못하는 한 죄를 뒤집어쓸 게 뻔한데 달아나지 않고 배기겠냐……하긴, 틀린 말은 아니죠. 수사님께 그 소식을 들었을 때 제가 생각한 것도 바로 그거니까요."

"전혀 틀린 말은 아니지." 캐드펠이 신중하게 말했다. "하지만 여러 모로 생각해봐야 할 문제야. 자네 말마따나 위협을 피해 이곳에서 저곳으로 달아날 수 있다면, 그것도 대단한 은총인 게지."

9

애나이언이 도주한 바로 다음 날, 길버트 프레스코트 대신 웨일스에 인질로 남겨두고 왔던 존 마치메인을 통해 오아인 귀네드가 슈루즈베리 사건에 대한 반응을 보내왔다. 그를 고향까지 호위해 온 여섯 명의 웨일스인들은 시내 성문 앞까지만 들어와 인사한 뒤 자기네 나라로 돌아가버렸다.

휴의 이종사촌으로 후리후리한 열아홉 살 젊은이인 존은 사절임무를 맡아서인지 어깨에 힘을 준 채 한껏 위엄을 과시하며 성으로 들어가 휴에게 정중하게 예를 갖춰 보고했다.

"오아인 귀네드의 전언이 있습니다. '이번에 발생한 그 사망 사건이 나의 명예를 위태롭게 한바, 슈루즈베리에 남아 있는 웨일스 사람들은 인내를 가지고 처신할 것이며 진상이 밝혀질 때까지 적극 협조하기를 명한다. 모두 결백이 입증된 뒤에야 다시 고향으로 돌아올 수 있게 될 것이다. 이곳에 인질로 남았던 자는 물론 자유인으로 돌려보낸다. 이렇게 엘리스 압 키난과 맞바꿀 포로를 놓아주니, 유죄든 무죄든 결판이 날 때까지 나는 그를 데려오기 위한 어떤 조치도 취하지 않을 것이다.'"

어릴 때부터 존 마치메인을 보아온 휴는 자못 놀란 듯 검은 눈썹을 치올리며 휘파람 소리를 내더니 이내 웃음을 터뜨렸다. "그만하면 됐으니 허리 좀 굽히시지. 얼마나 높이 날아올랐는지 내가 다 버겁구먼."

"높이 나는 매를 대변하고 있으니까요." 이렇게 대꾸한 뒤 존은 한 차례 긴 숨을 내뱉고는 씩 웃으며 수비대 대기실 벽에 몸을 기댔다. "어쨌거나 그의 심경이 그렇습니다. 자기 사람들을 억류해두는 것이야 상관없으니 속히 범인을 찾아내길 바란다고 목소리를 높이더군요. 그뿐 아닙니다. 최근 남부 쪽 소식을 들은 게 언제였죠? 제가 보기엔, 형님의 공문이 도달하기 힘든 지역 경계들을 오아인이 손수 빈틈없이 지키고 있는 것 같아요. 그의 말에 따르면 헨리 주교[16]가 모드 황후를 윈체스터 대성당으로 받아들이면서 이제 황후의 앞길이 훤히 트여 왕조에 오를 가능성이 높아진 모양입니다. 아시다시피 대성당은 왕관과 보화가 보관되어 있는 곳 아닙니까. 캔터베리 대주교는 어떻게든 그녀에게서 발뺌할 구실을 찾아 꾸물대는 중인데…… 대주교로선 국왕과 의논도 않고 그녀를 인정하기 힘들 테니까요. 그래서 그가 주교들을 인솔하고 직접 브리스틀로 가서는 포로로 잡혀 있는 스티븐 국왕과의 독대 허락을 받아냈답니다."

"그래, 스티븐 국왕은 뭐라고 했다던가?" 휴가 물었다.

"특유의 허세 가득한 태도로 모두들 양심을 지키라고, 최선이라 여겨지는 길을 택하라고 했다더군요. 오아인은 이렇게 중얼거렸죠. '당연히 그들 입장에서 승자에게 굴복하고 그쪽 편에 붙는 게 최선이겠지!' 그런데 이 시점에서 중요한 변수이자 오아인이 염두에 두고 있는 사람은 바로 체스터의 라눌프예요. 그는 이 모든 상황을 빤히 알고 있습니다. 길버트 프레스코트가 사망했다는 소식도 지금쯤은 들어갔겠죠. 그러니 우리 주가 혼란에 빠져 있으리라 판단하여 마침내 남부로 진출하려 들 겁니다. 전진 수비대를 대폭 강화해 슈롭셔부터 치고 들어와 이어 웨일스로 진격하면 어렵잖게 길을 뚫을 수 있겠다 싶겠죠."

"그래서, 오아인이 우리에게 전하고자 하는 얘기가 뭐지?" 휴가 눈을 반짝이며 물었다.

"적당한 병력을 이끌고 북으로 올라와 체셔 경계를 쭉 돌며 세를 과시하고 오스웨스트리와 위트처치 및 기타 모든 요새들을 보강해주면 형님과 오아인 모두에게 도움이 될 거라고 했어요. 오아인 자신도 양측 공동의 적에 대해 응분의 조치를 취하겠답니다. 그리고 앞으로 이틀 뒤 자신이 오스웨스트리 근처 라이디크뢰소의 방벽으로 내려올 거라더군요. 해 질 무렵 도착할 예정인데, 자신과 담화할 의사가 있으면 그리로 나오라고요."

"물론 가고말고!" 휴는 기분 좋게 대답한 뒤 자리에서 일어나 사촌의 어깨를 힘차게 끌어안았다. 슈롭셔를 괴롭히는 세력을 견제해줄 수 있는 가장 강력한 지원군인 오아인에게서 우호적인 요청과 제의를 받아 온 것에 대한 감사의 뜻이었다.

*

오아인이 그들에게 준 시간은 이틀 반나절에 불과했다. 한시바삐 양측 공동의 감시망을 구축해야 하는 긴박한 상황이어서라기보다는, 자신의 땅을 시찰 중인 오아인의 편의와 이동 속도에 맞추려다 보니 생긴 애로였다. 이미 규모가 줄어든 수비대를 소집해 성과 시내를 방비한 다음 무리를 이끌고 회합 장소인 주 북쪽 변방까지 때맞춰 가려면 시간이 빠듯했다. 휴는 슈루즈베리에서 각종 지시를 내리고 복무 의무자들을 소집하느라 꼬박 하루를 보냈다. 다음 날 동이 틀 무렵 선발대가 출발하고, 휴는 본대와 함께 정오에 떠나기로 했다. 출발 전까지 해야 할 일이 많이 남아 있었다.

한편 프레스코트 부인도 하인들을 지휘해 높고 황량한 저택의 물건들을 정리한 뒤 다음 날 아침에는 평화로운 동쪽 끝 장원으로 출발할 준비를 갖추었다. 세 명의 남자 하인을 태운 일단의 수송 마차는 이미 출발한 뒤였다. 그녀는 시내에 가 도착지에서 쓸 만한 물품들을 구입했고, 특히 여러 종류의 마른 약재들을 캐드펠에게 부탁하는 것도 잊지 않았다. 남편이 죽어 무덤에 묻혔을 지언정 그녀는 집안의 통치권을 쥔 가장이니, 아들을 위해 자신 이 그 권한에 적합한 인물임을 철저하게 입증해 보일 작정이었 다. 어쨌거나 산 사람에게는 방부 처리를 하고 소금과 양념으로 조미한 고기가 필요한 법이다. 또 봄이면 아들이 천식을 앓곤 하 기 때문에 가슴을 찜질할 때 쓸 캐드펠의 약초도 한 단지 받아 와야 했다. 길버트 프레스코트 2세를 돌보고 집안일을 처리하다 보면 길버트 프레스코트 1세로 인해 생긴 공백은 곧 메워질 것이 었다.

사실 프레스코트 부인에게는 심부름꾼을 보내 약초와 약을 건 네줄 수도 있었다. 그러나 떠들썩하면서도 화창한 3월의 오후를 그냥 보내기보다는 신선한 공기를 마시며 산책을 즐기는 동시에 호기심도 충족시킬 겸, 캐드펠은 직접 나서기로 했다. 그는 정문 대로를 지나, 산에서 내려온 눈 녹은 물로 진흙빛이 되어 불어난 세번강의 다리를 건넜다. 시내 출입문을 통과하고 길고 가파르 게 굽은 와일가를 넘어 대십자상에서 성문 앞까지 이어진 가벼운 경사로를 내려가는 동안, 그는 인사를 나누기 위해 몇 번이나 멈 춰 서면서도 눈과 귀를 활짝 열어둔 채 주위를 살폈다. 어딜 가나 애나이언의 도주에 관한 이야기뿐이었다. 그가 이대로 깨끗이 사 라져버릴지, 아니면 다시 끌려와 교수형에 처해질지 두고 논의가 분분했다.

휴가 소환령을 내린 일은 아직 시내에서 주된 화젯거리로 떠오르지 않은 모양이었다. 그러나 성 구역으로 들어서자 분위기가 달라졌다. 대장장이며 궁사들은 물론 마부들까지 여기저기서 분주하게 작업을 이어가는 중이었다. 발 빠른 기병과 보병 무리 뒤로 느릿느릿 따라갈 짐마차들에도 차곡차곡 짐이 실리고 있었다. 캐드펠은 약재를 건네받으려고 내려온 하녀에게 물건을 전달한 뒤 휴를 찾으러 갔다. 그는 마구간에서 징발된 말들을 우리에 집어넣는 작업을 지시하고 있었다.

"드디어 떠나는 건가?" 침착한 얼굴로 작업을 지켜보며 캐드펠이 물었다. "북쪽으로? 대단한 쇼가 되겠군."

"운이 좋으면 쇼 정도로 끝나고 말 텐데요." 일에 열중하고 있던 휴가 친구 쪽을 돌아보며 따뜻하게 웃어 보였다.

"체스터의 백작이 잔뜩 들떠 있다지?"

캐드펠의 물음에 휴가 한바탕 껄껄댔다. "그들의 경계 한쪽엔 오아인이 있고 다른 한편엔 제가 있어요. 아마 다시 생각해봐야 할 겁니다. 괜한 헛짓거리죠. 길버트가 사망했다는 건 알고 있겠지만 저에 대해선 모르잖습니까. 아직까지는요!"

"이번 기회에 자네에 대해서도, 오아인에 대해서도 제대로 알게 되겠지. 듣자 하니 언제부턴가 양식 있는 이들은 오아인을 꽤 높이 평가하는 것 같더군. 라눌프도 바보는 아니지만 요즘처럼 승리감에 들떠 있는 모습을 보면 바보짓을 하지 않을 거라 장담하긴 어렵구먼. 아무리 현명한 사람도 술에 취하면 걸음걸이가 달라지고 결국에는 체면을 구기는 법이거든." 주위에서 나는 소리며 자갈밭에 드리우는 그림자들을 하나도 놓치지 않고 듣고 보면서 그가 목소리를 낮추어 물었다. "여기 잡혀 있는 웨일스 청년들도 알고 있나? 자네가 지금 어디로, 왜 가려 하는지, 그런 전갈을 보내온 사람이 누구인지 말이야."

"아마 대충은 짐작할 겁니다." 휴의 목소리도 덩달아 낮아졌다. "하지만 직접 소식을 전달하지는 않았어요. 그 사람들까지 챙길 시간이 없었거든요. 그건 왜 물으십니까?" 휴는 고개를 돌리지 않았다. 캐드펠이 어느 쪽을 보고 있는지 이미 눈치챈 터였다.

"지금 두 젊은이가 여기 마구간 쪽으로 성큼성큼 오고 있거든. 쌍둥이처럼 나란히, 근심스러운 표정으로."

휴는 자갈밭을 어슬렁거리던 땅딸막한 잿빛 말을 우리에 넣도록 마부에게 손짓한 뒤 잠시 일을 중단하고 마구간에서 나왔다. 엘리스와 엘리드가 마치 한배에서 난 형제처럼 똑같이 이맛살을 찌푸리고 걱정스러운 기색으로 어깨를 맞댄 채 그에게 다가왔다.

"보좌관님⋯⋯" 먼저 말을 꺼낸 이는 엘리드였다. "변경으로 나가신다고요? 전쟁 조짐이 있는 겁니까? 설마 웨일스인들과 맞붙는 건⋯⋯."

"변경으로 가는 건 맞소." 휴가 선선히 대답했다. "귀네드의 군주를 거기서 만나기로 했소. 당신네 일행에게 이번 사건의 진상이 제대로 밝혀질 때까지 참고 기다리면서 내게 최대한 협조하라고 지시를 보내온 바로 그 사람 말이오. 초조해할 것 없소! 지금 우리 주 북쪽에서 운을 시험해보려 하는 세력에 관한 한, 오아인 귀네드와 우리는 공동의 이해관계로 묶여 같은 적을 상대한다 여기기로 했소. 이제 나와 우리 주에 웨일스는 더 이상 위험 세력이 아니며, 웨일인도 우리를 같은 입장으로 대하는 것으로 아오. 그러니까 내 말은……" 휴가 날카롭게 덧붙였다. "귀네드의 웨일스인에 관한 한 그렇단 얘기요."

널찍하게 쭉 뻗은 어깨를 사이에 둔 채 두 청년이 마주 보며 각자 생각을 정리하는가 싶더니, 엘리스가 불쑥 입을 열었다. "하지만 보좌관님, 포위스에서 눈을 떼면 안 됩니다. 그들은……" 그는 안타깝다는 듯 한 차례 숨을 내쉬곤 말을 이었다. "아니, 우리라고 해야겠죠. 지난 전투 당시 우린 체스터의 깃발 아래 링컨으로 진격했습니다. 지금도 그들이 체스터 측과 내통하고 있다면 보좌관님이 북으로 이동하는 즉시 카우스에서도 알게 될 거고, 아마 지금이 공격의 적기라 판단할 텐데…… 전 아무래도 고드릭 포드에 있는 수녀님들이 걱정스러워서……."

"한 줌밖에 안 되는 늙고 못생긴 여자들이라 하더니." 캐드펠이 두건 속에서 중얼거렸다.

검은 곱슬머리 아래 둥그스름하고 순진한 엘리스의 얼굴이 온통 벌겋게 달아올랐다. 그러나 그는 진지한 시선을 다른 곳으로 돌리지 않은 채 씩씩하게 말을 이었다. "지난날, 특히 그곳 수녀님들께 저지른 제 온갖 어리석은 행태에 대해서는 진심으로 참회하는 바입니다. 제발 그분들의 안전을 유념해주세요! 진심입니다! 포위스 측은 지난번 공격의 실패로 독이 올라 있을 겁니다.

무모하게 나올지도 몰라요."

"그건 나도 생각하고 있네." 휴가 참을성 있게 대꾸했다. "그쪽 경계에 배치한 병력을 모조리 빼내 올 생각은 전혀 없어."

청년의 얼굴이 다시 달아올랐다. "죄송합니다. 그건 보좌관님 소관인데…… 전 다만…… 그들이 깊은 앙심을 품고 있을 것 같아서……."

엘리드가 사촌의 팔을 잡아끌었다. 두 사람은 여전히 걱정스러운 얼굴을 한 채 마구간 마당 출입구로 물러났고, 그러는 동안 엘리드는 연신 어깨 너머로 뒤를 돌아보았다. 이윽고 마치 한 마리의 짐승처럼 딱 붙어 선 두 사람의 모습은 사라졌다.

"맙소사!" 그들을 지켜보던 휴가 속상한 듯 한숨을 내뿜었다. "지금 병력이 부족한 건 사실이지만, 그렇다고 저런 풋내기 꼬마한테서까지 충고를 들어야 하다니! 마치 제가 상황 파악을 전혀 못 하고 있는 것처럼 말을 하네요. 궁사들을 모조리 동원해야 할 정도로 긴박한 상황인데…… 나 원, 혹시 반 개 중대를 세 개 중대 길이로 늘여 세울 방법이라도 있는지 저 친구에게 물어볼걸 그랬습니다."

"저 청년이야 고드릭 포드 쪽에 전 병력을 두고 싶은 마음이 굴뚝같겠지." 캐드펠이 관대하게 말했다. "자기가 좋아하는 여자가 지금 고드릭 포드에 있잖나. 롱숲만 안전하게 지킬 수 있다면 오스웨스트리나 위트처치야 어떻게 된들 상관없을걸. 혹시 웨일스인 포로들 가운데 말썽을 일으킨 자는 없나?"

"지극히 얌전해요. 모두들 성문 그림자도 밟지 않죠." 더없이 태평스럽고 확신에 찬 말투였다. 휴는 두 청년 포로의 움직임을 빠짐없이 감시하도록 사람을 붙여놓은 터라, 둘이서 나누는 이야기까지는 몰라도 새벽부터 잠들 때까지 그들의 일거수일투족을 훤히 꿰고 있었다. 만에 하나 그들 중 하나가 성의 문턱을 한 발이라도 넘어가면 그 즉시 짓밟히고 말 것이었다. 그러나 휴가 북으로 간 뒤에는 어떻게 될까? 상관이 자리를 비운 상황에서 누가 그처럼 빈틈없이 감시를 이어갈 것인가?

"여기 일은 누구한테 맡기고 떠날 생각인가?"

"앨런 허바드라는 젊은이를 염두에 두고 있습니다. 윌 워든도 도와줄 거고요. 왜 물으십니까? 설마 제가 등을 보이자마자 탈주 소동이 벌어질까 봐 그러세요?" 어조로 보아 휴는 그 부분에 대해 크게 걱정하는 것 같지 않았다. "상대가 누구든 절대적으로 믿을 수야 없는 법이지만, 그 청년들은 오아인 밑에서 배운 사람들입니다. 그의 뜻을 거스르는 짓을 벌이지는 않을 거예요. 전 그들의 맹세를 믿고 있습니다."

캐드펠의 생각도 마찬가지였다. 그러나 사람이 극한의 상황에 몰리면 본성과 달리 엉뚱한 짓을 하기 쉽다. 수도원으로 돌아가기 위해 외곽 구역으로 나가던 캐드펠은 다시 한번 그 두 사촌 형제의 모습을 목격했다. 두 사람은 외벽 위, 보초들이 오가는 자리에 올라 널찍한 총안에 함께 몸을 기대고 서 있었다. 그들의 시선은 부산한 성 구역 너머 시내 저 멀리 아련히 드러난 웨일스로 가는 경로에 고정된 채였다. 좁은 공간에 붙어선 터라 엘리드의 팔이 엘리스의 어깨를 두르고 있었는데, 닿을 듯 붙어 있는 두 사람의 얼굴은 사뭇 진지했다. 성을 나와 시내를 걷는 내내 이상하게도 그 둘의 모습이 캐드펠의 마음을 떠나지 않으며 속을 어지럽혔다. 두 사람은 마치 서로의 거울상 같았다. 동일한 존재의 좌우가 뒤바뀌고 밝은 면과 어두운 면도 함께 뒤바뀌어버린, 그런 거울상 말이다.

*

시빌라 프레스코트는 아들을 안고 튼튼한 갈색 조랑말에 올라 출발했다. 그녀를 따르는 하인들과 짐을 실은 말의 행렬이 최근 불어온 동풍에 말라붙어 흙먼지가 풀풀 이는 3월의 진창길을 휘저었다.

휴의 선발대는 이미 새벽에 출발했고, 휴 자신과 궁사 및 병사로 구성된 본대는 정오에 그 뒤를 따라간 터였다. 두 집단 사이에서 북으로 가는 길을 따라 삐걱대며 달리는 군수물자 수송 마차들은 곧 추월당해 오스웨스트리에 이르기 전에 행렬 뒤로 처질 것이었다. 한편 성에 남은 앨런 허바드는 다소 긴장한 상태였다. 기사의 아들로 성실한 성품을 지닌 그는 성을 꼼꼼하게 시찰하고, 혹시 실수라도 나오지 않을까 우려해 직무와 관련된 모든 사항을 두 차례나 점검했다. 앨런은 강건하고 무용도 뛰어나지만 아직은 경험이 좀 부족한 젊은이였다. 성에 남은 이들 중 누가 대행 임무를 맡았더라도 그보다 못하지 않았을 것이며, 이에 대해서는 그 자신도 잘 알고 있었다. 물론 다른 상관들도 마찬가지였지만, 아무도 이 젊은이 앞에서 그런 내색을 하지 않았다.

수비대의 절반이 떠나자 시내와 수도원에는 기묘한 정적이 내려앉았다. 웨일스인 포로들은 감금 생활에 진력이 난 듯 보였고, 길버트 살인 사건에 대한 조사는 중단되었다. 캐드펠 또한 일과 여가와 기도라는 일상을 이어가며 기다릴 뿐 달리 할 수 있는 일이 없었다.

그러나 행동을 멈추자 생각할 시간이 생겼다. 캐드펠은 모든 그림을 이어 맞출 두 개의 퍼즐 조각에 대해 그 어느 때보다 꾸준하고도 깊은 생각에 빠져 있었다. 에이논 아브 이셀의 금 핀, 그리고 직접 본 적은 없지만 사람을 질식시켜 죽음을 재촉한 수수께끼의 천이 바로 그것이었다.

그런데 정말 그 천을 본 적이 없을까? 물론 의식하고 본 적은 없다. 그러나 그 물건은 틀림없이 이곳에 있었다. 여기, 이 수도원의 진료소, 바로 그 병실에 말이다. 그리고 천을 찾는 작업을 시작한 것도 바로 그날이었다. 죽음이 발견된 순간부터는 수도원 정문이 폐쇄되어 그 누구도 밖으로 나갈 수 없었다. 그렇다면 사건 이후 바깥출입이 자유로웠던 시간은 얼마나 될까? 수사들이 모두 식당으로 간 시각과 길버트의 죽음이 알려진 시점 사이에는 누구든 검문 없이 밖으로 나갈 수 있었을 것이다. 두 시간쯤 되는 동안의 일이다. 그것이 한 가지 가능성이다.

캐드펠이 생각하는 두 번째 가능성은 천과 핀 모두 여기, 이 수도원 어딘가에 있다는 것이었다. 그렇다면 아마 대단히 깊은 곳, 그 누구도 찾아낼 수 없는 곳에 숨겨져 있으리라.

세 번째 가능성도 있었다. 그로서는 아무래도 초점이 빗나간 듯해 몇 번이나 접어둔 가능성이지만, 이상하게도 생각이 끈질기게 그곳으로 되돌아오곤 했다. 그래, 범죄가 알려진 순간 휴는 정문에 보초를 배치했지. 그렇지만 살인했을 가능성이 없다는 판단 하에 밖으로 내보낸 세 사람이 있어. 도착해서부터 수도원장 및 휴와 쭉 함께했던 이들…… 에이논 아브 이셀과 그의 두 부관은 이미 오아인 귀네드에게로 돌아간 뒤였다. 그들이 직접 범죄에 가담했을 가능성은 없지만, 자신들도 알지 못하는 사이 어떤 증거를 지니게 되었을지도 몰랐다.

앞선 두 가능성을 붙든 채 며칠 내내 끈질기게 씨름하고도 아무런 소득을 얻지 못했으니, 이젠 가장 확률이 낮은 세 번째 가능성도 검증해볼 필요가 있었다. 진상이 밝혀질 때까지는 성에 갇혀 있는 캐드펠의 동족들은 물론 이곳의 수도원장, 부원장, 수사들 그리고 고인의 가족에 이르기까지 모든 이들에게 진정한 마음의 평화란 없을 것이었다.

전에도 여러 차례 그래왔듯, 저녁기도에 앞서 캐드펠은 고민거리를 들고 라둘푸스 수도원장을 찾아갔다.

"둘 중 하나입니다, 수도원장님. 그 천이 아직 이 안에 있긴 한데 너무도 잘 숨겨져 있어 우리가 찾아내지 못한 게 아니면, 누군가에 의해 수도원 밖으로 반출된 겁니다. 그 누군가는 아마도 점심 시간부터 행정 장관의 죽음이 발견된 시점 사이 짧은 틈을 이용해 빠져나갔거나, 혹은 사건이 드러난 후 허가를 얻어 공공연히 정문을 넘어갔겠지요. 사건이 알려지자 휴 베링어는 수도원에서 나가는 모든 사람을 수색했습니다. 그리고 사건이 알려지기 전에 나간 사람은 얼마 되지 않을 겁니다. 워낙 짧은 동안이었으니까요. 그 시간에 나간 세 사람의 이름을 문지기한테서 알아냈는데, 모두 지역 교구 일을 보는 선량한 마을 주민들이었습니다. 늘 이곳을 출입하는 이들이지요. 그들 외에 다른 사람들도 있긴 합니다만, 문지기가 더 이상은 기억해내지 못하더군요."

"혐의를 둘 수 없는 명백한 증거가 있어 그날 오후에 내보낸 다른 세 사람도 있소." 수도원장이 생각에 잠겨 말을 이었다. "웨일스로 돌아간 이들 말이오. 그리고 또 하나, 추궁을 받고서 도주한 애나이언도 있고. 달아난 것으로 보아 애나이언이 범인일 거라고 다들 입을 모으던데…… 하지만 형제의 생각은 다른 듯 보이는군."

"그렇습니다, 원장님. 적어도 본인이 직접 살인을 하지는 않았으리라 생각합니다. 다만 그가 뭔가를 알고 있는 건 분명합니다.

그 때문에 겁을 먹었고요. 그뿐 아닙니다. 애나이언은 우리 진료소에서 꽤 오랜 시간을 보낸 터라 그의 소지품에 대해서는 진료소의 모든 이들이 잘 알고 있습니다. 워낙 단출해 달리 열거할 것도 없지요. 그러니 만일 제가 찾는 천이 그의 것이었다면 애초에 알아차렸을 겁니다."

라둘푸스가 동의의 뜻으로 고개를 끄덕였다. "함께 사라진 물건이 또 하나 있는 걸로 아는데, 그것에 대해서는 언급하지 않는구려. 에이논 경의 외투에 달려 있었다는 금 핀 말이오."

캐드펠은 수도원장의 뜻을 얼른 알아차리고 대답했다. "하나의 가능성에 불과하긴 하지만, 애나이언이 도주한게 바로 그 핀 때문인지도 모릅니다. 그에 대한 추적은 지금까지 이어지고 있습니다. 하지만 그가 잡히고 핀을 되찾는다 해도 나머지 하나, 즉 문제의 천은 나오지 않을 겁니다. 그리고 천이 그의 수중에서 발견되지 않는 한 그를 살인자라고 단정할 수는 없지요. 말씀드렸듯이 그가 지닌 초라한 소지품들에 대해서는 여기 있는 많은 사람들이 잘 알고 있습니다. 또한 누군가 수도원 물품을 훔쳐내 살인 도구로 사용했을 수 있다는 가정하에 이미 수도원 구석구석을 뒤져봤지만 그러한 직물은 전혀 발견되지 않았어요."

"결국 같은 날 그 천이 여기 들어왔다 나갔다는 얘기가 되는군." 라둘푸스가 말했다. "그렇다면 그 웨일스 관리들이 가지고 나갔으리라 생각하오? 그들에게 아무 죄가 없다는 건 모두 알고 있잖소. 게다가, 고향에 돌아간 뒤 자기네 짐에서 사건과 관련된 뭔가를 발견했다면 당연히 소식을 보내오지 않았겠소?"

"아뇨, 그들로서는 그럴 이유가 없지요. 그 물건이 얼마나 중요한 단서인지 모르니까요. 제가 보여드린 가느다란 실오라기 몇 개가 발견된 것은 그들이 출발한 다음의 일입니다. 우리가 그런 물건을 찾고 있는 걸 그들이 어떻게 알겠습니까? 더욱이 그 편에 대해서도 문의한 바가 없는데요. 지금껏 그들에게서 온 연락은 오아인 귀네드가 휴 베링어에게 보내온 전언이 전부입니다. 에이논 아브 이셀은 자신의 귀한 보석이 이곳에서 사라졌다는 사실도 모르고 있는 겁니다."

"그렇다면……" 수도원장이 가만히 생각에 잠겼다가 입을 열었다. "형제는 에이논과 그의 부하들에게 가 사정을 얘기하고 그 물건들을 찾아보려는 거군?"

"원장님 뜻에 달렸습니다." 캐드펠이 말했다. "그런다고 지금보다 더 많은 게 밝혀지리라 장담할 수는 없어요. 그저 한번 시도해보는 거죠! 이 문제가 해결되어야 마음이 편해질 사람들이 많이 있습니다. 물론 범인 자신도 그럴 테고요."

"다른 누구보다 그렇겠지." 이렇게 대구할 뿐 라둘푸스는 잠시 말이 없었다. 수도원장의 집무실로 들어오던 빛이 서서히 엷어졌다. 날이 흐린 탓에 땅거미가 일찍 내리고 있었다. 지금쯤 휴는 오스웨스트리 부근 라이디크뢰소의 거대한 방벽에 도착해 오아인 귀네드를 기다리고 있을 것이다. 오아인도 휴처럼 일찌감치 약속 장소에 나가는 사람이 아니라면 말이다. 그들 두 사람은 많은 말을 하지 않고도 서로의 뜻을 이해하리라.

"저녁기도에 참석하러 가야겠군." 수도원장이 갑자기 다시 입을 열었다. "지혜를 간구해야지. 내일 아침기도가 끝난 후 다시 얘기합시다."

*

포위스의 웨일스인들로서는 링컨 전투를 통해 얻은 것이 많았다. 물론 체스터의 백작을 지원하기 위해서라기보다는 약탈을 주목적으로 한 개입이었다. 사실 체스터의 백작은 그들과 동맹하는 경우보다 적으로 대치하는 경우가 더 많았던 것이다. 마도 그 압 메레디드는 자신에게 이득이 되기만 한다면 다시금 체스터와 손잡고 움직일 의사가 매우 강했으니, 라눌프가 귀네드와 슈롭셔의 경계 지역을 노리고 있다는 소식은 그에게 즐거운 가능성을 예견하는 낭보와도 같았다. 윌리엄 코베트의 사망 이후 그의 동생과 장남이 자리를 비운 상황에서 포위스 남자들이 사로잡히고 카우스 성도 부분적으로 불타버렸던 일이 일어난 지도 벌써 몇 년이 지난 터였다. 그 후로 지금까지 그들은 유례없이 광범위한 전초 지점을 선점해왔으며, 이는 앞으로 더 많은 침략을 감행할 수 있는 편리한 거점이기도 했다. 휴 베링어가 슈루즈베리 수비대의 절반을 이끌고 북으로 떠난 지금이야말로 행동을 개시할 적기였다.

카우스 측은 먼저 계곡을 따라 민스테를리로 진격해 기습 공격을 감행했다. 고립된 농장들을 모조리 불태우고 가축들을 몰아낸 침략자들은, 민스테를리 사람들이 대항할 병력을 소집해 올 즈음 전리품을 모두 챙겨 카우스 깊숙한 곳, 웨일스의 산악 지대로 사라져버렸다. 하지만 이는 또 다른 침략을 예고하는 서막에 불과했다. 첫 시도가 큰 손실 없이 손쉽게 끝났으니 이들은 더욱 보강된 힘으로 다시 나타날 것이었다. 진땀을 뺀 앨런 허바드로서는 몇 사람을 차출해 민스테를리의 경계를 강화하며 더 나쁜 사태를 기다리고 앉아 있을 수밖에 없었다.

일종의 시험이라 할 수 있는 이 공격 소식은 다음 날 아침에야 수도원과 시내에 당도했다. 뒤이은 기만적인 평화가 얼마나 비현실적인지, 그런 일이 있었다는 게 믿기지 않을 정도였다. 그러나 불안 상태가 일상으로 굳어진 변방 사람들은 익숙한 태도로 일어나 창과 쇠스랑을 잡을 채비를 다시 갖추었다.

사태를 전해 들은 라둘푸스 수도원장은 최전방 두 곳이 위협받고 있는 이 지역에 대한 걱정에 잠겨 있다가 침착하게 입을 열었다. "그러나 이번 공격 소식을 통해 북쪽의 회담 당사자들은 서로의 입장을 확인하고 더욱 확실히 관계를 굳히게 될 것 같구먼. 공동의 이해가 존재하니 말이오. 물론 그 관계가 얼마나 지속될지는 모르지만." 마지막 말을 덧붙인 뒤 그가 빙그레 웃어 보였다. 슈루즈베리 수도원에 온 뒤로 원장도 웨일스와 그곳 사람들에 대해 많은 것을 알게 된 터였다. "귀네드는 포위스와 달리 체스터와 근접해 있지. 지리적인 면에서 양측의 이해는 서로 어긋날 수밖에 없소. 게다가 귀네드는 신용과 양식을 지닌 집단으로 신뢰받는 반면 포위스는…… 아니, 관둡시다. 우리 잣대로 이러쿵저러쿵하기도 뭣하니. 캐드펠 형제, 나로선 서쪽에 사는 우리 사람들이 침략과 약탈에 시달리지 않았으면 하는 바람뿐이요. 어제 우리가 나눴던 얘기에 대해 쭉 생각해보았소. 수사가 우리 쪽에 다녀간 그 관리들을 찾으러 다시 한번 웨일스로 간다면, 아마 휴 베링어가 그쪽 왕과 회담하고 있는 장소에서 멀지 않은 곳에 있게 될 것이오."

"분명 그렇겠지요." 캐드펠이 말했다. "에이논 아브 이셀은 오아인 귀네드의 측근 중 이인자이자 그의 친위대장이기도 하니까요. 아마 오아인과 행동을 같이할 겁니다."

"그렇다면 수사를 내 사절 자격으로 에이논에게 파견하겠소. 성으로 가 앨런 허바드라는 그 젊은 지휘관에게 이 사실을 알리고, 그가 휴 베링어에게 보낼 전갈이 있다고 하거든 받아 가는 게 좋겠소." 라둘푸스가 모호한 미소를 지으며 말을 이었다. "그를 제대로 대우해줘야겠지. 그 젊은이는 아직 공무에 낯선 상태니까."

"예, 어차피 시내를 거쳐 가야 하니까요." 캐드펠이 고개를 끄덕였다. "성 관계자들에게 임무를 분명하게 보고하고 통과 허락을 받겠습니다. 사람이 별로 없어 손이 달리는 때이니 큰 무리는 없겠지요."

"그렇지." 라둘푸스는 주 경계 병력이 얼마나 절실할지 생각하며 근심에 잠겼다가 말을 이었다. "그럼 마음 드는 말을 한 필 골라잡으시오. 모든 것을 형제의 판단에 맡기겠소. 나로선 이번 사건이 잘 풀리기를, 그리고 우리 수도원과 진료소에, 더하여 하늘로 떠난 고인에게 신의 평화가 내리길 진심으로 바랄 뿐이오. 어서 가서 최선을 다해주시오."

*

성에서의 일은 별 어려움이 없었다. 수도원의 사절 자격으로 오스웨스트리와 어쩌면 그 너머까지 가게 될지 모른다고 보고하자 허바드는 선선히 허락하며 대사로서의 자격을 덧붙여주었다. 비록 미숙하고 어색하긴 하나 어떤 일이 닥쳐도 대처해나갈 수 있는 강하고 단단한 정신을 지닌 젊은이였다. 상관에게 소식을 전할 기회가 생긴 건 그에게 뜻밖의 행운이기도 했기에 허바드는 금세 마음을 굳혔다. 참 잘생긴 젊은이야, 그를 보며 캐드펠은 생각했다. 유사시에는 휴에게 매우 쓸모 있는 사람이 되겠군. 그리고 이는 그리 먼 미래의 이야기가 아닐지도 몰랐다.

"카우스에 인접한 경계를 엄중하게 지킬 생각이라고 베링어 보좌관님께 전해주십시오." 허바드가 말했다. "그리고 포위스 사람들이 행동에 들어갔다는 소식도 전해주셨으면 합니다. 추후 또 습격해오면 제가 다시 전갈을 보내겠습니다."

"그리하겠소." 그렇게 대답한 뒤 캐드펠은 즉시 말에 올라 대 십자상과 시내를 통과해 웨일스 다리로 향했다. 곧 그는 오스웨 스트리로 이어진 서북쪽 대로에 접어들었다.

*

두 번째 습격이 닥친 것은 이틀 뒤였다. 첫 시도에 자신감을 얻 은 마도그 압 메레디드는 더 많은 병력을 투입해 무력 공격에 나 섰다. 민스테를리로 집결한 이들은 레아 계곡을 내려오며 방화와 약탈을 자행했고, 민스테를리를 양쪽으로 선회해 폰테스버리 쪽 으로 나아갔다.

떠들썩한 열기와 함께 약탈에 대한 소문이 흘러들자 잉글랜드 인들뿐 아니라 슈루즈베리 성에 남은 웨일스인들도 긴장하며 전 율했다.

"놈들이 공격해 오다니!" 한밤중, 사촌 옆에 누운 엘리스는 긴 장으로 잠 못 이루고 뒤척이다가 한탄하듯 입을 열었다. "마도그 가 한을 풀려는 거야! 그런데 그녀가 지금 거기 있잖아! 멜리센 트가 고드릭 포드에 있다고. 오, 엘리드, 그가 앙갚음을 하려 들 면 어쩌지?"

"아무것도 아닌 걸로 안달하지 마." 엘리드는 그를 진정시키려 애썼다. "북쪽에서도 여기 어떤 일이 일어나고 있는지 잘 알 걸 세. 그 수녀들이 피해를 입도록 내버려두지 않겠지. 게다가 마도 그는 수녀원이 아니라 노획물이 많은 계곡 쪽을 노리고 있어. 그 숲 사람들의 능력은 자네도 직접 목격했잖나. 마도그가 무엇 때문에 거길 두 번이나 치려 들겠어? 자기가 직접 거기서 굴욕을 당한 것도 아니고…… 민스테를리 계곡의 기름진 농장들을 놔두고 고드릭 포드로 갈 리가 없지. 걱정 말게, 그녀는 안전할 거야."

"안전하다니! 어떻게 그런 말을 해? 지금 안전한 곳이 어디 있다고? 그녀를 거기로 보내는 게 아니었는데!" 엘리스는 울화가 치밀어 짚을 채운 매트에 대고 주먹질을 하더니 몸을 일으켰다. "오, 엘리드, 여기서 나갈 수만 있다면……."

"그건 절대 안 돼! 나도 그렇고." 엘리드도 화가 치밀었는지 신랄하게 말을 이었다. "우린 묶인 몸이야. 그리고 이 사태와 관련해 우리가 할 수 있는 건 전혀 없잖아. 제발, 엘리스, 여기 잉글랜드 사람들을 무시하지 말게. 그들은 바보도 아니고 비겁자들도 아니라고. 자네나 내가 나서지 않아도 자기네 도시와 땅은 직접 지킬 거고, 자기네 여자들도 알아서 챙길 거야. 자네가 무슨 권리로 그 사람들의 능력을 의심하는 건가? 게다가 지난번 습격에 직접 가담한 처지에 어떻게 그런 소릴 할 수 있어!"

"그래, 그래서 지금 이렇게 벌을 받고 있지." 엘리스는 체념 섞인 한숨을 내쉬더니 쓸쓸하게 웃어 보였다. "아! 내가 그때 왜 카드왈라드르를 따라나섰을까? 두고두고 얼마나 후회했는지 아무도 모를 거야."

"조금 전 마지막 말은 안 들은 걸로 하게." 아픈 데를 건드렸다는 생각에 미안한 듯 엘리드가 그를 위로했다. "어쨌거나 그녀는 무사할 거야. 두고 보라고. 그녀는 물론 다른 수녀들도 전혀 피해를 입지 않을 거야. 이곳 잉글랜드인들이 알아서 보호해줄 테니 믿고 기다리자고! 우리가 달리 할 수 있는 일은 없어."

"내가 자유롭기만 하다면 그녀를 빼내 아무 위험도 없는 곳으로 데리고 갈 텐데……."

"그녀가 너와 함께 가려 할까?" 엘리드가 매섭게 현실을 지적했다. "다른 사람이라면 몰라도 너를 따라나설 일은 절대 없을 걸! 우리가 어쩌다 이 지경에 처했는지 몰라서 그런 말을 하는 거야?"

"만나기만 하면 내가 설득할 수 있어." 엘리스는 확신에 차 말을 이었다. "결국엔 그녀도 내 얘길 들어줄 거야. 누가 알겠어? 어쩌면 이미 나에 대한 생각이 달라졌을지…… 나를 부당하게 대했다고 후회하고 있을지도 몰라. 그래, 그녀는 나와 함께할 거야. 그녀에게 갈 수만 있다면 얼마나 좋을까……."

"하지만 너도 나처럼 맹세로 묶인 처지잖나. 우리 입으로 맹세했고, 자진해서 받아들였어. 너도 나도 명예를 더럽히고 싶지 않다면 정문 밖으론 한 발짝도 나가선 안 돼."

"알아." 엘리스는 조용히 대꾸한 뒤 가만히 앉아 침묵으로 빠져들었다. 그의 시선은 낮고 어두운 천장에 내내 붙박여 있었다.

10

　캐드펠 수사는 저녁 무렵에야 오스웨스트리에 도착했다. 시내
와 성 모두 긴장감 속에 부산한 분위기였다. 그러나 휴 베링어는
이미 출발하고 없었다. 이미 오아인 귀네드와 회담을 마친 뒤 동
쪽 휘링턴과 엘스미어로 이동했다고 사람들이 전해주었다. 북쪽
경계를 강화하고 멀리 위트처치에서 신병들을 소집할 겸 갔다는
것이었다. 오아인 또한 처크의 지휘관을 만나 그쪽 구석 지역의
동맹이 잘 유지되고 있는지, 또 병력 배치는 제대로 되어 있는지
확인하기 위해 북쪽 경계로 이동한 뒤였다. 체셔 측 무리들이 소
규모 접전을 몇 차례 야기하기는 했으나 모두 상대를 떠보기 위
한 시험적 성격이 짙었다. 아마도 라눌프는 적의 병력이 어느 정
도나 조직되어 있는지 알아내기 위해 신중하게 타진하는 중이리

라. 아닌 게 아니라 지난번 첫 교전 이후 그는 뒤로 물러나 있었으니, 링컨에서 큰 성과를 거둔 지금 굳이 그것을 위태롭게 만들 의사는 없어 보였다. 그러나 적이 준비되어 있지 않다는 사실을 알고 나면 보다 욕심을 내는 것이 인간의 심리인 법이다.

"그렇게는 안 나올 겁니다." 슈루즈베리에서 와 있던 한 상사가 캐드펠을 반갑게 성으로 맞아들여 쾌활하게 말했다. "그 백작도 무작정 벌집에 주먹을 처넣는 정신 나간 놈은 아니니까요. 취약한 곳을 골라 공격을 개시했지만, 결국 우리에게서 아무것도 빼앗지 못할 거예요. 아마 프레스코트가 사라졌다는 얘길 듣고는 일이 잘 풀리리라 생각하고 있겠죠. 우리 쪽 책임자를 새파랗고 만만한 사람이라 여기면서요. 전부 오산이지요! 물론 포위스 측에서 이쪽 정보를 수집하고 있다면 그들 역시 움직임을 보일 겁니다. 그들이 어떻게 나올지야 좀처럼 짐작할 수 없지만, 어쨌든 당장은 오아인이 우리와 함께 있으니 안심이죠. 색슨족 같은 금발에 덩치가 엄청 큰 사람이더라고요!"

"그가 여기 왔었소?" 웨일스인의 피가 꿈틀대는 것을 느끼며 캐드펠이 물었다.

"어젯밤 베링어와 와서 저녁을 먹고 새벽녘에 처크 쪽으로 출발했습니다. 웨일스와 잉글랜드가 서로 싸우는 대신 함께 그 요새를 지키겠다더군요. 정말 기적 같은 일이죠!"

"오늘 밤 휴 베링어는 어디에서 묵을 것 같소?" 캐드펠이 시간을 가늠하며 물었다.

"엘스미어에서 머물 가능성이 큽니다. 내일이면 위트처치에 닿을 거고, 그다음 날엔 다시 여기 와 있겠지요. 오아인과 다시 만날 약속을 한 모양이에요. 여기 일까지 모두 잘 끝나고 나면 아래쪽 경계로 내려갈 계획인 것 같습니다."

"오아인은 오늘 밤 처크에서 머물겠군. 내일은 그가 어디로 갈 예정인지 아시오?"

"글쎄요…… 그의 캠프는 아직도 트레게이리오그, 그러니까 그 사람 친구인 티디르 압 리스의 장원에 있습니다. 경계 근무병을 모집하는 본부도 거기고요."

따라서 필요한 곳에 병력을 배치하기 위해서라도 그는 꾸준히 그곳과 연락을 취해야 할 것이다. 그리고 내일 밤 그가 거기로 돌아간다면 에이논 아브 이셀도 함께이리라.

"오늘 밤은 여기서 자고 내일은 나도 트레게이리오그로 가야겠군." 캐드펠이 말했다. "그곳 장원의 주인과는 이미 아는 사이니 거기서 오아인을 기다리겠소. 그리고 휴 베링어에게 좀 전해 주시오. 포위스의 웨일스인들이 다시 전투를 재개했다고 말이오. 아직까지 큰 피해는 없지만 상황이 더 나빠지면 허바드가 여기로 전갈을 보낼 거라고 했소. 그러나 이쪽 경계를 튼튼히 하여 체스터가 어디서 날뛰든 코를 납작하게 만들어버리면 마도그 압 메레디드도 정신을 차리겠지."

*

　최전방 경계 지역인 오스웨스트리의 성과 시내는 국왕의 소유지만 그 머리 격인 메이즈버리 장원은 휴 베링어의 고향이었고, 이곳 사람들 가운데 그를 지지하고 믿지 않는 사람은 없었다. 캐드펠은 국왕은 물론 휴에 대한 수비대의 확고한 신뢰와 충성을 확인하고 자못 기분이 좋았다. 더불어 오아인 귀네드는 지리적으로 포위스에 속하는 변경 지역에 세를 뻗치려 준비하고 있었으니, 이 또한 상서로운 조짐이었다. 성내의 예배당에서 들려오는 저녁기도 종소리를 들으며 잠자리에 든 그는 푹 자고 아침 일찍 일어나 조반을 먹은 뒤 커다란 제방을 건너 웨일스로 향했다.

　트레게이리오그까지는 15킬로미터쯤 남아 있었다. 한편에, 혹은 양편으로 수목이 빽빽한 비탈길을 걸으며 그는 굽이굽이 이어진 울타리를 따라 나아갔다. 수목은 없이 풀만 자란 구릉 정상에 오를 때만 시야가 트였고, 머리 위로 베일처럼 펼쳐진 하늘은 내내 고요하고 포근했다. 서북쪽과 달리 숲이 우거진 산악 지대도, 강철빛 바위 지대도 아닌 곳. 줄곧 시야 한쪽에 자리 잡은 구릉과 비스듬한 나무숲들. 이제 다 올라왔다 싶은 순간 새로운 계곡과 등성이가 불쑥 앞을 가로막는 구릉지대였다. 트레게이리오그에 이를 무렵, 예상했던 대로 나지막한 잣나무숲에서 초병들이 튀어나와 길을 막아섰다가 그의 신원을 확인하고 금세 통과시켜주었다. 이는 무엇보다 캐드펠의 웨일스어 덕분이었다.

가파른 경사로를 내려오자 지난 방문 때와 다른 빛깔들이 눈에 들어왔다. 목재의 온기가 느껴지는 강변 마을과 저택 주변으로 나무들이 앙상한 검은색 옷을 서서히 벗으며 부드럽고 엷은 녹색 싹들을 틔우기 시작했고, 저 너머에는 눈이 흔적 없이 사라진 높고 둥그스름한 구릉 정상들이 펼쳐져 있었다. 하얗게 바래 있던 작년의 풀들은 묘사하기 힘든 생명의 색조를 다시 과시했으며, 갈색으로 변해 푸석푸석해진 고사리에서 첫 엽상체들이 고개를 들었다. 이곳에는 이미 봄이 와 있었다.

저택 정문에 다가서자 문지기들이 그를 알아보고는 신속히 고삐를 받으며 안으로 들였다. 문 앞에 나와 가문의 예를 갖추어 손님을 맞은 사람은 티디르가 아니라 이곳 집사였다. 티디르는 오아인과 함께 처크에서 이곳으로 돌아오는 중이라고 했다. 저택 뒤편 지류로 갈라져 나온 개울가에선 주 경계에 배치될 신병들이 피워놓은 모닥불이 고요한 공중으로 파란 연기를 뿜어내고 있었다. 저녁이 되면 홀은 다시 오아인의 궁정으로 변해, 이 지역 경계 순찰에 나선 모든 참모들이 그의 식탁 주위로 모여들 것이다.

캐드펠은 저택 안의 자그마한 방으로 안내되었다. 곧 여행으로 더러워진 발을 씻어낼 물이 나왔는데, 이번엔 이 집 딸이 아니라 하녀가 그를 수발했다. 그러나 마당으로 나가자 이내 치마를 펄럭이고 머리칼을 휘날리며 부엌에서 뛰어나오는 크리스티나의 모습이 보였다.

"아, 캐드펠 수사님……." 그의 앞에 멈춰 선 그녀가 잠시 숨을 고른 뒤 말을 이었다. "슈루즈베리에서 수사 한 분이 오셨다는 얘길 듣고는 캐드펠 수사님이었으면 했어요. 그 두 사람은 어떻게 지내죠? 엘리스와 엘리드 말이에요. 솔직하게 말씀해주세요."

"이미 들어서 알고 있지 않소?" 캐드펠이 말했다. "이러지 말고 안으로 들어가 조용히 얘기합시다. 내가 아는 대로 모두 들려주겠소. 그동안 걱정이 컸을 테니 말이오."

그러나 기꺼이 앞장서서 홀로 들어가는 그녀를 바라보며 캐드펠은 씁쓸한 마음을 감출 수 없었다. 그가 지난 사정을 전부 들려준다 해도 그녀에겐 위로가 되지 못할 것이다. 크리스티나는 지금 한 남자를 두고 막강한 경쟁자와 치열하게 다투는 중이었다. 또 그녀의 약혼자는 살인 혐의를 완전히 벗을 때까지 내내 슈루즈베리에 갇혀 지내야 할 뿐 아니라, 마치 그녀와의 일은 있지도 않았던 듯 다른 여자와 깊은 사랑에 빠져 있었다. 이렇듯 실연한 여인에게 무슨 말을 할 수 있단 말인가? 배려 없이 모든 것을 있는 그대로 전함으로써 상처를 주는 것이 잔인한 만큼 듣기 좋은 거짓말을 하는 것 또한 파렴치한 짓이었으니, 캐드펠로서는 두 극단의 중간쯤 되는 방식을 택하지 않을 수 없는 입장이었다.

크리스티나는 외지고 그늘진 홀 구석으로 그를 데리고 갔다. 사람들 대부분이 일터로 나가고 없는 시각이었다. 두 사람은 온통 연기에 그슬린 태피스트리 앞에 나란히 앉았다. 그녀는 두 젊은이의 소식을 궁금해하며 제가 아는 이야기를 열심히 늘어놓았다. 그녀의 검은 머리칼이 그의 어깨를 이리저리 스쳤다.

"에이논 아브 이셀이 출발하기 직전 그 잉글랜드 장관이 사망했다는 얘기는 들었어요. 부상으로 인한 단순 사망이 아니라, 진상이 밝혀지기 전까지는 다들 살인 용의자가 되어 그곳에 포로로 남았다고요. 하지만 그 범인이 잉글랜드인인지 웨일스인인지, 평민인지 수사인지 누가 알겠어요? 여기서는 마냥 기다릴 수밖에 없는데, 대체 수사가 계속 진행되고 있긴 한가요? 그 얘기가 모두 사실이긴 해요? 에이논이 돌아와 오아인 귀네드와 얘기를 나눴다는 건 알고 있어요. 전하께선 자기 사람들의 무고함이 깨끗이 입증될 때까진 아무도 받아들이지 않겠다는 입장이죠. 자신이 죽은 이를 돌려보낸 셈이고, 죽은 사람과 산 사람을 맞바꿀 수는 없다는 거예요. 심지어 죽은 자의 몸값은 목숨으로 갚아야 한다는 얘기까지 돌고 있어요. 그러니까, 살인범의 생명으로 말이에요. 수사님 생각은 어떠세요? 우리 측 사람들 중 의심 가는 자가 있나요?"

"솔직히 잘 모르겠소." 캐드펠은 솔직하게 대답했다. "어느 상황에서든 절대로 살인하지 않을 사내가 있다고는 감히 장담하지 못하겠군."

"그거야 여자들도 마찬가지죠." 그녀가 무력한 한숨을 길게 내쉬고는 말을 이었다. "하지만 수사님이 의심하고 있는 사람이 있긴 할 거잖아요. 아니에요? 아직 지목할 만한 이가 없어요?"

물론 그녀는 아무것도 모르고 있었다. 멜리센트가 갑작스레 뛰어나와 자신의 사랑과 증오를 토로하며 엘리스를 고발하기 전에 에이논은 이미 출발하고 없었으니까. 이후의 상황은 아직 이곳까지 도달하지 않았으리라. 휴가 그 문제를 두고 오아인과 이야기를 나눴겠지만 그 내용 역시 트레게이리오그에는 닿지 않은 듯했다. 그러나 오아인이 돌아오면 문제가 달라진다. 자신의 약혼자가 다른 여자와 무모한 사랑에 빠졌다는 사실은 물론, 그 여자가 자기 아버지의 살해 용의자로 그를 고발한 것, 그가 사랑을 위해 살인한 이로 몰려 붙잡히게 된 경위까지 결국 그녀는 모조리 듣게 될 것이다. 크리스티나는 어떻게 나올까? 자신을 원하지 않는 약혼자일지언정 여전히 그에 대한 권리를 주장할 수 있는 여자와, 자신이 진정으로 원하는 여인을 놓치고 괴로워하는 남자…… 불운한 네 남녀가 얽히고설킨, 풀 길 없는 실타래와도 같은 상황이었다.

"이런저런 사람들이 용의자로 지목되긴 했지만 딱히 남보다 불리한 증거를 가진 이는 없소." 캐드펠이 말했다. "아직은 누구의 목숨도 위태롭지 않은 셈이지. 그리고 웨일스인들은 모두 건강하게 잘 있소. 갇혀 지내긴 하나 대접도 잘 받고…… 정의를 믿고 기다리는 것 외에 당장 그들을 도울 방법은 없소."

"정의를 믿는다는 게 늘 쉬운 일은 아니죠." 그녀는 신랄하게 대꾸했다. "모두 건강하게 잘 있다고요? 그 두 사람, 엘리스와 엘리드는 같이 있나요?"

"그렇소. 함께라는 사실을 그나마 위안으로 삼고 있지. 그리고 탈출 시도를 않겠다는 맹세가 받아들여져 둘 다 성안을 자유롭게 나다닐 수 있소. 그러니 안심해도 될 거요."

"하지만 그런 말씀을 들어도 아무 희망이 느껴지지 않는군요. 결국 그가 언제쯤 돌아올 수 있을지 확답할 수 없다는 뜻이잖아요." 그녀의 커다란 눈은 캐드펠에게 붙박여 있었다. 무릎 위에 깍지 낀 손에 얼마나 힘이 들어갔는지, 손가락 관절들이 뼈처럼 새하얗게 드러났다. "그가 과연 떳떳하게 살아서 돌아올 수 있는지조차 말예요."

"나로서는 그러기를 바란다고밖에 말할 수 없군. 어쨌든 시간을 단축하도록 노력해보겠소. 당신도 이렇게 하염없이 기다리고 있기 힘들 테니까."

그러나 무죄 판정을 받고 돌아온다 해도 엘리스는 웨일스의 약혼녀에게서 빠져나가 멜리센트 프레스코트에게 구애할 궁리만 할 테니 그녀로선 더 힘들어질 것이다. 마른하늘에 날벼락을 맞게 하느니 차라리 지금 경고해주는 편이 낫지 않을까? 어떻게 하는 것이 그녀를 위해 최선이 될지 궁리하느라 캐드펠은 그녀가 하는 말을 반쯤 흘려듣고 있었다.

"적어도 전 이제 마음을 정리했어요." 그녀는 독백에 가까운 투로 말을 이었다. "늘 알고 있었어요. 그가 자기 사촌을 그렇게까지 사랑하지 않았더라면 저 역시 많은 사랑을 받았을 거예요. 젖형제들이 으레 그렇잖아요. 수사님도 웨일스인이시니 잘 아시겠죠. 그가 스스로 문제를 청산하지 못하니 제가 그를 위해 대신 정리해주기로 했어요. 입 다물고 사는 것도 더는 못 하겠어요. 왜 내가 비명 한 번 못 지르고 피를 흘려야 하죠? 전 할 만큼 했어요. 제 아버지와 그의 아버님이랑도 이미 얘기를 끝냈고요. 전 제 갈 길을 갈 거예요." 그녀가 자리에서 일어나더니 살짝, 그러나 결연한 미소를 지어 보였다. "떠나시기 전에 또 이야기 나눌 기회가 있겠죠, 수사님. 이제 그만 가서 부엌일이 잘 돌아가는지 살펴봐야겠네요. 저녁엔 모두 집으로 돌아와 있을 겁니다."

캐드펠은 멍하니 앉아 인사를 하는 둥 마는 둥 그녀를 보낸 뒤 씩씩한 걸음걸이로 홀을 가로지르는 그 당당한 자태를 지켜보았다. 그러다 그녀가 문 쪽으로 다가선 참에야, 그는 방금 자신이 들은 말의 의미를 깨달았다.

"크리스티나!" 그가 소리쳐 불렀지만 이미 그녀는 사라진 뒤였다.

*

그래, 크리스티나는 분명 이렇게 말했다. "늘 알고 있었어요. 그가 자기 사촌을 그렇게까지 사랑하지 않았더라면 저 역시 많은 사랑을 받았을 거예요. 젖형제들이 으레 그렇잖아요." 캐드펠 자신도 보았다. 티격태격하는 그들 사이에 오가던 감정을 두 눈으로 똑똑히 보면서도 완전히 잘못 읽어냈다. 말 한 마디 한 마디,

표정 하나하나, 그걸 전부 놓치다니! 거짓말 같은 건 전혀 없었으나 결국 그 모든 게 거짓이었던 셈이다.

그녀는 자기 아버지와 이야기를 끝냈다고 했지…… 그의 아버지와도!

처음 슈루즈베리로 붙잡혀 와 자신을 소개하던 엘리스 압 키난의 쾌활한 음성이 떠올랐다. "아버지가 작고하시자 오아인은 저를 삼촌 댁에 데려다 놓고 엄하게 감시했어요. 그렇게 전 그리피스 압 메일리르 삼촌 댁에서 사촌 엘리드와 형제처럼 성장했습니다……."

쌍둥이처럼 가까워진 두 젊은이의 관계는 급기야 그중 한 남자와 정혼한 여자에게도 틈을 내주지 않을 정도로 견고해졌다. 여자는 자신의 권리를 주장하며 힘들게 싸워왔다. 자신의 사랑을 능가하는 깊고 거친 사랑이 존재한다는 사실을 알면서도 그저 어린 시절 맺어진 잘못된 관계가 명예를 다치지 않는 방법으로 해소되어지기만을, 그 두 사람이, 마치 서로의 거울상인 듯 왼쪽 모습과 오른쪽 모습이 똑같은 그 이중적 존재가 분리되기만을 바라며…… 그 두 모습 가운데 과연 어느 것이 현실일까? 문외한이 그것을 어떻게 구분할 수 있을까?

캐드펠은 이제 알 것 같았다. 그녀가 내뱉은 단어. 크리스티나는 그들 두 사람을 키운 친척을 막연하게 표현한 것이 아니다. 삼촌도 양아버지가 될 수 있겠지만, 아버지는 친아버지뿐이다.

*

    그들은 이번에도 땅거미가 내릴 무렵에야 돌아왔다. 줄곧 멍한 상태로 생각에 잠겨 있던 캐드펠은 정신을 가다듬고 밖으로 나가 횃불 밝혀진 마당의 소란스러운 풍경을 바라보았다. 불빛 아래 번들거리는 말가죽, 재갈과 박차, 쩔렁대는 마구, 제각기 목적을 가진 쾌활한 목소리들이 뒤엉켜 윙윙거리는 소음, 말을 달래는 마부들의 음성, 말발굽 소리, 쌀쌀하지만 쾌청한 대기 속으로 보일 듯 말 듯 피어오르는 입김…… 움직이는 빛과 그림자가 거대하고 활기찬 한 폭의 문양을 만들어내고, 따뜻하게 불이 피워진 홀은 활짝 열린 채 돌아온 이들을 기다리고 있었다.

    티디르 압 리스가 제일 먼저 안장에서 내려와 자기 군주의 등자를 손수 붙잡아주었다. 불그레한 횃불 빛 아래 오아인 귀네드의 금발이 반들거렸다. 그는 이 집 주인보다 머리 하나가 더 컸다. 지휘관들이 하나둘 모여들었다. 잉글랜드와 이웃한 귀네드의 소군주들이었다. 캐드펠은 말에서 내리는 그들을 일일이 확인하며 서 있었다. 그러나 마침내 모두 땅에 내려서고 부하들이 저택 너머 캠프로 흩어질 때까지도 그가 찾고 있는 에이논 아브 이셀의 모습은 보이지 않았다.

    "에이논 말입니까?" 캐드펠의 물음에 티디르가 말했다. "그는 뒤따라오는 중입니다. 란산트프라이드에 들르느라 식탁엔 뒤늦게 나타날 거예요. 결혼해 거기 살고 있는 그의 딸이 첫아이를 낳았다더군요. 저녁 늦게나 도착할 겁니다. 그나저나, 다시 이곳을 찾아주시니 진심으로 반갑습니다. 수사님. 우리 전하의 귀를 즐겁게 해줄 소식을 들고 오셨다면 더더욱 좋았겠지만요. 그쪽 소식은 들었습니다. 정말 유감이에요. 전하께서도 깨끗한 친교를 더럽힌 불행한 사건으로 생각하고 계십니다."

"진상을 밝히려 노력하는 중이죠." 캐드펠이 말했다. "어쨌든 한 사람의 잘못된 행동이 이쪽 군주와 우리 장관의 관계를 방해하지는 못하리라 믿습니다. 귀네드의 선의는 우리 슈롭셔인들에게 소중하기 그지없는 선물이지요. 더구나 마도그 압 메레디드가 음흉한 심보를 다시 드러내기 시작하고 있는 시점이니 말입니다."

"그게 정말입니까? 전하께서도 그 소식을 듣고 싶어 하시겠군요. 저녁 식사 후에 적당한 시간이 있을 겁니다. 주빈석에 수사님 자리도 하나 만들어드리지요."

어쨌거나 에이논이 도착할 때까지는 기다려야 할 처지였으므로 캐드펠은 다시 안으로 들어가 저녁을 먹으며 티디르의 홀에서 벌어지는 회합을 관찰하고 즐겼다. 중앙 화로에서 번져 나오는 온기 속에 와인과 하프 연주가 이어졌다. 티디르만 한 지위의 사람에겐 하프를 소유할 수 있는 특권이 있었으며, 그는 유랑 음유시인들의 관대한 후원자로 봉사하는 의무를 지는 한편 본인 직속 하프 연주자도 둘 터였다. 게다가 칭송받아 마땅한 군주까지 앉아 있는 특별한 자리이고 보니 식사하는 내내 시인들의 경쟁이 이어졌다. 마당에는 아직도 이리저리 오가는 이들로 분주했다. 변경 지역을 순찰하고 전초 근무자들을 교대시키느라 뒤늦게야 캠프에 돌아온 지휘관들, 음식과 물건을 나르는 한편 궁사나 병사들과 담소를 나눌 생각으로 어정거리는 여인들…… 당분간은 이곳이 귀네드의 궁정인 셈이니, 탄원자들은 물론 선물을 진상하러 온 사람들, 일과 호의를 구하러 온 청년들도 몰려들 터였다.

식탁이 치워지고 벌꿀주와 와인이 넉넉하게 돌았을 때 티디르의 집사가 홀로 들어와 주빈석으로 향했다.

"전하, 자신의 아들을 전하께 알현시키고 싶다며 찾아온 사람이 있습니다. 불과 이틀 전에야 혈육 관계임을 확인했답니다. 메이보드 부근에 사는 그리피리 압 러와르흐라는 사람인데, 그자의 이야기를 들어보시겠습니까?"

"기꺼이 들어보지." 오아인은 호기심이 동한 듯 고개를 들어 실내에 자욱한 연기와 침침한 불빛 사이로 아래쪽을 내려다보았다. "그리피리 압 러와르흐를 들여 대접하라."

캐드펠은 그 이름을 흘려들었다. 설령 제대로 들었다 해도 누군지 생각해내지 못했을 테고, 또한 한 번도 본 적 없는 사람이니 알아보지도 못했을 것이다. 곧 그 사람이 집사를 따라 홀로 들어와 주빈석과 일반 식탁들 사이에 와 섰다. 쉰쯤 되어 보이는 나이에 마르고 다부진 체격, 대머리와 턱수염, 산사람 특유의 걸음걸이와 세파에 닳은 주름진 얼굴, 멀리 내다보는 목동의 눈을 가진 사람이었다. 그의 의복은 수수한 갈색이었지만 좋은 수직 천으로 짜여 있었다. 연단 앞까지 곧장 나아온 그가 웨일스답게 기운차고 당당한 태도로 군주에게 경의를 표했다.

"오아인 전하, 제 아들놈을 보시고 인정해주십사 하여 데리고 왔습니다. 제 아내가 낳은 외아들이 2년 전 비참한 죽음을 당해 그간 자식 없이 지내고 있었는데, 며칠 전 다른 여인의 몸에서 나온 이 아들이 자신의 출생을 밝혀달라며 저를 찾아왔습니다. 그래서 전 그를 아들로 인정하고 가문에 이름을 올렸지요. 이제 전하께서도 인정해주시기를 간청하나이다."

그는 이런 상황이 기쁘고 또한 지금 왕에게 소개하고자 하는 자신의 아들이 그저 자랑스러운 듯 당당하게 서서 이야기를 늘어놓았다. 예의를 갖춘 침묵 속에 그의 목소리만 또렷하게 울리지 않았다면 캐드펠은 그에게 별다른 관심을 기울이지 않았을 것이다. 이윽고 몇 미터 뒤에 흐릿한 불빛과 연기에 가려진 채 서 있던 젊은이가 공손하게 앞으로 나아왔다. 보다 무겁고 느린 한쪽 발을 끌며 절룩대는 걸음으로 그가 주빈석에 밝혀진 횃불 빛 아래 머뭇머뭇 들어선 순간, 캐드펠의 시선이 그에게 붙박였다. 검은 머리칼을 단정하게 빗어 당당하게 뒤로 넘긴 이 젊은이는 그가 잘 아는 사람이었다. 뚱하게 닫혀 있던 얼굴이 지금은 희망과 열의에 차 활짝 열려 있었으며, 줄곧 팔 밑에 끼워져 있던 목발은 보이지 않았다.

캐드펠은 애나이언 압 그리프리에게서 그리프리 압 러와르흐에게로 시선을 돌렸다. 자식 없이 쓸쓸한 중년을 보내던 중 갑자

기 나타난 이 뜻밖의 선물이 그의 가슴을 희망과 만족으로 따뜻
하게 덥혀준 듯 더없이 밝은 얼굴이었다. 그리프리의 어깨에 느
슨하게 늘어진 수직 외투의 주름 사이에 얇은 금줄로 고정된 기
다란 금 핀이 매달려 있었다. 그것 역시 캐드펠이 본 적이 있는,
너무도 잘 아는 물건이었다.

그리고 또 다른 증인도 이를 알아보았다. 에이논 아브 이셀이
어느새 이 자리에 와 있었던 것이다. 분위기를 해치고 싶지 않
아 개인 방과 연결된 출구로 슬그머니 들어와 군주의 식탁 뒤쪽
에 서 있던 그는 자연히 장내의 주목을 받고 있는 사내에게로 눈
길을 돌렸다. 보란 듯 당당하게 옷깃에 단 그 장식물이 붉은 횃불
빛에 번쩍였다. 과연 저런 물건이 두 개일 수 있을까? 자신의 것
과 똑같은 엄청난 크기에 세공도 똑같은 물건이 하나 더 존재할
수 있을까?

"하느님 맙소사!" 경악과 분노 속에 에이논 아브 이셀이 호통
을 쳤다. "감히 내 금을 달고 내 앞에 와 서다니, 당신 대체 누구
요?"

         *

천둥을 예고하는 불길한 침묵과 함께, 왕과 탄원자에게 쏠려
있던 눈길들이 모조리 이 요란한 고발자 쪽으로 향했다. 성큼성
큼 주빈석을 돌아 나온 에이논이 연단에서 뛰어내려 가까이 다가

가자 그리프리는 놀라 뒤로 주춤 물러섰다. 곧 에이논의 짙은 갈색 손가락이 갈색 외투에서 빛나는 그 핀을 찌를 듯 가리켰다.

"전하, 이것은 제 물건입니다! 제 땅에서 난 금을 제가 캐서 제가 쓰려고 만든 핀입니다. 이 지역, 아니 전국 어느 땅에도 이와 똑같은 물건이 또 있을 수는 없습니다. 지난번 전하의 명을 받고 슈루즈베리에 다녀왔을 때 외투 깃에 달려 있던 저 물건이 사라져버렸고, 그 이후 지금까지 보이지 않았습니다. 저는 어디 길에서 떨어뜨렸거니 싶어 그냥 조용히 넘어갔지요. 고작 금붙이 하나를 두고 난리를 치는 것도 말이 되지 않으니까요. 그런데 지금 이 물건을 다시 보게 되다니 저로선 정말이지 입이 다물어지지 않습니다. 이제 이 일을 전하의 처분에 맡기오니, 저자가 어찌하여 제 물건을 달고 있는지 심문하여 가려주십시오."

장내 사람들의 절반이 일어선 채 위협하듯 와글거렸다. 참작의 여지가 없는 절도는 웨일스에서 가장 저질의 범죄로 여겨지며, 현행범으로 잡힌 도둑은 현장에서 피해자에게 처단당해도 할 말이 없었다. 그리프리는 말문이 막혀 당황한 기색으로 서 있었다. 그때 애나이언이 팔을 내저으며 자신의 아버지와 에이논 사이로 몸을 날렸다.

"나리, 소인이 저 물건을 사서 아버님께 드렸습니다. 훔친 게 아닙니다…… 대가를 치렀다고요! 제 아버님은 아무 죄도 없습니다. 문책을 하려거든 제게 하십시오."

그는 공포에 질려 진땀을 흘리고 있었다. 멀끔하던 그의 얼굴이 몰라볼 듯 구겨지며 이마와 눈썹이 올가미를 이루었다. 그가 웨일스어를 어느 정도나 하는지 알 수 없으나, 이처럼 다급한 상황에서는 아무 도움이 되지 않는 수준인 듯했다. 그의 입에서 튀어나온 잉글랜드어에 모두들 다시 한번 놀라 와글거렸다.

이윽고 오아인이 손을 내저어 장내를 진정시키자 사람들의 목소리가 차츰 잦아들었다. 침묵이 내려앉자 캐드펠은 슬그머니 일어나 식탁을 빙 돌아서 홀 바닥에 내려섰다. 조심스럽게 움직이긴 했지만 왕의 눈길을 끌지 않을 수 없었다.

"전하, 저는 슈루즈베리 사람으로 이 젊은이를 잘 압니다." 캐드펠이 간청하듯 입을 열었다. "애나이언 압 그리피리로 알려진 자죠. 그는 잉글랜드인으로 자랐습니다. 물론 본인 잘못은 아닙니다. 여기 계신 모든 분들이 이해할 수 있게끔 제가 나서서 이자의 말을 통역하고자 합니다."

"반가운 제안이오." 오아인은 이렇게 말한 뒤 주의 깊게 그를 살폈다. "이 일은 지난번 슈루즈베리에서 발생한 사건과 관계가 있는 것 같은데, 수사는 그곳의 대변자로서 권한을 위임받아 온 거요? 만일 그렇다면 슈루즈베리가 속한 주와 수도원의 입장까지 대변할 수 있소?"

"지금 이 자리에서, 저는 감히 그 모든 입장을 대변하고자 합니다." 캐드펠은 확고한 말투로 대답했다. "그리고 추후 제 언행에서 잘못이 발견된다면 그 역시 제가 책임지도록 하겠습니다."

"상황을 보아하니 바로 이 문제 때문에 온 모양이군."

"그렇습니다. 저 보석을 찾기 위한 목적도 있었고요." 캐드펠이 말을 이었다. "저 금 핀은 길버트 프레스코트가 사망한 바로 그날 저희 진료소 내 그의 병실에서 사라졌습니다. 가마에 실려 올 때 그의 몸에 덮였던 에이논 아브 이셀의 외투는 핀이 사라진 채 주인에게 건네졌죠. 저희는 에이논이 출발한 다음에야 핀을 기억해내고 찾기 시작했습니다. 그런데 그게 지금 이 자리에 나타난 것입니다."

"살인이 자행된 그 병실에서 훔쳐낸 게 틀림없군." 에이논이 말했다. "수사님, 결국 저 금보다 더 나은 걸 찾아낸 셈이군요. 이제 우리 사람들은 고향으로 돌려보내주셔도 될 것 같습니다."

장내를 가득 채운 비난의 시선과 자기 아버지 사이에서, 애나 이언은 두려워하면서도 꿋꿋하게 서 있었다. 몸속의 피가 모두 빠져나간 듯 그의 얼굴은 얼음처럼 희고 투명했다.

"전 살인하지 않았습니다." 그는 갈라진 음성으로 이렇게 내뱉은 뒤 크게 심호흡을 했다. "전하, 정말이지 전 몰랐습니다…… 저는 이 핀이 그 사람, 프레스코트의 것이라 생각했습니다. 그 외투에서 떼어낸 건 사실이지만—"

"그를 살해한 다음에 그랬겠지." 에이논이 무자비하게 말을 끊었다.

"아니에요! 맹세합니다! 그 사람한텐 손도 대지 않았습니다." 그가 애원하는 눈빛으로 오아인을 바라보았다. 식탁에 앉은 오아인은 포도주 잔 밑동을 빙빙 돌릴 뿐 아무 감정도 드러내지 않았으나 그의 눈은 영롱하게 반짝이고 있었다. 애나이언은 다급하게 말을 이었다. "전하, 제발 제 얘길 들어주십시오! 저희 아버님은 아무것도 모르십니다. 죄가 있다면 그저 제 말만 듣고 믿으신 게 전부죠. 이제 아버님께 말씀드렸던 그대로 모두 다시 고하겠습니다. 신이 보고 계시는데 제가 어찌 거짓말을 하겠습니까."

"그 핀을 이리 가져오라." 오아인의 명에 그리프리가 떨리는 손으로 핀을 떼어내어 허겁지겁 왕의 손에 바쳤다. "과연! 나 역시 오랫동안 자주 이것을 보아왔으니, 이 핀이 누구의 옷에 달려 있던 물건인지는 의심의 여지가 없다. 캐드펠 수사, 수사의 얘기와 에이논의 설명으로 이것이 어떻게 해서 그 행정 장관의 침대 옆에 놓이게 됐는지까지는 나도 알겠소. 자, 애나이언, 이제 이것을 입수한 경위를 자네 입으로 말해보라. 나는 잉글랜드어를 알아들으니 혹여나 잘못 전달될까 봐 두려워할 필요는 없다. 그리고 여기 있는 다른 모든 이들을 위해 캐드펠 수사가 자네 얘길 웨일스어로 옮겨줄 것이다."

애나이언은 숨을 크게 한 번 들이쉬었다. 목구멍이 쪼그라들어 갈라지는 소리가 새어 나왔으나, 곧이어 말이 홍수처럼 터지며 막혔던 목을 씻어냈다. "전하, 소인은 바로 며칠 전까지만 해도 제 아비를 본 적이 없었고 아버님 역시 절 보신 일이 없었습니다. 하오나 아버님도 말씀드렸듯 제겐 동생이 하나 있었으니, 그가 양모를 팔러 슈루즈베리에 왔을 때 전 우연히 그를 알게 되었습니다. 우리는 한 살 터울이 지는 형제간이었습니다. 저는 제 피붙이인 그를 아주 소중히 생각했지요. 그러던 어느 날, 제가 없는 사이 시내로 들어간 동생이 싸움판에 휘말렸습니다. 그 와중에 사람 하나가 살해되었는데 동생이 그 범인으로 지목되었어요. 이에 길버트 프레스코트가 동생을 교수형에 처했습니다!"

오아인은 캐드펠을 곁눈질하며 애나이언의 이야기가 전부 웨일스어로 통역될 때까지 기다렸다가 입을 열었다. "수사도 그 사건을 알고 계시오? 공정하게 다뤄진 사건이었소?"

"어느 손이 살인을 저질렀는지 누가 알겠습니까?" 캐드펠이 말했다. "거리에서 벌어진 소동이었고, 그 젊은이들 모두 만취해 있었습니다. 한 가지 분명히 짚고 넘어가야 할 것은, 길버트 프레스코트가 다소 성미 급하긴 해도 무척 공정한 사람이라는 점입니다. 그러나 만일 여기 웨일스 땅에서 벌어진 일이라면 그 젊은이가 교수형에 처해지지 않았으리라는 점 또한 분명하지요. 상황이 다소 애매한 만큼 교수형을 내렸다간 피의 보복이 뒤따랐을 테니까요."

"계속 말하라." 오아인이 애나이언에게 명했다.

"저는 그날 이후로 가슴에 응어리를 안고 살았습니다." 해묵은 원한이 되살아난 듯 애나이언은 격정적인 목소리로 이야기를 이어갔다. "하지만 저처럼 비천한 인간이 행정 장관 근처에 갈 수 있었겠습니까? 전하 측 사람들이 부상당한 그를 슈루즈베리로 데려와 수도원 진료소에 입원시키기 전까지는 상상도 할 수 없는 일이었죠. 그런데 그때 마침 제가 다리 부상으로 그곳에 입원해 있었던 겁니다. 물론 거의 다 나은 상태였지만요. 그 사람은 벽 하나를 사이에 두고 저와 불과 스무 걸음 거리에 누워 있었습니다. 원수의 목숨이 제 손아귀에 놓인 셈이었지요. 수사들이 모두 식당으로 가 주위가 조용한 시간에 전 그가 있는 병실로 들어갔습니다. 다시 말씀드리지만, 그는 우리 집안의 목숨 하나를 앗아간 장본인입니다. 비록 혼혈이라고는 하나, 당시 전 웨일스인의 피를 지닌 사람으로서 복수를 하는 것이 제 의무라 생각하고 있었습니다. 예, 살인할 작정이었죠! 에일에 절어 한 대 친 것이 운이 나빠 그렇게 된 것을 가지고 제게 하나뿐인 동생, 누구보다 쾌활하고 착한 동생에게 교수형을 내리다니요! 저는 그를 죽일 생각으로 방에 들어갔습니다. 그런데…… 할 수가 없더군요. 원수로 여겼던 사람이 제 앞에 다 죽어가는 꼴로 누워 있었습니다. 늙고 기운 없이, 흘릴 피도 숨 쉴 기력도 더 이상 남지 않은 것처럼요…… 옆에 서서 그를 바라보자니 그저 안쓰러움밖에 느껴지지 않았습니다. 그는 이미 모든 대가를 치렀고, 따라서 복수할 것도 없다는 생각이 들었죠. 그래서 전 다른 방법을 생각하게 됐습니다. 피의 보복을 명하거나 복수를 강요하는 법정은 없지만 그의 곁에 놓인 외투에 달린 금 핀, 그 정도라면 어느 정도 보상이 될 것 같았습니다. 저는 그 물건이 그의 것인 줄로만 알았습니다. 다른 이의 물건이라고 어떻게 생각할 수 있었겠습니까? 그래서 그자의 빚과 제 원한을 청산하는 의미로 그걸 떼어냈지요. 그런데 바로 그날 오후, 프레스코트가 사망했으며 그것도 살해되었다는 사실이 저를 비롯한 모든 사람들에게 알려졌습니다. 이윽고 심문이 시작되었고요. 제가 그 병실에 갔던 것이 드러나는 날엔 그를 죽인 살인범으로 몰릴 게 뻔하다는 생각이 들더군요. 그래서 곧장 달아났습니다. 물론 언젠가는 웨일스의 아버님을 찾아 동생의 죽음이 미약하게나마 보상받았음을 알려야겠다 마음먹고 있긴 했지만, 그토록 서둘러 도주하게 될 줄은 몰랐습니다. 도무지 겁이 나 어쩔 수가 없었지요."

"그 뒤에 이 아인 정말로 절 찾아왔습니다." 그리프리가 아들의 어깨에 손을 얹고 호소하듯 말했다. "제 아들이라는 증거로 오래전 제가 이 아이의 생모에게 주었던 노란 산돌을 꺼내놓았죠. 하지만 전 얼굴만 보고도 이미 알아보았습니다. 죽은 동생과 똑같았으니까요. 그런 다음 아들은 지금 전하께서 들고 계신 그것을 제게 주며 동생 그리프리의 죽음이 이제 보상되었다고 알렸습니다. 그 핀이 징표라고, 원수가 죽었으니 이제 원한도 묻어두라 하더군요. 처음엔 그 뜻이 얼른 이해되지 않았습니다. 그래서 만일 네가 직접 동생 그리프리의 원수를 처단한 거라면, 이 물건까지 가져올 권리는 없다고 말했죠. 하지만 아들은 원수를 죽인 것은 자신이 아니라고 참으로 엄숙하게 맹세했어요. 전 아들의 말을 믿습니다. 전하, 제가 이 나이에 아들 하나를 되찾아 노년에 의지할 기둥을 얻게 되어 얼마나 기쁜지 헤아려주십시오. 또한 바라옵건대, 더는 제게서 아들을 데려가지 말아주십시오!"

모두들 가만히 생각에 잠긴 사이, 캐드펠은 애나이언의 얘기를 통역한 뒤 왕의 무표정한 얼굴을 잠시 뜯어보았다. 침묵은 몇 분간 더 지속되었다. 오아인이 말을 꺼내기 전에는 누구도 입을 열지 못할 터였다. 오아인은 서두르지 않았다. 연단 밑에서 불안스레 고립된 채 서로 몸을 기대고 선 아버지와 아들을 조용히 바라보던 그는, 이어 자신만큼이나 무표정한 얼굴의 에이논을, 마지막으로 캐드펠을 쳐다보았다.

"수사, 그 이후로 슈루즈베리에서 전개된 일에 대해서는, 또한 이 청년에 대해서도, 여기 있는 누구보다 당신이 잘 알 거요. 그래, 어떻게 생각하시오? 그의 말을 믿소?"

"그렇습니다, 저는 그의 말을 믿습니다." 캐드펠은 진심 어린 감사를 표하며 단호하게 말했다. "제가 아는 내막과 모두 일치합니다. 다만 한 가지, 애나이언에게 묻고 싶은 게 있습니다."

"질문하시오."

"애나이언, 자넨 침대 옆에 서서 잠든 환자를 지켜보았다고 했지. 그때 환자는 살아 있었나?"

"그럼요!" 애나이언이 반색을 하며 대답했다. "분명히 숨을 쉬고 있었습니다. 자면서 가끔 신음까지 했어요. 제가 똑똑히 보고 들었습니다. 확실합니다."

의아해하는 오아인의 눈을 마주 보며 캐드펠이 다시 입을 열었다. "전하, 이 젊은이가 들어갔다 나오고 잠시 후 또 한 사람이 그 방에 왔다 가는 소리를 들은 이가 있습니다. 애나이언처럼 절뚝대는 소리가 아니라 가벼운 걸음이었다더군요. 바로 그자가 길버트 프레스코트의 목숨을 앗아간 범인입니다. 그리고 제가 애나이언의 얘기를 믿을 수밖에 없는 다른 이유도 있습니다. 살인범을 가려내기 위해서는 그 전에 반드시 찾아내야 할 또 다른 물건이 있기 때문입니다."

오아인은 알겠다는 듯 고개를 끄덕이더니 다시금 말없이 생각에 잠겼다. 이윽고 그가 날랜 동작으로 금 핀을 집어 들어 에이논에게 건네며 입을 열었다. "경의 생각은 어떻소? 절도죄로 보시오?"

"이 물건을 되찾은 것으로 만족합니다." 에이논이 웃으며 대답하자 장내의 긴장이 한꺼번에 풀렸다. 모두들 다시 편안하게 움직이며 웅성대는 가운데 왕이 집주인에게 말했다.

"저기 연단 밑에 그리프리 압 러와르흐와 그의 아들 애나이언을 위한 자리를 하나 마련해주시게, 티디르."

11

그렇게, 살인 사건의 주요 용의자로 지목되어 이미 교수대에
올라선 처지나 마찬가지였던 이 젊은이는 자기 아버지를 뒤따라
만찬석으로 향했다. 마치 꿈을 꾸는 것처럼 멍한 표정에 약간 비
틀대며 걷긴 했지만, 마음속에 횃불이 밝혀진 듯 표정이 조금씩
밝아지고 있었다. 아버지와 함께 식탁에 자리를 잡고 앉은 그는
이제 다른 이들과 똑같은 사람이었다. 하녀에게서 태어나 재산도
특권도 누리지 못하던 그가 갑자기 자유민이 되어 정당한 가문의
자리를 찾았을 뿐 아니라, 존경받을 만한 부친의 상속자로서 이
나라 군주의 인정을 받아낸 것이다. 그를 도망자로 내몰았던 지
난날의 상황이 그의 일생에서 가장 큰 축복으로 바뀌어 웨일스법
이 인정하는 온당한 지위를 그에게 가져다준 셈이었다. 이제 그

는 자신을 자랑스럽게 인정하는 아버지의 진정한 아들이었다. 이곳에서 애나이언은 더 이상 서자가 아니었다.

자리로 가 앉는 두 사람을 캐드펠은 흐뭇한 모습으로 바라보았다. 악에서도 선한 무언가가 움트는 법. 만일 두려움이 저 젊은이를 내몰지 않았다면, 그리하여 한달음에 경계를 뛰어넘게 만들지 않았다면, 먼 곳 어딘가에 사는 얼굴도 모르고 말도 다른 아버지를 찾아 나설 용기를 감히 어떻게 낼 수 있었겠는가? 이제 그 결과는 지난날 느끼던 공포를 넉넉히 보상해주고도 남으리라. 그의 손은 깨끗했으니, 캐드펠 또한 과거의 애나이언을 잊을 수 있었다.

"내 사람 여덟을 잡혔지만, 적어도 다른 하나는 돌려받게 되었군." 부자가 지정된 자리로 가 앉을 때까지 주의 깊게 지켜보던 오아인이 말했다. "사내로서 그리 부족한 청년 같지 않은데, 군사훈련은 전혀 안 되어 있는 모양이오."

"뛰어난 목부牧夫입니다." 캐드펠이 말했다. "모든 동물에 훤하지요. 전하의 말들을 안심하고 맡기셔도 좋을 겁니다."

"이제 수사 입장에선 목매달 주요 용의자를 하나 잃게 된 셈인데, 저 청년에게 찜찜함이 남지는 않았소?"

"전혀요. 저는 그가 자신이 말한 그대로 행동했으리라 확신합니다. 강하고 거만한 상대를 응징할 생각이었으나 부서질 대로 부서진 꼴을 보았으니 동정심을 느끼지 않을 수 없었겠지요."

"나쁜 결말은 아니군. 자, 이제 우리도 좀 조용한 곳으로 자리를 옮겼으면 싶소. 수사도 하고자 했던 얘길 모두 털어놓고, 묻고 싶은 게 있으면 뭐든 물어보시오."

*

왕의 방으로 물러난 그들은 철망으로 보호된 자그만 화롯가에 둘러앉았다. 오아인, 티디르, 에이논 아브 이셀 그리고 캐드펠까지 총 네 사람이었다. 캐드펠은 양모 보푸라기와 금사가 보관된 작은 상자를 이곳까지 지니고 온 터였다. 보푸라기의 짙은 푸른색과 연한 붉은빛을 기억 속에서 정확하게 되살리기 힘들 듯해 계속 눈에 익힐 겸, 또 비슷한 직물이 있으면 밝은 곳에서 직접 대조해볼 겸 허리끈 주머니에 넣어 온 것이다. 안에 든 것들이 워낙 가벼워 그는 매번 조심조심 상자를 열어보곤 했다. 자칫 숨 한 번 잘못 쉬었다간 이 불길한 보물들을 순식간에 날려버릴 수도 있었다.

어디까지 이야기해야 할까? 어쨌든 크리스티나가 이미 모든 것을 털어놓은 데다 그녀의 아버지도 이 자리에 있으니 캐드펠 또한 아는 그대로 전부 이야기하는 게 좋을 것이었다. 포로로 사로잡힌 엘리스가 불행하게도 프레스코트의 딸과 사랑에 빠져버렸다. 행정 장관이 그들의 결합을 허락할 가능성은 없다시피 했고, 그래서 엘리스는 환자가 쉬고 있는 병실에 들어갔다. 물론, 그가 멜리센트의 주장대로 사랑의 방해물을 제거하려 한 것인지,

혹은 엘리스 자신의 항변대로 그저 제 비참한 입장을 하소연해보려 한 것인지는 아직 알 수 없었다.

"얘기가 그렇게 된 거군." 오아인이 이렇게 중얼거리며 티디르와 눈빛을 교환했다. 놀라는 기색도, 동조나 비난의 빛도 일절 드러나지 않는 냉철한 눈길이었다. 티디르가 이 왕과 절친한 사이임을 감안하건대, 아마도 크리스티나의 속사정에 관해서도 두 사람은 이미 대화를 나누었을 것이다. 그리고 거기, 완전히 새로운 이야기가 있었다. "그러니까 에이논이 떠난 뒤에야 그 내막이 밝혀졌다, 이거요?"

"그렇습니다. 엘리스가 병실로 들어갔다가 에드먼드 수사에게 들켜 쫓겨난 것으로 드러났습니다. 그 얘길 듣자 길버트의 딸은 당장에 그가 살인범이라고 몰아붙였지요."

"하지만 수사께선 그렇게 생각하지 않는 것 같군. 휴 베링어의 생각도 마찬가지인 듯하고."

"에드먼드가 들어가 청년을 쫓아냈을 때 그가 거기, 환자의 침대 옆에 있었다는 것 말고는 증거가 없으니까요. 그가 주장한 대로 나쁜 목적이 없었을 가능성도 충분하고요. 또 하나, 아시겠지만 바로 그 금 핀에 관한 문제가 있었지요. 에이논 경이 고국으로 떠날 때까지 우린 그 물건이 사라졌다는 사실을 전혀 모르고 있었습니다. 그러나 엘리스는 그것을 몸에 지니고 있지 않았고, 우리가 수색에 들어가기 전 어디 다른 곳에 숨길 기회도 없었습니다. 따라서 다른 누군가 그 방에 들어가 금 핀을 가져갔으리라 생각하고 있었지요."

"하지만 이제 그 편에 관한 진상이 밝혀졌습니다." 에이논이 말했다. "애나이언이 살인은 저지르지 않았다는 점을 우리 모두 납득한 마당이니, 엘리스가 살해범으로 낙인찍힐 가능성은 더 높아진 것 아닙니까? 비록……" 그가 머뭇대며 마지막 말을 덧붙였다. "우리가 아는 그는 결코 그럴 사람이 아니지만 말이지요."

"우리가 아무리 서로에 대해 잘 안다 한들, 부당한 악행을 저지르지 않고 사는 이가 얼마나 있을까." 오아인이 엄숙하게 말했다. "하물며 스스로에 대해서도 장담할 수 없거늘! 누구든 일생에 한 번은 큰 잘못을 저지를 수 있으며, 거기서 예외인 사람은 아무도 없다고 난 생각하오." 그는 캐드펠을 향해 고개를 들고서 말을 이었다. "수사, 조금 아까 프레스코트의 살해범을 밝히려면 먼저 찾아내야 할 게 하나 더 있다고 하지 않았소? 그게 무엇이오?"

"길버트를 질식시키는 데 사용되었던 천입니다. 흔적이 남아 있으니 어떻게든 찾아낼 수 있으리라 봅니다. 천이 그의 코와 치아 사이에 실마리를 남겼거든요. 턱수염에서도 금사 한두 올이 발견되었고요. 평범한 천이 아닙니다. 진료소에서 나왔을 때 엘리스는 그런 천 같은 걸 지니고 있지 않았습니다. 우리는 천에서 떨어져 나온 그 단서를 잘 보관한 뒤 수도원 경내를 샅샅이 뒤져 보았지요. 태피스트리나 제단보의 일부일 수도 있으니까요. 그러나 이 보푸라기나 금사와 일치하는 천은 발견할 수 없었습니다.

그게 무엇인지, 어떤 천인지 확인할 때까지는 길버트 프레스코트를 죽인 자가 누구인지 결코 밝혀내지 못할 겁니다."

"고인의 코와 입에서 흔적들이 발견되었다니, 그게 사실이오?" 오아인이 물었다. "그게 그를 질식시키는 데 사용되었던 바로 그 천과 일치할 거라는 얘기요?"

"저는 그렇게 생각합니다. 색상이 선명한 것이, 흔치 않은 염료를 사용한 천이지요. 여기 그 흔적이 담긴 보관함을 가지고 왔습니다. 하지만 열어볼 때 주의하셔야 합니다. 거미줄처럼 미세한 보푸라기들이라서요." 캐드펠이 화로 너머로 작은 상자를 건네주었다. "여기서는 열지 마십시오. 화로에서 솟는 열기 때문에 날아가버릴지도 모릅니다."

오아인은 상자를 한쪽에 밝혀진 램프 밑으로 가져가 조심스레 뚜껑을 열었다. 가느다란 보푸라기들이 미약하게 떨리다가 이내 잠잠해졌다. "금사가 분명하군. 꼬아 만든 실이야. 나머지는…… 털이 많고 섬유질이 선명한 것으로 보아 양모 같구려. 어두운색과 밝은색으로 짜인……." 상자 속을 더 자세히 살펴보던 그가 고개를 가로저었다. "고급 금사를 섞어 짠 천이라는 건 알겠는데, 이것만으로는 정확한 색상을 짐작할 수 없군. 털에 곱슬기가 있고 오글오글한 걸 보니 꽤 두껍고 단단하게 짜여졌던 모양인데. 아마도 이런 미세한 것들이 수없이 모여 실 한 올을 이루었을 거요."

"저도 좀 보겠습니다." 에이논이 눈을 가늘게 뜨고 상자를 들여다보았다. "금사는 구분이 되지만 이 보푸라기들은…… 저로서는 아무 색깔도 알아볼 수 없겠는데요."

티디르도 들여다보더니 고개를 가로저었다. "전하, 이런 불빛 아래선 제대로 알아보기 힘들겠습니다. 낮에 보면 또 어떨지 모르지만요."

사실이었다. 앵초꽃처럼 밝은 금빛을 띤 왕 자신의 머리칼도 기름 램프의 은은한 불빛 아래선 짙은 금발, 아니 거의 갈색으로 보일 정도였다.

"맞습니다." 캐드펠이 말했다. "이 문제는 내일 아침까지 미뤄두도록 하죠. 설사 지금 색을 제대로 구분한다 한들, 이 시간에 뭘 할 수 있겠습니까?"

"불빛 때문에 더 헷갈리는군." 오아인은 이렇게 중얼거리며 공기처럼 가벼운 보푸라기들이 담긴 상자의 뚜껑을 닫았다. "그런데 수사께서 여기 오면 그 천을 찾을 수 있으리라 생각한 이유는 뭐요?"

"수도원 내부에선 아무것도 나오지 않아, 결국 수도원에 머물다 나간 사람들 쪽으로 시선을 돌리게 되었습니다. 이 흔적들이 발견되기 전에 출발하신 에이논 장군 일행이 자신들도 알지 못하는 사이 그 천을 밖으로 옮겨놓았을 수 있다고 생각했지요. 비록 그럴 가능성은 크지 않지만요…… 내일 밝은 햇빛 아래서 보면 진짜 색상이 그대로 드러날 테고, 그땐 여러분 가운데 그 천을 기억하는 분이 나올지도 모르지요."

캐드펠은 상자를 돌려받았다. 지금으로선 실낱같은 희망에 불과하지만 아직 내일이 남아 있다. 몇 가닥 안 되는 이 가느다란 보푸라기들 속에 한 사람의 목숨이, 한 영혼의 안녕이 걸려 있다. 캐드펠은 그것들을 지키는 파수꾼인 셈이다.

"내일, 신이 내려주시는 햇살 아래 다시 한번 살펴보도록 합시다." 왕이 힘주어 말했다. "우리 인간들의 불빛은 너무도 미약하니 말이오."

*

같은 날 야심한 시각, 슈루즈베리 성 외곽에 자리한 조그만 방. 갑작스레 잠에서 깨어난 엘리스는 정신을 차리고 귀를 쫑긋 세우며 깊은 잠에서 자신을 깨운 게 무엇인지 파악하려 애썼다. 이제 낮 동안 들려오는 이곳 고유의 소리나 한밤에 이어지는 일상적인 정적에는 익숙해 있던 터였다. 그러나 오늘 밤엔 평소와는 다른 무언가가 느껴졌다. 만일 그러지 않았더라면 낮 시간의 비참함에서 그를 구해주는 유일한 피난처인 잠으로부터 그처럼 거칠게 끌려 나오지 않았으리라. 늘 고요와 정적이 흐르던 시각에 누군가의 움직임이 감지되었다. 아련한 목소리로 인해 공기가 떨리는 것도 느껴졌다.

그들이 지내는 방은 잠겨 있지 않았다. 두 사람의 포로 서약만으로도 충분하다고 판단한 휴 베링어의 배려였다. 엘리스는 살그머니 몸을 일으켜 옆에 누운 엘리드의 숨소리에 귀를 기울였다. 미동 없이 평안한 상태라 할 수는 없어도 그는 깊이 잠든 상태였다. 순간 몸을 뒤척여 돌아누우면서 잠시 숨결이 불안하게 흔들리는가 싶었지만, 이내 길고 안정적인 리듬으로 바뀌며 보다 편안한 휴식으로 빠져드는 듯했다. 엘리스로서는 그의 잠을 방해하고 싶지 않았다. 엘리드가 이러한 상황에 처한 건 전적으로 자신의 잘못 때문이었다. 멍청하게도 카드왈라드르 측에 합류하는 실수를 저지르는 바람에 엘리드마저 지금 이렇게 포로의 몸으로 그의 옆에 누워 있는 것이다. 이제 무슨 일이 생겨도 엘리드를 의혹과 위험 속에 더 이상 깊이 빠져들게 해선 안 되었다.

두터운 돌벽에 막혀 아주 멀리서 들려오는 듯 여겨지긴 해도, 그것은 분명 꽤 가까운 곳에서 울리는 사람 소리였다. 내용을 알아듣기란 불가능하지만 뭔가 설명하기 힘든 흥분과 공포의 전율이 묻어났다. 조심조심 침대에서 빠져나온 엘리스는 엘리드가 깨지 않았나 확인하려고 잠시 숨을 죽인 채 꼼짝 않고 있다가 이내 겉옷을 찾아 걸쳤다. 다행히 셔츠 차림에 긴 양말을 신고 잠자리에 들었던 덕에 어둠 속에서 옷을 입느라 더듬거리지 않아도 되었다. 밤낮으로 비탄과 근심에 묻혀 지내는 몸일지언정, 그는 평소와 다른 이 긴장감의 원인을 반드시 확인하고 싶었다. 일상에서 벗어난 움직임은 모두 위험의 예고라 할 수 있으니 말이다.

문이 꽤나 육중했지만 제대로 달려 있는지 삐걱이는 소리 없이 부드럽게 열렸다. 달은 없어도 날이 맑아, 가녀린 별빛이 담장들과 탑들 틈으로 드러난 하늘을 수놓고 있었다. 그러나 그 아래쪽은 칠흑 같은 어둠이었다. 엘리스는 문을 닫은 뒤 무거운 빗장을 조심조심 움직여 제자리에 걸었다. 이제 웅얼대는 목소리는 보다 또렷해졌고, 방향도 감지되었다. 문지기실 내부 수비대 대기실 쪽에서 나는 소리였다. 간간이 덜걱거리는 울림도 들려왔는데, 아마 말발굽이 자갈밭을 밟는 소리 같았다. 이 시간에 말을 타는 사람이 있단 말인가?

그는 벽을 더듬으며 소리 나는 곳을 향해 따라갔다. 돌벽 귀퉁이에 이르러 몸을 찰싹 붙인 채 귀를 기울이자 말이 어슬렁대며 김을 뿜는 소리가 들렸다. 곧 짙은 어둠 속에서 망루의 작은 쌍둥이 탑이 희미한 하늘을 배경으로 이빨을 드러내고, 닫힌 정문 옆으로 난 길고 좁은 틈도 눈에 들어왔다. 누군가 말을 타고 빠른 걸음으로 통과하기에 적당한 너비였다. 기수들이 다니는 쪽문이 분명했다. 아직 그 문을 닫지 못한 것으로 보아, 불과 몇 분 전 누군가 새 소식을 들고 다급하게 그리로 들어온 모양이었다.

엘리스는 몸을 잔뜩 숙이고 살금살금 그쪽으로 다가갔다. 수비대 대기실 문도 살짝 열린 채였다. 실내의 기다란 횃불 빛이 깜깜한 자갈밭을 가로지르며 흔들리고 있었다. 목소리가 낮아질 땐 도무지 알아듣기 힘들었지만, 군데군데 또렷하게 나오는 내용을 포착할 수 있었다.

"…… 폰테스버리 서쪽 농장 하나가 불탔습니다." 전령이 아직 호흡도 가다듬지 못해 헉헉대며 이야기를 이어갔다. "후퇴하지 않았어요…… 놈들은 막사를 치고 하룻밤을 보냈어요……
또 다른 무리가 그들과 합류하려고 민스테를리 언저리로 접어드
는 중입니다."

경험 많은 상사인 듯한 이의 날카롭고 맑은 목소리가 이어졌
다. "수가 얼마나 되나?"

"글쎄요…… 놈들이 다 모이면…… 150명은 족히 될 거라고
들었습니다."

"궁사들도 있나? 창기병은? 보병인가, 기병인가?" 조금 전의
그 상사와는 다른 사람이었다. 놀라고 긴장해 약간 높아진 젊은
목소리. 앨런 허바드도 이미 침실에서 불려 나와 있었던 것이다.
중차대한 문제임이 분명했다.

"대부분 보병입니다만, 창기병과 궁사들도 있습니다. 아무래
도 폰테스버리를 포위하려는 것 같습니다…… 휴 베링어가 북쪽
에 가고 없다는 걸 알고서……."

"슈루즈베리까지 절반은 왔군!" 허바드의 목소리는 경계심과
긴장감으로 가득했다. 처음으로 지휘권을 행사해야 할 상황에 직
면한 터였다.

"감히 그렇게는 못 할 걸세." 조금 전의 상사가 말했다. "놈들
의 목표는 약탈이니까. 아마 양들이 많은 저쪽 계곡 농장들을 표
적 삼아―"

"마도그 압 메레디드는 지난 2월 습격 때 일로 앙심을 품고 있
습니다." 전령이 아직까지도 가쁜 숨을 진정시키지 못한 채 대답

하게 끼어들어 한마디 거들었다. "놈들이 가까이 온 그 숲에는 약탈할 것도 별로 없고요…… 저로선 걱정스럽습니다……."

슈루즈베리까지 반쯤 와 있다면 놈들의 원한이 싹튼 숲속 여울과는 더 가깝다는 뜻이다. 그리고 그 목적은…… 엘리스는 차가운 돌벽에 이마를 묻고 두려움을 꿀꺽 삼켰다. 한 줌밖에 안 되는 여자들! 엘리스 자신이 어리석은 허세를 부리다가 톡톡히 대가를 치른 곳, 땀내와 피비린내가 아직 남아 있을 그곳에 지금 그의 여자가 있다. 젊고 아름답고 아마처럼 깨끗하고 버드나무처럼 후리후리한 여인. 이제 건장하고 시커먼 포위스 사내들이 몰려와 그녀를 때려눕힌 뒤 차례로 욕보일 테고, 볼일을 끝내면 살해할 것이다.

스스로 뭘 하려는지 깨닫기도 전에, 그는 이미 담장에서 벗어나 있었다. 지친 듯 고개를 숙인 채 얌전히 서 있는 말만 아니었어도 마음을 달리 먹었을지 모른다. 말 곁에 마부의 모습은 보이지 않았다. 그가 다가가 간청하듯 몸을 쓰다듬는데도 말은 놀라는 기색 없이 조용했다. 감히 해낼 수 있을까? 말발굽 소리가 나기 무섭게 사람들이 벌떼같이 뛰쳐나올 텐데. 하지만 들키지 않고 무사히 빠져나갈 수 있을지도 모르지. 커다란 말의 몸집에서 피어오르는 김과 열기가 느껴졌다. 말이 지친 고개를 움직여 그의 손에 비벼댔다. 그는 말 머리를 살그머니 손가락으로 쓸어내리며 어둠 속 바깥 길로 유혹하는 좁다란 쪽문을 향해 미끄러지듯 가만가만 나아가기 시작했다.

마침내 문을 통과했다. 엘리스는 말에 올라 성 정문 대로를 끼고 달려 내려가다가 왼편 시내로 접어드는 언덕길에 올랐다. 그렇게 성에서 벗어나버렸다. 문턱도 넘지 않겠다고 약속한 그가 이 순간부터는 거짓 맹세를 한 사람으로 낙인찍히게 되었다. 이 사실을 알면 엘리드조차 그의 편을 들어주지 않으리라.

시내의 문은 동틀 때까지 열리지 않을 터였다. 시내로 들어선 엘리스는 아침이 될 때까지 몸을 숨길 만한 곳을 찾느라 낯선 골목과 통로 들을 바삐 누볐다. 어느 길이 최선의 탈출구일지, 과연 들키지 않고 빠져나갈 수 있을지 차분히 생각해볼 여유도 없었다. 그의 머리는 오로지 자신의 동족들보다 먼저 고드릭 포드에 도착해야 한다는 생각으로만 가득 차 있었다. 그는 본능에 따라 움직이다가 머뭇머뭇 동문 쪽으로 방향을 틀고는 어디인지도 모른 채 세인트메리 교회 경내로 접어들어 차가운 바람을 막아보고자 현관 지붕 밑으로 파고들었다. 외투는 그의 명예와 함께 성내 감방에 남겨져 있었다. 이제 그는 거의 벌거벗은 채 수치와 어둠을 직면해야 할 처지였다. 하지만 마침내 구속에서 벗어나 멜리센트를 구하러 가는 길이기도 했다. 그녀의 안전을 생각하면 목숨과 명예는 대수롭지 않았다.

이른 새벽, 마을의 하루가 시작되었다. 얼른 나가 때맞춰 볼일을 볼 생각에 동트기 전부터 문 쪽으로 향하는 상인들과 여행객들 틈에는 엘리스 압 키난도 끼어 있었다. 외투도 무기도 없이, 오직 자신의 여인을 구하겠다는 필사적이고 영웅적이며 더없이

어리석은 일념으로 가득 차, 그는 와일가를 따라 조심조심 내려
갔다.

*

  잠이 덜 깨어 엘리스 쪽으로 손을 뻗던 엘리드는 문득 사촌이
있던 자리가 텅 빈 채 식어 있다는 것을 깨닫고 깜짝 놀라 벌떡
일어나 앉았다. 그러나 엘리스의 붉은 외투가 침대 발치에 그대
로 걸려 있는 것을 보자 이내 마음이 놓였다. 내가 깨기 전에 일
찌감치 일어나 나간 모양이군, 그는 생각했다. 외투도 챙기지 않
았으니 멀리 가진 않았을 거야. 그럼에도 불구하고 잠시 그와 떨
어져 있는 이 상황이 엘리드로서는 물리적인 타격을 받은 듯 고
통스러웠다. 이곳에 감금되어 지내는 동안, 마치 최후의 행복한
석방에 대한 믿음이 서로의 존재에 달려 있는 양 두 사람은 내내
붙어 있던 터였다.
  엘리드는 일어나 옷을 입은 뒤 차가운 물로 잠을 깨끗이 씻어
내기 위해 바깥의 우물 옆 세면장으로 갔다. 마구간과 병기고 주
변 분위기가 평소와 달리 부산스러웠다. 그 주변 어디에도, 이따
금씩 웨일스 쪽을 바라보며 생각에 잠기곤 했던 담장 위에도 엘
리스의 모습은 보이지 않았다. 그가 없다는 사실이 다시금 수족
이 절단된 듯한 고통으로 다가오기 시작했다.
  웨일스인 포로들은 홀에서 잉글랜드인들 틈에 끼어 식사를 했

는데, 이 화창한 날 엘리스는 아침을 먹으러 오지도 않았다. 그리고 이제 다른 사람들도 엘리스가 보이지 않는 것을 눈치채기 시작했다.

엘리드가 홀에서 나가려 할 때 수비대 상사 한 사람이 그를 불러 세웠다. "당신 사촌은 어디 있소? 혹시 몸이 아픈 거요?"

"모르겠소." 엘리드가 말했다. "나도 여태 그를 찾던 중이라…… 내가 일어나기 전에 나간 모양인데 그 후론 흔적도 보이지 않는군요." 상사의 인상이 찌푸려지며 의혹의 기색이 서리는 것을 느끼고서 엘리드는 얼른 덧붙였다. "하지만 멀리 가진 않았을 거요. 외투가 방에 그대로 있으니까. 좀 전에 보니 성 분위기가 대단히 부산하던데, 어쩌면 엘리스도 뭔가 거들 생각으로 일찌감치 일어나 돌아다니고 있는지 모르겠소."

"하긴, 정문 밖으로 발을 내딛지 않겠다고 맹세했으니……." 상사가 말했다. "하지만 식사 자리에 나타나지 않은 것이 영 이상하군. 혹시 당신 지금 아무것도 모르는 척하고 있는 거라면—"

"절대 아니오! 그는 여기 성안에 있을 거요. 틀림없소. 자기가 한 약속을 어길 사람이 아니오. 내가 장담하겠소."

상사는 그를 매섭게 노려보다가 홱 돌아섰다. 문지기실로 가 경비들에게 물어보려는 것이었다. 엘리드는 애원하듯 그의 소매를 붙잡았다. "지금 성에 무슨 일이 벌어진 거요? 새로 들어온 소식이라도 있소? 병기고에 사람들이 북적대고, 궁사들은 활을 들고 나서고…… 밤사이 무슨 일이라도 생긴 거요?"

"무슨 일이냐고? 왜, 알고 싶소? 무장한 당신네 동족이 민스테를리 계곡을 따라 벌떼같이 모여들어 농장들을 불태우며 폰테스버리로 향하는 중이오. 사흘 전에는 한 줌밖에 안 되던 패거리가 지금은 100명이 훨씬 넘는 대군으로 변신했다는군." 그가 갑자기 몸을 틀더니 따지듯 물었다. "혹시 이에 대해 밤사이 들은 얘기라도 있소? 그래서 당신 사촌이 뛰쳐나간 것 아니오? 깡패 무리 같은 동족에 합류해 살인 행위를 거들어주려고? 우리 행정 장관을 죽인 것으로는 충분하지 않은 모양이지?"

"말도 안 돼!" 엘리드가 소리쳤다. "그가 그럴 리 없소!"

"우리가 맨 처음 그를 사로잡았던 현장이 생각나는군. 이번 패거리와 똑같이 살인과 약탈을 일삼는 무리에 끼어 있었지. 이제 때가 왔다고 생각한 모양이오. 자기를 구해줄 동지들도 가까이 왔고 하니 올가미에서 목을 빼야겠다 판단한 것 아니겠소?"

"그런 식으로 말하지 마시오! 그가 이 안에 있는지 없는지도 확실치 않잖소."

"지금으로선 그렇지. 어쨌든 곧 진상이 밝혀질 거요." 그가 무언가를 암시하듯 내뱉고는 엘리드의 팔을 거세게 붙들었다. "당신은 감방에 들어가 기다리시오. 허바드 대장에게 이 사실을 알려야겠소."

상사가 홱 돌아서서 총총걸음으로 사라지자 엘리드는 지시대로 처량하게 감방으로 돌아와 엘리스의 외투를 친구 삼아 침대

위에 앉았다. 수색의 결과가 어떠할지 기다리지 않아도 알 것 같았다. 엘리스는 식사 시간에도 나타나지 않았다. 해가 뜨고 이미 한두 시간이 흐른 지금 얼마나 멀리 도망쳐 갔을지 알 길이 없었다. 엘리스가 사라지자 이곳 사람들은 전에 없이 차갑고 이질적인 분위기를 풍기는 것 같았다. 그래, 밤새 전령이 달려온 게 분명해, 그는 생각했다. 막강해진 포위스 병력이 약탈을 자행하며 슈루즈베리로 접근해오고 있다는 소식을 가지고 말이야. 그렇다면 아마 고드릭 포드의 폴스워스 수녀원이 있는 숲 근처에 이르렀을 것이다. 애초에 이 고난이 시작된 곳, 그리고 어쩌면 그 매듭이 지어질지 모를 그곳에…… 지난밤 엘리스가 전령이 도착하는 소리를 들었다면? 그리하여 그 이유를 캐려고 나갔다면? 그래, 만일 그랬다면 엘리스는 다급한 마음에 맹세도 명예도 모두 깡그리 잊어버렸을 것이다.

엘리드는 앨런 허바드가 상사 둘을 달고 들어올 때까지 그렇게 기다리고 있었다. 정말이지 기나긴 기다림이었다. 그사이 성 내부 수색은 끝났으리라. 그들의 사나운 표정으로 보아 엘리스를 찾아내지 못한 것이 틀림없었다.

엘리드는 자리에서 일어섰다. 이제 엘리스를 대변하기 위해서는 자신이 가진 모든 능력과 위엄을 동원해야 할 판이었다. 앨런 허바드는 엘리드보다 한두 살쯤 연상으로 보였으며, 엘리드 못지 않게 엄격한 사람 같았다.

"당신 사촌이 도주한 경위에 대해 아는 사실이 있거든 순순히 털어놓는 게 좋을 거요." 허바드가 무뚝뚝하게 입을 열었다. "당신들은 이 좁은 공간에서 함께 지냈소. 그가 한밤에 자리에서 일어났다면 당신이 그걸 몰랐을 리 없지. 분명히 말하는데, 그자는 달아났소. 지난밤 쪽문을 통해 나간 것 같소. 이제 이 일은 비밀도 아니오. 그는 배신자, 맹세를 깬 자, 제 몸에 살인범이라는 낙인을 찍은 자로 만방에 알려질 것이오. 하긴, 그가 이런 기회를 놓칠 이유가 어디 있겠소?"

"말도 안 되는 소리!" 엘리드가 말했다. "당신은 그를 잘못 알고 있소! 그는 살인범이 아니오. 만일 그가 탈주했더라도, 그 일 때문은 아니오."

"'만일'이 아니라니까. 그자는 사라졌소. 그에 대해 당신은 아는 바가 없소? 그가 달아나는 사이 계속 잠만 자고 있던 거요?"

"아침에 일어나 보니 없었소." 엘리드가 말했다. "그가 언제 어떻게 나갔는지 난 전혀 알지 못하오. 하지만 그가 어떤 사람인지는 잘 알지. 만일 그가 밤중에 당신네 전령이 도착하는 소릴 듣고 잠에서 깨었다면, 그리고 그 전령이 가져온 소식을 들었다면…… 그럴 가능성도 있잖소? 어쨌든 병력을 갖춘 포위스의 웨일스인들이 코앞까지 다가오고 있다는 이야기를 들었다면, 장담컨대 그는 지금 수녀들과 함께 고드릭 포드에 있는 여자가 걱정되어 나갔을 게 분명하오. 길버트 프레스코트의 딸, 엘리스가 사랑하는 그 여자 말이오. 그녀가 자신을 버렸든 말든, 그는 여전히 그녀를 사랑하오. 위험에 빠진 그녀를 구하기 위해서라면 자기 목숨도 바치려 들 거요. 목숨은 물론 명예까지 버릴 사람이지.”
엘리드는 열정적으로 말을 이었다. “그리고 그 사명을 다한 뒤에
는 틀림없이 이곳으로 돌아올 거요. 어떤 가혹한 운명이 자신을
기다리고 있다 해도 말이오. 그는 결코 배신자가 아니오! 멜리센
트를 구하기 위해 잠시 맹세를 깼을 뿐, 다시 돌아와 처분을 기다
릴 거요. 내 명예를 걸고 맹세하겠소! 아니, 목숨도 걸 수 있소!”

　“그런 맹세는 당신들 둘 다 이미 했던 것으로 알고 있는데.” 허
바드가 차갑게 말했다. “두 사람 모두를 위해 각자 약속했었지.
지금 이 순간부터 당신은 그의 배신행위에 대한 보증인으로 취급
될 것이오. 완벽하게 정의를 구현하자면 당신을 교수대에 매달
수도 있소.”

　“그렇게 하시오!” 엘리드의 입술에서 핏기가 가시고 초록색
눈에 불꽃이 번득였다. “여기, 그의 보증인 자격으로 내가 남아
있소. 잘 들으시오. 만일 엘리스가 그릇된 짓을 한 것으로 밝혀
진다면 내 목을 가져가 매다시오. 기꺼이 바칠 테니. 그리고 지
금 당신들은 포위스 웨일스인들을 진압하러 나가기 위해 기병을
소집하고 있지. 나도 함께 데려가주시오! 내게 말과 무기를 주면
당신들을 위해 싸우겠소. 내 등 뒤에 궁사를 붙여, 만에 하나 내
가 엉뚱한 짓을 한다 싶으면 당장 날 쏴 죽이라고 하시오. 내 목
에 밧줄을 둘러두어도 좋소. 엘리스의 행동이 내가 설명한 그대
로가 아닌 것으로 드러날 경우엔 포위스인들을 때려눕히는 즉시
그 현장에서 내 목을 매달 수 있도록 말이오.”

그의 몸은 팽팽하게 당겨진 활시위처럼 부들부들 떨리고 있었다. 이처럼 진솔한 열정을 눈앞에서 목격한 허바드는 둥그렇게 뜬 눈으로 잠시 놀라움 속에 그를 뜯어보았다.

"그렇게 합시다!" 마침내 그가 입을 열어 내뱉고는 같이 온 상사들에게 말했다. "이 사람에게 말과 검을 챙겨주시오! 또한 그의 목에 밧줄을 두르고, 제일 뛰어난 궁사를 골라 바짝 뒤따라 붙게 하시오. 만에 하나 허튼수작을 부린다면 그 즉시 화살을 날릴 수 있도록 말이오. 그는 자신이 약속을 지키는 사람이며, 자신의 동료인 거짓 맹세자 또한 그런 사람이라 주장하고 있소. 이제 그 약속을 믿어보기로 합시다."

허바드는 밖으로 나가려다가 문간에서 뒤를 돌아보고는 사촌의 붉은 외투를 팔에 걸치고 있는 엘리드를 바라보며 마지막으로 이렇게 말했다. "당신 사촌의 됨됨이가 당신의 절반에만 미친다 해도 당신은 목숨을 부지할 수 있을 거요."

견디기 힘든 육체의 고통을 치료하는 연고라도 되는 양, 엘리스의 외투를 품에 꼭 끌어안은 채 엘리드가 뒤를 돌아보았다. "아직도 모르시겠소? 그는 나보다 백배는 더 나은 사람이오!"

12

엘리스가 슈루즈베리 성의 쪽문으로 달아나고 두 시간도 채 지나지 않은 시각, 트레게이리오그의 사람들도 붉은 여명과 함께 기상하고 있었다. 휴 베링어 일행이 거의 밤을 새워 달려와 동트기 전 어슴푸레한 새벽의 정적과 함께 당도한 터였다. 자고 있던 마부들은 좀처럼 떠지지 않는 눈을 비비며 잉글랜드 손님들이 타고 온 말들을 건네받았다. 일행은 모두 스무 명이었다. 풍부한 무기와 식량을 갖춘 나머지 병력은 소수 패거리들의 시험적 공략을 분쇄하겠다는 확실한 의지와 함께 주 북쪽 경계에 배치되어 있었다.

엘리스 못지않게 잠귀가 예민한 캐드펠 수사는 웅얼대는 소리와 어수선한 분위기를 포착한 즉시 잠자리에서 일어나 밖으로 나가보았다. 사실 밤중에도 자다 일어나 맨발로, 혹은 샌들만 겨우 신고 달려 나갈 수 있도록 스카풀라리오[17]만 벗어둔 채 온전히 성장을 하고 자야 하는 수도원 관습에 대해선 할 말이 많았다. 본래 수도원들이 지리적으로 위험스러운 곳에 자리 잡고 있던 시절부터 유래된 관습이, 시간이 지나며 마치 축복받은 전통인 양 굳어버린 것이다. 캐드펠은 마구간으로 가던 중 영롱한 아침 햇살 속에 그쪽으로 다가오는 휴와 마주쳤다. 티디르도 완전히 잠이 깨어 손님 곁을 지키고 있었다.

"무슨 일로 이렇게 일찍 왔나?" 캐드펠이 물었다. "새로운 소식이라도 있는 건가?"

"제게는 새로운 소식이지만 슈루즈베리에선 이미 옛날 얘기가 된 모양입니다." 휴가 그의 팔을 잡고 돌려세우더니 다시 홀쪽으로 데리고 가며 말을 이었다. "오아인에게도 어서 전해야 해요. 함께 지름길을 택해 경계 쪽으로 서둘러 내려가봐야 합니다. 마도그 측 카우스 성주가 민스테블리 계곡으로 계속해서 병력을 투입하는 중이에요. 우리가 오스웨스트리로 접어들 무렵 전령이 달려와 알려주더군요. 그 일만 아니었다면 그곳에서 밤을 보낼 예정이었죠."

"슈루즈베리에서 허바드가 전언을 보냈다고?" 캐드펠이 물었다. "이틀 전 내가 떠나올 때만 해도 침략자 무리는 한 줌밖에 안되는 줄 알고 있었는데."

"지금은 100명 이상의 대부대가 되어 있답니다. 허바드가 놈들이 집결하고 있음을 감지했을 땐 아직 민스테를리 너머까지 이동해오지 않았다지만, 그처럼 많은 병력을 모은 걸 보면 아주 못된 장난질을 계획한 것 같습니다. 그들에 대해선 저보다 수사님께서 더 잘 아시겠죠. 놈들은 절대 시간을 낭비하지 않습니다. 어쩌면 오늘 새벽에 움직이기 시작했을지도 몰라요."

"그럼 새 말들이 필요하겠군요." 티디르가 말했다.

"오스웨스트리에서 말을 일부 바꿔 타고 왔으니 당분간은 괜찮을 것 같습니다. 어쨌거나 이렇게 쉬고 갈 수 있게 해주신 것에 진심으로 감사드립니다." 휴는 예의를 갖춘 뒤 말을 이었다. "제가 돌아본 북쪽 경계는 모두 조용했고, 수비대들도 모두 철통같이 지키고 있었습니다. 라눌프가 렉스함으로 향하던 선발대를 퇴각시킨 듯해요. 위트처치에서 한 차례 시늉을 해보더니 만만치 않다는 걸 눈치챈 모양입니다. 아마 당분간은 몸을 사리겠죠. 아무튼 저로선 더 이상 마도그의 장단에 놀아날 수 없습니다."

"처크 쪽은 걱정 마십시오." 티디르가 휴를 안심시켰다. "우리도 유의할 테니. 일단 당신네 사람들을 안으로 들여보내 식사나 하게 합시다. 말들도 한숨 돌리게 해야죠. 제가 여자들을 깨워 식사 준비를 부탁하겠습니다. 에이논을 시켜 오아인 님도 깨우고요."

"이제 어쩔 생각인가?" 캐드펠이 휴에게 물었다. "어느 길로 갈 참이지?"

"란스틀린 쪽으로 가서 경계를 따라 이동하려고요. 브레이덴 언덕 동편을 지나 웨스트버리를 비켜 내려간 다음 민스테를리로 들어가, 할 수 있다면 놈들이 카우스 기지로 돌아가는 길목을 차단할 생각입니다. 포위스 놈들이라면 이젠 정말 지긋지긋해요." 휴는 턱을 치켜세우고서 단호하게 말을 이었다. "놈들을 격퇴시키고 수비대를 상주시켜 그 지역을 살기 좋은 곳으로 만들 겁니다."

"놈들의 수가 그만하다면 아군 병력이 부족할 것 같은데." 캐드펠이 말했다. "먼저 슈루즈베리로 가서 인원을 보강한 다음 서쪽으로 가 놈들과 대적하는 편이 낫지 않겠나?"

"그러기엔 시간이 너무 촉박해요. 그리고 전 앨런 허바드를 믿습니다. 판단력과 의욕으로 보건대 수중의 병력만으로 충분히 시를 지켜낼 거예요. 빨리 움직이기만 하면 우리가 양편에서 조이고 들어가 놈들을 콩가루로 만들어버릴 수 있을 겁니다."

이윽고 그들은 홀에 들어섰다. 이미 지시가 내려진 듯 가솔들이 모두 일어나 분주하게 움직이고 있었다. 하인들은 식탁을 가져다 놓고 하녀들은 갓 구운 빵 덩이며 대형 에일 잔을 들고 바삐 오갔다.

"여기 볼일을 마치면 나도 자네와 함께 움직이겠네." 캐드펠이 충동적으로 말했다. "물론 데려가준다면 말이지만."

"수사님은 언제든 기꺼이 환영이죠."

"그럼 오아인 귀네드에게 조금이라도 여유가 있는 사이 남은 의혹들을 확인해야겠군. 일단 자네가 그와 밀담을 나누는 동안 가서 말부터 준비시키겠네."

캐드펠은 걸음을 돌려 마구간으로 향했다. 다가올 접전과 슈루즈베리에서 이미 발생했을지 모를 일들에 대해 골똘히 생각하느라, 그는 부엌 쪽에서부터 날듯이 자신을 뒤따라오는 가벼운 발소리도 눈치채지 못했다. 웬 손이 소매를 붙들었을 때야 고개를 돌린 그는 까만 눈을 동그랗게 뜨고 열심히 자신을 들여다보는 크리스티나의 얼굴을 발견했다.

"캐드펠 수사님, 제 아버지께서 하신 말씀이 사실인가요? 엘리스가 슈루즈베리에서 여자를 만났다면서요? 이젠 제게서 벗어날 궁리만 하고 있는 상황이니 저로서도 더 이상 애태울 필요가 없다고…… 아버지께서는 결국 양쪽 모두에게 잘된 일이라고 하셨어요. 저도 자유로워졌고 엘리드도 자유로워졌다는 거죠! 그 말이 사실이에요?"

그녀의 얼굴은 진지하면서도 흥분으로 빛나고 있었다. 엘리스의 배신은 그녀에게 희망이자 구원이었다. 그로써 두 사람의 얽힌 매듭은 서로의 동의하에 유감없이 풀리게 된 것이다.

"사실이오." 캐드펠이 대답했다. "하지만 아직은 큰 기대를 않는 게 좋을 거요. 그가 자신이 원하는 여인을 차지하게 될 길이 완전히 열려 있는 상태는 아니니까. 장관을 죽인 범인으로 엘리스를 지목하고 나선 게 바로 그녀라는 얘기도 들었소? 그들이 결혼하게 될 전망은 그리 밝지 않은 셈이지."

"하지만 그가 아주 열성적이라면서요? 그 여자를 사랑한다면

서요? 그렇다면 그 여자와 맺어지든 말든 다시 제게 돌아오는 일은 없을 거예요. 그는 단 한 번도 절 원한 적이 없죠. 아, 정말이지 전 할 만큼 했어요." 그녀가 입을 삐죽거리며 어깨를 으쓱여 보였다. "나이나 지위에 있어 그와 견줄 만한 어떤 여자라 해도 제가 한 이상으로 할 수는 없었을 거예요. 하지만 그에게 전 그저 어린 시절부터 함께 자란 친구일 뿐이었죠." 크리스티나는 감상적으로 말을 이었다. "이제야 그는 자기가 뭘 원하는지 알게 됐어요. 나 자신의 행복 못지않게 그의 행복을 바라는 제 심정은 하늘만이 아실 거예요."

"마구간으로 같이 갑시다." 캐드펠이 말했다. "우리가 얘기할 시간이라곤 지금 이 몇 분밖에 없을 것 같군. 휴 베링어와 그의 사람들이 식사를 끝내고 말들을 준비하는 대로 난 그들과 함께 떠날 생각이오. 물론 그 전에 오아인 귀네드와 에이논 아브 이셀을 만나 마무리 지어야 할 일이 있긴 하지만. 자, 솔직하게 얘기해보시오. 당신과 엘리드는 도대체 어떻게 돌아가는 관계인지 말이오. 지난번에 난 당신의 얘길 완전히 잘못 이해했었지."

그녀는 기꺼이 그와 동행했다. 이제 막 장밋빛으로 달아오르는 영롱한 햇살 속에서 더없이 맑고 순수한 얼굴로, 크리스티나는 차분하게 입을 열었다. "전 사랑이란 게 뭔지 깨닫기도 전부터 엘리드를 사랑했어요. 제가 아는 거라곤 그와 떨어져 있는 것이 너무나 고통스럽다는 사실뿐이었죠. 그래서 전 그를 쫓아다니며 늘 함께 있고 싶어했지만 그는 절 쳐다보지도 대화하려 들지도 않았어요. 오히려 제가 매달릴 때마다 거칠게 밀어내곤 했죠. 전 이미 엘리스와 장래를 약속한 몸이었고, 엘리스는 그에게 세계의 절반이나 마찬가지였어요. 자기 젖형제의 것에 관한 한, 그는 무엇도 건드리거나 탐내려 들지 않았어요. 당시 그가 절 거부하는 만큼 원하고 있다는 사실을 이해하기엔 제가 너무 어렸어요. 그러다 나 자신을 괴롭히는 감정이 과연 무엇인지 이해하면서 비로소 깨달았죠. 엘리드도 똑같은 고통 속에서 하루하루를 보내고 있다는 사실을 말이에요."

"그의 감정을 확신하는군." 캐드펠이 말했다.

"그래요. 상황을 이해하고부터 전 제가 아는 사실을 그 사람 또한 진실로서 받아들이도록 만들기 위해 노력해왔어요. 하지만 제가 쫓아다니고 애원할수록 그는 점점 더 외면했고, 제 얘길 들어주려 하지도 않았죠. 속으로는 더욱더 절 원하면서도요. 솔직히 말씀드리면, 엘리스가 사라지고 이어 포로로 잡혔다는 소식을 들었을 때 전 이제 엘리드를 얻은 셈이나 다름없다고 생각했어요. 그가 저와의 사랑을 인정하고 이 위태로운 약혼을 파기하도록 해줄 거라고, 자신의 입으로 직접 제 심정을 대변해줄 거라고 생각했어요. 하지만 그가 저 불행한 포로 교환의 담보로 파견되면서 모든 게 수포로 돌아갔죠. 그런데 지금 엘리스 본인이 그 매듭을 끊고 우리 모두를 놓아주려 하는 거예요."

"아직 자유로워졌다고 생각하기엔 이르오." 캐드펠이 경고하듯 진지하게 말했다. "그들 두 사람 모두 숲속을 헤매고 있는 형국이지. 행정 장관의 죽음이라는 문제가 매듭지어질 때까지는 우리 모두 그럴 거요."

"전 기다릴 수 있어요."

이 여인의 찬란한 희망에 의혹을 던지려 해봐야 소용없는 짓이리라. 이제 와 새삼 겁을 먹기에는 이미 너무도 오랫동안 그늘 속에서 살아온 사람이었다. 해결되지 못한 살인 사건 같은 것이 무슨 의미가 있겠는가? 죄악이든 결백이든 그녀에겐 아무 차이도 없을 것이다. 오직 한 가지 목표만이 그녀를 사로잡고 있었으니, 무엇도 그녀를 거기서 물러나게 하지 못할 터였다. 그녀는 어릴 때부터 자신의 소꿉친구들을 제대로 파악하고 있었다. 그중 한 남자는 자신의 젖형제이자 영혼의 친구와 장래를 약속한 여자를 사랑하며 마음을 좀먹는 고뇌를 품어왔다. 아니, 그가 남자로서 아픔을 느낄 만큼 장성할 때까지는 젖형제에 대한 사랑이 더 컸을지도 모른다. 한층 성숙하고 예리한 감정을 느끼는 여자아이들에 비해 또래의 남자들은 늘 뒤늦게야 무르익는 법이니까.

"이제 고향으로 돌아가면 수사님은 다시 그를 만나시겠군요." 마구간에서 펼쳐지는 부산한 움직임을 바라보며 눈을 반짝이던 크리스티나가 입을 열었다. "난 이제 스스로를 책임지는 여자가 됐다고, 아니 곧 그렇게 되어 내가 뜻하는 곳에 나 자신을 던지겠다고 그에게 전해주세요. 그 사람이 아닌 누구도 나를 가질 수 없을 거라고요."

"그렇게 전하리다." 캐드펠이 대답했다.

마구간 앞마당은 사람과 말로 활기가 넘쳤고, 일렬로 늘어선 축사 칸막이들 아래쪽에 놓인 꺽쇠며 가판대마다 마구와 도구들이 매달려 있었다. 목조 건조물 위로 영롱하고 하얀 아침 햇살이 떠오르자 섬세한 초록 베일처럼 걸쳐진 먼 계곡의 푸르름이 검은 전나무숲의 하얀 새순들과 뒤섞여 점점이 펼쳐졌다. 거칠지 않게 부는 기분 좋은 바람까지, 말을 타고 달리기엔 더없이 좋은 날씨였다.

"수사님 말은 어느 거예요?" 크리스티나가 물었다.

캐드펠은 말을 데리고 나와 그녀에게 보여준 뒤 시중드는 마부에게 고삐를 넘겼다.

"그러면 저기 키 크고 마른 잿빛 말은요? 처음 보는 녀석인데, 무장한 사람을 태우고도 아주 날래게 달릴 것 같네요."

"휴 베링어의 애마요." 잿빛 피부에 드러난 얼룩을 바라보며 캐드펠이 흐뭇한 투로 말했다. "다른 사람이 타면 아주 고약한 놈으로 변하지. 오스웨스트리에서 푹 쉬고 온 모양이오. 안 그랬다면 오늘 휴가 타려 하지도 않았을 거요."

"에이논 아브 이셀의 말에도 안장을 얹고 있군요." 그녀가 말했다. "에이논은 체크로 되돌아가겠죠. 베링어가 다른 일로 바쁜 동안 북쪽 경계를 지켜야 하니까요."

마부 하나가 한 팔에 마구를 걸치고 다른 팔엔 안장 방석을 든 채 두 사람 앞을 지나쳐 가로대 너머로 넘겨놓더니, 곧 그것들을 걸치게 될 말을 끌고 나왔다. 아주 잘생기고 키가 큰 밤색 말로,

캐드펠이 수도원 마당에서 한 번 본 적이 있는 녀석이었다. 마부가 안장 방석을 집어 넓고 윤기 나는 녀석의 등 위로 던져 올리는 동안 캐드펠은 그저 즐거운 마음으로 말의 움직임을 지켜보았고, 그러느라 자칫 방석과 마구의 모습을 놓칠 뻔했다. 가장자리로 술 장식이 달린 가죽 굴레, 금으로 된 자그마한 징들이 박힌 장식 띠. 에이논의 영토에서는 금이 많이 난다고 했지. 그리고 안장 방석은…….

그는 잠시 숨을 죽인 채 꼼짝 않고 서서 방석을 응시했다. 염색한 실을 굵게 꼬아 장식한 잔가지와 낡아서 색조가 연해진 붉은색 장미 봉오리, 짙푸른 아이리스 문양으로 짜인 두텁고 부드러운 모직 방석이었다. 꽃무늬 한가운데와 가장자리에는 두텁고 뻣뻣한 금사가 수놓여 있었다. 상당히 오래 사용한 물건인지 털이 엉킨 곳이 보였고, 여기저기 실 가닥이 풀려 짧고 섬세한 보푸라기들이 흔들리고 있었다.

실밥을 보관해둔 작은 상자를 가져와 대조해볼 필요도 없었다. 방석 무늬의 색조를 보는 순간 캐드펠은 일말의 의혹 없이 확신했다. 여태 찾아온 그 물건이 지금 그의 눈앞에 있었다. 이곳에선 너무나 익히 보아온 것, 그야말로 일상에 스며든 물건이라 누구도 이를 머릿속에 떠올리지 못했던 것이다.

하지만 캐드펠의 눈에는 그것이 보였다. 더하여, 방석을 알아본 순간 그는 이 발견이 뜻하는 바를 한 치의 오류 없이 간파해냈다.

*

　크리스티나와 함께 걸어오는 동안 캐드펠은 자신이 알아낸 사실에 대해 한 마디도 꺼내지 않았다. 무슨 말을 한단 말인가? 앞으로의 사태를 전망하고 어떻게 행동할 것인지 정리할 때까지는 혼자만 알고 있는 게 좋을 터였다. 그러나 작별 인사차 오아인 귀네드와 마주했을 땐 침묵을 지키고 있을 수 없었다.

　"전하," 그는 이렇게 입을 열었다. "제 기억이 정확하다면, 언젠가 전하께서는 길버트 프레스코트의 죽음과 관련해 살해된 사람의 몸값은 살해범의 목숨만이 대신할 수 있다고 말씀하셨습니다. 그것은 곧 또 다른 죽음이 있어야 한다는 의미입니까? 웨일스 법에서는 끝없는 유혈과 반목을 막기 위해 피의 대가에 상응하는 물질적인 보상을 허용하고 있지요. 저로선 전하께서 군이 웨일스 법을 외면하고 노르만 법을 취하시리라 보지 않습니다만."

　"길버트 프레스코트는 웨일스 법에 따라 살지 않았소." 오아인이 대단히 날카로운 눈길로 그를 바라보며 말했다. "그러니 그의 죽음에 웨일스 법을 적용할 수도 없지. 게다가 재산이나 가축으로 보상한들 그의 미망인과 자녀들에게 무슨 가치가 있겠소?"

　"하지만 다른 종류의 화폐로도 보상할 수 있으리라고 저는 생각합니다." 캐드펠이 말했다. "참회와 고뇌, 그리고 수치. 이런 것들이야말로 하늘의 판관이 내릴 수 있는 가장 큰 형벌일 것입니다. 어떻게 보시는지요?"

"나는 수도사가 아니며 누구의 고해를 들어주는 사람도 아니오." 오아인이 말했다. "참회니 면죄니 하는 것은 내 공문에 적히지 않은 얘기들이오. 오직 정의만이 있을 뿐."

"그리고 자비도 있겠지요." 캐드펠이 말했다.

"누군가의 죽음을 함부로 지시하는 건 신께서 금하는 일이기도 하지." 그는 잠시 생각에 잠겼다가 입을 열었다. "또 다른 죽음이 이어지고 확산되는 것보다는 재산이나 고통으로, 혹은 순례나 감옥살이를 통해 죽음을 보상하는 편이 훨씬 더 나을 거요. 그래, 나는 이 세상에, 그리고 이곳에서 함께 어깨를 부비며 살아가는 사람들에게 가치 있는 것들을 지켜나가고 싶소. 그 이상의 일은 신의 손에 맡기도록 하지." 왕이 몸을 앞으로 기울이자 성벽 총안을 뚫고 나온 아침 햇살이 그의 담황색 머리 위로 쏟아졌다. 그가 부드럽게 말했다. "수사, 오늘 아침 이 밝은 빛 아래서 다시 한번 살펴보기로 한 게 있지 않았소? 어젯밤에 그렇게 얘기했던 것 같은데."

"그건 이제 별로 중요하지 않게 됐습니다." 캐드펠 수사가 말했다. "잠시 후 전하께서 어떤 물건을 제 손에 넘겨주기로 동의해주신다면 말입니다. 자세한 내막은 곧 알게 되실 겁니다."

"그럽시다!" 이렇게 말하며 오아인 귀네드가 느닷없이 빙그레 웃어 보이자 그에게서 뿜어져 나오는 매력이 작은 방을 가득 채웠다. "다만 날 위해서, 물론 다른 사람들을 위해서기도 하지만, 그 문제는 신중하게 다뤄주길 바라오."

13

동이 트기 무섭게 바람 속을 뚫고 흙탕물을 뒤집어쓰며 달려왔지만, 엘리스는 베네딕토회 수녀들의 울타리로 곧장 뛰어들 정도로 어리석은 사람이 아니었다. 슈루즈베리에서 불과 몇 킬로미터 거리임에도 불구하고 이곳은 너무도 고립되고 노출되어 있었다. 말을 몰아 달려오면서 그는 내내 부아가 치밀어 생각했다. 도대체 왜 이 여인들은 자신들의 작은 예배당과 정원을 이처럼 위험스러운 곳에 조성한 거지? 도발 행위나 다름없잖아! 폴스워스의 원장은 한시라도 빨리 자신의 과오를 깨닫고 위험에 처한 자매들을 철수시켜야 해. 요동치는 경계에서 이처럼 가까이 있는 한 작금의 위험은 언제까지고 되풀이될 거야.

그는 개울 상류에 위치한 방앗간 쪽으로 가보기로 했다. 지난

274

2월 사로잡혔을 때 거인처럼 건장한 존이라는 이의 감시하에 며칠을 보냈던 곳이었다. 개울을 본 그는 실망을 금치 못했다. 거친 돌투성이 바닥은 여전했지만 수위가 얌전할 정도로 떨어져 그가 기억하고 있던 범람천의 모습과는 거리가 멀었다. 물이 무릎에도 미치지 못하는 것이, 만일 놈들이 본다면 매끈한 통로처럼 드러난 개울 바닥을 유유히 거닐어 건너갈 수 있으리라 생각할 것이었다. 그래도 가장자리로 뻗어나간 지점들에 구덩이를 파고 대못이나 마름쇠 따위를 박아두는 방법을 써볼 수 있겠지, 그는 생각했다. 수목이 우거진 양쪽 둑도 지난번처럼 궁사들이 몸을 숨기기에 적당해 보였다.

방앗간 마당에서 말뚝을 뾰족하게 깎고 있던 존 밀러는 판자를 쿵쿵대며 비틀비틀 다가오는 발소리에 얼른 도끼를 놓고 쇠갈퀴를 집어 들었다. 큰 덩치에도 불구하고 놀라울 정도로 빠르고 민첩하게 몸을 돌리던 그는 한때 자신의 포로였던 사람이 빈손으로, 무언가 다급한 볼일이 있는 듯 다가오는 것을 보고 입을 딱 벌렸다. 이어 불과 몇 주 전 잉글랜드어는 한 마디도 모른다고 하던 사람이 유창하게 말을 걸어오자 더욱 놀랄 수밖에 없었다.

"포위스의 웨일스인들이 두 시간 거리도 안 되는 곳에 떼거리로 몰려 있어요! 수녀님들도 알고 계십니까? 그분들을 시내 쪽으로 대피시킬 시간은 아직 있어요. 시내 사람들도 지금 병력을 소집하고 있긴 하지만 이미 때가 늦어―"

"잠깐, 잠깐." 방앗간 주인이 들고 있던 무기를 떨어뜨리곤 살인적이라 할 만치 뾰족하게 깎인 막대 더미 쪽으로 몸을 굽혔다. "어지간히 급하게도 말수를 되찾은 모양이구먼! 그런데 당신, 이번엔 누구 편에 서 있는 거요? 그리고 누가 당신을 풀어줬지? 도움을 주고 싶어 온 거라면 이리 와서 이것 좀 옮기시오."

"여자들을 대피시켜야 한다니까요." 엘리스는 열을 내며 말을 이었다. "아직 가망이 있어요. 당장 움직이기만 하면…… 제발 그분들과 얘기할 수 있게 해줘요. 분명 내 말을 들어줄 겁니다. 그들만 안전해지면 대군이 온다 해도 맞설 수 있을 거예요. 난 수녀님들에게 경고를 하러―"

"그분들도 이미 알고 있소." 방앗간 주인이 다시 그의 말을 잘랐다. "지난번 사건 이후로 경계를 게을리하지 않았거든. 그분들은 조금도 움직이려 하지 않을 테니, 우릴 돕고 싶거든 그쪽 숨이나 아껴두시구려. 어쨌든 그런 심정으로 달려왔다니 환영하오. 마리아나 수녀님은 수녀원 터를 옮기자는 제안이 부족한 신심에서 나오는 소리라 주장하시고, 매그덜린 수녀님 역시 지금 이곳에서 자신이 더욱 유용하게 쓰인다고 생각하시지요. 부근 주민들 대부분도 같은 얘길 하고요. 그러니 갑시다. 어서 말뚝을 박아야 하니까…… 여울에 이미 구멍을 파놨소."

엘리스는 어느새 말뚝을 한 아름 품에 안은 채 덩치 큰 방앗간 주인과 나란히 달리고 있었다. 개울에서도 물길이 가장 잔잔한 곳은 부속 농장의 예배당 담장을 끼고 도는 지점이었다. 방앗간 주인의 명에 따라 말뚝을 박기 시작한 엘리스는 개울 양편 수풀과 잡목숲 사이에 이미 상당한 수준의 방비 작업이 되어 있음을 깨달았다. 다들 이러한 위협을 감지하여 충분한 예비책을 마련해 둔 것이다. 또한 지난번 사태 때 맹활약한 바 있는 매그덜린 수녀 역시 그 나름대로 전투에 대비하고 있는 듯했다. 신의 가호를 믿는 마리아나 수녀의 신념도 훌륭하지만 현실적인 도움으로 이를 뒷받침한다면 훨씬 좋을 것이다. 하늘도 스스로 돕는 자를 돕는다고 하지 않던가. 그러나 상대는 100명이 넘는 대군이요, 한 차례 불명예스러운 참패를 겪은 탓에 제대로 앙갚음할 작정으로 달려드는 놈들이다! 지금 대체 어떤 상황에 직면해 있는지 여기 사람들이 과연 제대로 이해하고나 있는 걸까?

"무기가 필요해요." 엘리스가 말했다. 그는 이제 제방 꼭대기에 턱 버티고 선 채 놈들이 나타나리라 예상되는 서북 방향으로 고개를 빼고 있었다. "검, 창, 활, 뭐든 쓸 줄 아니 무엇이라도 들게 해줘요…… 손잡이가 긴 그 손도끼라도…….." 그러나 말하던 도중, 그는 자신에게 또 다른 무기와 그것을 활용할 기회가 있음을 깨달았다. 바람만 제대로 불어준다면, 그리고 맨 앞에서 그들과 마주할 수 있다면, 그는 있는 힘껏 웨일스 말로 지껄여댈 작정이었다. 잉글랜드어가 쏟아지리라 예상하고 있을 놈들, 성스러운 여인들을 노리고 물밀듯 밀려온 비겁한 무사들의 행렬에 대고 가시 돋힌 질책과 속을 뒤집어놓을 온갖 조롱을 음유시인처럼 유창하게 쏟아붓는 것이다. 놈들에겐 말 그대로 채찍질처럼 따가운 소리가 되리라! 모진 독설을 제대로 퍼부으려면 술이라도 한잔 걸치는 편이 나을지 모르지만, 지금과 같은 절박한 심정이라면 맨정신으로도 얼마든지 뻔뻔하게 해낼 수 있을 터였다.

물속으로 들어간 엘리스는 수초로 가려진 적당한 자리를 골라 들고 온 말뚝 하나를 박았다. 말뚝이 아주 예리하게 깎인 것이, 누구든 경솔하게 서둘러 물을 건너다가는 푹 찔려 큰 상처를 입을 것이었다. 여울목 한중간에 이미 구멍을 많이 파둔 터라 존 밀러도 아주 신중하게 움직이고 있었다. 개울을 건너다가 자칫 한 걸음 잘못 디뎌 이 구멍에 빠지는 즉시 말은 절름발이가 되면서 뾰족한 말뚝들로 주인을 날려버릴 것이다. 만일 말에서 내려 걸어서 건너려 할 경우에도 몇 놈은 구덩이에 빠질 테고, 그러면서 동료들을 넘어뜨려 저희들끼리 엉키기 십상이니 아군 측 궁사들에겐 더없이 좋은 표적이 되리라.

개울 한복판에 무릎을 담그고 작업을 이어가던 방앗간 주인이 허리를 펴더니 평가하는 듯한 눈길로 엘리스 쪽을 바라보았다. 그는 지금 살상용 말뚝을 들고 와 질긴 수초들을 헤치고 제방 밑 강바닥 속에 단단하게 다져 넣는 중이었다. "이봐요, 젊은이!" 방앗간 주인은 흐뭇한 듯 부드럽게 그를 불렀다. "여분의 창이 있는지 알아보겠소. 어쩌면 숲 사람들한테 남아도는 도끼가 있을지도 모르겠군. 제아무리 의지가 충만해도 무기 없인 힘들겠지."

*

　매그딜린 수녀는 수녀원의 다른 가족들과 마찬가지로 새벽 일찍 일어나 리넨이며 가위, 나이프, 물약과 연고, 진통제 등 이제 몇 시간 사이 요긴하게 쓰일지 모를 물품들을 챙기고, 숲 사람들 가운데 중한 부상자가 나올 것에 대비해 몇 개의 침대를 어디에다 설치하면 좋을지 가늠하며 오전 시간을 보냈다. 비교적 젊은 성직 지망자 두 사람은 동쪽 베이스탄으로 보내는 게 좋지 않을까 심각하게 고려해보기도 했지만 결국은 그러지 않기로 했다. 이곳에 남아 있는 편이 더 안전하리라는 확신이 들었다. 어쩌면 공격이 없을지도 모른다. 만일 공격이 시작된다 해도 이곳은 이미 만반의 준비를 갖추었고 씩씩한 숲 사람들이 훌륭하게 방어해줄 것이다. 만일 습격자들이 이곳 대신 곧바로 슈루즈베리로 향하다가 당해내지 못할 병력과 마주치게 된다면 그땐 급히 방향을 돌려 자기네 고향 쪽으로 달아나느라 뿔뿔이 흩어질 테고, 숲을 가로질러 황급히 동쪽으로 가던 두 젊은 여자는 언제 놈들 패거리와 마주치게 될지 모른다. 그래, 역시 그들을 이곳에 데리고 있는 편이 나았다. 게다가 흥분과 분노로 가득한 멜리센트의 얼굴을 힐끔 훔쳐본바, 설혹 지시가 내려진다 해도 그녀가 결코 떠나지 않을 것임을 확신할 수 있었다.

　"전 두렵지 않아요." 멜리센트는 경멸하듯 중얼거렸다.

　"어리석기 짝이 없군요." 매그딜린 수녀가 대꾸했다. "거짓말이 아니라는 건 알아요. 정작 두려움과 싸우고 있을 땐 두려워하는 사람이 없으니까! 하지만 우리가 이처럼 머리를 짜내고 방비를 서두르는 것이 바로 두려움 때문이라는 건 틀림없어요."

매그덜린 수녀는 이미 마음을 단단히 다진 터였다. 그녀는 목재 계단을 통해 자그마한 종루로 올라가 바깥을 내려다보았다. 긴 개울과 저편 강둑이 한눈에 들어왔다. 한때 잡목숲이 우거져 있던, 그러나 이제는 그리 무성하지 않은 강둑 위의 경사지도 보였다. 하루 종일 일해야 생계를 유지할 수 있는 숲 사람들로서는 지금처럼 주야로 불침번을 서는 상황을 오래 이어가기 힘들 것이다. 어차피 놈들이 올 거라면 차라리 오늘 닥치는 게 나을지 몰라, 매그덜린 수녀는 생각했다. 지금은 우리 모두 마음 자세와 준비 상태가 정점에 달해 있으니. 더 오래 기다리게 된다면 오히려 힘이 빠져버릴 거야.

그녀는 반대편 강둑에서 개울 쪽으로 눈길을 돌렸다. 깊게 파인 돌투성이 개울이 수녀원 담장을 끼고 널찍한 여울목으로 이어져 있었다. 물살을 가르며 조심스레 둑 쪽으로 움직이는 존 밀러의 모습이 시야에 들어왔다. 그리고 다른 사람도 하나 보였다. 검은 곱슬머리의 젊은이가 건장한 팔과 어깨를 이용해 둑 바로 밑 수초 사이로 마지막 말뚝을 박고 있었다. 그가 허리를 펴고 서면서 상기된 얼굴을 드러냈을 때에야 그녀는 그를 알아보았다.

매그덜린은 깊은 생각에 잠겨 예배당으로 내려갔다. 멜리센트는 쇠로 벽에 단단히 고정해둔 상자 속에 수녀원의 제단용 귀중품들을 집어넣느라 분주했다. 이 검소한 성전을 약탈하려는 놈들을 최대한 힘들게 만들 생각이었다.

"남자들 작업이 어떻게 진행되는지 한번 내다보긴 했어요?" 매그덜린 수녀가 부드럽게 물었다. "예상치 못한 지원자가 하나 추가됐어요. 당신도 알고 나도 아는 그 웨일스 청년이 지금 존 밀러와 함께 열심히 일하고 있더군요. 아마 충성할 대상을 바꾼 모양인데, 표정으로 보아 지난번 여길 공격했을 때보다 지금 훨씬 더 즐거운 모양이에요."

멜리센트가 고개를 들어 휘둥그레진 눈을 하고서 되물었다. "그 사람이 여기 왔다고요?" 그러곤 부서질 듯 여리고 낮은 음성으로 말을 이었다. "그는 성에 갇혀 있어요. 어떻게 올 수 있겠어요?"

"뭐, 몰래 빠져나왔나 보지." 매그덜린 수녀는 무덤덤하게 대꾸했다. "장화며 양말 상태를 보아하니 습지 한두 곳을 건너온 것 같은데. 어딘가에 빠졌는지 얼굴이 진흙투성이더군요."

"하지만 그가 왜…… 도망쳐 나온 거라면 여기서 대체 뭘 하려고……."

"자기네 동족과 싸울 작정으로 왔겠죠." 매그덜린 수녀의 얼굴에는 엷은 미소가 떠올라 있었다. "날 위해 싸우겠다고 감옥에서 탈출할 만큼 호의적으로 나를 기억해줄 것 같지는 않고, 아마도 당신의 안전을 염려해서 온 게 아니겠어요? 나가서 울타리 너머로 한번 물어봐요."

"싫어요!" 용수철이 튀듯 격렬하게 내뱉으며 멜리센트가 상자 뚜껑을 탁 닫았다. "전 그 사람한테 할 말 없어요." 이어 그녀는 팔짱을 끼더니 마치 추위를 느끼는 사람처럼 몸을 웅크렸다. 자신의 마음속에서 변절자가 뛰쳐나와 황급히 마당으로 달려가기라도 할까 봐 두려운 모양이었다.

"그렇다면 내가 대신 물어보죠." 매그덜린 수녀는 차분하게 말한 뒤 밖으로 나가 수녀원 정원에 새로 일구어 첫 파종을 마친 채소밭 사이를 지나 돌무더기 위로 올라갔다. 울타리 저편이 훤히 내려다보이는 곳이었다. 그때 코앞에 불쑥 한 남자의 얼굴이 나타났다. 엘리스 또한 제 나름대로 안을 들여다보려고 고개를 빼고 있던 중이었다. 더러워지긴 했으나 긴장감과 절박한 열정이 어린 그 얼굴이 얼마나 순수해 보이는지, 아이를 낳아본 적도 없는 매그덜린에게 문득 모성애를 넘어 손자를 지켜보는 할머니의 감정 비슷한 것이 일어날 정도였다. 깜짝 놀라 뒤로 물러서 눈을 깜박이던 청년이 이내 그녀를 알아보았다. 습지를 지나오며 온통 흙투성이가 된 얼굴을 붉히며, 그가 매달리듯 울타리 꼭대기를 붙들었다.

"수녀님, 그녀…… 멜리센트는 저 안에 있나요?"

"안전하게 잘 있어요." 매그덜린 수녀가 말했다. "그리고 신과 당신의 도움으로, 또 당신처럼 이렇게 우리 편이 되어주는 씩씩한 사람들 덕분에 앞으로도 쭉 안전할 거고요. 여기까지 어떻게 왔는지는 묻지 않겠어요, 젊은이. 석방되었든 탈출해 왔든, 아무튼 대환영이에요."

"지금 그녀를 슈루즈베리로 보냈으면 좋겠는데요." 엘리스가
말했다.

"내 마음도 그래요. 하지만 가다가 중간에서 헤매느니 여기 있
는 편이 나아요. 게다가 그녀 자신이 움직이려 들지 않아요."

"제가 여기 와 있다는 걸 그녀도 아나요?" 그가 조심스레 물었
다.

"그래요. 당신이 뭘 하려는지도 알고요."

"혹시 저를 만나고 싶어 하지는 않나요? 아니, 수녀님께서 절
만나 얘기해보라고 설득해주실 수 없을까요?"

"당장은 거부하고 있어요." 매그덜린 수녀는 격려하듯 말을 이
었다. "하지만 더 생각해보겠죠. 내가 당신이라면 잠시 그녀를
내버려두겠어요. 당신이 우리를 위해 싸우려고 여기 왔다는 건
그녀도 알고 있으니 아마 이런저런 생각이 많을 거예요. 자, 일단
은 당신도 가서 자리를 잡고 몸을 숨기는 게 좋겠군요. 혹시 무기
를 받았거든 뭐든 날을 예리하게 갈아둬야 안전할 거예요." 이어
그녀는 체념 섞인 말투로 덧붙였다. "이런 돌풍은 결코 오래가지
못해요. 하지만 인생은 그 이후에도 지속되죠. 당신에게도, 그녀
에게도요. 당신은 우선 스스로를, 엘리스 압 키난이라는 남자를
잘 지켜요. 멜리센트는 내가 돌볼 테니."

아침기도 시간이 되기 전에 이미 브레이덴 언덕으로 접어든 휴일행은 거대하게 웅크린 암석층을 오른편에 둔 채 웨스트버리를 향해 달려갔다. 몇몇이 말을 갈아타긴 했지만 다른 대부분의 말들은 많이 지친 상태였고, 그리하여 결국 속도가 차츰 줄어들기 시작해 마침내 휴는 사람과 짐승 모두에게 숨 돌릴 시간을 주기로 했다. 출발한 뒤로 서로 대화 몇 마디라도 주고받을 기회를 가진 것이 사실상 처음이었지만 모두들 말이 별로 없었다. 그들을 달려가게 만든 이 일이 마침내 해결될 때까지는 누구도 마음 편히 혀를 놀릴 수 없을 터였다. 휴도 다르지 않았으니, 그는 새순이 돋은 나무들 밑에 캐드펠과 나란히 누워 몸을 풀면서도 웨일스에 다녀온 이유에 대해 한 마디도 묻지 않았다.

"여기 볼일을 마치면 나도 자네와 함께 움직이겠네." 캐드펠이 그렇게 제안했을 때도, 그리고 지금도, 휴에게서는 아무런 질문이 없었다. 포위스의 웨일스인들을 카우스 쪽으로 멀리 몰아낼 방법을 궁리하느라 정신이 팔려 있어서일까? 아니, 어쩌면 이 문제를 아예 캐드펠에게 맡긴 채 때가 되면 얘기해주리라 생각하며 기다리고 있는 건지도 몰랐다.

새순이 돋기 시작한 떡갈나무 줄기에 쑤시는 등을 기대고 화끈거리는 발을 장화 속에서 꺼내며, 캐드펠은 예순하나라는 나이를 절감했다. 그가 더더욱 세월을 의식하지 않을 수 없었던 것은, 사랑과 죄악과 고뇌로 얽혀 이곳저곳에서 씨름하는 문제의 젊은이들이 상대적으로 너무도 어리고 취약하게 느껴졌기 때문이었다. 그리고 그 소용돌이 속에 애먼 길버트 프레스코트는 저항조차 해보지 못한 채 죽어갔다. 휴는 기필코 그의 한을 풀어주려 할 터이니, 자비로운 처사 따위는 기대할 수 없으리라. 자신의 군주를 죽음에 이르게 한 사태인 만큼 그로서는 정확하게 보상받으려 들것이며, 강철 같은 의무감을 지닌 이에게는 그것이 유일한 길이기도 했다.

"일어나시죠!" 어느새 휴가 일어나 그를 내려다보며 모호하면서도 애정 어린 미소를 지어 보였다. 그러나 온통 다른 곳에 쏠려 있는 심경을 반영한 듯 그 웃음기는 금세 사라졌다. "눈 좀 뜨세요! 다시 출발해야죠." 자신의 손목을 잡아 일으켜 세우는 그의 조심스러운 태도에 캐드펠은 은근히 부아가 치밀었다. 그렇게 세심히 다룰 만큼 늙지도, 몸이 굳어버리지도 않았는데! 하지만 이어지는 이야기를 듣자 잠이 싹 달아나며 다소 섭섭했던 마음도 금세 사라졌다. "폰테스버리에서 온 목동 하나가 상황을 전해주더군요. 놈들이 지난밤을 보낸 캠프에서 일어나 움직일 채비를 하고 있답니다."

"어떻게 할 셈인가?"

"놈들과 슈루즈베리 사이에 있는 길목을 쳐서 쫓아 보내야죠. 앨런도 지금쯤 준비가 됐을 테니 가다 보면 서로 마주칠지도 모르겠습니다."

"감히 시내를 노리기야 하겠나?" 캐드펠이 놀란 표정으로 물었다.

"그야 알 수 없는 일이죠. 놈들은 지금 승리감에 들떠 있는 데다 제가 멀리 떠나 있다고 생각할 테니까요. 그리고 그 목동에 의하면, 놈들은 민스테를리를 비껴 밤새 그 주위로만 병력을 배치했다더군요. 나중에 철수하는 한이 있더라도 외곽까지 진출해볼 의도인 것 같아요. 성공하면 짭짤하게 재미를 볼 테니까요. 하지만 우리가 더 빠를 겁니다. 핸우드 쪽으로 달려가면 놈들보다 앞선 길목에 도착하게 될 거예요."

이어 휴는 점잖게 농을 던지며 캐드펠을 손수 안장에 올려주었고, 노인네 다루듯 비위를 맞추려는 그런 태도에 속이 상한 캐드펠은 다음 몇 킬로미터를 가는 내내 남들보다 처지지 않게끔 의식적으로 보조를 맞추었다. 예순한 살이면 아직 창창한 나이지, 그는 생각했다. 전성기를 약간 넘긴 수준이야. 요 며칠만 해도 말을 타고 다니며 고된 일을 엄청나게 해냈잖아. 그러니 몸이 좀 뻣뻣해지고 쑤시는 것도 자연스러운 일이고말고.

그들은 슈루즈베리를 향해 뻗은 도로가 내려다보이는 작은 언덕에 도달해 주위를 둘러보았다. 저 멀리, 나무들 위편의 나른하고 희박한 대기 속으로 희미한 연기 기둥이 올라오고 있었다. "놈들이 피운 불이군요." 휴가 고삐를 고쳐 잡으며 입을 열었다. "그보다 더 오래된 탄내도 나고요. 숲 가장자리에 있는 누군가의 창고가 불길에 날아가버렸나 봅니다."

"불탄 지 적어도 만 하루는 지난 것 같아." 캐드펠이 코를 킁 킁대며 말했다. "연기는 이미 사라졌겠어. 이제 위치를 알았으니 곧장 그리로 가는 게 좋겠네. 다음엔 어디로 향할지 알 수 없으니 말이야."

휴가 일행을 이끌고 아래로 내려와 길을 건넜다. 삼림지대 가 장자리로 들어서서 무성한 풀밭을 통해 빠르고 조용히 움직일 생 각이었다. 한동안 거기서 길을 주시했지만 웨일스인 침략자들의 흔적은 전혀 보이지 않았다. 결국 놈들의 목표는 시내나 외곽 지 역들이 아닌 걸까? 휴는 곧 병력을 이끌고 숲속 깊이 들어가 적 이 밤을 보낸 캠프 현장으로 직행했다. 짓밟힌 현장 너머엔 덤불 이며 풀의 상태를 읽을 줄 아는 사람이 보기에 충분한 흔적들이 남아 있었다. 바로 얼마 전 상당수의 인원이 도보로 이곳을 통과 해 간 듯 조랑말의 배설물이 여기저기 보였고, 어딘가에 스치며 떨어졌을 새싹 달린 가지들도 눈에 들어왔다. 근처에 오두막과 헛간들이 옹기종기 모여 있었는데 죄다 검게 그을리고 재로 덮 인 채였고, 돼지를 살육한 현장 바닥에는 피가 스며들어 말라붙 어 있었다. 이곳에서 놈들의 마지막 희생양이 된 사람은 집과 가 축을 비롯한 모든 것을 잃었으리라. 일행은 박차를 가해 웨일스 인들이 남긴 흔적을 급히 따라가기 시작했다. 롱숲 북쪽 고지대 로 깊이 들어설수록 그들의 목적지가 어디인지는 점점 분명해졌 다. 이제 놈들은 고드릭 포드 수녀원에서 3킬로미터도 채 떨어지 지 않은 곳에 이르렀을 터였다.

지난번 매그덜린 수녀와 촌사람들에게 참패했던 일이 그들에게는 뼈저린 수치와 아픔을 안겨주었던 것이다. 도중에 가축 몇 마리 몰아내고 농가 한두 채를 불태우는 것도 즐거운 일이었겠지만 놈들이 무엇보다 원하는 것, 가장 주된 목표로 삼은 다름 아닌 복수였다.

휴가 전속력으로 숲을 달리기 시작하자 뒤따르던 일행도 속력을 냈다. 그렇게 2킬로미터쯤 갔을까, 멀리서 어떤 소리가 들려왔다. 알아듣기 힘든 말로 뭐라 고래고래 외치는, 기세 좋고 도전적인 고음의 목소리였다.

*

앨런 허바드가 병력을 소집해 성에서 빠져나온 것은 대미사 시간이 거의 다 됐을 무렵이었다. 적들의 이동 경로를 확실하게 짐작할 수 없다는 것이 그에겐 큰 부담이었다. 놈들을 추적하는 서부 경계의 상황을 파악하느라 이리저리 뛰어봤지만 별 소득이 없어서, 결국 그는 자신의 판단을 믿고 승부를 걸어야 했다. 시내를 벗어난 일행은 폰테스버리 쪽으로 방향을 잡았다. 일단 그리로 가다가 북쪽에서 침입자들과 슈루즈베리 사이의 길목을 자르거나, 아니면 동트기 전에 내보냈던 정찰병들의 보고 내용에 따라 서남쪽으로 방향을 돌려 고드릭 포드로 향할 작정이었다. 그렇게 속력을 내어 베이스탄에 이를 즈음, 어느 주민 하나가 수풀에서 뛰쳐나와 숨을 헐떡이며 길을 막았다.

"나리, 놈들이 방향을 바꿨습니다. 폰테스버리에서 동쪽으로 틀어 숲속 공동 목초지를 향해 가고 있어요. 시내로 들어가는 대신 다른 놀이를 즐기려는 것 같습니다. 분기점에 이르면 남쪽으로 가십시오."

"수가 얼마나 되오?" 허바드는 이미 말 머리를 돌리고 있었다.

"최소 100명은 됩니다. 낙오자 하나 없이 한 덩어리로 움직이고 있어요. 전투를 예상하고 있는 듯합니다."

"단판에 끝내야지!" 허바드는 다짐하듯 내뱉고는 부하들을 남쪽 길로 이끌어 힘껏 내달리기 시작했다.

지금 이 속도로는 너무 늦어. 전위대 틈에 끼어 달리던 엘리드는 생각했다. 이 순간 그는 스스로 자청한 온갖 표적들에 둘러싸여 있었다. 의혹과 수치의 징표처럼 목에 걸린 밧줄, 그리고 탈출에 대비해 등 뒤로 바싹 붙어선 궁사…… 하지만 허리에는 빌린 검이 매달려 있었고, 얻어 탄 말도 잘 달려주었다. 애가 타서인지 3월 아침의 찬 공기 속에서도 몸에 불이 붙은 것 같았다. 적어도 한 번 이상 이 길과 숲을 지나친 엘리스와 달리, 엘리드는 슈루즈베리 남쪽으로 와본 일이 없었다. 그에겐 일행이 움직이는 속도가 자신의 애타는 심정에 비해 불합리하리만치 더디게만 느껴졌다. 그러나 고드릭 포드의 위치를 정확히 모르는 상황에서 뭘 어떻게 하겠는가? 그의 뒤를 따라오는 궁사는 활 솜씨야 대단할지 몰라도 말 타는 솜씨는 그리 좋은 편이 아니라 속도를 내 돌진하면 충분히 따돌릴 수 있을 테지만, 그렇게 시간을 벌어본들 나중에 숲속에서 헤매느라 더 많은 시간을 허비할 게 틀림없었다. 결국 이 잉글랜드인들을 따라 계속 이동하는 수밖에 없겠군, 그는 생각했다. 아니, 그 부근까지만 가도 눈이나 귀로 방향을 잡을 수 있을 거야. 말을 타고 가는 내내 그는 나뭇가지가 스치거나 부러지는 소리, 거친 질주 중에도 놀라우리만치 또렷하게 들려오는 새소리 하나하나에 긴장하며 귀를 기울였다.

이제 거리가 얼마 남지 않은 듯했다. 무리는 기복이 심한 고지대 황야를 요리조리 빠져나온 뒤 다시 언덕을 내려가 울창한 삼림과 축축한 습지로 접어들었다. 엘리스도 그 야심한 시각에 바로 이 길을 통해 달려갔을 것이다. 퍼런 물이 고인 웅덩이를 지나, 불쑥불쑥 앞을 가로막는 히스와 관목과 바위들을 헤치고……

탁 트인 황무지로 접어들자 허바드가 돌연 말을 세우더니 손짓으로 모두를 조용히 시켰다. "쉿! 잘 들어봐. 전방 오른쪽으로…… 사람들이 움직이고 있다."

그들은 숨을 죽인 채 귀를 기울였다. 나뭇가지를 스치고 대기를 가르는 소음, 지난가을에 쌓인 낙엽 위로 수많은 발들이 지나가는 소리, 죽은 나무토막 부러지는 소리와 뒤섞여 끝없이 이어지는 나직한 속삭임, 놀란 새가 발밑에서 날아오르며 내뱉는 신경질적인 비명 같은 것이 들려왔다. 다수의 일행이 서두름 없이 살금살금 숲을 지나가고 있는 모양이었다.

"저 개울을 건너려고 여울목으로 접근하는 중이군." 허바드가 가만히 중얼거렸다. 이어 그가 고삐를 흔들고 박차를 가하자 부하들도 부지런히 그를 뒤따르기 시작했다. 이윽고 잘 자란 나무들 사이로 좁은 승마로가 열리며 전방 아래쪽 끝자락으로 풍파에 찌든 짙은 목조건물들이 길게 펼쳐졌다. 나무 틈을 뚫고 나온 햇살이 개울 물줄기의 반사광과 교차하며 갑작스레 격자무늬 빛살을 내뿜었다.

승마로를 절반쯤 내려갔을까, 아무도 보이지 않던 물가에서 사람들의 흥분한 목소리가 일시에 들끓는가 싶더니 이내 위쪽에서 누군가 목이 찢어져라 고함치는 소리가 들려왔다. 더없이 도전적인 목소리였는데, 참으로 기이하게도 그 고함이 터지자 일순 주위가 쥐 죽은 듯 조용해졌다.

허바드에겐 아무 의미 없는 이 외침을 엘리드는 속속들이 이해할 수 있었다. 그것은 웨일스어였고, 목소리의 주인은 다름 아닌 엘리스였다. 그는 절박함에 날카로워진 음성으로 자신의 동족을 향해 다급히 명령하고 있었다. "그만 돌아서라! 성스러운 여인들을 향해 이를 갈고 달려들다니 조상에게 부끄럽지도 않냐! 고향으로 돌아가 신용을 쌓을 다른 싸움판이나 찾아보시지!" 그러곤 한층 높고 강력한 소리로 그가 말을 이었다. "제일 먼저 개울을 건너오는 자는 내 창에 찍힐 줄 알라. 웨일스인이든 아니든 상관없다. 그런 자는 내 동족이라 할 수 없다!"

살상 무기를 갖추고 사기충전하여 진군해온 대군을 향해 그런 도발을 하다니!

"엘리스!" 엘리드가 분노와 실망이 뒤섞인 울부짖음을 내지르고는 말의 목에 몸을 붙인 채 고삐를 흔들며 돌진하기 시작했다. 멈춰 서라고 외치는 궁사의 고함 소리에 이어, 화살이 옷을 찢으며 오른쪽 어깨를 스치고 지나가 멀리 풀밭에 가 박혀 파르르 떨었다. 그러나 그는 아랑곳없이 미친 듯 말을 달려 개울둑을 향해 가파른 승마로를 내려갔다.

*

웨일스인들은 무성한 수풀 속에 몸을 숨긴 채 하류로 내려와 부속 농장과 여울목까지 소리 없이 접근해 있었다. 방앗간에 포진한 수비수들의 사정거리에서 벗어난 곳이었다. 작은 인도교가 아직 보수되지 않은 상태였지만, 겨울 호우기에 비해 수위가 많이 낮아진 터라 다리 따위는 필요하지도 않았다. 돌들을 징검다리 삼아 건널 수 있을 만한 지점도 두세 군데 보였다. 그러나 침입자들은 여울목 쪽을 택했다. 여러 명이 떼 지어 건너가 일시에 창을 날리며 강둑으로 돌진하기에 더없이 좋을 장소였다. 활을 겨눈 숲 사람들이 개천변 수초나 덤불 속에 숨어 있다 해도 충분한 병력과 무기로 무장한 선두 그룹이 밀고 들어가면 몇 분 지나지 않아 수녀원 경내에 들어설 수 있을 것이었다.

물론 숲 사람들도 그들의 접근을 예상하고 있었다. 소리 죽여 숲을 빠져나와 개울을 건너기 직전까지, 침입자들은 그들의 움직임을 전혀 감지하지 못했다. 빈농, 나무꾼, 채탄부 등 숲 개간지에서 노동하며 살아가는 스무 명 남짓한 주민들이 100명이 넘는 웨일스인들과 맞서기 위해 몸을 숨긴 채 신경을 곤두세우고 있었다. 이들은 자신들이 얼마나 심각한 위협에 직면해 있는지 너무도 잘 알았다. 움직여도 좋다 싶은 적절한 순간이 올 때까지는 숨죽인 채 꼼짝 않고 기다려야 했다. 이윽고 나무숲에 몸을 숨긴 침략자들이 반쯤 노출된 대열 쪽으로 신호를 보내고, 전 병력이 모습을 드러내며 여울목 가장자리로 몰려들 때였다. 반대편 덤불 속에서 누군가 뛰쳐나오더니 개천 가장자리 풀밭에 버티고 서서는 길이가 2미터쯤 되어 보이는 기다란 양날 창을 높이 휘두르며 여울목을 교란하기 시작했다.

그 모습만으로도 놀란 적들을 즉각 멈춰 세우기에는 충분했다. 그러나 그들을 뒤로 한 걸음 주춤 물러나게 만든 것은 바로 그의 입에서 나팔 소리처럼 울려 나온 웨일스 말이었다. "그만 돌아서라! 성스러운 여인들을 향해 이를 갈고 달려들다니 조상에게 부끄럽지도 않냐!"

그것으로 끝난 게 아니었다. 그는 멈추기 두려운 듯, 아니, 멈출 수 없을 정도로 급박한 듯 연신 혀를 놀려댔다. "포위스의 겁쟁이들아, 남자들과 싸우는 게 무서워 북쪽으로 가지 못한 거냐? 이토록 고상한 공격을 보면 귀네드에서 너희를 위해 노래를 지어주겠구나. 멋지게 개울을 뛰어넘어 제 어미들보다 나이 든, 정직한 세계의 여자들을 상대로 영웅인 양 날뛰었다고 말이다. 이 사실을 알면 너희 어미들마저 너희를 부정할 것이다. 자, 이제 노래를 지어 너희의 잡종 혈통을 영원히 세상에 알려야겠구나……."

당혹한 웨일스인들은 상을 찌푸리기도 하고 겸연쩍게 웃기도 하면서 동요하기 시작했다. 덤불 속 궁사들은 이미 화살 먹인 시위를 반쯤 잡아당긴 채 때를 기다리고 있었다. 만약 기적이 일어나 적이 철수하고 화해가 이루어짐으로써 이 아슬아슬한 상황이 해결된다면 굳이 화살을 낭비하거나 칼날을 무디게 만들 필요가 있겠는가?

그때 한 웨일스인이 경멸하는 투로 소리쳤다. "누군가 했더니, 지난 전투 때 여기 남겨진 키난의 애송이군. 물을 잔뜩 먹고 자빠져 수녀들 손에 겨우 살아난 녀석이 감히 우리를 저지하다니! 이젠 잉글랜드 놈들의 앞잡이가 다 됐구나!"

"네놈에 견주면 내가 백배는 훌륭하다!" 흥분한 엘리스가 창을 휘두르며 소리쳤다. "적어도 물에 떠내려갈 목숨을 구해준 이곳 수녀님들에게 감사를 표하고 조용히 지내실 수 있게끔 손을 보탤 정도의 예의는 있으니까. 네놈들은 대체 여기서 무슨 짓을 벌이려는 거냐? 청빈하게 살아가는 이분들에게서 약탈할 게 뭐가 있다고! 이런 짓을 하고도 신 앞에, 조상들 앞에 영광을 바친다는 말이 나오느냐?"

그는 최선을 다했지만 더는 시간이 충분치 않았다. 엘리스는 반대편 나무숲 가장자리에서 적의 궁사가 천천히 화살을 끼운 뒤 안정적인 자세로 시위를 당기는 모습을 곁눈질로 보았다. 눈앞에는 자신을 향해 겨누어진 창들이 열을 이루고 있었다. 그러나 몸을 피할 곳도, 도망칠 방도도 그는 떠올리지 못했다. 그저 눈도 발도 꼼짝하지 못한 채 그대로 멈추어 최대한 버티는 수밖에 없었다.

그때 뒤쪽에서 말발굽 소리가 들리더니 누군가 단번에 안장에서 뛰어내려 개울 위쪽 풀밭에 몸을 던졌고, 그와 동시에 숲 사람들이 일제히 첫 화살을 날렸다. 개울 맞은편에 있던 궁사도 가볍게 시위를 당겨 엘리스의 가슴을 겨누었다. 포위스 웨일스인의 화살이 귀네드 웨일스인을 향해 날아갔다. 그 순간 엘리드가 분노와 저항의 비명을 터뜨리며 쏜살같이 달려가 엘리스를 끌어안고는 자신의 몸으로 그를 덮쳤다. 두 사람은 비틀비틀 뒷걸음질쳐 수녀원 정원 울타리 한구석에 가 부딪쳤다. 엘리스의 손에서 빠져나온 긴 창이 개울에 날아가 박히며 넓은 파문을 만들었다. 두 사람은 한 덩어리가 되어 꼼짝달싹 못 하고 있었다. 웨일스인의 화살이 엘리드의 몸을 뚫고 견갑골 밑으로 빠져나와 엘리스의 전완 아래쪽을 관통한 터였다. 그 상태로 두 사람은 울타리에서 미끄러져 내려 풀밭에 쓰러졌다. 서로의 피가 하나의 줄기를 이루었으니, 이제는 젖형제라는 표현도 이들의 관계를 설명하기엔 부족할 것이었다.

수초 틈에 박힌 말뚝에 살이 찢기고 여울목의 구덩이에 빠져 허둥대던 웨일스인들이 하나둘씩 개울을 건너와 쓰러진 두 사람을 짓밟고 뭍으로 올라섰다. 마침내 전투가 벌어질 참이었다.

앨런 허바드가 둑 동편에 병력을 배치하며 전투에 끼어든 것은 바로 그때였다. 동시에 서편에서는 나무숲을 헤치고 온 휴 베링어 일행이 흙먼지가 부옇게 일어난 여울 속으로 웨일스인 전초대를 몰아붙이기 시작했다.

*

고드릭 포드의 전투는 오래가지 않았다. 중간에 끼어버린 포위스 웨일스인들은 모루 위에서 울리는 쇠망치 소리에 사기가 완전히 꺾여버렸고, 언뜻 둘러보아도 자신들의 기세와 격렬함에 비해 상대편의 피해가 그리 크지 않은 것을 알 수 있었다. 개울을 건너자마자 양면 공격을 받은 이들로서는 악을 품고 싸우지 않을 수 없었지만 함정에서 벗어나기란 어려웠고, 결국 각자 숨을 곳을 찾아 뿔뿔이 흩어져버렸다. 자신들의 땅에 사는 숲속의 작은 포식동물들과도 같은 꼴이었다. 베링어는 그 후미를 흐트러뜨려놓은 뒤 양 떼 다루듯 몰아내다가 적들이 너도나도 고향 쪽으로 달아나기 시작하자 불필요한 살상을 자제하며 기세를 늦추었다. 반면 젊고 경험이 부족한 앨런 허바드는 자신이 지휘하는 첫 전투의 성공을 다지고자 있는 힘을 다해 밀고 들어가, 엄청난 수의 사상자를 내고 있었다.

어쨌거나 전투는 30분도 못 되어 끝나버렸다.

그 접전의 와중에 캐드펠 수사의 기억에 무엇보다 선명하게 남은 장면은 키 큰 여인 하나가 수녀원 부속 농장 울타리 밖으로 모습을 드러낸 일이었다. 양손으로 검은 수녀복 자락을 걷어 올린 채 달려 나온 그녀는 머리쓰개가 벗겨져 아름다운 머리칼이 햇살 아래 은빛으로 파도치는 가운데 꼭 다물었던 입술을 열어 마치 휘날리는 깃발과도 같이 긴 저항의 부르짖음을 토해내더니, 탐욕스럽게 달려드는 한 웨일스인의 손길을 용케 피해 짓밟히고 멍들고 피로 흥건한 엘리스와 엘리드의 곁에 몸을 던져 주저앉았다. 피 묻은 울타리를 뒤에 두고 쓰러진 두 청년은 그때까지도 서로 꽉 부둥켜안은 채였다.

14

적들은 대단히 빠르게 모습을 감추었다. 개울 부근 덤불 속에 부스럭대는 소리만 남긴 채 다들 추격자들의 시야가 닿지 않는 곳으로 달아나기 바빴다. 달아나면서도 몸을 숨길 만한 은폐물을 찾는지 거친 소음이 들려오다가 아무렇게나 자란 잡목숲 속 깊은 곳으로 멀어지며 점차 잦아들었다. 휴는 서두르지 않고 적들이 사망자와 부상자를 챙겨 도망하도록 내버려두었다. 웨일스인 부상자들을 돌보고 사망자를 묻어주는 건 웨일스인들의 몫이다. 아군 측에도 베이고 긁히고 상처 난 사람들이 꽤 있을 터였다. 휴는 자신의 병력과 허바드가 데려온 병력 가운데 열두어 명을 차출해 사냥감을 뒤쫓는 몰이꾼처럼 조직적으로 지휘해 웨일스인들을 자기네 땅으로 완전히 들여보냈다. 그로서는 마도그 압 메레디드가 이번 일을 좋은 교훈으로 삼기만을 바랄 뿐, 앞으로의 관계를 피의 반목으로 이어가고 싶지 않았다.

부속 농장 수비대들이 하나둘 은폐물 뒤에서 나오기 시작했고 수녀들도 예배당에서 모습을 드러냈다. 방금 전까지 이어지던 격한 폭력 사태도 그렇지만, 갑작스레 찾아온 정적 또한 그 못지않게 놀라운 듯 다들 약간 어리둥절한 상태였다. 부상을 모면한 사람들은 들고 있던 활이며 갈퀴며 도끼를 던져놓고 부상자들을 도우러 달려갔다. 흙탕이 된 여울목과 피로 물든 말뚝들을 바라보던 캐드펠 수사도 그제야 고개를 돌려 풀밭에 앉아 있는 멜리센트 곁으로 다가갔다.

"종루에서 다 지켜봤어요." 그녀가 메마른 음성으로 속삭이듯 말했다. "얼마나 훌륭하게 싸웠는지…… 한 사람은 우리를 위해, 다른 한 사람은 자신의 친구를 위해 싸웠어요. 둘 다 살아날 거예요. 아니, 살아나야 해요…… 이들을 잃을 순 없어요. 제가 할 일을 말씀해주세요."

그녀는 이미 진정되어 있었다. 눈물을 흘리지도 몸을 떨지도 않았다. 조금 전 허공에 던져진 창과도 같이 웨일스인들 한가운데로 달려가며 내질렀던 긴 외침 이후에는 그녀의 입에서 어떤 비명도 나오지 않았다. 두 사람을 동시에 꿰뚫은 화살촉에 무게가 실리지 않도록 멜리센트는 조심스레 엘리스의 어깨 밑으로 한 팔을 밀어 넣어 그를 안아 올렸다. 고통을 조금이나마 줄이고 상처의 악화를 막기 위해서였다. 이어 그녀는 리넨 머리쓰개를 벗어 여전히 피가 솟고 있는 엘리스의 팔 아래쪽을 힘껏 감쌌다.

"쇠살이 깨끗이 관통했군요." 그녀가 말했다. "제가 좀 더 들어 올릴 테니 수사님께서 화살촉을 제거해주세요."

때마침 매그덜린 수녀가 캐드펠 수사 뒤에 와 서 있었다. 언제나 그렇듯 꿋꿋하고 현실적인 이 수녀는 멜리센트의 열의 어린 단호한 표정을 꼼꼼히 뜯어보더니 내버려두는 게 낫겠다고 판단하고 다른 이들을 돌보러 조용히 사라졌다. 멜리센트든, 그녀가 팔과 무릎으로 받치고 있는 두 젊은이든, 자리를 옮겨봐야 고통만 더 커질 것이었다. 매그덜린 수녀는 그저 작은 톱과 예리한 나이프, 그리고 화살을 뽑는 순간 터져 나올 피를 막아줄 리넨 천만 가져다 옆에 놔주었다. 멜리센트가 엘리스와 엘리드를 받치고 있는 사이 캐드펠은 화살촉과 씨름하기 시작했다. 우선 화살의 나무 부분을 톱질한 다음 양손으로 잡아 흔들림을 최대한 줄이며 살과 뼈에 타격이 가지 않도록 조심조심 촉을 꺼내어 풀밭에 떨어뜨렸다.

"이제 두 사람을 내려놓고…… 그렇지! 잠시 누워 있게 두시오." 멜리센트가 그들을 내려놓자 단단한 경사지에 돋은 풀이 두 남자의 무게를 푹신하게 받쳐주었다. "잘했소." 캐드펠의 말에 멜리센트는 피로 물든 머리쓰개를 둘둘 말아 상처 밑을 받친 뒤 접힌 다리와 쑤시는 팔을 풀고 한쪽으로 물러앉았다. "이제 당신도 좀 쉬어요. 한 사람은 팔을 다쳐 출혈이 심하긴 해도 다른 곳은 멀쩡하니 생명에 지장이 없을 거요. 다른 한 사람은…… 솔직히 말해 상태가 좋지 않소."

"그렇겠죠." 서로를 안은 채 엉킨 팔들을 내려다보며 그녀가 입을 열었다. "자기 몸을 방패로 썼으니까요." 감동과 놀라움이 가득한 목소리였다. "그만큼 엘리스를 사랑했던 거예요!"

분노와 저항의 절규를 터뜨리며 안전한 곳을 박차고 뛰쳐나온 그녀 역시 그 못지않게 엘리스를 사랑하리라고 캐드펠은 생각했다. 아버지의 살해자라 해도 그를 지키고 싶었던 것일까? 아니면 정황 증거가 어떻든 더는 그를 살인범으로 여기지 않는 것일까? 그것도 아니면, 엘리스의 외로운 외침을 듣는 순간 다른 모든 것을 망각해버렸던 걸까? 위험을 자초한 그가 그렇게도 걱정됐던 것일까?

그녀까지 끔찍한 순간을 지켜볼 필요는 없었다. "저기 안장에 가서 내 주머니 좀 가져다주시오." 캐드펠이 말했다. "상처를 싸줄 천도 더 가져오고. 많이 필요할 거요."

그녀가 다녀오는 동안이면 충분하리라. 그는 손으로 엘리드의 등을 받치고 촉이 잘려 나간 화살대를 힘껏 뽑아냈다. 고통스러운 신음이 날카롭게 솟았다가 이내 잦아들었다. 피가 홍수처럼 솟구쳤다. 겉에서 보기엔 그저 살이 찢진 정도였다. 젊고 건강하니 그만한 상처는 금세 아물겠지만, 안쪽의 손상이 얼마나 되는지 짐작하기가 어려웠다. 캐드펠은 두 사람이 보다 수월하게 호흡할 수 있게끔 엘리드의 몸을 조심조심 떼어냈다. 부둥켜안은 팔들이 쉽게 떨어지지 않으려 했다. 화살이 청년의 몸에 낸 구멍을 벌리고 깨끗한 천으로 틀어막은 뒤 조심스레 몸을 돌려 똑바로 뉘일 즈음 멜리센트가 부탁한 것들을 챙겨 돌아왔다. 그녀의 옷은 흐트러진 채 흙투성이가 되어 있었고, 핏기 없는 얼굴은 결연히 굳은 채였다. 손과 손목은 물론 수녀복 치맛자락까지 온통 검은 피가 딱딱하게 말라붙어 있었다. 머리쓰개 역시 붉게 염색한 공처럼 동그랗게 뭉쳐진 채 풀밭을 굴렀다. 아무래도 좋아, 그녀는 생각했다. 이제 수녀복 따윈 벗어버릴 테니까.

"자, 두 사람은 안으로 옮기는 게 좋겠소." 캐드펠이 입을 열었다. 당장 위급한 출혈은 제대로 막은 것 같았다. "가서 옷을 벗기고 상처를 제대로 닦아냅시다. 이 사람들을 어디에 눕히면 좋을지 매그덜린 수녀에게 물어봐주시오. 그사이 난 도와줄 장정들을 찾아볼 테니."

*

매그덜린 수녀는 이미 부속 농장 안의 방 여러 곳을 비워둔 터였고, 공포에서 벗어난 마리아나 수녀와 다른 수녀들도 경상자들에게 온수와 붕대를 제공하느라 부지런히 오가고 있었다. 사람들은 엘리스와 엘리드를 안으로 들여 이웃한 두 방에 한 사람씩 뉘었다. 한 방에 간이침대 두 개를 같이 놓으면 공간이 협소해 캐드펠이나 다른 이들, 특히 덩치 좋은 존 밀러가 마음 놓고 움직이기 힘들 것이라는 판단에서였다. 존 밀러는 생채기 하나 없이 무사히 전투를 마치고 이제 캐드펠을 도와 건장한 젊은이들을 아기 다루듯 가볍게 들어 옮긴 뒤 능란하고 든든한 손길로 다른 부상 자들을 보살피고 있었다.

그들은 먼저 엘리드의 옷을 벗겨 등과 가슴에 난 상처를 씻고 처치한 뒤 오른팔에 부목을 대주고서 다시 침대에 뉘었다. 개울 을 건너온 웨일스인들의 물결에 온몸이 짓밟히며 생긴 멍들이 시 커멓게 변해가고 있었지만 그 밖에 다른 상처는 보이지 않았다. 뼈도 부러진 곳 없이 멀쩡한 듯했다. 하지만 화살이 그의 오른쪽 어깨를 관통한 터였다. 캐드펠은 당시 화살의 궤적을 가늠해보고 는 회의적으로 고개를 저었다. 살아날지 아니면 그대로 사망할 지, 아직 선불리 판단할 수 없는 상황이었다. 그는 저녁 내내, 아 니 필요하다면 밤새라도, 의식이 돌아올 때까지 그의 곁에 앉아 있을 생각이었다. 소생 여부와는 상관없이, 캐드펠로선 그와 할 얘기가 있었다.

엘리스의 경우는 좀 달랐다. 그는 분명 살아날 것이었다. 팔의 상처는 금세 아물 테고, 명예도 이내 회복되리라. 이제 그가 멜리 센트를 차지하지 못할 이유는 없었다. 그녀의 아버지는 이미 세 상을 떠났으며, 엘리스의 대군주는 오래전 자신이 정해준 약혼자 와 결혼하라고 강요할 사람이 아니었다. 그렇다고 프레스코트 부 인이 걸림돌로 작용할 리도 없었다. 무엇보다 멜리센트도, 이 어 두운 그림자가 걷히기 전부터 이미 그를 향해 쏠리는 마음을 감 추지 못했으니, 이제 그가 머리부터 발끝까지 밝은 양지로 나서게 된 마당에 그를 흔쾌히 받아들이지 않을 이유가 없었다. 팔의 상처, 출혈로 떨어진 기력, 비틀린 무릎, 짓밟히면서 부러진 갈비뼈 한 대. 하지만 거기까지다. 그는 이제 더할 나위 없이 행복하고 결백한 사람이었다. 한동안 말을 탈 수 없다는 것 정도가 사소한 고민이라면 고민일까.

검은 눈이 흐릿하게 열리는 순간, 그는 뜻밖의 인물이 환한 얼굴로 자신을 굽어보는 모습을 보았다. 한때 얼음처럼 차갑고 딱딱했던 목소리가 더없이 부드럽게 속삭이고 있었다. "엘리스…… 쉿, 그냥 누워 있어요! 내가 여기 있어요. 당신 곁을 떠나지 않겠어요."

*

엘리드가 눈을 뜬 것은 그 뒤로도 한참 지나서였다. 어두운 방 안, 침대 옆에 밝혀둔 램프 불빛 아래 그의 눈이 초록빛을 발했다. 열이 올라 초점을 잃은 상태였다. 아직 통증이 매우 심한 듯 보여 캐드펠은 그에게 양귀비즙을 한 스푼 떠먹였다. 여위고 강렬한 그 얼굴에서 주름들이 하나둘 펴지며 눈빛이 흐트러지나 싶더니 이내 다시 눈꺼풀이 내려갔다. 이처럼 몸과 마음의 고통을 느끼는 이에게 지금 굳이 또 다른 고통을 덧보탤 필요는 없었다. 품위라는 의상으로 제 몸을 가릴 수 있을 만큼 회복되면, 그때 다시 기회를 보는 것이 좋으리라.

사람들이 들어와 잠깐씩 그를 내려다본 뒤 조용히 나가곤 했다. 캐드펠에게 음식과 에일을 가져온 매그덜린 수녀도 한동안 말없이 선 채 나직이 오르내리는 엘리드의 가슴과 힘들게 호흡하는 코를 바라보았다. 수녀원을 위해 나섰던 의용군 대원들은 상처를 치료받고 모두 각자의 생계로 돌아간 뒤였다. 여울목에 박았던 말뚝들이 뽑히고 구멍 뚫린 강바닥도 모두 제대로 메워졌다. 매그덜린 수녀도 무척 피곤할 텐데 전혀 티를 내지 않았다. 내일 다시 찾아올 부상자들이 많겠지만 그중 심각한 상처를 입은 사람은 얼마 되지 않았으며 사망자도 없었다. 이 청년이 숨을 쉬는 한, 아직까지는 그랬다.

어스름이 내릴 무렵 휴가 들어와 캐드펠을 찾았다. "이제 그만 시내로 돌아갈까 합니다." 그는 친구의 귀에 대고 조용히 말을 이었다. "놈들을 고향으로 몰아냈으니 당분간은 이 근처에 한 놈도 얼씬대지 않을 겁니다. 수사님은 여기 남아 계실 생각인가요?"

캐드펠은 침대 쪽을 보며 고개를 끄덕였다.

"병사 둘을 남기고 갈 테니 필요한 게 있으면 그들 편에 전해주십시오." 이어 휴는 단호하게 말했다. "곧 카우스에서도 놈들을 몰아낼 계획이에요. 이곳 관리들이 건재하다는 걸 분명하게 보여줄 겁니다." 그러곤 침대 곁으로 다가서더니 우울한 눈길로 잠든 이를 내려다보았다. "저도 이 친구의 행동을 다 지켜봤습니다. 얼마나 안타까운 일인지……."

더럽고 찢어진 옷을 모두 벗어낸 지금 엘리드는 처음 세상에 왔을 때와 같이 벌거벗은 상태로 누워 있었다. 선반 위 램프 곁에 둘둘 말린 채 놓여 있는 밧줄이 휴의 눈에 들어왔다. 만일 엘리스가 배신자로 밝혀질 경우 자신을 목매달라며 자청해 가져온 물건이었다.

"이게 뭐죠?" 휴는 이렇게 묻더니 이내 알겠다는 듯 말을 이었다. "아! 앨런에게 들었습니다. 이 밧줄은 제가 가지고 돌아가지요. 없어진 걸 보면 이 사람도 그 의미를 알 겁니다. 그가 깨어나거든 이제 밧줄 같은 건 필요 없다고 전해주세요."

"제발 깨어나기를!" 귀 밝은 휴조차 듣지 못할 정도로 캐드펠이 조용히 중얼거렸다.

*

멜리센트도 다녀갔다. 통증으로 온몸이 쑤시는 와중에도 뜻밖의 행복에 겨워 어쩔 줄 모르고 누워 있는 엘리스의 방에서 오는 길이었다. 엘리스의 부탁을 받고 왔지만, 그녀는 의식 없이 누워 있는 엘리드를 굽어보며 진심으로 성호를 긋더니 그의 주름진 이마와 움푹 들어간 뺨에 느닷없이 입을 맞추었다.

벽에 몸을 기대고 조는 듯 의자에 앉아 있던 캐드펠은 한쪽 눈을 슬그머니 뜨고서 조용히 나가 문을 닫는 그녀를 지켜보았다. 무엇도 그에게 위안이 될 수는 없었다. 그로서는 그저 신이 함께 지켜봐주시길 온 마음을 다해 바라고 기도할 뿐이었다.

*

동트기 직전 해쓱한 첫 여명이 비쳐들 무렵 엘리드가 꿈틀대며
몸을 뒤척였다. 새날을 맞으려 안간힘을 쓰는 듯 그의 눈꺼풀이
고통스럽게 떨리기 시작했지만 아직 기력이 부족한 것 같았다.
캐드펠은 의자를 침대 쪽으로 끌어당겨 그의 찡그린 이마와 움직
이려 애쓰는 입술을 닦아주면서 미리 준비해둔 물 항아리를 힐끔
쳐다보았다. 그러나 이 순간 한밤의 소강상태에서 그를 깨워내
재촉하는 것은 육체의 고통이나 갈증이 아니었다. 엘리드는 눈을
완전히 뜨고서 목재 천장을 뚫어져라 응시했다. 그의 눈길에서
다급함을 읽은 캐드펠이 몸을 숙이자 먼 데 가 있던 시선이 비로
소 돌아왔다. 털어놓지 않을 수 없는 무언가가 그의 내부에서 무
르익고 있었다.

애써 힘을 낼 필요도 없이, 그것은 그의 메마른 입술에서 저절
로 흘러나왔다.

"때가 된 것 같군요. 고해신부님을 불러주세요." 너무도 작고
가녀린 목소리였다. "전 죄를 지었습니다…… 의심받고 고통받
는 이들을 구해야 해요."

그가 원하는 것은 자신의 구원이 아니었다. 엘리드는 그 사건
으로 의심받는 모두를 구하고자 했다.

캐드펠이 몸을 더 앞으로 기울였다. 힘주어 뜬 엘리드의 담갈색 눈이 이제야 그를 알아보고는 놀라움의 기색을 띠며 살짝 흔들렸다. "트레게이리오그에 오셨던 수사님이군요. 웨일스인이시죠?" 처량한 미소 비슷한 것이 떠오르며 그의 얼굴에 드리운 절박함을 누그러뜨렸다. "기억나요. 엘리스의 소식을 가져오셨죠…… 수사님, 제 입에서 죽음이 느껴져요. 그분이 지금 이 고통 속에서 절 데려가든, 아니면 더 큰 고통을 겪도록 남겨두시든…… 저는 밝혀야…… 제가 맹세했던……." 잠시 오른팔을 들어보려 애쓰던 그가 끝내 포기하고 고통스럽게 숨을 끌어당겼다. 이어 왼손이 올라가더니 밧줄이 감겨 있었던 목 주위를 만져보았다. 캐드펠은 그의 손목을 잡아 다시 이불 속으로 넣어주었다.

"쉿, 가만히 있어요! 내가 당신을 돌보고 있소. 서두를 것 없으니 일단 마음을 가라앉히고, 부탁하거나 시킬 일이 있으면 뭐든 말하시오. 내가 여기 꼼짝 않고 있을 테니."

마음이 놓이는지 긴 한숨과 함께 이불 속 가벼운 몸이 편안하게 이완되었다. 캐드펠을 바라보는 그의 담갈색 눈에 신뢰와 아픔이 무겁게 걸려 있었으나 두려움 같은 건 느껴지지 않았다. 캐드펠이 포도주 한 방울을 섞은 꿀물을 건네자 그는 고개를 돌리며 힘없이, 그러나 또렷하게 입을 열었다. "제 죄를 고백하고 싶어요. 들어주세요!"

"난 고해신부가 아니오." 캐드펠이 말했다. "잠깐 기다리시오.

모셔올 테니."

"그럴 시간이 없어요. 당장 어떻게 될지 모르는 상태잖아요. 살아 있는 지금 모두 말해야 해요. 제가 남몰래 한 짓, 여태껏 숨기고 있던 그 일을 얘기해야 해요."

그 순간, 수런대는 소리에 깨어나 나온 사람 하나가 살그머니 방문을 열고 있다는 사실을 두 사람은 눈치채지 못했다. 멜리센트였다. 그녀는 두 사람의 대화에 방해가 될까 싶어 염려하면서도 혹시나 도움이 필요할지도 모른다는 생각에 문 앞에서 망설이던 터였다. 비현실적인 행복에 휩싸인 지금, 그녀로서는 성스러운 영감에 인도되는 사람과도 같이 봉사가 필요한 곳이면 어디든 달려가고 싶은 마음뿐이었다. 피로 물든 수녀복을 벗어내고 수수한 모직 가운을 걸친 멜리센트는 반쯤 열린 문 앞에 선 채 머뭇대다가, 문득 침대에서 들려오는 말소리에 꼼짝없이 얼어붙고 말았다.

"제가 그를 죽였어요." 엘리드가 또렷하게 말했다. "얼마나 후회하고 있는지는 신만이 아실 겁니다! 함께 여기까지 오면서 그를 돌보고, 말에서 떨어지는 모습까지 목격한 제가 그의 운명을 재촉하다니…… 하지만 그가 살아서 고향에 돌아오면 엘리스가 석방될 것이고…… 그러면 크리스티나에게 돌아가 결혼을……." 머리부터 발끝까지 관통하는 격한 전율에 휩싸여 그가 괴로운 신음을 내뱉고는 말을 이었다. "크리스티나를…… 전 줄곧 사랑해왔어요…… 하지만 단 한 번도 그 사실을 입 밖에 낼 수 없었죠. 그녀는 요람에 있을 때부터, 제가 그녀를 알기도 전부터 이미 엘리스와 장래를 약속한 사이였으니까요…… 제가 그의 여자를 어떻게 탐낼 수 있었겠어요?"

"그녀도 당신을 사랑하고 있소." 캐드펠이 말했다. "당신에게 직접 그 사실을 말했─"

"제가 들으려 하지 않았어요. 아무 권리도 없이 감히 그럴 수가 없어서…… 하지만 그녀가 그렇게 나오자 더는 참기 힘들더라고요. 그러던 중 엘리스가 실종되었고, 우린 그가 죽은 줄 알았죠…… 맙소사, 그의 귀환을 바라는 한편 그의 죽음을 기대하는 마음이 어땠을지 상상할 수 있으세요? 그렇게 되면 솔직히 털어놓고 내 사랑을 구해도 명예를 해치지 않을 것 같아서…… 그런데 그때, 아시다시피 수사님이 그 소식을 들고 왔어요. 전 내내 생각했죠. 그 쇠약한 노인네가 그대로 죽어버리면 포로 교환도 성사될 수 없겠지…… 그 생각이 떠나지 않았어요. 그가 죽으면 난 집으로 돌아가고 엘리스는 그대로 남게 될 거라고…… 일단 결심만 서면 순식간에 해치울 수 있을 거라고…… 그런데 마지막 날 그분이 말에서 떨어진 거예요. 전 최선을 다했어요. 그를 살려서 가려고 무진 애를 썼죠. 하지만 마음속에서는 끊임없이 아우성이 들려왔어요. 그냥 둬! 죽게 내버려두라고! 전 결국 그 유혹을 물리치고 무사히 그를 데려왔어요……."

그가 잠시 입을 다물고 숨을 들이쉬는 사이 캐드펠이 입술 언저리를 닦아주었다. 환자의 몸으로 너무도 무거운 짐을 마음속 깊은 곳에서부터 끌어올리려니 지칠 만도 했다. "잠시 쉬시오. 지금 너무 무리하고 있소."

"아니에요, 마저 얘기하게 해주세요. 엘리스…… 전 그를 사랑했어요. 하지만 크리스티나를 더 사랑했죠. 두 사람이 결혼하면 그 친구도 그럭저럭 만족스럽게 지냈을 거예요. 하지만 그녀는…… 엘리스는 우리 사이에 타오르는 감정을 전혀 눈치채지 못했어요. 이제는 알게 될 테지만요. 그날 저는…… 결코 그럴 생각은 아니었어요…… 계획적으로 벌인 짓은 절대 아니에요. 그저 에이논 경의 외투를 가져오려고 병실로 들어갔죠. 그때 제 팔엔 그의 안장 방석이 걸려 있었고……." 너무도 생생하게 떠오르는 기억을 떨치려는 듯 그가 눈을 감았고, 그러자 멍든 눈꺼풀 밑으로 눈물이 솟더니 양 볼을 타고 흘렀다. "그는 미동도 없었어요. 숨도 거의 쉬지 않는 것이…… 꼭 죽은 것 같았죠. 이제 한 시간 뒤면 엘리스는 고향으로 향하고 그 대신 저는 남겨져야 할 상황이었어요. 아, 그 일이 얼마나 순식간에 벌어졌는지! 결국 전 저지르고 말았죠. 차라리 내 손을 차라리 잘라버리고 싶도록 후회스러운 짓을…… 제가 안장 방석으로 그의 얼굴을 덮어버렸어요. 그 후로 깨어 있는 매 순간 시간을 되돌리고 싶은 마음뿐이었어요." 엘리드의 목소리가 잦아들었다. "하지만 그건 불가능하죠. 제가 무슨 짓을 저지르고 있는지 알아챈 순간 황급히 손을 뗐지만 그분은 이미 숨진 뒤였어요. 그러자 비겁하게도 공포가 밀려오더군요. 전 외투를 둔 채 그대로 나와버렸어요. 그것을 가지고 나오면 제가 거기 다녀간 걸 다들 알게 될 테니까요. 마침 조용한 시각이라 제 모습을 본 사람은 아무도 없었어요."

그는 다시 잠시 말을 멈추더니 호흡을 가다듬고는 끝까지 고백을 이어가고자 힘을 끌어모았다. "하지만 전부 괜한 일이었어요. 헛되이 살인자가 된 셈이죠. 잠시 후 엘리스가 와서는 모두 털어놓았거든요. 자신이 길버트 경의 딸을 얼마나 사랑하는지, 크리스티나와의 관계에서 얼마나 해방되고 싶어 하는지 말예요. 크리스티나와 제가 너무도 간절히 바라던 얘기였죠. 그러더니 엘리스는 자기가 직접 연인의 아버지를 설득해보겠다고 했어요. 저는 뜯어말렸고요…… 누군가 그 병실에 들어가 환자가 죽었음을 깨닫고 소리쳐 알려주길 바랐지만, 엘리스에게 그 역할을 맡긴다는 건 있을 수 없는 일이라 생각했거든요. 아, 정말이지 엘리스만은……! 그러나 그는 결국 가버렸어요. 그런데 그 뒤로도 모두들 길버트 경이 살아 있다고, 그저 잠들어 있다고 생각하더군요. 그래서 전 외투를 가져오기로 했죠. 그의 죽음을 알릴 사람이 없다면 제가 직접 하기로…… 하지만 혼자서는 안 되었어요. 증인이, 죽음을 발견해줄 다른 사람이 필요했어요. 그때까지도 전 엘리스는 이곳에 남고 저는 돌아가게 되리라 생각하고 있었어요. 우리 각자가 원하는 게 바로 그런 상황이기도 했고요…… 정말이지 악마가 씌었다고밖에 할 수 없는, 엉망으로 뒤엉킨 관계였죠." 엘리드가 한숨을 지었다. "하지만 악마라 불릴 사람은 저뿐이에요. 다른 세 사람은 모두 저 때문에 고통받은 겁니다. 그리고 수사님께도 전 못 할 짓을…….."

"날 당신의 증인으로 택한 것 말이오?" 캐드펠이 부드럽게 물었다. "당신은 일부러 의자를 걷어차기까지 했지. 내가 환자를 더 자세히 살펴보게 하려고 말이오. 그래, 당신 말마따나 악마의 입김이 작용한 셈이군. 만일 그때 나 아닌 다른 사람을 택했더라면 길버트 경의 죽음은 자연사로 여겨져 그대로 묻혀버렸을 테니 말이오. 내가 살해 사실을 밝혀내는 바람에 당신 두 사람 모두 포로로 남게 되었잖소."

"그렇다면 그건 악마가 아니라 천사의 손길이었던 셈입니다. 결국 이렇게 모든 거짓을 떨치고 있는 그대로의 제 모습을 보여주게 되었으니까요. 아, 이제야 속이 후련합니다. 물론 엘리스가 죄를 뒤집어쓰도록 내버려둘 생각은 추호도 없었어요…… 아니, 누명을 쓴 이가 다른 누구라 해도 마찬가지였을 겁니다. 하지만 저도 두려움 많은 인간이라…….." 그는 차분히 말을 이었다. "이제야 진정 자유로움을 느낍니다. 어떤 식으로 죽든, 전 한 생명을 빼앗은 대가를 치르는 셈이에요. 수사님, 이것만은 믿어주세요. 정말이지 엘리스에게 죄를 떠넘길 생각은 없었습니다…… 그분의 딸에게도 그렇게 전해주세요!"

그럴 필요는 없었다. 그녀도 이미 다 들었으니까. 그러나 침대 머리가 문간을 향해 놓인 터라 엘리드는 둥그런 천장과 캐드펠의 얼굴밖에 볼 수 없었다. 멜리센트가 조심스레 소리 죽여 문지방에서 물러나 문을 닫는 순간에도 램프 불빛은 조금도 떨리지 않았다.

"제 목에 걸려 있던 밧줄을 치워버렸군요." 텅 빈 작은 방을 기력 없이 둘러보며 엘리드가 말했다. "이제 새 밧줄을 찾아내야겠네요."

*

모든 얘기를 끝낸 엘리드는 완전히 진이 빠져, 참회할 기회를 얻은 것에 그저 감사한 마음으로, 희망도 기력도 없이 누워 있었다. 캐드펠이 상처를 살피자 그는 주검이나 다름없는 자에게 괜한 수고 말라는 듯 서글픈 미소를 지어 보이면서도 얌전히 몸을 맡겼다. 상처 자리를 닦아내고 새 붕대를 감아주는 동안에도 신음 한 번 내지 않고 고통을 참았으며, 약물을 입에 넣어주자 어떻게든 목구멍으로 넘기려 애를 썼다. 그가 감사를 표하고 마침내 편치 못한 잠에 빠져드는 것을 확인한 뒤, 캐드펠은 밖으로 나와 휴가 남겨두고 간 이들 중 하나를 찾아내서는 서둘러 와달라는 전언과 함께 슈루즈베리로 보냈다. 이윽고 다시 경내로 돌아와보니 멜리센트가 문간에서 그를 기다리고 있었다. 듣는 것만으로도 힘든 그 속사정을 자기 입으로 다시금 되풀이해야 하는 입장에 처해 당혹과 체념으로 굳어버린 캐드펠의 얼굴 앞에서, 그녀는 먼저 얼른 입을 열어 그를 안심시켰다.

"저도 알아요, 수사님. 수사님과 그 사람의 대화…… 혹시 도와드릴 것이 있나 싶어 문을 열었다가 엘리드가 털어놓는 애길 전부 들었어요…… 전 이제 어떻게 해야 할까요?" 그토록 침착했던 그녀가 지금은 당황해 갈피를 잡지 못하고 있었다. 아버지가 살해된 정황과 그간의 오해, 저 두 젖형제의 크나큰 애정까지 확인했으니 그럴 만도 했다. 어떻게 하든 누군가는 고통을 당할 터였으니 모든 탈출구가 막혀버린 기분이리라. "엘리스한테는 제가 이미 알렸어요. 우리 모두가 사정을 알고 있는 게 좋을 것 같아서요. 저로선 지금 너무도 혼란스러워 옳고 그름이나 제대로 분간할 수 있을지 의심스러울 지경이에요. 수사님께서 엘리스에게 가보시겠어요? 그는 지금 엘리드 때문에 걱정이 대단해요."

캐드펠은 그녀 못지않게 곤혹스러움을 느끼며 엘리스의 방으로 동행했다. 살인은 살인이다. 하지만 목숨에 대한 빚은 목숨으로만 갚을 수 있다는 논리를 무너뜨릴 수 있는 사람이 있다면 그건 다름 아닌 엘리스일 터였다. 이제 또 다른 목숨 하나를 앗아야 할까? 새로운 죽음을 초래하는 것이 과연 옳은 일일까? 그는 멜리센트와 나란히 침대로 다가갔다. 다소 흥분해 있긴 했으나, 엘리스의 정신은 더없이 말짱했다.

"멜리센트에게 들었어요." 엘리스가 캐드펠의 소매를 움켜잡고서 격하게 입을 열었다. "그게 정말인가요? 수사님은 저만큼 그를 알지 못하시잖아요! 혹시 제가 또 공격받을 것을 우려해 꾸며낸 이야기는 아닐까요? 그가 제 소행으로 믿고 있진 않던가요? 절 보호하려고 자신이 죄다 떠맡은 건지도 몰라요. 충분히 그럴 만한 친구고요. 어릴 때부터 늘 그랬죠. 수사님도 이미 보셨잖아요. 그 친구가 절 위해 무슨 짓을 했는지…… 엘리드가 아니었다면 지금 제가 여기 있을 수 있겠어요? 저로선 도저히 믿을 수가……."

그를 진정시키려면 가장 실제적인 방법을 쓰는 것이 좋을 터였다. 캐드펠은 우선 엘리스의 팔에 감긴 붕대를 풀고 상처를 확인했다. 깨끗하게 말라붙은 것으로 보아 더 이상 통증은 없을 테지만, 부러진 늑골 주위를 단단하게 동여매놓았기 때문에 호흡하는 데 다소 불편을 겪을 것 같았다. 그는 붕대를 살짝 늦춰주고 약을 먹였다. 엘리스는 얌전히 약을 받아먹으면서도 줄곧 캐드펠의 얼굴에서 시선을 떼지 않았다. 절박하게 대답을 요구하는 눈빛이었다. 결국 있는 그대로의 진실만이 그의 마음을 달랠 수 있을 것이었다.

"그래, 진실을 덮어봐야 좋을 게 없겠지." 캐드펠이 말했다. "조목조목 아귀가 들어맞는 것으로 보아 엘리드의 얘기는 모두 진실인 듯하네. 이런 얘길 하게 되어 안됐지만 사실이 그래. 그러니 머릿속 의혹일랑 모두 떨쳐버리게."

두 사람 모두 조용한 침묵으로 그 말을 받아들였고, 더 이상의 항변은 없었다. 긴 침묵 끝에 멜리센트가 말했다. "수사님은 이미 알고 계셨던 모양이네요."

"그렇소. 에이논 아브 이셀의 안장 방석을 보는 순간 알았지. 길버트를 죽인 물건이 바로 그것이었으니까. 에이논의 말과 마구를 챙기는 일은 엘리드의 책임이었고. 그래, 난 알고 있었소. 하지만 그는 내가 무얼 묻거나 책망하기도 전에 자진해서 성실히 모든 걸 털어놓았소. 아주 용기 있는 태도지. 그리고 자백은 이후의 처분에도 유리하게 작용할 거요."

"우리 중 이 사건에서 결백한 사람이 과연 있기나 할까요?" 하얀 얼굴을 양손으로 감싸고 있던 멜리센트가 가까스로 입을 열었다. "저 역시 누군가를 탓할 입장은 아니에요. 감히 모든 죄를 엘리드한테 떠넘길 수 있을지, 전 모르겠어요."

"이 사람 말이 맞아요!" 엘리스가 열렬하게 말했다. "내가 조금만 신경을 써 그 친구나 크리스티나의 사정을 살폈더라면……그저 내 사랑에만 몰두해 주위에 아무 관심도 쏟지 못했으니……모두 내 탓이에요."

"저도 마찬가지예요. 나 자신과 아버님에 대한 믿음이 더 굳건했다면 우리 쪽에서 먼저 웨일스의 오아인 귀네드와 아버님 앞으로 전언을 보낼 수 있었을 거예요. 두 사람이 사랑하니 부디 결혼을 허락해주십사 하고……."

"엘리드가 무슨 일로 고민하는지 내가 좀 더 일찍 알았으면……그는 늘 내 고민을 덜어주려 한발 앞서 뛰었는데……."

"둘 다 자책은 그만하게." 캐드펠이 우울하게 말했다. "우리 모두가 그렇게 모자람 없는 인간이라면 이 위대한 세상에서 제대로 돌아가지 않을 게 있겠나. 불행히도 인간이란 너나없이 비틀대고 넘어지기 마련이야. 그러니 당장 우리가 짜낼 수 있는 힘을 다해 이 상황에 대처할 수밖에. 엘리드는 살인을 저질렀네. 그리고 그 쓴맛은 우리 모두가 함께 겪어야 하지."

잠시 후, 음울한 침묵을 깨고 엘리스가 물었다. "엘리드는 어떻게 될까요? 그에게 관용을 베풀어줄까요? 죽일 필요까지는 없잖아요."

"그건 법이 알아서 할 테지. 그리고 법에 관한 한 난 아무 권한도 없어."

"멜리센트는 절 용서했잖아요." 엘리스가 말했다. "제가 자기 아버지의 죽음과 무관하다는 것을 알기 전부터요……."

"아니, 속으로는 다 알고 있었어요." 그녀가 재빨리 말했다. "당신을 비난하면서도 쭉 마음이 아팠다고요."

"그래서 제가 이 여인을 더욱 사랑하죠." 엘리스가 조용히 말을 이었다. "어쨌든 엘리드는 스스로 모든 걸 고백했어요. 수사님 말씀대로 착한 사람이라 그런 겁니다. 그 점을 잘 말씀해주세요."

"그것뿐 아니라 참작해야 할 다른 사항들도 많으니 그에게 유리한 방향으로 얘기해보지." 캐드펠도 진심으로 약속했다.

"하지만 큰 희망은 없으리라 생각하시는 것 같은데요." 날카로운 눈길로 그를 바라보며 엘리스가 말했다.

부인하고 싶기도 했다. 하지만 엘리드 자신이 모든 것을 체념한 채 교수형까지 생각하고 있는 마당에 헛된 기대를 품게 할 필요가 있을까? 캐드펠은 최대한 말을 아끼며 두 사람을 위로한 뒤

방을 나섰다. 문을 닫기 전 그가 마지막으로 본 것은, 알 수 없는 눈길로 그의 뒷모습을 응시하는 신중하면서도 긴장된 남녀의 얼굴이었다. 그저 이불 위로 서로 굳게 맞잡은 두 손만이 그들의 마음을 드러내고 있었다.

*

　다음 날 황급히 달려온 휴 베링어 앞에서 엘리드는 다시금 안간힘을 짜내 모든 사정을 털어놓았다. 이미 수녀들의 미사를 인도하는 나이 많은 사제 앞에서도 고해를 한 뒤였다. 엘리드의 영혼이 세상에서 겸손하게 물러서려 하는 지금, 캐드펠은 그의 오염된 육체가 서서히 치유의 기미를 보이고 있음을 확인할 수 있었다. 그 속도가 아주 더디긴 하지만 의심의 여지가 없었다. 정신이 죽음을 향해 돌아선 순간 몸은 살기로 결심한 것이다. 상처 자리가 깨끗할 뿐 아니라, 그의 놀라운 젊음과 건강 또한 분투하고 있었다. 그것이 과연 그 자신에게 좋은 일일까? 이 질문에는 누구도 대답할 수 없으리라.
　"제게 말씀하실 것이 있겠죠." 캐드펠과 나란히 개울둑을 거닐던 휴가 약간 지친 투로 말했다. "듣고 있으니 어서 해보세요." 하지만 그처럼 사나운 휴의 표정은 처음이었다.
　"그는 자신의 죽음을 예감하자마자 자진해서 모든 걸 털어놓았네." 캐드펠이 입을 열었다. "엘리스만이 아니라, 자기 때문에 괜한 의심을 받게 된 모든 이들의 누명을 벗겨주기 위해 필사적으로 서둘렀어. 자네는 날 알고 나는 자네를 알지. 지금 하는 얘기는 전부 진실이네. 그때 난 범인이 누구인지 알고 있다고 그에게 말하려던 참이었어. 하지만 그가 내 말을 대신 해버렸지. 그는 고해하고 회개하고 면죄받길 원했네. 무엇보다도 엘리스를, 또 용의 선상에 올라 고생하고 있는 모든 이들을 구하고 싶어 했어."

"수사님 말씀은 물론 믿습니다." 휴가 말했다. "하지만 과연 그걸로 충분할까요? 미처 생각할 틈도 없이 순식간에 닥친 사막의 돌풍처럼 일어난 범죄가 아니에요. 상대는 부상당한 채 앓고 있는 노인이었습니다. 더구나 침대에 누워 잠들어 있었죠."

"계획된 범행이 아니었네. 그는 상관의 외투를 가지러 갔던 거야. 그 점은 내가 보증하지. 그를 냉혈한으로 생각한다면, 맙소사, 그건 큰 오해일세! 희망 없는 사랑에 빠져 오랜 세월 속앓이를 해온 터라 그는 정신이 반쯤 나간 상태였네. 폭발 직전이었지. 그 와중에 부상자의 실낱같은 목숨이, 도착할 때까지 그가 그렇게 충실하게 돌보았던 그 꺼질 듯한 목숨이 그로 하여금 그런 엄청난 짓을 저지르게 만든 걸세! 주여, 용서하시길! 엘리드가 길버트의 죽음을 내내 소망한 건 사실이네. 본인이 정직하게 털어놓더군. 그러다 훅 하고 불면 생명이 사라져버릴 듯한 그의 모습을 눈앞에 마주하자 무슨 생각도 해보기 전에 일을 저질러버린 거야. 그 이후로 끊임없이 후회해왔다더군. 난 그의 진심을 믿네.

휴, 자네는 그런 경험이 없나? 어쩌다 충동적으로 바람직하지 못한 짓을 저지른 뒤 두고두고 후회하고 부끄러워하는 것이 인간 아닌가?"

"아무리 그래도 병상에 누워 있는 노인을 죽이는 짓까진 하지 않죠." 휴가 냉정하게 말했다.

"그거야 그렇지!" 캐드펠은 긴 한숨을 짓고서 말을 이었다. "그와 유사한 짓조차도 해선 안 돼. 그래, 그가 저지른 짓을 마치 작은 실수인 양 말한 것은 내 잘못이네. 휴! 난 웨일스 출신이고 자네는 잉글랜드 사람이야. 우리 웨일스인들은 차이를 인정한다네. 우린 절도를 아주 흉악한 범죄로 여기지만 세세히 등급을 만들어 구분하지. 눈앞에서 강탈하는 것, 모르고 가져가는 것, 허락 없이 취하는 것, 협박을 받아 훔치는 것, 그리고 살기 위해 가져가는 것…… 예컨대 사흘 굶은 거지가 물건을 훔쳤을 경우에는 절도로 보지 않아 결코 교수형에 처하는 일이 없네. 살해 사건에서도 마찬가지야. 고의적이냐 우발적이냐를 엄격히 구별하여, 합의에 의해 교수형보다 가벼운 벌로 다스리는 경우도 많지."

"그런 정도의 구분이야 저도 합니다." 휴는 잔잔한 여울목 위쪽에 웅크리고 앉아 대꾸했다. "하지만 이번 사건의 피해자는 제 상관이에요. 당장 지시를 내려줘야 할 국왕도 없는 판이라 사건 이후 제가 그의 자리를 대신하고 있잖습니까. 저와 사이가 썩 좋은 편은 아니었지만 그는 늘 공정했고, 간혹 다소 치우친 판단을 내린 뒤에도 제가 언짢아하면 의견을 물으며 귀 기울여주었습니다. 존경할 만한 사람이었죠. 자신이 가장 잘 아는 이 지역을 위해 열심히 일하기도 했고요. 그러니 그의 죽음이 저를 더 냉정하게 만드는 것도 당연하지 않겠습니까."

캐드펠은 존중하는 마음으로 말없이 귀를 기울였다. 속세의 규율이야 이제 그와 상관없는 것이 되었으나 한때는 캐드펠 자신에게도 이처럼 굳은 관계와 깊은 충성심이 존재했으며 아직 그의 기억 깊숙한 곳에 자리 잡고 있는 터였다. 결국 휴와 그는 서로 아주 동떨어진 사람들이 아니었다.

"신이 계신데 감히 제가 무슨 권리로 이 세상에서 누군가를 추방시킬 수 있겠습니까." 휴가 다시 입을 열었다. "물론 같은 세상에서 더불어 살기 싫을 정도로 타락한 인간들이 있기 마련이지만, 그 사람은 그런 괴물이 아니지요. 한 번의 치명적인 과오, 단 한 번의 타락, 그저 인간으로서…… 그의 나이가 몇이죠? 스물한 살? 그 나이에 참 지독하게 내몰렸군요. 하긴, 우리 중에 내몰리지 않고 사는 사람이 누가 있을까요…… 어쨌든 그는 재판을 받게 될 것이고, 저는 제가 해야 할 일을 할 겁니다." 이어 그는 우울하게 덧붙였다. "하지만 정말이지 신에게 빌고 싶은 심정이네요. 제발 이 사건을 제게서 가져가달라고요!"

15

그날 저녁 떠나기 전, 휴는 나머지 웨일스인들에 대한 입장을 밝혔다. "체스터가 다시 움직이면 오아인을 압박할 테니 그로선 자기 사람들이 필요할 겁니다. 여기 남겨졌던 이들 중 결백이 드러난 자들을 모레 출발시키겠다고 전언을 보냈습니다. 지금 슈루즈베리 성에 있는 병사 여섯 모두를 석방하고 고향으로 돌아갈 수 있게 챙겨줘야죠. 모레 일찍 동틀 무렵 그들이 여기로 와서 엘리스 압 키난을 데리고 트레게이리오그로 돌아갈 겁니다."

"그건 불가능하네." 캐드펠이 단호하게 말했다. "엘리스는 아직 말을 탈 수 없어. 팔의 부상은 나아지만 무릎이 뒤틀리고 갈비뼈가 부러진 상태거든. 앞으로 몇 주 동안은 편안하게 말을 타기 힘들 거야. 그 후로도 오랫동안 전투에 참여하지 못할 테고."

"말을 탈 필요는 없습니다." 휴가 무뚝뚝하게 대꾸했다. "티디르 압 리스에게서 빌려 온 말과 가마가 있다는 걸 잊으셨군요. 그동안 푹 쉬었으니 말들은 이제 잘 달려줄 겁니다. 엘리스는 길버트가 그랬듯 가마를 타고 가면 돼요. 길버트는 그보다 훨씬 더 나쁜 상태에서도 이동했잖습니까. 우린 곧 포위스 측과 맞붙을 계획이에요. 그 전에 귀네드 사람들이 모두 안전하게 이곳을 벗어나줬으면 합니다. 일단 골칫거리 하나를 마무리하고 또 다른 골칫거리에 대처할 준비를 해야죠."

이야기는 그렇게 마무리되었다. 지시를 들으면 엘리스가 경악하리라 캐드펠은 생각했지만, 뜻밖에도 짧은 실망의 탄성만 내뱉을 뿐 그는 곧 깊은 생각에 잠겼다. 자신이 떠나야 한다는 사실보다는 엘리드 문제에 더 신경을 쓰는 듯했다. 엘리드가 재판을 받지 않게 될 가능성은 전혀 없는지, 재판을 받는 경우 사형을 피할 수는 없을지 연신 캐물었지만, 결국은 그도 이 힘든 상황을 받아들이고 돌아서야 했다. 전투 직전과도 같은 야릇한 평온이 깃든 가운데 두 연인은 누구도 알아채지 못할 자기들만의 암호로 생각을 교환하는 양 서로를 가만히 바라보았다. 단 한 사람, 매그덜린 수녀만이 그 언어를 이해하는 듯 말없이 생각에 잠긴 채 두 남녀를 빈틈없이 관찰하며 오가고 있었다.

"그러니까, 모레 아침 일찍 절 데리러 오면 함께 떠나라는 거죠?" 엘리스가 묻고는 멜리센트와 시선을 교환했다. "좋아요. 그렇다면 귀네드에 도착한 뒤 사람을 보내 멜리센트한테 정식으로 청혼해야겠네요. 공개적으로, 정당하게 말예요. 물론 그 전에 트레게이리오그에서 정리할 일이 있겠지만요."

이름이 언급되지는 않았으나 크리스티나라는 존재가 우울한 압박감과 함께 이 방을 채우고 있었다. 자신만의 전투에서 승리를 거두고자 그렇게 애썼건만, 그녀는 결국 잿더미로 변한 승리가 손가락 사이로 빠져나가는 꼴을 지켜보게 된 셈이다. "전 한번 잠들면 잘 깨지 못하는 편이에요. 그 사람들, 혹시 너무 일찍 도착하면 드르렁대며 잠들어 있는 사람을 담요에 둘둘 말아 옮겨야 할지도 모르겠네요." 엘리스가 어두운 미소를 지으며 이야기하더니 돌연 진지하게 덧붙였다. "제 침대를 엘리드가 있는 방으로 옮겨 마지막 이틀 밤을 함께 보내도 좋을지 휴 베링어에게 물어봐주시겠어요? 지나친 부탁은 아닌 것 같은데."

"그러지." 캐드펠은 잠시 생각한 뒤 대답했다. 이건 또 무슨 꿍꿍이일까? 분명 다른 속셈이 있으리라 생각하며 밖으로 나와보니 휴는 벌써 말에 오를 채비를 하는 중이었다. 매그덜린 수녀도 그를 배웅하느라 마당에 나와 있었다. 그녀 또한 이미 자기 나름의 방식으로 휴에게 관용을 요청했을 터였다. 캐드펠이 써먹은 온갖 논거들 말고도 그로서는 미처 생각지 못한 것들까지 내세웠을 게 분명했다. 그녀가 파종한 자리에서 과연 수확을 거둘 수 있을지 의심스럽긴 하지만, 아예 씨를 뿌리지 않는 것보다는 나으리라.

"물론 허락해야죠." 휴가 뚱한 표정으로 어깨를 으쓱였다. "그래서 위안이 된다면 둘이 함께 있으라고 하세요. 엘리드가 거동할 수 있게 되는 대로 데려갈 테지만, 어쨌든 그때까진 쉬게 할 생각입니다. 또 누가 알겠어요? 신이 자비를 베풀어 그 웨일스 화살이 우리의 고민을 해결하게 해줄지 말입니다."

매그딜린 수녀는 나무가 우거진 승마로에 서서 마지막 호위병의 모습이 사라질 때까지 휴 일행을 지켜보고 있었다.

"어쨌거나 그도 이번 일이 유쾌하진 않은 모양이군요." 그녀가 입을 열었다. "승자 없이 모두 고통을 겪게 될 상황으로 끌고 가야 할 입장이니 안쓰럽기도 해요."

"속상하겠지요." 캐드펠 역시 생각에 잠겨 말했다. "자기 입으로 그런 말을 합디다. 신이 자기 손에서 이 일을 가져가주시면 좋겠다고요." 곁으로 힐끔 시선을 던진 그는 매그딜린 역시 사심 없는 눈길로 자신을 지켜보고 있음을 깨달았다. 매그딜린과 내가 서로 닮아가고 있는 걸까? 캐드펠은 기분 좋은 놀라움을 느꼈다. 마치 엘리스와 멜리센트처럼 말없이 눈빛으로 생각을 주고받는 경지에까지 이른 것 같군.

"그가 그런 말을 했다고요?" 매그딜린 수녀가 말했다. 휴를 향한 연민이 묻어나는 목소리였다. "그래도 희망을 걸어볼 만하네요. 성무일도 때마다 열심히 기도드려야겠어요. 구하지 않으면 아무것도 얻지 못하니까."

두 사람은 나란히 실내로 들어섰다. 굳이 말로 확인하지 않는 편이 좋겠지만, 둘 사이에 모종의 이해와 합의가 자리한다는 느낌이 강하게 들어 그는 당면한 고민거리에 관해서도 그녀에게 조언을 구하고 싶다는 생각이 들었다. 전투의 혼란에 이어 부상자들 돌보는 일로 신경을 쓰느라 그동안은 크리스티나가 부탁한 이야기를 전할 기회를 찾지 못한 터였다. 그리고 엘리드가 자백하고 난 지금은 그 전언이 그에게 새로운 힘을 줄지, 아니면 되레 더할 수 없이 잔인한 타격으로 작용할지 몰라 망설이는 중이었다.

"사실, 트레게이리오그의 그 여자가 전해달라 한 말이 있어요." 마침내 그가 입을 열었다. "엘리드를 미쳐버리게 만든 장본인 말입니다. 이야기를 전하겠다고 약속했는데, 지금 그가 이런 상황이고 보니 어떻게 하는 게 좋을지 나로선 알 수가 없어서…… 미래 따윈 없을지도 모를 그에게 삶의 존재 이유와도 같을 그 얘기를 전해주는 게 과연 잘하는 짓일까요? 어차피 그가 세상을 떠날 거라면, 그게 과연 친절이라 할 수 있을까요?"

크리스티나가 했던 이야기를 전부 들려주자 매그덜린 수녀는 생각에 잠겼다가 이내 입을 열었다.

"그 여자와 약속을 했다면 별수 없지요. 그리고 아무리 해롭다 해도 진실을 두려워해선 안 되잖아요. 지금 그는 기꺼이 죽을 각오가 되어 있어요. 비록 육체가 삶을 갈구할지언정 영혼의 상태가 그러하니 결국은 육체와의 싸움에서 승리를 거두겠죠. 그게 아니더라도 교수대가 그를 기다리고 있을지 모르고요. 하지만 만일, 정말 만약에, 하늘이 그를 가엾게 여겨 다시금 기회를 준다면, 그땐 끝까지 살아남을 수 있게끔 의지를 불어넣어줘야 하지 않겠어요? 안 그랬다가는 우리 모두에게도 큰 후회로 남을 거예요." 그녀가 고개를 돌려 다시 한번 그를 바라보았다. 더없이 심원하고 신중한 눈빛이었다. 이어 미소를 지으며 그녀가 말을 맺었다. "도박을 해볼 만하지 않아요?"

"나도 그런 생각이 들기 시작하는군요." 캐드펠은 이렇게 대답한 뒤 이 도박에 걸려 있는 이를 보러 들어갔다.

*

엘리스와 침대가 아직 옮겨 오기 전, 엘리드는 홀로 병실에 누워 있었다. 화살이 관통한 오른쪽 어깨를 검진한 결과 상처 자리는 깨끗했지만 상태가 썩 좋지 않았다. 이후 검은 쓸 수 있을지 몰라도 활시위를 다시 당길 수 있을지 의문이었다. 그러나 신체적 손상은 지금 그에게 닥친 위협 가운데 그나마 가장 나은 것에 속했다. 신께서 그에게 은혜를 베푸시길, 그리하여 선의 균형을 맞추어주시길 바랄 뿐이었다.

캐드펠은 그의 침대 곁으로 다가갔다. 엘리스가 옮겨 와 이 병실에서 그와 함께 있기로 했다는 사실을 알려주자 엘리드의 여위고 무기력한 얼굴에 쓸쓸한 광채가 서렸다. 엘리스가 곧 고향으로 떠나리라는 이야기까지 굳이 전해야 할까? 캐드펠은 말을 아꼈고, 그 역시 묻지 않았다. 때로는 모르는 게 나은 일들이 있는 법이다. 그 무지의 상태란 지극히 깨지기 쉬운 법이라, 심지어 생각만으로도 다치거나 파괴될 수 있다.

"여태 짬이 나지 않아 미처 못 한 이야기가 있소. 트레게이리오그에서 떠나올 때 크리스티나가 전해달라 부탁한 얘기요." 그녀의 이름이 언급되는 순간 엘리드의 얼굴에 주름이 잡히며 긴장으로 창백해지고, 동그랗게 뜬 눈은 폭풍우가 지나간 6월의 나뭇잎들 사이로 비쳐 드는 햇살과도 같이 연초록빛을 띠었다. "자기 아버지와 당신 아버님께 이미 다 털어놓았다는군. 그분들도 수긍하셨으니, 이제 오로지 자신의 뜻에 따라 처신할 생각이라고 전해달라 했소. 그리고 자신이 뜻한 바는 다름 아닌 당신의 아내가 되는 것이라는 사실도……."

사정없이 밀려드는 물기에 조금 전의 연초록빛 반짝임이 순식간에 잠겨버렸다. 뭐든 붙들어야 마음이 놓일 듯 이리저리 더듬대던 엘리드의 성한 왼손이 캐드펠의 손을 게걸스럽게 잡아채 전율하는 자신의 얼굴로 잡아당기더니 이내 툭 떨어지며 미친 듯 뛰고 있는 제 가슴으로 옮겨갔다. 캐드펠은 폭풍우가 지나갈 때까지 그렇게 한참을 내버려두었다. 마침내 마음이 조금 진정되었는지 청년이 가만히 손을 뺐다.

"하지만 그녀는 모르고 있어요." 엘리드가 처량하게 중얼거렸다. "내가 어떤 인간인지…… 무슨 짓을 저질렀는지……."

"그녀는 알아야 할 것을 다 알고 있소. 그러니까, 당신이 그녀를 사랑하듯이 자신도 당신을 사랑한다는 것, 그녀로서는 당신 아닌 다른 누구도 사랑하지 않을 뿐 아니라 사랑할 수 없다는 것 말이오. 내 보기에 무죄냐 유죄냐, 선이냐 악이냐가 당신에 대한 크리스티나의 태도를 바꿔놓을 수 있을 것 같지는 않소. 자, 보통 남자들의 인생을 기준으로 놓고 보면 당신에겐 앞으로도 최소한 30여 년의 시간이 남아 있소. 결혼도 하고, 아이도 낳고, 명망도 얻고, 대가도 치르고, 성스러운 덕을 쌓을 수 있는 기회의 시간들 말이오. 지난날 무슨 짓을 했느냐도 중요하지만, 앞으로 어떻게 할 것이냐가 훨씬 더 중요하지. 크리스티나도 그렇게 믿는 여자요. 모든 것을 알게 되면 가슴 아파할지언정, 마음이 변하진 않을 거요."

"제 앞날은 몇 주일, 길어야 몇 달이에요." 처참하게 얼굴을 가리고 있던 엘리드가 기운 없이 입을 열었다. "30년이라니, 당치도 않죠."

"그걸 결정하는 이는 신이오." 캐드펠이 말했다. "왕도 재판관도 아니지. 인간은 죽음만이 아니라 삶에도 대처해야 하는 법이오. 둘 중 무엇에서도 벗어날 수 없단 얘기요. 참회의 크기와 그 기간을 누가 재단할 수 있겠소?"

캐드펠은 자리에서 일어났다. 존 밀러가 전투에서 작은 부상을 입고 치료받으러 와 있던 이웃 사람 둘을 데리고 옆방의 엘리스와 그의 침대를 옮겨 온 터였다. 마침 적절한 시점에 대화를 끊어준 셈이다. 마음속 체념이 얼마나 크고 강력한지는 모르나, 청년의 내면에서는 이미 미래라는 불꽃 또한 타오르기 시작한 참이었다. 게다가 이제 제 존재의 절반이나 다름없는 젖형제도 곁에 있었다. 캐드펠은 가만히 서서 이들의 모습을 바라보았다. 먼저 존 밀러가 엘리드의 이불을 벗겨내더니 그를 들어 다시 뉘었다. 아기를 다루는 어머니처럼 가볍고 능숙한 솜씨였다. 엘리스와 멜리센트 모두 이미 이곳 사람들과 가까운 사이가 되었고, 특히 존은 엘리스를 웨일스인 중에서도 가장 용감하고 훌륭한 청년으로 여기며 호감을 표하고 있었다. 행여 잠들어 있는 그를 깨울세라─자기가 좋아하는 사람이니까!─이렇게 조심조심 옮겨 온 것을 보면, 덩치만 큰 게 아니라 힘도 적절하게 나눠 쓸 줄 아는 요령 있는 사람이 틀림없었다. 게다가 그는 이 작은 공동체에서 여느 왕 못지않은 영향력을 발휘하는 매그덜린 수녀에게도 매우 헌신적이었다.

과연, 쓸 만한 동맹자야.

좋아…….

*

그다음 날은 수녀원의 모든 사람들이 숨을 죽이고 조심조심 걸어 다니는 듯한, 일종의 의도적인 정적 속에 지나갔다. 성무일도도 행여 재앙이 끼어들지 못하게끔 특별한 경외감과 공경심 속에 진행되었으니, 고드릭 포드에서 교단의 일과가 이보다 꼼꼼하고 세심하게 치러진 적은 없을 정도였다. 운명도 손들게 할 만큼

331

모범적인 봉헌을 주재한 이는 바로 작고 노쇠한 마리아나 수녀였다. 그녀의 손님들, 부상한 두 젊은이는 같은 방의 두 침대 위에 조용히 누워 있었다. 이젠 수녀 지망생이 아니라 수녀원의 평신도 손님 자격으로 머물고 있는 멜리센트도 이들을 그저 오붓이 남겨둔 채 맑고 평온한 표정으로 각종 일과를 챙겼다.

캐드펠 수사는 성무일도와 개인적인 기도까지 모두 마친 뒤 매그덜린 수녀를 도우러 갔다. 이웃 부상자들 가운데 치료를 계속 받아야 할 이들이 몇 명 남아 있는 터였다.

"수사님도 많이 지치셨을 텐데요." 늦은 저녁 식사를 하고 마지막 기도 시간을 지키기 위해 돌아오던 중 매그덜린 수녀가 염려스러운 듯 말했다. "사흘 밤낮으로 일하셨잖아요. 엘리스와 작별 인사는 오늘 밤 미리 나눠두고, 내일은 아침기도 때까지 푹 주무세요. 그들이 아마 꼭두새벽에 데리러 올 테니까요. 아, 그리고 지금 생각났는데……" 그녀가 말을 이었다. "수사님이 제조하신 양귀비즙 말이에요. 그걸 한 병 더 얻을 수 있을까요? 가져오신 것이 이제 다 떨어져서요. 고통으로 잠 못 이루는 환자에게 내일 먹이려고 해요. 제가 병을 드리면 좀 채워주시겠어요?"

"물론 드리고말고요." 캐드펠은 대답한 뒤 슈루즈베리의 오스윈 수사가 보내온 약병을 가져와 매그덜린 수녀의 커다란 초록색 유리병을 가득 채워주었다.

다음 날 아침, 그는 일찌감치 잠에서 깨고도 밖에 나오지 않았다. 눈치 빠르기로는 둘째가라면 서러워할 그였다. 말을 탄 이들이 도착하는 소리, 그들을 맞는 문지기의 목소리와 웨일스어와 잉글랜드어로 이어지는 웅성임이 들려왔다. 존 밀러의 목소리도 끼여 있었다. 그럼에도 캐드펠은 자리를 털고 나가 그들의 여행 길을 축복하기는커녕, 숨을 죽인 채 꼼짝하지 않았다.

마침내 그가 밖으로 나온 것은 아침기도 시간이 가까워올 때였다. 휴가 만들어준 통행증을 소지하고 힘 좋은 말들과 푸짐한 물자를 갖추어 웨일스로 떠난 여행객들은 이미 두 시간은 족히 달려갔을 터였다. 캐드펠은 새벽녘의 일을 전해 들었다. 문지기가 방으로 안내했을 때 그들은 문과 가까운 쪽 침대에 누운 엘리스 압 키난을 확인했고, 이어 존 밀러가 그를 여러 겹으로 감싸 따뜻하게 한 뒤 가마에 뉘었다고. 마리아나 수녀가 일찍 일어나 몸소 그들을 배웅하고 축복해주었다고.

아침기도가 끝난 뒤 그는 환자를 보러 갔다. 지난 며칠간 매일같이 해온 일이었다. 그래, 두 시간이면 충분하겠지, 캐드펠은 생각했다. 누군가는 들어가야 해. 그러나 그가 오늘의 첫 방문객은 아닐 것이다. 이미 멜리센트가 와 있을 테니까. 그러나 이 일에 가담하지 않은 이들 중에서는 캐드펠이 처음일 테고, 그러니 의심의 눈초리는 피할 수 있으리라.

방문을 열고 문지방을 넘어선 그는 잠시 걸음을 멈췄다. 희미한 햇살 속에 서로 뺨이 닿을 정도로 가까이 앉은 하얀 두 얼굴이 그를 바라보았다. 침대 가장자리에 있던 멜리센트가 환자를 양팔로 지탱해 자리에서 일으켰다. 외투로 어깨를 감싼 환자는 이 순간을 기다린 듯 결연한 태도로 앉아 있었다. 부러진 갈비뼈 부위를 감싸놓은 붕대가 격렬히 오르내리는 것으로 보아 심장이 급히 요동치는 모양이었다. 캐드펠을 뚫어져라 응시하는 그의 눈은 초록이 깃든 담갈색이 아니라 제 고수머리처럼 까만 빛깔이었다.

"베링어 경에게 전해주시겠어요?" 엘리스 압 키난이 입을 열었다. "제 젖형제를 그의 손에서 떠나보냈다고 말입니다. 그리고 그에게 쏟아질 비난에 대해 모든 것을 해명하고자 제가 여기 남아 있다는 것도요. 그가 내 방패가 되기를 자처했으니, 이젠 제가 그를 위해 나서려는 겁니다. 엘리드를 대신해 법이 원하는 어떤 처벌이든 달게 받겠습니다." 한 차례 긴 한숨을 내쉰 그는 통증을 느끼는지 이마를 찌푸렸지만, 더는 숨길 것이 없다는 생각에 마음이 편한 듯 얼굴에는 내내 평온하고 포근한 빛이 어려 있었다. "본의 아니게 마리아나 수녀님을 속인 것에 대해선 죄송하게 생각합니다. 그저 용서를 구할 뿐이에요. 하지만 이곳 수녀원 분들께 아무런 피해가 가지 않도록 하려면 달리 방법이 없었습니다. 제가 저지른 일로 다른 사람들이 화를 입는 건 정말 바라지 않습니다." 이어 그가 힘주어 덧붙였다. "수사님이 맨 처음 와주셔서 다행이에요. 어서 시내에 소식을 보내시지요. 이 일이 한시라도 빨리 종결됐으면 싶거든요. 엘리드도 지금쯤은 안전한 곳까지 갔을 테니까."

"자네가 시키는 대로 하지." 캐드펠은 침착하게 대꾸했다. "아니, 두 사람의 심부름이군. 어쨌든 나로선 더 할 얘기가 없네."

엘리드도 이 음모에 관여했을까? 그는 묻지 않을 생각이었다. 대답은 이미 알고 있으니까. 절망과 죄책감에 사로잡힌 채 깊은 잠에 빠져 있던 엘리드는 눈을 감고 귀를 막기로 결심한 이들이 벌인 이 일과 아무 상관이 없을 터였다. 그 긴 잠에서 빠져나올 즈음이면 이미 웨일스에 닿아 있을 테고, 강요된 도주 끝에는 크리스티나가 기다리고 있을 것이다.

"전 할 수 있는 일을 다 했습니다." 엘리스가 열성적으로 말을 이었다. "크리스티나에게 미리 전갈을 보내라고 말해두었어요. 그녀가 엘리드를 맞으러 나올 겁니다. 물론 두 사람의 인생에 깊은 고랑이 남긴 하겠지만, 어떻게든 함께 삶을 이어갈 수 있겠죠."

엘리스 압 키난은 그사이 부쩍 성장해 있었다. 고드릭 포드 습격에 동참하다 붙잡혀서는 웨일스어로 욕설을 퍼부으며 두려움을 덮어보려 하던 그 어린 청년의 모습은 온데간데없었다. 옆에 앉은 여인, 멜리센트도 마찬가지였다. 그녀 역시 결혼이 무엇인지, 소명이 무엇인지 제대로 알지도 못한 채 수녀복부터 입으려던 뜬구름 같은 생각에서 벗어나 있었다.

"이 일은 잘 처리될 것 같네." 캐드펠이 결론을 내리듯 말했다. "자, 그럼 난 나가서 여기 수녀원과 슈루즈베리 성에 사건을 알려야겠군."

그가 문을 반쯤 닫았을 때 엘리스의 목소리가 들려왔다. "볼일을 모두 마치시면 제 옷을 가져다주시겠어요? 휴 베링어를 만날 때 제대로 예를 갖추고 싶습니다."

*

　오후가 되자 휴 베링어가 굳은 얼굴에 이마를 찌푸린 채 중죄
인의 탈주 건을 조사하기 위해 들어섰다. 엘리스와 멜리센트는
까만 목재로 장식된 마리아나 수녀의 검소하고 자그만 거실에 나
란히 서서 그를 맞이했다. 엘리스는 캐드펠이 건네준 셔츠와 웃
옷에 긴 양말 차림이었고, 멜리센트의 도움을 받아 머리도 깨끗
하게 빗어 넘긴 모습이었다. 손에는 지팡이가 하나 들려 있었다.
불안하게 걸음을 내딛는 그를 보고 매그덜린 수녀가 얼른 들려준
지팡이었다. 모든 준비를 갖춘 그는 매우 말쑥하고 진지해 보였
지만, 물론 마음속은 두려움으로 가득 차 있을 것이었다. 간신히
붙어 있는 갈비뼈 때문에 호흡이 가쁜지 그가 몸을 한쪽으로 약
간 비틀었다. 멜리센트가 그의 팔 가까이에 한 손을 내민 채 대기
하고 있었다.
　"전 엘리드에게 목숨을 빚진 입장입니다." 결연함과 불안감이
뒤섞인 말투로 엘리스가 어색하게 입을 열었다. "그래서 몰래 그
를 웨일스로 돌려보냈습니다. 하지만 제가 여기 남아 있으니, 보
좌관님의 처분을 달게 감당하겠습니다. 그에게 취하려 했던 어떤
조치든 저에게 내려주십시오."
　"일단 앉게." 휴는 무뚝뚝하게 말을 이었다. "자네가 모든 걸

짊어지고 고통의 표적이 될 수는 없어. 설마 자네 자신의 목을 매달라는 의미인가? 아니, 이 순간 자네의 고통 같은 건 내게 전혀 필요치 않으니 편히 앉게. 난 영웅 놀이 따위에 아무런 흥미가 없어."

엘리스는 얼굴을 붉힌 채 인상을 쓰며 자리에 앉았다. 그의 시선은 줄곧 휴의 냉정한 얼굴에 가 박혀 있었다.

"누가 이 일을 도왔나?" 휴가 서늘하리만치 침착한 표정으로 물었다.

"아무도요. 저 혼자 세운 계획입니다. 오아인의 사람들은 제가 시키는 대로 했을 뿐이고요." 자신 있는 말투였다. 어쨌든 그들은 모두 이 나라에서 멀리 벗어난 상태였다.

"우리의 계획이었어요." 멜리센트가 얼른 끼어들었다.

휴는 그 말을 못 들은 척 무시하고서 또 한 번 힘주어 물었다. "다시 묻겠네. 자넬 도운 자가 누구지?"

"아무도 없다고 말씀드리지 않았습니까. 멜리센트가 계획을 알고 있었지만, 딱 거기까지였어요. 그녀는 일절 관여하지 않았습니다. 모든 책임은 제게 있으니 저를 처벌하십시오!"

"그러니까, 자네 혼자서 사촌을 다른 침상으로 옮겼다고? 그것참 대단하군. 제 몸 하나 가누지 못하는 사람이…… 듣기로는 여기 어디 사는 방앗간 주인이 엘리드 압 그리피스를 가마에 뉘었다던데."

"그땐 실내가 무척 어둡고 바깥도 어두침침했지요." 엘리스가 침착하게 말했다. "제가―"

"'우리'예요." 멜리센트가 다시 한번 끼어들었다.

"제가 엘리드를 미리 잘 싸놓았습니다. 얼굴도 보이지 않을 정도로 꽁꽁 싸맸죠. 존은 그저 친절을 베풀어 힘센 팔을 빌려준 죄밖에 없어요."

"이번 날치기 건에 엘리드도 가담했나?"

"아닙니다!" 두 남녀가 한목소리로 격렬하게 대답했다.

"그건 절대 아니에요!" 엘리스는 떨리는 목소리는 말을 이었다. "그는 아무것도 몰랐습니다. 부상당한 첫날 캐드펠 수사님이 통증을 가라앉히느라 사용하셨던 양귀비즙을 제가 그에게 먹였습니다. 어제저녁 마지막 물잔에 넣어서요. 그걸 먹으면 깊은 잠에 빠지게 되죠. 엘리드는 계속 잠만 자고 있었습니다. 절대로 눈치챌 수가 없었죠! 만일 알았더라면 무슨 수를 써서라도 이런 상황을 피하려 했을 겁니다."

"그 약을 어떻게 손에 넣었지?" 휴가 날카롭게 물었다. "자네는 내내 침상에 매여 있었을 텐데."

"제가 매그딜린 수녀님의 약병에서 훔쳐냈어요." 멜리센트가 말했다. "직접 여쭤보세요! 약병의 약물이 얼마나 많이 줄었는지 수녀님이 설명해주실 겁니다."

물론 매그딜린 수녀는 그렇게 증언할 것이다. 아주 걱정스럽고 진지한 표정으로. 휴는 군이 그녀의 대답을 들을 생각이 없었다. 캐드펠도 마찬가지일 터였다. 두 사람은 애초부터 신중하게, 이번 일의 전 과정을 주도했을 죄인들 틈에서 빠져 있었으리라.

무거운 침묵이 흐르는 동안 휴는 인상을 찌푸린 채 두 남녀를 훑어보았다. 이윽고 그의 찌푸린 눈길이 멜리센트에게 가 꽂혔다.

"당신은 엘리드에게 보상을 요구할 권리가 누구보다도 큰 사람이오." 그가 말했다. "어째서 그의 도망을 도왔지? 그를 용서한 거요? 만일 그렇다면…… 제삼자로서 감히 무슨 할 말이 있겠소?"

"솔직히 말씀드리면 용서가 과연 무엇인지, 제가 그 의미를 제대로 알고 있는지조차 모르겠습니다." 멜리센트가 천천히 입을 열었다. "다만 한 사람의 선행을 모두 합쳐도, 그 양이 아무리 엄청나다 해도, 그가 저지른 단 한 번의 죄악을 덮을 수 없다는 서글픈 논리가 낭비라는 생각이 들어요. 그건 세상의 손실이기도 하죠. 그리고 전 더 이상의 죽음을 바라지 않습니다. 한 사람의 죽음으로 충분해요. 또 다른 죽음을 부른다고 먼젓번 죽음이 치유될 수는 없죠."

또다시 침묵이, 이번에는 더 오래 흘렀다. 자신에게 내려질 처벌을 기다리고 서 있는 엘리스는 속이 타는 듯 몸을 떨었다. 최선의 경우와 최악의 경우에 대해 그는 수없이 생각한 터였다. 휴가 돌연 자리에서 일어서자 엘리스가 전율했다.

"엘리스 압 키난, 내겐 법적으로 자넬 고발할 책임이 없네. 자네에게 부당한 요구를 하고 싶지도 않고. 당분간은 여기서 쉬는

게 좋겠군. 자네의 말은 여전히 수도원 마구간에 있으니, 말을 탈
수 있게 되면 젖형제가 기다리고 있는 고향으로 돌아가도 좋네."

주위의 사람들이 무어라 입을 열기도 전에, 그는 방에서 나가
문을 닫아버렸다.

*

그날 초저녁에 휴는 슈루즈베리로 돌아갔다. 캐드펠 수사가 말
에 올라 친구와 잠시 동행했다. 지난 며칠 날씨가 온화해서인지
긴 승마로 곁에 늘어선 나뭇가지들에 첫 새싹의 푸른 베일이 드
리웠고, 새들도 매년 한 번씩 맞이하는 짝짓기와 둥지 틀기에 앞
서 흥분과 불안이 섞인 소리로 지저귀고 있었다. 온갖 형태의 탄
생과 시작을 위한 시간, 마음속에서 죽음을 몰아내기 위한 시간
이었다.

"별수 있겠습니까?" 휴가 말했다. "그 청년이 살인범도 아니
고, 그렇다고 그 잘빠진 목을 내놓을 만큼 잘못한 일도 없는데요.
게다가 그를 목매다는 건 결국 두 사람의 목을 매다는 꼴이 될 겁
니다. 수사님이 전에 말씀하신 트레게이리오그의 그 여자처럼 멜
리센트도 사랑이라는 감정에 깊이 빠져 있는 듯한데, 과연 제 짝
이 죽는 꼴을 보고만 있을까요? 한 생명을 위해 두 생명을 바친
다…… 그건 결코 공정한 거래가 아니죠." 그가 자신의 잿빛 말
을 내려다보며 미소 지었다. 캐드펠로서는 그토록 순수하고 편안

한 그의 미소를 보는 것이 참으로 오랜만이었다. "수사님은 어느 정도나 알고 계셨습니까?"

"전혀 몰랐네." 캐드펠은 담담하게 대답했다. "감은 좀 잡았지만 구체적인 계획에 대해서는 아는 게 없었어. 나는 이 일에 손끝 하나 얹지 않았다고 확실하게 말할 수 있네."

물론 눈을 감고 귀를 닫은 채 침묵한 바는 있지만, 그 정도는 휴도 짐작할 터이니 굳이 입 밖에 내지 않아도 괜찮으리라. 휴로서도, 자신의 의지로는 결코 손을 떼지 못했을 이번 재판을 내심 얼마나 고마운 마음으로 포기했는지 굳이 이야기할 필요가 없을 테고.

"그들은 어떻게 될까요?" 휴가 말했다.

"엘리스야 물론 몸이 낫는 대로 고향으로 돌아가 제 연인에게 정식으로 청혼해 오겠지. 어차피 그녀에겐 배 다른 동생 하나뿐 달리 허락을 구할 친척도 없고. 외삼촌은 왕비와 함께 멀리 켄트에 있어서 연락도 잘 닿지 않는다더군. 아마도 매그덜린 수녀가 일단 그녀를 설득해 새어머니 곁으로 돌려보낼 것 같아. 때를 기다리면서 모든 일을 적절한 형식에 맞추어 진행하는 게 좋을 거라 충고하면 분별 있고 인내심 많은 그 여자도 귀담아들을 테지. 어쨌든 그 한 쌍에겐 일이 잘 풀릴 걸세. 반면 나머지 한 쌍은, 글쎄⋯⋯."

엘리드와 그 일행은 이미 웨일스 깊숙이 들어가 있을 것이다. 망각의 약물 덕에 잠시 깊은 잠에 들었지만 정신이 돌아오면 그는 죄책감과 비탄에 시달리며 엘리스를 걱정하기 시작할 테고, 동료들의 위로와 격려도 그 괴로움을 가라앉힐 수는 없으리라.

"오아인은 어떻게 처리할까요?"

"추측건대, 그의 목숨을 파멸시키거나 헛되이 날려버리는 일은 없을 걸세." 캐드펠이 말했다. "결국 엘리드는 죽음을 면하고 크리스티나와 맺어지겠지. 그녀가 제 의지를 관철할 때까진 군주에게도 그녀의 부모에게도 평화란 없을 테니까. 참회에 대해선, 그 자신이 이미 깊이 뉘우치고 있으니 일평생 그 마음을 간직하고 살 걸세. 자네든 다른 누구든 그에게 강요할 수 있는 건 그저 죽음뿐, 마음의 짐은 그 스스로 짊어져야 하는 법이지. 그러나 신의 은혜가 깃드는 한 혼자서만 모든 짐을 떠안고 가는 일은 없을 거야. 어떤 범죄도, 어떤 실패도, 크리스티나를 그에게서 떼어놓을 수는 없을 걸세."

그들은 승마로 정상에서 헤어졌다. 나무숲 밑으로 땅거미가 내리기 시작했지만 새들의 노래는 여전히 이어졌다. 그 연약한 성대를 힘껏 울리며, 가슴속 심장을 파열시킬 듯 요란하면서도 더할 수 없이 활기찬 기쁨을 새들은 노래했다. 풀밭 사이로 바람꽃이 흔들리고 있었다.

"올 때보다는 가벼운 마음으로 갑니다." 귀로로 접어들기 직전, 잠시 고삐를 늦추고 휴가 말했다.

"그 젊은이가 제대로 호흡하며 똑바로 걸어 다닐 수 있게 되는 대로 나도 돌아가겠네. 어서 내 집으로 가고 싶군." 캐드펠은 뒤돌아서서 수녀원의 부속 농장과 낮은 목재 지붕들을 바라보았다. 거미줄 같은 나뭇가지들 틈으로 새어 나온 은빛 햇살이 개울 수면에 반사되어 쉼 없이 흔들렸다. "부디 우리가 커다란 죄악을 최선의 형태로 활용한 것이길 바랄 뿐이네. 솔직히 말해, 누군들 그보다 더 나은 방법을 생각할 수 있었겠나? 언젠가 수도원장님께서 하신 말씀이 떠오르는군. '우리의 목적은 정의이며, 신은 자비의 특권을 베푸신다.' 제아무리 신이라 하더라도 자비를 베풀기 위해서는 도구가 필요한 법이야."

주

1 스티븐 왕 King Stephen(1092 또는 1096~1154)
정복왕 윌리엄 1세의 외손자이며 잉글랜드 노르만 왕조의 네 번째 국왕. 외숙부이자 잉글랜드 왕인 헨리 1세가 살아 있을 때 헨리 1세의 딸인 모드 황후의 왕위 계승을 돕겠다고 서약했으나 1135년에 헨리 1세가 죽자 약속을 깨고 잉글랜드 군주의 자리를 차지했다.

2 라눌프 백작 Earl Ranulf(1099~1153)
1129년에 체스터 백작의 작위를 4대째 이어받아 잉글랜드의 3분의 1에 달하는 지역을 다스렸다.

3 루마르의 윌리엄 백작 William de Roumare, Earl of Lincoln(1096~1160)
링컨셔주의 주도 링컨의 백작. 라눌프의 이복형제로 헨리 1세에게 충성했다. 내전 초반에는 스티븐 왕을 지지했으나 이후 라눌프와 함께 모드 황후 편으로 돌아섰다.

4 팔라틴 palatine
자기 영토 안에서 왕권에 상당하는 권한을 행사하는 영주를 일컫는다.

5 모드 황후 Empress Maud(1102~1167)
마틸다(Matilda of England)라고도 불린다. 정복왕 윌리엄의 아들인 헨리 1세의 딸로, 신성로마제국 황제 하인리히 5세와 결혼했다가 그가 죽은 뒤 앙주 백작 조프루아 5세와 재혼해 헨리 2세를 낳았다.

6   슈루즈베리 성 베드로 성 바오로 수도원 the Shrewsbury abbey of Saint Peter and Saint Paul

잉글랜드 슈롭셔주에 위치한 수도원으로, 원래 성 베드로에게 헌정된 작은 목조 교회였으나 11세기 후반 성 베드로와 성 바오로 두 사도에게 헌정한 석조 건물로 개축되었다.

7   세인트메리 교회 Saint Mary's Church

970년 에드거 왕에 의해 만들어진 교회. '노르만의 정복' 이후 왕실의 종교 변화에 따라 우여곡절을 거치며 여러 차례 파괴와 복구를 겪었다. 빅토리아 시대에 전면 재건축되었으며, 현재 슈루즈베리에서 가장 큰 규모의 교회로 알려져 있다.

8   글로스터의 로버트 백작 Earl Robert of Gloucester(1090~1147)

헨리 1세의 서자이자 모드 황후의 이복형제로, 1135년 스티븐 왕이 왕위를 찬탈한 이후 모드 황후의 편에서 싸웠다.

9   오아인 귀네드 Owain Gwynedd(1100~1170)

아버지 그루퍼드 압 시난의 뒤를 이어 1137년부터 귀네드를 통치했다.

10   카드왈라드르 Cadwaladr ap Gruffydd(1100?~1172)

귀네드의 왕자이자 오아인 귀네드의 동생. 라눌프 백작의 사촌과 결혼하였으며, 1141년 링컨 전투에서 라눌프를 도와 스티븐 왕을 생포하는 데 기여했다. 형 오아인과 끝없는 마찰을 겪다가 1157년 마도그 압 메레디드와 손잡고 형을 몰아냈다.

11   마도그 압 메레디드 Madog ap Meredudd(?~1160)

포위스 지역의 군주. 가문의 마지막 군주였던 그는 오아인 귀네드의 영토 확장을 저지하는 일에 평생을 바쳤다.

12   라둘푸스 수도원장 Abbot Radulfus(?~1148)

헤리버트 원장의 뒤를 이어 1137년부터 1148년까지 슈루즈베리 수도 원장을 지냈다.

13   폴스워스 수녀원 Polesworth Abbey

980년 베네딕토회 수녀들에 의해 건립된 수녀원으로, 노르만 침공 때 해체되었다가 1130년 재건립되었다.

14   로버트 페넌트 부수도원장 Prior Robert Pennant(?~1168)

12세기 전반에 슈루즈베리 수도원의 부수도원장을 지냈고, 1148년부터 1168년까지 슈루즈베리 수도원장을 지냈다. 성 위니프리드의 귀더 린 순례를 담은 『성 위니프리드의 생애』를 남겼다.

15   콜레이션 Collation

성서나 성인 전기를 회독하는 의식이다.

16   헨리 주교 Henry of Blois(1096?~1171)

윈체스터의 주교. 정복왕 윌리엄의 딸 아델라와 블루아 공 스티븐 사이에서 태어난 넷째 아들로, 스티븐 왕의 막냇동생이다. 삼촌인 헨리 1세와 로마 교황의 힘을 등에 업고 막강한 권력을 누렸다. 형 스티븐을 왕위에 올리는 데 커다란 공헌을 했으며 이후에도 왕정 체제 수호를 위해 혼신의 힘을 쏟았다.

17   스카풀라리오 scapular

수사들이 어깨에 걸쳐 입는 겉옷을 일컫는다.

캐드펠 수사 시리즈 09
죽은 자의 몸값

초판 1쇄 발행. 1999년 7월 10일
개정판 1쇄 발행. 2024년 10월 30일

지은이. 엘리스 피터스
옮긴이. 송은경
펴낸이. 김정순
편집. 홍상희 허영수
마케팅. 이보민 양혜림 손아영

펴낸곳. (주)북하우스 퍼블리셔스
출판등록. 1997년 9월 23일 제406-2003-055호
주소. 04043 서울시 마포구 양화로 12길 16-9(서교동 북앤빌딩)
전자우편. editor@bookhouse.co.kr
홈페이지. www.bookhouse.co.kr
전화번호. 02-3144-3123
팩스. 02-3144-3121

ISBN. 979-11-6405-279-0 04840

옮긴이. 송은경
서울대학교 영어영문학과를 졸업하고 교직 생활을 거쳐 전문 번역가의 길을 걸었다.
옮긴 책으로 『남아 있는 나날』 『인생은 뜨겁게』 『블랙베리 와인』 『런던통신 1931-1935』
『게으름에 대한 찬양』 『인간과 그 밖의 것들』 『나는 왜 기독교인이 아닌가』
『중동의 평화에 중동은 없다』 『프리메이슨 코드』 『지중해 기행』 『한나의 가방』
『프로방스에서의 1년』 『위로의 편지』 등이 있다.